混战

争霸巴蜀

田闻一 ◎著

中国文史出版社

图书在版编目（CIP）数据

混战：争霸巴蜀 / 田闻一著. —北京：中国文史
出版社，2019.1
　　ISBN 978-7-5205-0616-8

　　Ⅰ.①混…　Ⅱ.①田…　Ⅲ.①长篇小说—中国—当代
Ⅳ.①I247.5

　　中国版本图书馆CIP数据核字（2018）第233989号

责任编辑：高　贝

出版发行：中国文史出版社
社　　址：北京市海淀区西八里庄69号院　邮编：100142
电　　话：010-81136606　81136602　81136603（发行部）
传　　真：010-81136655
印　　装：北京温林源印刷有限公司
经　　销：全国新华书店
开　　本：787mm×1092mm　1/16
印　　张：20
字　　数：296千字
版　　次：2019年3月北京第1版
印　　次：2019年3月北京第1次印刷
定　　价：59.80元

目录
CONTENTS

- 第一章 -
风雨夜，南昌行辕和赴川特使

从下午起，南昌就下起了大雨。入夜以后，更是雷声大作，暴雨倾盆。高墙环绕中偌大、肃静的剿共前线南昌行辕，被漆黑浓稠的夜幕裹紧，经受着暴风骤雨的抽击。一时间，天上地下不时晃过金蛇似的闪电，巨树摇摆，秀竹伏地，花草被狂风连根拔起；这里那里不时发出大树被狂风拦腰折断的撕裂声、倾倒声。行辕很像是一艘在充满不测凶险的黑洋中颤抖着前进的军舰，前程漫漫，诡秘而幽深。在不时划过的闪电中，假山后，回廊边，闪现出伏在夜的深处，身披雨衣、头戴钢盔、手持美制冲锋枪的巡逻卫兵的身影，南昌行辕外松内紧。

深夜。暴风雨虽已过去，但细雨仍然一阵紧似一阵，打机关枪似的。白天显得紧张忙碌的行辕已然入睡，只有那幢在茂林修竹掩映中的精巧的法式小楼的二楼，一扇窗户还亮着灯。绿色的窗帘，灯光幽微。一束晕黄的灯光，透过窗帘，怯怯地泻下来，还未落地，就被无边的黑暗吞噬了。

屋中，时年四十七岁的中国国民党军事委员会委员长蒋介石，站在那幅硕大的、几乎占了整整一面墙壁的中国地图前凝思、审视。他长久地保持着固有的姿势，一动不动，像是钉在地上的一根钉子。

灯光下看得分明，身着戎装、腰系武装带的蒋介石，身姿越发显得颀长挺直。他那一张清癯的脸上，一双锐利的眼睛忽然闪烁，可是很快，眼光又变得黯淡下来，充满狐疑。灯光将他的身影在地毯上拖得长长的，很像是一个高明的画家笔下的一幅泼墨写意画，显得很有些怪诞。他伫立不动时，像是一个泽畔苦吟的落魄诗人；焦躁地走动间，张牙舞爪，又像是一头就要扑向猎物的猛兽。

对于这个曾经影响了中国近代史的人物，美联社记者约翰·罗德里曾经用很准确的语言，做过生动的描绘："在中国，最强大的思想传统是儒教，尽管有其外来的影响，蒋中正仍然是一个守成不变的中国人。他沉默寡言，讳莫如深。他姿势挺直，有军人作风，留着短发，不苟言笑。他虽然不是一个思想家，却有一种神通，他深谙纵横捭阖之道，而且他习惯于指挥命令。"

几年后，抗日战争中，美国派驻中国的战区参谋长史迪威将军，凭着他与蒋介石长期共事的深入观察，更是对他做了入木三分、形神兼备的刻画："他身材修长，言谈简洁，脸上毫无表情，但一双眼睛很机敏，好像一个人戴着假面具，以其犀利的目光洞察一切。他的卓越才干不在军事上而在政治方面。他这种才干是在与各个派系和各种阴谋之间玩弄奥妙的平衡术锻炼出来的，因此，人们把他称为'不倒翁'。"

蒋介石喜欢这样的夜深人静时分，喜欢下雨。因为他在这样的氛围中，不仅心绪宁静便于思索，而且有种莫名的安全感。蒋介石的目光，这时久久地凝视着地图下侧那一片隆起的褐红。那是江西。就是在那儿，中共领袖人物毛泽东、朱德等人，领导着一批在他最初看来完全不值一提的土包子农民，却渐渐成了气候，成了一股红色铁流，逐渐强大，到今天竟至难以收拾。不然，为什么他发动的多次志在必得的"围剿"都失败了呢？不然，他怎么会在这国势危急之际，来到南昌，坐镇指挥对朱毛红军进行第五次"围剿"呢！

一声长叹，他的目光在桑叶状的中国地图上逡巡，接触到叶柄状的东北时，像是被什么烙烫了一下似的，不无痛苦地拧了拧眉。

1931年"九一八"事变之际，以少帅张学良为首的东北军广大将士义愤填膺，同仇敌忾，强烈要求抗日。当时，张学良也完全有能力同日本关东军决一雌雄。东北军有二十万人，海陆空齐备。除了有一支庞大的、训练有素的陆军，还有三百架飞机，有一支大小军舰共二十一只组成的舰队，总吨位数达到三万两千二百吨，占全国军舰总吨位数的百分之七十六点七。东北军无论是在数量质量还是装备上，在国内地方部队中都是数一数二的。可是遭到了他的严词拒绝，他命令少帅立刻率东北军悉数退出山海关。这就一枪不发，将东北拱手送给了日本人，理所当然地遭到了全国人民众口一词的愤怒声讨。千夫所指，不矢而亡。他不得不让少帅张学良出面，为他担当起"不抵抗"的罪名。

在蒋介石看来，当今日本的军力，在世界上是数一数二的，拿东北军去同日本人打，无异于肉包子打狗——有去无回。中央军是他手中的本钱，东北军也是他手中的本钱。他的心腹大患是共产党，而不是日本人。难怪外界评论他是，"宁予友邦，不予家奴"。他就多次公开或私下说过：如果我们弄得不好，将来栽在共产党手上，那就将沦为万劫不复之地，那是一件多么可怕的事啊！

然而，日本人是喂不饱的狗，得寸进尺，步步紧逼。从地图上看，一方面，被他视为洪水猛兽、必欲除之的中国共产党和中央红军，在江西一带未能抹去，红四方面军在四川的通南巴一带又建立了根据地，还有好些标志红军势力的星星点点正在长出来。

另一方面，标志着日军南下的几支又粗又大的蓝色大箭头，从正面、东面唰唰向他射来。他特别注意到日本人从东海上划过来的，直指上海、江浙一带的蓝色箭头。日本人完全可能就在最近向上海、江浙一带进攻。

这一带绝不能丢！上海、江浙一带，是他的出生地、发迹地，是中国经济命脉所在，也是中国的生命线。他早就下达了秘密命令，在上海与南京之间，正夜以继日地赶修一条中国的"马其诺防线"。如果日本人从海上打来，他就凭借这条中国的"马其诺防线"，与日本人抗衡。他的对日作战方针是，千方百计争取时间，赢得时间，用空间换取时间！现在，他要抓紧时间，解除内患！内患主要来源于两个方面：一是江西方向；二是四川川北方向。对江西方向的中央红军，他正在坐镇指挥"围剿"。四川方向呢？情况相当复杂。长期以来与他离心离德的四川省政府主席兼国民政府二十四军军长兼川康边防军总指挥的刘文辉，与四川军务善后督办兼国民政府二十一军军长的刘湘叔侄，各据巴蜀，是四川当前最大的两个军阀，长期以来的矛盾已经发展到顶点，二刘决战即将爆发。他是支持刘湘的。四川历史上号称天府之国，这个地方的重要性自不待言。

战国时期，秦因并吞巴蜀实力大增，相继灭了齐、楚、燕、韩、赵、魏而一统天下。三国时期，最初心机用尽，到处碰壁，不能存身的汉室后裔刘备，因诸葛亮的策划辅佐，最终据巴蜀，才与北方的曹操、东吴的孙权相抗衡，形成魏、蜀、吴三国鼎立之势。《定三分隆中决策》中有这样一段文字，相当精辟地概括了蜀中的重要性：

> 益州险塞，沃野千里，天府之土，高祖因之以成帝业……将军既帝室之胄，信义著于四海，总揽英雄，思贤若渴，若跨有荆、益，保其岩阻，西和诸戎，南抚夷、越，外结好孙权，内修政理；待天下有变，则命一上将将荆州之兵以向宛、洛，将军身率益州之众以出秦川……诚如是，则大业可成。

有识之士，都将关注的目光紧紧地注视着四川。当年，先总理孙中山在日本建立以恢复中华、驱逐鞑虏为宗旨的同盟会时，与日本友人，具有相当战略眼光的宫崎寅藏谈及武装起义及相关策略时，宫崎寅藏就特别指出了天府之国四川的重要性。蒋介石认为四川不仅有"才略兼备任大事者"，而且地理位置十分独特重要，建议孙中山"以四川为负隅之地，张羽翼于湘、楚、汴梁之际"。

正因为如此，以后，在他作为大元帅孙中山的侍卫时，也曾经一度想到四川发展。他向孙中山表达了这个愿望，孙中山很是赞成，立即给四川实权人物熊克武写了一封推荐信，荐他到四川当警察厅厅长。他将此事告诉了多年的朋友四川人张群。张群说，熊克武不好相处，建议他不必舍近求远，应该利用孙中山对他的信任，在大元帅身边好好发展。他听了张群的话，放弃入川发展的打算。而张群却希望蒋介石将这个机会让给他这个四川人，他这就又去求大元帅，孙中山不喜。虽然碍于情面，准其所请，却将推荐信中原先的四川省警察厅厅长一职降为成都市警察局局长，张群嫌官小了，没有去。

共产党也看到了四川的重要性。年前，张国焘、徐向前趁四川军阀连年内战造成的空虚，率领红四方面军越巴山，在川北通（江）南（江）巴（中）一带建立了根据地。

正因为如此，他执掌中华民国中央权柄以来，一直想控制四川、插手四川，可是在刘文辉把持川政时，把个天府之国经营得针插不进，水泼不入，他插不进手。

机会终于来了，这就是即将开始的二刘决战。日前，急欲得到中央支持的刘湘终于同意中央派特使入川，以便就诸多事宜通过特使向中央通报、请示。

他选定了他的学生、时任中央军校政治部主任的四川人郑大冲为他的赴川特使。这个时候，他在等郑大冲。

郑大冲提前五分钟来到了委员长办公室门前，心中有些惴惴不安。办公室的门没有关严，看来委员长在等他。门缝里泻出来的一缕晕黄的灯光照在郑大冲身上，看得分明，佩少将军衔、身着黄呢军服的郑大冲是一个很精干的人。他三十来岁，瘦瘦的，个子不高不矮，条形脸，眉毛很浅，一双眍眼睛显得很深。他是四川省荣县人，毕业于黄埔军校。

因为委员长事先有过嘱咐，所以郑大冲奉命来到后，没有受到侍卫们的一点留难，直接来到委员长门前。郑大冲心中有些紧张。能被委员长选中，作为委员长特使回四川公干，而且在这样的深夜，被委员长单独接见，他有一步登天、受宠若惊之感。他不敢弄出丝毫声响，就那样静静地站在门前。因电压不稳，在忽明忽暗的灯光下，委员长钉子似的钉在地上，长久地审视墙上的地图。那姿势，让他想到在军校时，校长对他们讲的"作为一个军人，应该做到泰山崩于前而不瞬"的种种教诲。见校长的思绪陷得如此深沉，为国事夤夜操劳，他不禁感佩之至。

从门缝里看进去，委员长的住处是个套间。外面是办公室，里间是卧室，非常简洁。办公室里除了临窗摆有一张硕大的办公桌，堆得山一般高的公文卷宗外，屋内一排沙发，其他就没有什么了。现代化的东西只有一样，那就是老佛爷似的供在桌上的一部黑色载波电话机。就是这架老佛爷似的载波电话机，通过千丝万缕看不见的、联结着长城内外、大江南北的电话线，在全中国大地上织成了一面蛛网，中心点就在这里。

他还注意到，桌子当中，有一本翻开来的毛边书。不用说，那是委员长总是带在身边、须臾不离的《曾文正公全集》。委员长最崇拜曾国藩，当年在黄埔军校，委员长给他们演讲时就多次说过，曾文正公的思想，不管是政治的还是军事的，都是中国古往今来第一流的，是治国平天下的宝典。看来，即使在这军情如火，形势瞬息万变之际，委员长也是将它带在身边，一日三读。毛边书旁边，挂一杯已毫无热气的清花亮色的白开水。

"是郑大冲来了吗？"就在郑大冲悄无声息地站在门前，凝神屏息沉思默想间，屋里委员长突然问了，却并不转过身来。

"是，校长。"郑大冲不自禁地将胸脯一挺。

"进来。"

"是。"郑大冲随即看了看戴在腕上的瓦斯针夜光表，两根绿荧荧的长短针正好落在深夜十二点上，时间正好。看来，委员长早就知道他来了。

郑大冲走进屋内，当中一站，胸脯一挺，两腿一并，"啪"地给蒋介石敬了个标准的军礼："报告校长，郑大冲奉命来到！"黄埔军校毕业的军人，总喜欢在蒋介石面前称他为"校长"。因为他们知道，这样的称呼，会在一言九鼎的蒋介石心中唤起一种亲切友好的感情。

"唔，好好好。"蒋介石转过身来，手一比："坐吧。"

郑大冲落座在沙发上，正身目视着校长。蒋介石坐在他对面，先没有说话，而是用一双有些眍的、目光锐利的鹰眼审视了一下郑大冲。

"陈主任给你谈过了吧？"蒋介石问。他说的陈主任，是委员长三处侍卫室主任兼委员长秘书陈布雷，号称天下第一笔，是委员长最信任的人之一。

说起来，陈布雷职务不是很高，但委员长身边好些机要都是他策划或直接参与的，实际上很有权。

"谈了。"郑大冲斟酌着措辞，小心翼翼观察着委员长的神情。他说："陈主任传达了委员长的意思，让学生作为校长的特使回四川工作一段时期。"郑大冲说，"这是校长对学生的厚爱，我很荣幸，很高兴，只是怕完成不好校长交办的任务。"

"唔唔。"蒋介石点了点头，像老师考学生似的问，"你对四川目前的局势如何看？"

"在学生看来，"郑大冲早有准备，略为思索，侃侃而谈，"四川从民国以来，二十多年间军阀混战，到刘自乾、刘甫澄叔侄手上该是完结的时候了"。看委员长目不转睛看着他，郑大冲信心大增，继续说下去，"现在，二刘马上就要进行决战。优势明显在刘湘这边，因为，他有委员长的支持！"

"唔，是的，是的。"蒋介石说着站了起来，边走边说："二刘之战刘湘胜出，这没有悬念。但是，你要提请刘湘和邓锡侯等川中将领注意，盘踞独具匠心成都多年的刘自乾决不会坐以待毙，他不是一个简单的人。为了避免届时腹背受敌，两面作战，他很可能会在继去年打跑同踞成都的田颂尧之后，近期对邓锡侯动手。川中局势向来复杂，戏中有戏，牵一发动全身。"

"你这次回去，可能要在四川待很长一段时间。因为二刘之战后，刘湘答应中央要做的事恐有留难！"蒋介石接着强调，"我支持他是有条件的，他刘湘也是答应了的。这就是，他在打倒他幺爸刘文辉后，中央委他以四川全部要职。但是，他得马上集中川中军队去围剿、铲除踞通（江）南（江）巴（中）的红四方面军！嗯？"

"是。"郑大冲做出很能领会的样子，挺胸保证，"校长放心，学生一定完成校长交办的任务。"

蒋介石大步走到地图前，招手说："你来看！"

郑大冲走上前去，站在地图前，随着委员长手指的地方看。

"你看！"蒋介石指点着地图上隆起在川陕一线，于绿色中的一线褐红色，"这是秦岭山脉，就是因为这道秦岭山脉，一下子就将川陕分隔成了完全不同的两个世界，让四川成了物殷民丰的天府之国。"他边指边说："蜀道难，难于上青天。这话是不错的。这条是通往陕西的金牛道，这条是通往云南的石门道，这条是通往西部少数民族地区的清溪道，这条是通往甘肃的阴平道。金牛道是出川主道。"他又指点着夔门，"这是长江三峡。是川中通往外界的唯一水路，没有一处不险峻万分。杜甫有诗'众水会涪万'；《水经注》中曰：'巴东三峡巫峡长，猿鸣三声泪沾裳'！"掉了几句书袋，蒋介石看郑大冲很能领会地连连点头，接着从战略的高度强调："四川不仅是中国的战略基地、大后方、粮仓，而且地位极为重要。你看，它西扼青藏，南接云贵，东临湖北、湖南，北连青海、甘肃，成为内地联结东西南北和华中的天然纽带。正因如此，从古至今，有多少个小皇帝躲在四川？孟昶、王健、刘备……甚至明末年间，连张献忠也要赶去凑一凑热闹，在成都建立了他的大西国。而且，所有龟缩在四川的枭雄，没有哪一个是好惹的？他们不是鬼都惹不起的阎王，就是八磅重锤都砸不烂的铜头铁臂；不是铁钩都钩不住的滑头，就是翻手为云、覆手为雨的变色龙。唔，刘文辉的绰号叫什么来着？还有刘湘、邓锡侯等人都叫什么来着？"

郑大冲开口就来："刘文辉叫'多宝道人'，刘湘叫'巴壁虎'，邓锡侯叫'水晶猴'，田颂尧叫'田冬瓜'……"

"有道理，有道理。"蒋介石说，"除了田颂尧的'田冬瓜'有些牵强，太着重外形，其他人都恰如其分。你这次代表我去四川，首先是同'巴壁虎'打好交道。其次，也要同'多宝道人''水晶猴'等人打好交道。这其中，你要掌握好一个度，要掌握好轻重缓急。总之，要利用矛盾，为我所用！任重而道远，啊，嗯？"

郑大冲又将胸脯一挺，喊操似的大声说："学生相信，只要遵从校长教诲，按校长的既定方针办事，一定能克期圆满完成任务。学生一定牢记校长教诲，帮助刘甫澄尽可能快地统一全川，铲除赤祸。为党国服务，尽心竭力，万死不辞！"

"好、好、好。"蒋介石目光灼灼地审视着郑大冲，"你准备什么时候走？"

"校长要学生什么时候走，学生就什么时候走。"

"这样吧，时间要抓紧。明天上午，军政部有架直飞重庆的飞机，你就乘这架飞机走。"

"是。"郑大冲这时心中完全有数了。又是啪的一声，两腿一并，胸部一挺，给蒋介石敬礼："请校长注意身体，注意休息，学生这就告辞了。"

"唔唔。"蒋介石铁板似的脸上努力露出些笑意，竟破天荒地伸出手来，同特使握了握手，让郑大冲受宠若惊。

"郑主任，请！"

这时，就像计算好了似的，一个长相精干，着一身法兰绒中山服的委员长侍卫官适时出现在门前，领他去陈布雷办公室。陈布雷对他还有具体事情交代。

南昌的天，娃娃的脸，变化多端，昨天还是狂风骤雨，今天却是艳阳天。上午十时，军政部直飞重庆的飞机在南昌机场起飞，飞到了正常的高度，机头对着四川方向飞去。

天气很好，坐在舷窗边的郑大冲从窗内望出去。浩瀚的天穹一碧如洗，高速前进的飞机因为缺少参照物，好像是完全静止。机翼下，有一缕透明的白羽似的薄云，跟着飞机如影随形。郑大冲处于一种观想中。昨夜张群同陈布雷各有侧重地详细地给他交代了任务。张群特别着意强调了一点，作为委员长特使的他，在一定范围内，有相机处置的权力。四川情况复杂，为了达到目的，一切手段都是可以用上的。

他不禁想到了代表"校长"同他谈话的四川老乡，时任国府外交部部长的张群。张群是委员长最信任的人之一，不高不矮的个子，面庞方正，脸上常带笑意，西装革履，素常间皮鞋擦得锃亮，梳大背头，鹅行鸭步。最醒目的是，张群左眉梢旁长有一颗朱砂痣，这是一颗少见的福痣。据说，张群这副福相，也是蒋介石最信任他的原因之一。

张群是川省华阳人，其实也就是成都人，早先年间成都一市分为华阳、成都两地。在国民党上层，张群有个绰号叫"华阳相国"，相国是古时的宰相，意思是官高权大。在民间，张群有个绰号，叫"高级泥水匠"，意思是他最会敷衍，最会在各种场合同各种人打交道，处事非常圆滑，为人随和，往往采取搁平主义。然而他知道，这仅是张群的表象，其实张群相当厉害，有手段，柔中有刚，绵里有针。

张群和蒋介石是保定军校第一期的同学、朋友，以后又同时留学日本，就读东京士官学校；并就此开始了他们两人之间以后长达几十年的亦友亦上下级的关系。

当时，保定军校在成都地区招生很少，要求很高，张群考上了。全国各地的考取生最后都到北京集中，由号称北洋三虎之一、时任陆军总长的段祺瑞挨个面试。按规矩，考生见到段总长时要行半跪礼，但读书很多的张群受到当时西方思潮人人平等的影响，见到段祺瑞坚持不跪。旁边的人都急了，连连对他说："快跪下，给段总长请安、请安！"可张群却说："我从来不会下跪请安！"段祺瑞毕竟不同于常人，这位来自安徽合肥、以后成了皖系首领的"段合肥"，一眼就看出了张群是个相当有思想有作为的年轻人，一反以往，脾气好得惊人，他笑笑说："不跪就算了。"接下来口试，张群对答如流，然后是笔试。张群自忖大逆不道，见了总长竟然不跪，肯定考不上。因此考数理化时，他懒得考，不着一字。而在考国文时，因作文题触动了他的心思，遂提笔洋洋洒洒，谈了当前国家危急，西方洋人对我中华压迫日甚一日，国人当振武扬威以图强，自立于世界民族之林。他一吐胸中郁闷之气，写完掷卷而去。却不意，张群这篇精彩绝伦，却是大为出格的文章，考官看后不敢自专，遂层层上报，最后落到段祺瑞手中。段总长看后评价很高，认为要强国强军，就是要发现并起用张群这样的有志之士、有识之士，大笔一挥"录取"。

在保定军校，张群出名在先，蒋介石出名在后，他们都桀骜不驯。在军校，蒋介石脾气暴躁，有"红脸将军"之称。一次上细菌课，日本老师在课堂上手里拿了一块泥，说泥里寄生有四亿细菌，如寄生着四亿中国人。蒋介石听了十分气愤，当着全班同学，霍地站起身来，冲上台去，从日本教师手里抢过泥来，掰成八块，指着其中一块说，日本有五千万人，就像有五千万细菌寄生在泥里。这一举动顿时博得课堂上掌声雷动，日本老师则涨红了脸，好不尴尬，好没面子，蒋介石却好不得意，在军校的威信直线上升。

两人以后又同到日本东京士官学校留学，过从甚密，成了最好的朋友。在以后的几十年中，政治上，张群对蒋介石忠心耿耿，亦步亦趋，蒋介石对张群也有非比一般的信任。张群曾说："到日本留学是我生命中值得纪念的一章，我本来是准备学炮兵的，可是因为蒋先生学的是步兵，于是我不学炮兵而学步兵，以期与蒋先生朝夕相处，共同切磋。"当然，张群本身也有过人的才具。比如1926年，作为北伐军总司令的蒋介石率军抵达南昌时，军阀孙传芳在江浙一带势力很大，如果要武力解决，很费事。在蒋介石踌躇不决之时，张群主动要求去找孙传芳，凭三寸不烂之舌，将孙传芳说服过来。蒋介石说，那就不妨一试。结果张群立了大功，硬是将孙传芳说服并率部归顺了北伐军。林林总总的事情，特别是张群在处理人际关系上的过人之处，让蒋介石大权在握后，对张群越加深信不疑，大加拔擢重用。

张群说话做事不像陈布雷那样文气、生硬，而往往像摆家常似的娓娓道来，这就让人在心中受用的同时，又能领会其中的关节。就在赴川特使郑大冲的思绪在"华阳相国""高级泥水匠"张群身上萦绕时，机身剧烈地抖动了一下。郑大冲赶紧收住神思，掉头往窗外看去。不知什么时候，天气忽然大变。团团乌云翻卷着逼来，像一只巨大的海底乌贼伸出八只巨掌缠紧了飞机。瞬时，机舱内一片黑暗，电灯开了，马达发出瘆人的轰鸣，机身在剧烈地抖动。

"长官！"因为郑大冲此行是保密的，也没有穿军服，机组人员不知他姓谁名何，只知道他是去重庆公干的大官，一位身穿军服、曲线柔美的年轻女兵，趔趔趄趄走到他面前，敬了个礼，报告请示："现在飞机已飞临重庆上空，突遭雷电云层袭击，能见度很低，飞机无法降落，是否返回南昌？"看得出来，面前这位身材苗条、细腰丰乳肥臀、年轻漂亮的女兵很有些紧张。

"机上带的汽油充足吗？"郑大冲竭力沉住气问。

"按原线返回没有问题。"

"通知驾驶员，"郑大冲略为沉吟，"飞机向成都方向飞，争取沿线在就近机场降落。"

当天下午三时，郑大冲乘坐的飞机在涪陵机场平安降落。休息一会儿后，得知重庆气象条件好转，郑大冲即令机组人员告知重庆有关方面，飞机直飞重庆。当带着委员长特殊使命的郑大冲乘坐的这架不起眼的专机，平稳降落在重庆机场时，已是群山隐去，暮霭四合时分了。

前来迎接郑大冲的是刘湘的秘书章古溪，三十多岁，不高不矮的个子，戴副眼镜，一脸的文气。他在北京大学国文系毕业后，从事过一段时间的传媒业，后来长期在刘湘身边做文秘工作，深得刘湘信任，类似蒋介石身边的陈布雷。章古溪目光敏锐，眼波老是在镜片后晃动，似乎想把来人看穿看透。他说话客气，轻言细语，像气息不足似的。章古溪的名字，郑大冲是知道的，不过这是第一次见面，见后印象颇深。

章古溪握住郑大冲的手，热情地说："辛苦你了，郑特使，我代表甫帅前来迎接你。"一下就托出了他的地位身份。说着转身，手一比，"特使请上车，甫帅在重庆大饭店为你设宴洗尘！"说时，一辆漆黑锃亮崭新的福特牌轿车徐徐开了过来。一个副官模样的年轻军官上前，替特使拉开车门，一手护住车顶。

郑大冲和章古溪相继上了车，轿车顶着薄薄的夜幕，沿着逶迤的山路，向远处灯光闪烁的重庆市区风驰电掣而去。

郑大冲知道，刘湘生性俭朴不喜招摇，一般不到茶楼酒肆，而这晚却在重庆最有名的重庆大饭店为他设宴洗尘，可见对他这个特使到来的重视。郑大冲一边思忖着、演绎着马上就要出现的场面和如何应对；一边同坐在身边的章古溪寒暄，谈些重庆近来的天气，述说来时路上的惊险，言不由衷地接受章古溪不无夸张的惊叹和慰问。

说话间，车已入城。重庆大饭店突然间一下闪现在夜色中。在夜的深处，最先浮现出重庆大饭店的中国式重檐大屋顶，飞翘的檐角和屋脊上装饰着的成串的红红绿绿的小电灯、霓虹灯，在夜幕中闪闪烁烁，流动得无声而又灿烂。这时，轿车一下子甩开街市，进入了一条幽巷，很快滑进了中西合璧的花园似的饭店内。车轮触地，发出好听的沙沙声。

重庆大饭店占地广宏，堂奥洞深，移步换景。轿车沿着两边花木扶疏的曲径，驶到后面的一个幽静的中式独院门前停了下来，章古溪说："这是中花厅，甫帅在里面等你，你住西花厅。"说时，一个军装整洁、副官模样的青年军官快步上前，轻轻为他们拉开车门，章古溪和郑大冲先后下了车。

"是委员长特使吧？"刘湘的贴身副官张波迎上。

"是。"

"特使请！"张副官将手一比。

进了门，是一个长方形的独院，院子里茂林修竹，鱼池假山，在夜幕中显得非常幽静。张副官在前带路，一行三人沿花径，过庭院，上台阶，面前是一溜儿排开的三间厦屋，大红抱柱，古色古香，绿窗灯火。

"特使请！"张副官在门前逊步，手一比。

郑大冲在章古溪的陪同下，朝里走去。

迎面是一道足有人高的熊猫戏竹黑漆屏风，拐过屏风，花厅里只坐有刘湘一人。身材高大，身着蓝袍的甫帅时间抓得很紧，坐在沙发上专心看报纸。

"甫帅！"就在郑大冲热情地这样一声喊时，刘湘抬起头来，放下手中的报纸，看了看特使，道一声路上辛苦。郑大冲发现，刘湘的眼睛很厉害，又大又黑又亮，而且亮得射人。

"请上席吧！"刘湘手一比，率先走到席位上坐了，郑大冲坐在甫帅对面，章古溪打横。特使这才注意到，偌大的阔气的花厅里就摆了一桌，主客就他们三人。刘湘理解特使的惊讶，笑了笑说："人多好种田，人少好过年，我这是专为特使洗尘。人少，我们也好摆龙门阵。"郑大冲看得出来，刘湘是个俭朴、务实的人，虽然对他的接待很上档次。

这时，三个相貌清俊、身材高挑、身着蜀绣大红旗袍的姑娘袅袅婷婷，水上漂似的走了上来，给他们泡上四川盖碗茶。茶极好，是名山顶上量极少的雨露明前茶，属于贡品。

刘湘将手中的茶碗举举，一手揭开茶盖，示意特使请茶。郑大冲端起茶碗，抿了一口，说好茶。刘湘问郑大冲路上的情况，听郑大冲说了此行的惊吓后，他寓意颇深地说："好事多磨！看来特使此次来川，川事也一定像你坐飞机来渝一样，没有那样顺利！"

"全看甫帅看顾。"特使马上来了这样一句。

喝了茶，刘湘显得很随意地说："特使一定饿了，我们就边吃边谈吧，都是自家人，随便一些。"这就让上菜。先上的是下酒菜，八菜八碟，一律川味，有成都缠丝兔、建昌板鸭、重庆贵妃鸡等等。酒是泸州老窖。郑大冲真心欢喜，有种久违了的感觉，他搓着手，架势说好。说家乡的茶好、酒好，川菜更好。为了调节气氛，也是为了卖弄学问，章古溪趁势发挥开来。

"走遍世界，也吃遍了天下的美食家宋大陆就曾经说过，走遍天下，吃遍天下，以我们中国为最；而中国，又以我们四川为最。"章秘书说，"这就像《中华范文》中的一则《登徒子好色赋》。登徒子有次对楚王告宋玉的状，登徒子说，宋玉体貌娴丽，极擅言辞。登徒子想以此告诫楚王，以后不要让宋玉到后宫去。因为后宫嫔妃众多，不要因宋玉而出事。楚王听后专门找宋玉来问，并把登徒子告状的话，原封不动说与宋玉听，问宋玉对此作何解释？"

"思维敏捷，极擅言辞的宋玉说，我体貌娴丽，天之生也。善于言辞，后天学也……天下美女，在楚，而楚之美女，尤数东邻。高一分则高，矮一分则矮。总之，天姿国色。然而就是这样一个国色天香的东邻美女，经常站在梯子上对我凝望示情，整整三年，我却对她无动于衷，这能说我好色吗？反观登徒子，他的妻，佝腰驼背，脸色焦黄，一张兔子嘴。然而，登徒子却在他父亲死后，为父守孝的三年中，竟然与他的丑妻生了三个儿女。请问楚王，是我宋玉好色，还是他登徒子好色？楚王一听，疑虑顿消，将登徒子削职，办了他一个诬告罪。"

听此一说，刘湘不置可否，只是拊掌大笑，郑大冲连连赞叹："章秘书真不愧为北大毕业的高才生，举一反三，知识渊博、知识渊博。"

如此一来，席上气氛顿时就活跃了。

下酒菜上齐，三个年轻漂亮，身穿红旗袍的姑娘上前来，给他们斟酒，却又并不斟满，只斟八分；所谓菜七酒八，这是有规矩有讲究的。

"我有严重的胃溃疡。"刘湘对郑大冲说，"我平时是不喝酒的，今晚为欢迎特使，破个例，喝一杯。"说着举起杯来，同特使碰杯。

"不敢当，不敢当得很！"郑大冲赶紧举杯站起。

　　三人碰杯，明亮的灯光下，溅起三朵高高的酒花。刘湘饮了这杯酒，并亮了杯底。

　　走了这个过场，刘湘对郑大冲说："特使来重庆，章秘书代表我全权负责接待，以后所有大事小事，特使都随便开口，不要客气。"

　　"谢甫帅！"

　　刘湘问章秘书："特使住在哪里，定下了吧？"显得关心备至。

　　"住重庆饭店西花厅。"章秘书说，刘湘点了点头，表示满意。

　　"甫帅！"委员长特使说，"你胃不好，请以茶代酒吧，我敬你一杯。"郑大冲这就站起来，敬了甫帅，又同章古溪互相敬酒。酒过三巡之后，章古溪会意，知道甫帅要谈正事了，这就要站在身边服侍的三个红旗袍姑娘出去一会儿，说："等一会儿需要你们时，我再按铃唤你们进来。"

　　三个姑娘迈着轻盈的碎步，水上漂似的退出时，郑大冲对其中一位个子高挑、丰满合度的姑娘恋恋不舍地看了又看。章古溪一下就注意到了特使的表情，不禁心中暗笑。

　　接下来，主客的谈话是直接的，也是实质性的。作为委员长特使的郑大冲明确告诉甫帅，委员长支持甫帅的"安川"之战，希望甫帅毕其功于一役，打败刘文辉，就此结束四川无休无止的内战。"安川"之战胜利结束之时，中央将免去刘文辉的四川省政府主席职，甫帅在担当起四川省政府主席一职的同时，中央还要在川设川康绥靖公署，由甫帅兼任公署主任。这样，甫帅所负的责任更大了。之后，中央希望甫帅履约，率军一举铲除踞通南巴的红四方面军。郑大冲还特意强调了委员长这样一层意思：届时，如果甫帅认为有必要，中央可派十个师的中央军入川助阵。当然，中央军入川后接受甫帅提调。这话带有试探性。

　　刘湘马上拒绝了中央军入川一说，又追问特使："中央准备如何支持我？"

　　"政治上支持，军事上也支持，在所有的方面都支持。"

　　"好！有特使这句话，我心头就踏实了，章秘书！"刘湘看着章古溪交代，"下来后，你好好同特使谈谈有关方面的具体细节。比如，我们需要得到捷克式机枪多少挺，弹药多少万发？你都要提出一个准确的数额来，列个清单交给特使！"

"甫帅放心！"章古溪心领神会，点头如捣蒜，"下来，我会同特使就这方面详细谈，而且，我会随时向甫帅请示的。"

刘湘这就显出了满意的神情。

特使看着刘湘："行前，委员长对我特别交代，要我来川后，详细聆听甫帅对目前江西、四川两地赤焰独炽的看法。"

刘湘显然对此早有准备，他接过话题，侃侃而谈："中央在江西的'剿共'，军事上虽有不利，但只要能确保四川不遭到共军的侵扰，而使其囿于江西一隅，就不致蔓延成为全国之患，共产党、红军就终有被剿灭的一天。唯有达到这样的要求，就得先达到四川军民财政的统一。"

"这一目的以往之所以不能实现，完全由于刘文辉在其中作梗。刘文辉所霸据的地盘独广，且皆富庶之区，他以省政府主席的职位，从来不仅不奉行中央的军令政令，而且别有异图。凡遇政局发生变化，他无不乘机鼓动，站在与中央为敌的一边。比如，先是附和唐生智叛乱，后来在中原大战中公然站在阎、冯、李、白一边，发出'鱼电'等等，真是不一而足。"

"如不能把这种状况根本改变，不仅四川永无统一之望，予'共匪'以可乘之机，而且再有政局的变化，他又会故态复萌，加重中央西顾之忧。要改变这种状况，并无多大的困难，只要假我以应有的权责，关注邓、田两军的相当利益，就能形成对刘文辉的夹击之势，解除其武装，占领其地盘，去掉其主席，以达到川省在中央领导下的真正军民财政统一。如此，就不仅能防止共匪之侵袭，而且还有余力以备中央'剿共'军事之调遣。"刘湘不是一个擅长言辞的人，而这番带有纲领性的话说得如此流畅，显然是早就深思熟虑了的。郑大冲要把刘湘的这番话报告上去，因此听得非常仔细，可以说字字句句吃进了心里。

听完刘湘这番话，郑大冲赞叹有加："甫帅宏论，中肯！切中时弊，切中时弊呀！甫帅高瞻远瞩，目光犀利，照甫帅的计划实行，四川大有希望，红军也不难铲除。甫帅主持川政后，赤祸在川难有立锥之地，这也正是委员长所期望的。"说着故显激动，再次举杯，"作为川人，我要为乡梓尽微薄之力。作为特使，我要在中央和故乡之间，在委员长和甫帅之间起一个桥梁作用，尽心尽力，助甫帅一臂之力，尽快完成四川真正意义上的统一大业！来，祝甫帅早日完成千古大业！"

刘湘以茶代酒，同郑大冲再次碰杯，拍板成交。

章古溪这就适时按了电铃，传正式上宴。很快，珍肴美味源源而上，摆满了桌子。胃口很好的郑大冲发现，甫帅根本就没有动几下筷子，不由注意看了看刘湘。他似乎真有胃病，而且很严重，脸色不好，黄焦焦的。

给委员长特使安排的洗尘宴，短小精悍，内容扎实，时间前后不到两个小时。宴会接近尾声时，刘湘说："今天川中各报都刊登了以唐式遵领衔的六十七位将领联合讨伐刘自乾电，很有意思！特使在路上没有看到吧？"

"没有。"郑大冲很有兴趣地说，"我很想看看。"

章古溪马上说："我已经将这些报纸，还有一些特使肯定感兴趣的报纸、文件、文电等等，一并搜集起来，放在特使下榻处了。刘自乾多年来惹得天怒人怨，成了过街老鼠，人人喊打。"

"好的，好的。"郑大冲说，"我一定好好看看。"

宴毕，夜已深。郑大冲同章古溪送甫帅上车。甫帅去后，章古溪对郑大冲一笑，眨了眨镜片后显得很诡的眼睛说："我就不送特使去下榻的西花厅了，免得打扰。我已经安排好了，以后就由刚才你看见的那位个子高高、长得又窈窕又丰满的红旗袍女子来专门服侍你。红袖添香嘛，哈哈。她的名字叫妙玉，同《红楼梦》中的妙玉同名。如果特使以后不满意了，换一个就是，山城以出美女而闻名。"

"我的西花厅也是平房吗？"委员长特使顿时会意，心中一喜之后，又问。

"不是。"章秘书意味深长地笑了，"平房不方便。你的西花厅是独院，里面一幢小洋楼，要干个什么，方便得很。另外，特使的安全也请尽管放心。在你的楼下，我放有一个专门为你警卫的弁兵，这个小弁兵，又能干，嘴又稳。特使可以随便吩咐使唤他，小弁兵名叫张得胜。特使有什么事用得着我的，请直接打电话来，我随时恭候。能为委员长特使服务，是我的荣幸。对于我这样的安排，不知特使满不满意？"

"哎呀，章兄怎么用起外交辞令来了？对于章兄的周到安排，我能有不满意的？我谢都来不及呢，我会后谢章兄的。"这会儿，委员长特使已经同刘湘身边这个颇有实权、参与策划机宜的秘书章古溪称兄道弟了。郑大冲的心都要飞起来了。尤其听说那个他喜欢的叫妙玉的红衣女子，章古溪专门调来服侍他，让他尽情享用，身上顿时升起一股异样的炽热。当委员长特使真好！他想，如果不是当委员长特使，他哪能享受到这样神仙也享受不上的好日子！在首都南京那样冠盖如云的地方，像他这样的少将，可谓填街塞巷，算得了什么！天府之国四川毕竟不一般。躲在重庆的权贵们，也真是太会享福了。

"那我们就明天见了？"章古溪告辞了。

"明天见。"这会儿，郑大冲巴不得章古溪快快离去，却又装模作样，将章古溪送上汽车。

"特使明天肯定醒来得迟。"上汽车时，章古溪又对郑大冲一笑，"我们的谈判定在下午吧？下午两点钟，等你睡了午觉，养精蓄锐后，我再到你那里来？"

"好的，好的。"郑大冲向上了轿车的章秘书挥了挥手。

像安排好了似的，章秘书一走，那个叫张得胜的小弁兵寻来了。"报告特使！"小弁兵在他面前一站，"啪"地敬了个军礼，挺胸道，"长官，我叫张得胜。"然后手一比，"特使，请！"

郑大冲跟着小弁兵，顺着曲折的花径，进了西花厅。这是一座清幽的独院。小院中花草很多，在夜里散发着幽香。正中有幢法式小洋楼，精巧有致，一楼一底。楼上正中一间窗户，亮着灯，绿窗灯光，幽静而温馨。不用说，那就是他的主卧室了。那个章古溪说的，他一见钟情的妙玉姑娘正在房间里等着他吧。

他屏住呼吸，左看右看。也许是军人习惯，到了一个新的地方，无论如何，他都要先熟悉地形。清幽的小院四周有矮矮的围墙。进门右侧的草地上，有一盏西式灯亮着，很像一个训练有素的仆人，在低首鞠躬迎接晚归的主人。幽微的灯光通过压得很低的灯帽映在草地上，照出一方黑黝黝的很有质感的草坪。小院中的花草树木，浓荫翠竹，鱼池假山摆布有致。

临上楼前，他有些不放心地问小弁兵张得胜："长官派你来，是如何交代你的？"郑大冲说时，眼巴巴地望着楼上的绿窗灯光。这会儿，他觉得这个叫张得胜的小兵站在这里简直就是多事。

"不该看的不看，不该问的不问。我只负保卫特使的责任。"

"好，好，好。"郑大冲一听高兴起来，"看来，你是懂得起的。楼上那盏亮着灯的是我的屋子吧？"

"是。"

"屋内有人？"

"是。"

"啥人？"

"是章古溪章主任派来服侍特使的妙玉小姐，她已经在屋里等候了。"

郑大冲的心噔地一跳，周身热血偾张，赶快给小兵下了命令："关上院门。熄灯，你快去睡，你还要负责让其他的人也都睡，熄灯，嗯！"

"是。"小兵又是将单薄的胸脯一挺，一副保证说到做到的样子。郑大冲这就三步并作两步，上楼去了。

第二章

现代鸿门宴，"水晶猴"脱困而去

五月末非常明媚的阳光透过窗帘，洒进屋内。平时不起眼的尘埃，在一束束透明的金阳包裹映照中，翻腾着一片片的混沌，犹如时下的局势。

这是上午十时左右。在成都二十八军军部会议室里，邓锡侯正在召开一个重要的军事会议。依次坐在椭圆会议桌两边的是：军参谋长朱瑛；一、二、三、四、七师的师长杨秀春、黄隐、陈书农、陈离、马毓智及多位旅长和相关人员。他们全都神情肃然地凝视着端坐在上首的军长邓锡侯。会场很静，静得掉一根针到地上都听得见，能感受到身边人粗重的呼吸。在座的都明白，他们赖以图存、赖以安身立命发展的团体，简而言之一句话，他们的饭碗——国民政府第二十八军，现在面临刘文辉的严重威胁，黑云压城城欲摧，他们已到生死关头。

平时总是西装革履的二十八军军长邓锡侯，这天为了着意渲染战争气氛，特意穿上了黄呢将军服，却又不戴军帽，露出那一副板寸头，头发又黑又硬又粗，犹如一头钢针。一张方正的脸，有棱有角的五官，脸色铁青。他用一种决绝的神情扫视了一下部属们，目光波动而又凌厉。

"现在的情况明摆在这里，刘自乾饶不过我们！年前，他收拾了田颂尧，歇了一段时间，砣子（四川话，拳头）又燥痒了，他要对我们动手了！"邓锡侯说一口地方音浓郁的川北营山话，说得很慢，似乎这样可以加强表达的效果，"卧榻之旁，岂容他人酣睡！"邓锡侯讲话很有趣，很幽默，时而抛几句文辞，大多用的是通俗易懂的民间俚语，"现在的情况就是瓜娃子（傻子）都看得出来，就像戏台上两军交战。叮叮咚咚，偏将上来，打了一气退下去，该双方主将出场了。"邓锡侯是个京戏迷，开口讲话，总要扯到戏台上去，"双方主将我不说，大家都晓得，就是刘文辉、刘湘叔侄。他们这回是真打，朝死里打。刘文辉怕我们二十八军到时帮刘甫澄的忙，所以最不放心我们，存心想把我们二十八军一口吞了。"

"月前，他钝刀子杀人，故伎重施，挖我们二十八军的墙脚。他亲自出面招安，想用军长、副军长的职位收买我们鼎勋兄、秀春兄。鼎勋兄、秀春兄，是不是有这样的事？"说时看了看坐在左右两边稍下的陈书农、杨秀春。两位师长点点头，又不屑地笑了一下，表示他们没有吃刘自乾那一套。

邓锡侯说："虽然我们再三再四向他表示，你们两叔侄要打，打你们的，我们二十八军保持中立，可刘自乾就是不信。看来，他是把我们二十八军盯上了，一步不放，该如何应对呢？三个臭皮匠，顶个诸葛亮，我想听听大家的。"

事情由来是，月前，当刘文辉凶相初露之时，邓锡侯就召集麾下重要将领们商议如何应对，将领们一致认为，二十八军与刘文辉的军力相比太过悬殊，不能打。要避开刘文辉的凶焰，最好的办法是派人去给刘文辉说明，二十八军保持中立，甚至可以同二十四军签订一个互不侵犯条约。如果刘自乾还不放心，就再退一步，将留驻在成都的二十八军部队悉数撤到灌县，甚至包括军部。

邓锡侯同意一试。他派了能说会道的教导师师长杨秀春和第三混成旅旅长周世英一起去谒见刘文辉，表达了二十八军全体将士愿意同二十四军共荣同存，不愿打仗的和平愿望。同时又派了马毓智、陈离两个师长去找与他们有旧的二十四军重量级人物冷寅东及陈光藻拉关系。希望冷、陈在刘文辉面前转圜、调节关系。

结果，刘文辉说得冠冕堂皇，什么你们二十八军多心了，哪个说我们要打你们二十八军？这些话是从哪里听来的？根本没有这样的事嘛，完全是造谣，完全是别有用心。况且，我与你们军长邓晋康是多年的老同学老朋友。年前，在调停省门之战中，你们邓军长还帮了我的大忙，我还欠了他的情。我哪能说翻脸就翻脸呢？与其这样，我刘自乾岂不是成了利欲熏心，一根眉毛就把眼睛搭了的小人？刘文辉越说越气，为了表达他对这种离间二十四军与二十八军谣言的愤怒，甚至当众摔碎了一个茶杯。

然而事实是，刘自乾当面说一套，背后做一套。自此之后，刘自乾霍霍的磨刀声越发清晰。近日邓锡侯得到可靠消息，刘自乾准备下手了：先将设在成都的二十八军军部及所属留守部队，一并包"饺子"。然后，在最短的时间内，将驻扎在灌县一带的二十八军主力黄隐师尽数歼灭。

面对面面相觑，不知所以的部下们，邓锡侯也是故伎重施，以退为进。他说，不如我邓锡侯即刻宣布下野，好让你们大家各奔前程，如何？

邓锡侯这一说，会场上顿时闹圆了，没有一个同意他下野的。他看出来了，大家都是真心实意的，这也是意料中事。二十八军，对在座的高级军官们来说，好比是一间能遮风避雨的破房子。虽然大家平素因为利益分配不均等等，对这间破房子颇有微词，但能有这间破房子实属不易；如果连这间破房子都没有了，大家流落出去，就是丧家之犬，就成了看人家脸色吃饭的二等公民。这是在座的高级军官们绝对不愿意看到的，绝对不能同意的。大家一致表示，坚决拥护军长，愿听从军长驱策。

"大家的马儿大家骑。好！既然大家不同意我邓某人下野，那我就接着说下文。"邓锡侯既然叫"水晶猴"，自有他水晶猴的滑头。胸有成竹的他，并没有马上亮出底牌，而是将话题一宕，很诙谐地谈起了《三国演义》：

"这会儿，我倒想起了《三国演义》中，曹操八十万人马下江南一节。"邓锡侯不疾不徐，借古喻今。

"曹操率八十万人马下江南时，阵势何其凶猛？可说是投鞭可断江流，江南一时风声鹤唳，人人自危。当时，孙权也召集了一个类似我们今天这样的重要军事会议，征求大家意见，是战还是降？会议上两方意见都有。经过激烈的争论，最后主战派占了上风，大家意见趋于一致，宁为玉碎不为瓦全。孙权这就适时抽出宝剑，挥剑将御案削去一角，说是，今后如再有人谈降者，当如此耳！"

"《三国演义》中这一段，是吴蜀联盟火烧赤壁的前奏。赤壁大战打得曹操丢盔弃甲，吴蜀转败为胜，关键一点是有先前的吴蜀联盟。"

"如果大家不同意我下野，那我就要发令了，如果哪个以后在下面口袋里装茄子——吱吱嘎嘎的，我可就要上演孙权挥剑削案一出了！"

"我们现在的情况与年前田光祥与刘自乾打省门之战不同。那时，田光祥和他的二十九军是单打独斗，今天刘甫澄指挥的是一支联军，势在必得，我们是联军中的一支。说到这里，我可以告诉大家一个小小的秘密，也是一个好消息。前天，老蒋派了他的特使，这个特使的名字，说出来大家都是晓得的，就是中央军校政治部主任郑大冲，我们四川荣县人，由南昌前线'剿共'行辕飞去了重庆。"邓锡侯看他的话引起了将领们的注意，接着说下去，"此举说明，此次打败刘文辉，不仅是刘甫澄的事，不仅是我们这些川中军人的事，也是蒋介石蒋委员长的事。老蒋是下了决心的！对刘自乾，不是一般的打，而是要朝死里边打。"在座的将领们听到这里，都如释重负地嘘了口气，很有些振奋。邓锡侯接着分析："年前，田光祥和他的二十九军有些不自量力，在成都遍城公开刷上大标语，什么二十四军滚出成都！而且勒令刘自乾将双流、新津两个甲等县拱手相送。这就过分了，这不是自己讨打嘛？"

"而今天我们不同，我们是哀军，哀军必胜。甚至二十四军中好些官兵都同情我们，说刘自乾事情做得太绝了，太霸道了！再有，年前田光祥和他的二十九军同刘自乾的二十四军开战，得到的仅仅是刘甫澄的口头支持。而今天，我们二十八军本身就是联军的一部分，刘甫澄是给我拍了胸口的，决不让我们二十八军孤军奋战。这一点，我可以给大家保证。怎么样，我说了这么多，大家心中有底没有？"

"有。"

"军长安排吧！"

"军长咋说咋好！"会场上，军官们纷纷表态了。

邓锡侯见在座的高级军官们已经心往一处想，劲往一处使，这就给坐在旁边的军参谋长朱瑛示了个意："参谋长！"他说，"你就给大家交代任务吧。"就这样，邓锡侯以他固有的方式，在很短的时间内，形象深刻地将局势的严峻，斗争的必要性、紧逼性都尽可能地传达给了部下们，并让部下们感同身受，化为了自觉行动。

军参谋长朱瑛手中握着一根黄锃锃的二荆条小竹竿，站了起来，走上前去，唰的一声，撩开黑绒布，亮出一幅几与壁大的成都及周边地区军用地图。在座将领们的目光，唰唰唰，像一片利箭，从长方形的会议桌两边飞了上去，钉在了那张军用大地图上。

"这是毗河。"朱瑛用手上的小竹竿，将地图上那条离成都不远的蓝色细线干脆利落地一点，"按照军长指示，我二十八军拟沿河布阵，同二十四军隔河对峙。"说着竹竿向左一滑，"这是都江堰，毗河的源头。"小竹竿再沿着地图向右滑去，"沿毗河，从都江堰始，到新都以远，我拟由五个师沿河布防，同二十四军周旋到底。"

"按军长指示，拟从都江堰始，到崇宁县一线，由黄隐师长的二师布防。由崇宁县至新繁县斑竹园，由七师马毓智师长布防。斑竹园以下，经新繁至新都三合场，由独立师陈离师长布防。由三合场辗转至金堂县姚家渡，由教导师杨秀春师长布防。第三师陈书农部用作机动……"

军参谋长布置完了，放下手中竹竿，看了看邓锡侯，又看了看师长们。

在座的将领们都没有说话。一时，空气凝滞，疑虑明显地写在师长旅长们脸上：仅仅靠这条从都江堰流出来，延伸而去，河面并不算宽阔，河水也并不湍急的毗河，二十八军就想逃过一劫，免于二十四军的打击，行吗？

"没有过不去的河，没有登不上的山，没有啥子了不起的！"邓锡侯看了看在座的将领们，说，"如果届时战争形势实在吃紧，我可以放水，放都江堰的水，给刘自乾来个水淹七军！淹得他龟儿呵呵连天的。另外各军注意，我们要软硬兼施，尽量利用二十四军广大将士的厌战心理，对我们的同情，尽量向二十四军广大将士示好。有关系的拉关系，尽量避其锋芒，争取时间，能不打就不打，能拖就拖，反正不让他们过河，等刘甫澄对刘自乾发起总攻击。如果他刘自乾是矮子过河——淹（安）了心，硬要扑河，我们就打，陪着他打！”

“只怕到时候，他刘自乾腹背受敌，猫抓糍粑——脱不了爪爪，想跑都跑不脱了！战争胜利后，在座的都是功臣，届时我们论功行赏！如何，大家有没有信心？”

这一来，原先一个个脸上霉得起冬瓜灰的将领们，心中都有了底，态度也变得激昂起来，纷纷表示要圆满完成作战任务。

邓锡侯原先吊起来的一颗心，这才咚的一声落进了胸腔子。

邓锡侯在宣布散会前再三嘱咐：“大家要注意四个字！”说时，习惯性地举起两根拇指一一道来，“秘密，扎实！”说着解释，“各部的行动要秘密，战斗布置要扎实。”散会后，将领们纷纷赶出城去，赶紧调动部队，按照参谋长的布置，沿毗河北岸构筑工事，做好一应战斗准备。

每有机密要事或大重，刘文辉不像邓锡侯那样召集众多部属开会，而是将他的左膀右臂——二十四军第一师师长兼川康边防军副总指挥冷寅东和军参谋长田北诗找到一起细细商议；而且商议时，门窗紧闭，事情做得很有些诡秘。这从一个方面表现了他的个性特征。门窗紧闭这一细节，表现了刘文辉做事的专注和注重机密。

这个时节，是成都很美好的季节。在刘文辉那座占了足足半条模范街、高墙深院的玉沙街公馆里，特别是刘文辉住的后院，更是百花芳菲，花香鸟语。出生于大邑县安仁乡间的刘文辉是个酷爱自然、酷爱乡村景色的人。如果不是这样的非常时期，他是坐不住的。他或是带着年轻漂亮、会说话的三姨太杨蕴光在花园中走走、看看，逗鸟弄花，或是到离成都二十多里地的牧马山上骑溜溜马。兴致来时，在自家花园里，他还要亲自动手，荷锄挖地，栽花养草什么的。在他看来，这不仅可以活动筋骨，更是一份乐趣。布衣出身的将军，哪怕官当得再大，对土地、对自然总有一分自然而然的感情和联系。

然而，这天刘文辉一早就将自己和他的左膀右臂冷寅东、田北诗关在后院的书房里议事。并专门嘱咐影子似跟在他身边的亲信副官李金安，院子中要保持绝对的安静，不准任何人来打扰，就连家中地位不比一般的三姨太杨蕴光也不能来打扰。李金安做得很好，他像条嗅觉灵敏的猎犬一样四处逡巡，就连花园中的鸟打架，都被他轰走了。

一个上午，身材矮小，着一套黑绸缎长衫，脚蹬黑直贡呢白底朝圆布鞋的刘文辉，显得焦躁不安，在书房里不是来回踱步，就是坐下猛劲抽水烟。

"你们说，这龟儿子老蒋他究竟要做啥子？他这回究竟安了啥子打猫的心肠，嗯？他竟然给刘甫澄派去了特使！"说时，刘文辉往黑漆太师椅上一坐，左腿一跷，袍裾一撩，伸出手，将放在身边高脚茶几上的白铜水烟袋抓在了手中。

"啪！"的一声，他左手托起水烟袋，驾轻就熟地用大手指一托，水烟袋盖子开了。右手两根焦黄枯瘦的手指伸进烟盒，夹起一绺黄金杠色切得蒙细的什邡水烟丝，放在烟鼻上，按了按。尖起嘴"噗！"的一声吹燃用新津大草纸捻成的纸捻，将纸捻顶端燃成一束暗灰色的火焰往烟鼻上一拄。咕嘟咕嘟，只见他那张黄焦焦的老太婆脸的脸颊两边直往下陷。每咕嘟一声，装在烟鼻上的烟丝就随着纸捻上的那个暗红色的火头变黑变灰，并迅速下陷。与此同时，一道缕缕的青烟袅袅升起，空气中弥漫着一股燥辣的水烟香味。

他一连抽了三袋水烟。而坐在他对面的冷、田二人也不说话，只是对应似的品茶。一时，屋子中主宰着二十四军命运的这三个人，抽水烟的抽水烟，品茶的品茶，显出一种怪异的幽静。

军参谋长田北诗最摸刘文辉的脾气。他知道，在军长这样毛焦火辣的时候，千万不要去招他惹他，最好的办法就是不开口，神仙难耐不开口。

刘文辉稳不起了。他"咚！"的一声将手中的白铜水烟袋拄回旁边的高脚茶几上，看着冷、田二人问："两位不知看了《四川日报》上刊登的，以刘甫澄手下第一师师长唐式遵'唐瘟猪'领衔，川中六十七名将领对我的讨伐电没有？杂种，硬是要大干了么？"

两位都简简单单地说，看了。

刘文辉的脸上显出严峻，他说："这份讨伐电不可小视呢。这是刘甫澄向我动手的前奏，你们说是不是？"

"是。"冷寅东说，"司马昭之心，路人皆知。"

"打就打嘛，哪个怕哪个！"刘文辉提劲之后，袒露了他的担心，"我现在最担心的还不是刘甫澄，也不是老蒋向刘甫澄派去了特使。我现在最担心的还是眼前这个'水晶猴'。俗话说得好，没有家鬼引不进外祟，明枪易躲，暗箭难防。到时候，我们同刘甫澄打起来了，如果'水晶猴'在我们身前身后踩左踩右的，事情就麻烦了。"

"那是。"田北诗思索着说，"邓锡侯是该打，但邓锡侯与田颂尧还有所不同。年前，我们对田颂尧是不得不打，因为他是逼着我们打。而邓锡侯不同，邓锡侯狡猾，他做出一副可怜巴巴的样子。这个时候，我们再打二十八军，就显得有些欺人过甚。咦！"田北诗说时嘘了口气："这盘棋难下哩！"转了半天，军参谋长只谈了一个表象，至于下一步棋如何走，又推给了刘文辉。

"寅东，你看呢？"刘文辉问冷寅东。

"事到如今，也管毬不到那么多了。胜者为王，败者为寇，打了再说！"

刘文辉思索着说："北诗说得对，这个邓锡侯就像是一个缩起身子的刺猬，还不好打整。不打吧，哪个放得下心？去年，我们同田颂尧打省门之战时，他就派了黄隐从背后来打我们，后来是看阵仗不对，才缩了回去。这次刘甫澄打我们，他还有不动手打堆锤、捡粑和（四川话，便宜）的？"刘文辉说时，牙痛似的嘘了一声，站起身来，两手在身后一背，转起圈来，"打吧？人家又没有惹到我们，师出无名。咋个办呢？真是伤脑筋！"

"军长，你看这样行不行？"军参谋长田北诗毕竟脑瓜子灵醒，他献上了一条妙计，"不如军长出面，找一家大饭馆请'水晶猴'赴宴。在宴会上，我们可以探一探他，尽可能摸到他的底细。军长也可以干脆把话说明，看能不能笼络到他。如果实在不行，把他扣起来也无何不可！"

"摆他一出现代鸿门宴！"冷寅东把手一拍，补充道，"如果他邓晋康不来，就说明他心中有鬼，我们就正好借事出徐州，把他扣起来，也好了却一场心病。"

"好呀！"刘文辉猛然停步、转身，用他那双略显棕黄，却很有神的眼睛望着足智多谋的军参谋长，略为沉吟，"计是好计。不过，邓晋康是不会不来的，他没有那样笨。然而宴会上，想要摸清他的底，怕没有那样容易？依他的脾气，他肯定会顺着我们的毛毛抹，不会扯怪叫。"

"邓晋康酒量不行。"冷寅东继续着他的思维逻辑，"我们设法把他灌醉，酒醉吐真言？"冷寅东说时望着刘文辉。

"这咋个得行，咋个得行？一是你不容易把他灌醉，就是把他灌醉了，又能做得啥子？"刘文辉的态度是不以为然的。

"管毬的他那么多啊！"冷寅东说了句怪话，对军长的问不作解释，进一步提议，"蛇无头不行，鸟无翼不飞。只要他邓晋康肯来，如果实在不行，我们就干脆一不做二不休，把他软禁起来再说！"

"要不得，要不得！你这个是馊主意，馊主意！"刘文辉连连摇头，"如其这样，我刘自乾成了啥子人？年前，我同田光祥打完省门之战后，社会舆论说我刘自乾是省主席，有维持一方的责任，却带头把省会成都打得稀烂，我成了罪人！现在我请人家邓晋康赴宴，在酒席上白不说黑不说，就把人家逮起来，这还得了吗？传出去，我刘自乾以后脸朝哪放？北诗，你看呢？"

"军长，寅东的话也有合理的成分。"军参谋长很会做人，他说话做事向来都是菜刀打豆腐——两面光。他对冷寅东的话进行了补充修正，"现在是非常时期，也是敏感时期。只要邓晋康肯来赴宴，就造成了一个二十四军与二十八军亲密无间的样子，这对我们有好处。酒席上的事就不说了，如果我们一旦察觉邓晋康不对，不！从今天开始，我们就该派人对他进行严格监控。只要他被我们掌控在手板心里，出不了城，我看，二十八军就无论如何翻不起大浪子！"

"也是！"听了田北诗这话，刘文辉说，"只要他邓晋康跑不脱我们的手板心就行了。请他来吃一顿饭，咋个都不是坏事情。"

当当当！这会儿，摆在墙角的西洋座钟敲了十二下。

"哎哟……"刘文辉抖抖宽袍大袖，伸出一只瘦手，抠了抠他那颗橄榄形的头，"不知不觉已经响午了，先才不觉得饿，现时而今眼目下，我的肚儿已经敲起了川北锣鼓，我们就去边吃饭边详细谈吧！"说时，彻底放松了的他，走到桌前，捺了一下铃。

铃声未落，如影随形的副官李金安来到门前。

"通知厨下！"刘文辉吩咐，"快给我们摆饭，摆在小客厅里。"

"是。"李金安一声应答，转身下楼而去。刘文辉兴致勃勃走上前去，一把推开窗户。一股带着花香的清风，还有满园的美景扑面而来。

"你们看这个龟儿李金安，跑起来简直像只耗子！"刘文辉恢复了往日的幽默诙谐，指着楼下的副官李金安，笑着对冷、田二人说。

这天，四川省政府主席、国民政府第二十四军军长兼川康边防军总指挥刘文辉，在成都有名的大饭店竟成园包场，宴请国民政府第二十八军军长邓锡侯。

与往日达官贵人们的熙来攘往不同的是，这天的竟成园显得冷清。太阳照在门前那一副黑漆镏金匾额对联上，熠熠生辉。上联是："名驰巴山蜀水间"，下联是"味压江南第一家"，好大的气派。往日这个时候，园中花木扶疏的花径两边，一间间雕梁画栋，极有中国风格的花厅里，早已是食客如云，座无虚席。饮酒划拳声，清唱川戏的，唱清音的，还有不知所以爆发出来的哄笑声，一阵阵炸响，将那些栖息在庭院里树上花丛间浅吟低唱的雀鸟惊飞。还有那些身着白色短褂，快步如飞，为客人端菜送酒，口中挑声夭夭应道"来了、来了"的小厮，这天都没有了。有的是鱼池假山后，不时闪出些便衣，探头探脑地朝外张望，他们是二十四军特科司令黄鳌精选出来的特工，个个精通擒拿格斗，约有一个排，奉命隐伏其间，在执行特殊任务。

"北诗，啥时候了？"等在朗轩楼上笺花厅里的刘文辉问坐在旁边的军参谋长，他是从来不戴表的。

"十一点了。"田北诗看了看腕上的表。

"已经过半个小时了，这邓晋康咋还没有来呢？"刘文辉说时看了看围桌而坐的人，他们是三姨太杨蕴光，侄子刘元瑭、刘元琮，冷寅东当然就更是不用说了。刘文辉带来的人不多，都有用途。

"可能，是不是路上临时有些耽搁？"冷寅东说。

"不对不对。"刘文辉连连否定，"我是了解他的，这个人从来不迟到，军人嘛，视时间如生命！"却没有人接嘴，你看看我，我看看你，气氛一时有些紧张怪异。除了三姨太杨蕴光，在座的人都知道，这邓锡侯来与不来，意味着什么，绝非就是吃一顿饭那样简单。

"毬啊！"刘元瑭开口就是怪话，说时将袖子一挽，一副就要动粗的样子，"军长！"他人前称刘文辉军长，人后叫幺爸。刘元瑭、刘元琮都是刘文辉独立旅的旅长，在二十四军中地位不一般。刘元瑭鼓起眼睛，他本来就是一对金鱼眼，这一鼓鼓得有灯笼大。"我干脆带几个人到康庄去，看他邓晋康在扯啥子怪叫！"

"乱毬整！"刘文辉生气了，教训道，"元瑭，像你这副火暴脾气，啥子好事到你手上，都要整得稀巴烂。我就不信他邓晋康不来，未必他要敬酒不吃吃罚酒吗？"说时看着足智多谋的田北诗。

"不会。"军参谋长笑了笑。这笑，无异给刘文辉送去了一颗定心丸。

"走！"刘文辉还是不放心，霍地站了起来，"我们到门口去接一接，是该来的时候了，这邓晋康怕是麻糖粘着胯了！"他说了一句怪话，似乎他不说这句怪话，心头不舒服。

知疼知热的三姨太杨蕴光赶紧上前挽起丈夫的手。走在刘文辉身边的三姨太，足足比他高了一个头。一行人簇拥着刘文辉下了楼，浩浩荡荡往门外走去。

刚刚下楼，李金安不知从哪里钻出来，疯扯扯地就是一句："军长，你让我在门外等，我脚都站弯啰，这邓军长还不来，该不会是倒拐了？"李金安常常爱说些家常俚语，"倒拐"就是"跑了"的意思。刘文辉本来就有心病，李金安陡然来了这样一句，刘文辉就像被枪弹打中了似的，双脚一软，人往下萎。

杨蕴光赶紧将他扶住，变脸变色地问："自乾，你咋的，咋的？你不会是羊儿疯犯了吧？"杨蕴光口中的羊儿疯，就是医生口中的癫痫。刘文辉小时，害过癫痫病。

"没有！"刘文辉很快就清醒过来，也镇定下来。为了掩饰自己的失态，他用手指着前面花园尽头，摆在游廊出口处的一对古色古香的青花大瓷瓶，顾左右而言他："你们看这对青花大瓷瓶，比不比得过老五那对？"

他口中的老五，就是长他两岁的五哥刘文彩。刘文辉在说这话时，一定万万没有想到，三十来年后，到了言必讲阶级和阶级斗争的二十世纪六十年代，他的五哥刘文彩会成为地主阶级的代表人物，以致让五哥和他在大邑县安仁镇乡下的地主庄院，还有收租院、水牢等等不仅声播华夏，而且漂洋过海，到了"同志加兄弟"的亚得里亚海畔明珠的阿尔巴尼亚展览，蜚声海外，名气比他还大得多。

这时的五哥刘文彩，因为有他的看顾，在有长江第一城之称的水陆码头宜宾当过许多官，发了大财，已回家颐养天年。老五刘文彩荣归故里时，光是从宜宾运回家的财宝，就足足装了二十只大船。其中有不少珍奇。比如，一领珍珠罗纹帐，团起来只有一只手大，展开来可以罩下任何一张大床。而且，人在里面可以看到外面的一切，外面却看不到里面。据说，这是当年慈禧太后的宝物。又比如，用一只米黄色优质全象牙精雕而成的九级宝塔，每一层飞翘的檐角上都挂有几个黄澄澄的、用纯金铸造的小铃铛，异常的玲珑可爱。而且，只要敲响最下面的一个金铃，清脆的铃声就会铿铿锵锵一直响到顶。据说，这是当年孙中山大元帅送给在辛亥革命中立了大功的四川省军政府都督尹昌衡的，不意半道在叙府（宜宾）被巨匪金刚钻劫持。刘文彩在叙府当了川南清乡司令后，想方设法将这只爱煞人的九级金铃象牙宝塔搞到了手。当然，这些珍奇，老五平时不会轻易示人。

刘文辉所说的老五那对青花大瓷瓶，也是从叙府运回来的，属于国宝级，摆在刘文彩家前院天坝里。

看刘文辉似乎对这两尊摆在游廊出口处的青花大瓷瓶有兴趣，大家也就不走了，站下来陪着军长看瓷瓶、说瓷瓶。杨蕴光不懂这其中的学问，她说："我觉得这对花瓶，同老五那对花瓶好像啊，有啥子区别嘛？"

"差远了。"刘文辉说，"这是赝品，老五那对是真正的清宫宝物，价值连城。"

"啥子叫赝品？"三姨太重复道，"赝品？这个名字咋个怪眉怪眼的？"

刘文辉哼的一声笑了，也不给杨蕴光解释。在这些时候，他一下就觉出了自己的高明，身上平添了一分自得和自信。

"军长！"正说时，刚才不知不觉惹了祸的副官李金安又飞叉叉跑了进来，"来了、来了！"他站在军长面前，不知是因为高兴，还是因为跑得急，话说得不成句，一双猴子眼一眨一眨的。

"哪个来了？"冷寅东说，"金安！你不要激动，一激动话都抖不圆泛，你是不是说邓晋康邓军长来了？"

"是、是。"

"太好了！稀客来了。"刘文辉一听喜不自禁，精神大振，手一挥，"我们快出去迎一迎。"

"哎呀，哎呀，稀客稀客，我们两弟兄好长时间没有打堆了。"在大门口见到刚下车的邓锡侯、田德明夫妇，刘文辉带着三姨太迎上去。刘文辉一把逮住邓锡侯的手，就像生怕他跑了似的架势摇。杨蕴光同田德明站在一边说悄悄话。表面上一看，刘文辉同邓锡侯这一对保定军校多年的同学，关系真是好极了。

冷寅东、田北诗、刘元琮、刘元瑭都一一上前，向邓军长敬礼，问好。他们注意到，邓锡侯此来可谓轻车简从，除了他们夫妇，只带了贴身副官沙玉民一人。

"就你们夫妇吗？"刘文辉暗暗感到惊讶。

"我们兄弟聚会，带那么多人干什么？不是说嘛，人多好做田，人少好过年。"邓锡侯打着假哈哈，一副毫无防范的样子。

一进院子，邓锡侯左顾右盼地看了看，故作一惊一乍："哟，好清净！自乾，这么大个竟成园，咋就我们这几个人？你是包场了吗？"

"是。"刘文辉很大气地将手一挥，做了一个请客上楼的手势，一边解释，"本来想请尹昌衡和五老七贤们来陪你的，又想这些人派头大得很，动不动就拿派头，发脾气。如果他们这样一整，倒是我们两兄弟给他们当配头了。算了，算了，这些人惹不起，我就都没有请，就我们几个自家人聚一聚。你是贵客，请到你夫妇就对了。我们难得见面，今天我们兄弟好好聚聚，好好摆摆龙门阵，来个一醉方休。"

"也是，也是。"邓锡侯打着假哈哈。一路上，邓锡侯凭着他过人的观察力，再次证明了他原先的估计，刘自乾今天给他摆下了一出现代鸿门宴。那些在假山后、花园里、游廊间探头探脑的便衣，不就是刘文辉布下的刀斧手吗！跟在刘自乾身边的刘元琮、刘元瑭，都是酒海子，肯定一会儿这些酒海子会上来给他敬酒。不把他放倒，不会甘休的。不过，他胸有成竹。

前天，当他接到刘文辉的请柬时，正在同他议事的智多星、军参谋长朱瑛当即就劝他不要去。说是，凭他多年对"多宝道人"刘文辉的了解，"他哪根脚指头在鞋子里动一下，我都清清楚楚。"朱瑛说，在这个关头，刘文辉请军长赴宴，是黄鼠狼给鸡拜年——不安好心。邓锡侯当然心中有数，但他却要朱瑛说说不要他去的原因。

朱瑛分析得头头是道："现在，刘甫澄马上就要对刘自乾动手了。刘自乾现在最担心的是军长。军长去，如果三句话不对，他完全可能摔杯为号，啥子事情都可能做得出来。"

"我想，刘自乾他不至于收我的命吧？"邓锡侯笑扯扯的。

"倒还不至于。"军参谋长思索道，"他把军长扣起来倒是有可能的。"

"那他就笨了。"邓锡侯说，"他请我去竟成园吃饭，我现在就给他放出风去。如果我这一去，他把我扣起来，那些无孔不入的记者在报上给他一登，岂不是天大的新闻？哈哈，那是一番什么情景？他咋个下得了台？"

"刘自乾这个人的脾气我最清楚。他事情要做，面子也要，他是一个很要面子的人。而且，在他处于下风时，不惜把脸抹下来揣起，做出一副楚楚可怜的样子争取民心。比如，最近他自知同刘甫澄决战必败无疑，作为刘甫澄的幺爸，他向刘甫澄下矮桩（讨好），好话说尽。"邓锡侯说着，背了一些报端刊载的近日刘文辉发给刘湘的电文：

　　急。渝刘督办钧鉴：顷闻某方消息，谓公克日决定对辉用兵。审何所开罪，值此农村破产，赤匪猖獗，全川崩溃，即在目前。辉虽愚昧，爱国爱乡，不敢后人。苟由政治方面，以求办法，决于最短时间内，助公统治全川。

至辉个人地位，与部队之紧缩，确无成见，可誓天日。若必派重兵，亦唯退避三舍，间道来渝，听候处理而已。

自古朋友之间，绝交尚且有书，临别不无赠言，况骨肉一本之亲，生死十年与共，一朝决裂，百世仇雠，夫岂可徒凭血气，而不为最后之忠告乎？

辉与吾侄，幼同门户，长成戎行，纤芥无嫌，自信无一负侄之事……斗米尺布，煮豆燃萁，古亦有之，不足怪也。唯以吾族淳厚之家风，由侄而坏，地下先灵，其感痛何如耶！

"看来，刘自乾的国学根基还是不错的。"说到这里，邓锡侯哈哈一笑，"这也是此一时彼一时，如果是他得势，那他出口气都是要打得死人的。所以，"邓锡侯归结道，"他很可能想在酒宴上把我灌醉，掏我的真心话。这好办，牛不吃水强按头吗？他如果想把我扣起来，也绝不会在宴会上扣，而只能在下面秘密扣。即使刘自乾这一出演的是鸿门宴，我也得去。如果我不去，就给刘自乾提供了口实，他很可能会借此撕破脸皮对我动手，那就一点余地都没有了。你放心，我同刘自乾打了多年交道，对他的板眼清楚得很。"邓锡侯的这一番分析，特别是马上就要把刘自乾请他赴宴的消息通报新闻界的举措，相当高明，让军参谋长心服口服，不仅完全放心了，而且钦佩有加。邓锡侯这就让军参谋长赶快出城，到灌县一线布置军队，掌握部队，准备打毗河之战；他逃过这一劫后，径直去灌县黄隐师。

备极堂皇的笺花厅里摆了两席。刘文辉夫妇引邓锡侯夫妇分宾主在首席宽松落座，冷寅东、田北诗两边打横作陪。刘元瑭、刘元琮，还有邓锡侯带来的副官沙玉民等坐下席。旁边一张小桌上有架留声机，放的一律是梅兰芳唱的京戏。先放的是《霸王别姬》，然后是《苏三起解》……梅兰芳好听的京腔京韵，在西皮二胡慢板的衬托中，如行云流水。

这是有意取悦邓锡侯。邓锡侯喜欢追求西方物质文明，住洋房，穿西服，吃西餐，却又喜欢听京戏，这在川中军阀中是一个例外。刘文辉与邓锡侯迥然不同，刘文辉是个讲究传统的军人，他对邓锡侯的"洋"相当看不惯，在背后说邓锡侯是假洋盘。

宴会开始了。刘文辉执杯在手，站起致辞："早就想请请邓军长了，可是机会难得。我一是要感谢邓军长在年前的省门之战中，为二十四军与二十九军的最终和平解决所作出的努力；二是联络感情。我与晋康兄有多年的同窗戎马之谊，可是，虽然同居一城，但因为忙，往往要见一面竟成奢侈。今天好不容易请到晋康兄，心中甚为高兴。来，我敬晋康兄一杯！今后还希望贵我两军更好地合作。"说时，在座的都执杯站起。

"咣！"刘文辉同邓锡侯碰了第一杯。都一饮而尽，并亮了杯底。

"满上，满上。"邓锡侯显得很豪爽，让旁边的侍者将酒杯斟满，执杯站起回敬刘文辉，话说得相当简短，只一句，说他这是借花献佛。"咣！"他们又碰了第二杯。

邓锡侯刚刚坐下，刘元瑭执杯在手，上来敬酒，预先设计好的车轮大战开始了。邓锡侯赶紧用手扪着酒杯："自乾你是晓得的。"他看着刘文辉，"我虽然个子大，酒量却小。最多也就是二两，已经过量了。我们随意，随意好不好？如果吃醉了，打胡乱说就不好了。"刘文辉看邓锡侯态度坚决，想了想，说："好，随意，随意。我们两弟兄难得见面，就好好摆摆龙门阵！"

刘元瑭坐了回去。

"晋康兄！"刘文辉嘴里嚼着一块椒麻鸡，做出假装的随意，试探着问，"日前由刘甫澄手下第一师师长唐式遵领衔，纠结了川中六十多位将领发表的对我的讨伐电，你看了吧？"

"看了。"邓锡侯的态度是不以为然的，"这个没得啥子嘛？公说公有理，婆说婆有理，笔墨官司随便打，未必自乾兄还在意唐式遵那些人的一篇讨伐电么？这无关大局，无关大局嘛！"

"但是，这篇讨伐电中，有不少将领还是老兄你的部下，比如黄隐、陈书农这些人。"

"这个，我管不到他们。自乾兄你是晓得的，我这个军长不如你这个军长。你是令行禁止，硬扎得很，我这个军长是纸糊的，下面的人都不大听我的招呼，我早就不毬想当这个军长了，去年就宣布下野。是我手下的人，还有你自乾兄硬把我抬出来的。"

刘文辉攻，邓锡侯守。一攻一守间，就像两个手段了得的大侠，表面打的都是普通至极的拳法，看不出有任何高深，实际上招招式式都暗含杀着。攻的攻得刚劲，攻得风生水起；守的守得绵层有针，守中有攻。攻者由浅入深，步步紧逼；守者腾挪跌跃，绵掌化铁。

"晋康兄！"刘文辉进了一步，"你我兄弟这么多年，都是晓得的。我凶，是做在面子上，你晋康兄是乌龟有肉在肚子头。你脑壳比我灵光多了。你肯定知道，最近老蒋同刘甫澄勾扯得紧，老蒋派特使到重庆去了，这事想来你也是知道的吧？"

"不知道呀！"邓锡侯故作惊讶，"老蒋派特使去找刘甫澄干什么？老蒋派特使去重庆，理应告诉你这个省主席一声才对。"

"就是，晋康兄你帮我分析分析，事情搞得鬼鬼祟祟的。你说，这其中是什么意思？"

"哎呀呀！"邓锡侯装傻，用手抠抠头，"难说！老蒋这个人水很深。"

"事情明摆起在。"刘文辉阴笑一下，"老蒋早就想把我推下台了。蒋冯阎大战时，刘甫澄表态支持老蒋，我通电反蒋。你和田光祥却稳得梆老，不表态，其实你们也是反蒋的。我是昏了头，火色没有你们看得老。事后我虽然对老蒋做了些解释，老蒋也说算了，可是，依他的度量能算得了的？再说，这么多年，老蒋总想把手伸到四川挖点东西走，我作为省政府主席，为四川人民计，没有满足他的愿望，他更是怀恨在心，只是一直没有找到掀我下崖的机会。而今刘甫澄急于掀我下崖，他要当这个四川省主席。他们两人一拍即合，要联手做掉我，这是显而易见的。以你晋康的精明，能看不出这一点？我们明人面前不说暗话，月亮坝里甩关刀——明砍，我只想问你老兄一句，假如我同刘甫澄打起来了，老兄准备何以处置？"

"你们两叔侄打仗，关我啥子事。我保持中立！不是说嘛，神仙打仗，凡人遭殃。你们神仙打仗，我这个凡人跑远点就是。"邓锡侯语气真诚，话也说得相当诚恳，"我的性情，你老兄是晓得的。这么多年我既不惹事，也让得人。

再说，我就这么点家当，我能白白拿去随便抛洒？你我都是带兵的人，走到今天不容易。"

"这话我信，我当然信。"刘文辉说，"有枪便是草头王——话丑理端，不要说一个军长师长，就是旅长团长，手头没有了兵没有了枪杆子，那就啥也不是。这是一个连瓜娃子都晓得的道理，何况你老兄那么聪明一个人！"

这时，楼下有吵嚷声传来，刘文辉望望楼梯，满脸的不快和惶惑。只见李金安快步走上来，附在刘文辉耳边小声说了几句什么。

"简直是混账！"刘文辉勃然震怒，"这些记者才讨毬厌呢！他们的消息才灵通呢，寻到这里来了，简直就是一群绿头苍蝇！他们咋晓得我在这里请邓军长？"刘文辉骂道，"我同邓军长好不容易见一面，摆摆龙门阵，他们来做啥子？有个啥子采访头？不见，不见，你给我轰出去！"

"我说了。"李金安像个两头受气的小媳妇，站在刘文辉身边嗫嚅道，"可那些记者说他们是啥子皇帝！"

"无冕皇帝。"田北诗说。

"对，他们就这样说的。他们说他们记者有采访的自由，坚持要上楼来采访、拍照。"

说时，楼下竟嚣嚷起来了。

"这些狗日的记者讨厌，无孔不入，北诗，你看咋个整？"刘文辉脸都气白了。

"让他们上来照一张相算了。"田北诗说，"不然，他们在报上又要乱登一气，麻烦。"

"好嘛！"刘文辉紧皱眉头，给李金安挥了挥手。

李金安下楼将《四川日报》《新新新闻》等几家川内主要报纸的记者带上来了。一阵镁光灯乱闪之后，记者们拍了刘文辉和邓锡侯在一起的照片还不满意，有记者上前采访刘文辉，手中拍纸簿一摊："请问刘主席，你最近表示要放开新闻自由，能否讲得具体些？"又有记者问："刘主席，外间传言成渝两地不日兵戈相向，请问，是否实有其事？"

刘文辉气惨了，又不好发作。正襟危坐的他，用手指指自己的喉咙，示意他牙疼什么的，不能讲话。田北诗看记者们闹得简直不像个样子，好好的一盘棋，被这些不知从哪里得到消息赶来的记者们全搅了，这就站起来，对记者们说："刘主席这几天身体有些不适，刘主席请邓军长在这里小聚，完全是同学、朋友间的联络感情，并无新闻价值。你们已经拍了照，刘主席、邓军长已经相当配合了，大家请回吧！"说着做了个手势，就像是在吆赶一群鸡。

记者们看挖不到太多有新闻价值的东西，而且有刘文辉同邓锡侯在一起的照片可以回去交差，也就一窝蜂去了。这一来，全搅了，全乱了，时间也过去了许多。记者们走后，刘文辉烦躁、愤懑的心情好一阵才平息下来。他竭力让思绪同刚才的话题对接。

"晋康兄！"这时，刘文辉已经准备收场了，他在思想上深挖原先想好了的，最要紧的几个问题，"我想问老兄一个事"。

"请问，随便问。"

"最近社会上传出消息，说是老兄的队伍调动频繁，可能会对我二十四军不利。你晓得的，人多嘴杂。"刘文辉说时做出一副为难的样子。

"根本没有的事。"邓锡侯矢口否认。

"为避免不必要的误会猜测！"刘文辉亮出了今天的主题，"我的意思是，老兄是不是最近这段时间，最好哪里都不要去？当然，我说这话有些无理。"

"没得问题、没得问题，这是可以理解的。"不意邓锡侯当即应允，"我晓得你老兄的担心。蛇无头不行，鸟无翼不飞。我最近哪里都不会去，这样好让你老兄放心。"

"那我就放心了，谢了。待局势澄清之后，我再到府上谢罪。"为表示歉意，刘文辉让在旁边侍候的小姐再给他们斟上酒，"这是最后一杯。"刘文辉说时举杯站起，邓锡侯同他碰了杯，饮了最后一杯，酒席这就散了。

邓锡侯在刘文辉摆下的现代鸿门宴上，全身而退。乘车返回康庄的路上，他如释重负地轻轻吁了一口气。

车到祠堂街，一辆黑寡妇似的警车突然拉长尖锐的警笛，从他的车边急驰而过，将紧张思索中的邓锡侯唤回了现实。不用说，这是刘文辉的警察局在抓共产党人、抓反对他的人。天还未黑，以往这个时候非常热闹的少城一带，这会儿好些店铺都关了门，显出几分萧瑟。平民老百姓的嗅觉也是很灵敏的，成渝之间的二刘决战表面看起来好像还很遥远，但老百姓却已经明显感觉到了。街上有好些二甩二甩的二十四军官兵背着枪，歪戴军帽斜敞军衣，茶馆进酒馆出，估吃霸赊，大摇大摆，像是横起走路的螃蟹，成都简直就成了二十四军的独霸天下了！邓锡侯气从中来，不禁鼻子一哼。这时，坐在前面副驾驶座上的沙副官掉过头来："军长，车是直接开回去，还是要到哪里？"沙副官知道军长的脾气，过去每到这样的黄昏时节，邓锡侯如果出来了，总爱坐车逛逛街的。

"直接开回去。"邓锡侯说时，回头看了看。机敏的贴身副官沙玉民注意到，有一辆车跟在他们后面，不快不慢，不前不后，做贼似的。

第二天一大早，《四川日报》以显赫的版面发表了《二十四军二十八军和衷共济，共襄胜举》文。成都各大报也都发表了类似文章，还配上了刘文辉和邓锡侯聚会的照片。邓锡侯看到这些，心中一笑。

夜幕沉沉。

夜已深了。坐落在浣花溪畔的康庄寂无声息。竹梢风动，幽篁浅吟，偌大的一座公馆已经沉睡，唯邓锡侯书房里还亮着灯。

邓锡侯斜倚在沙发上，就着一盏立在沙发旁边的台灯看报纸。这段时间，刘氏叔侄笔墨仗打得欢实，透露出了二刘之战的迫近。他很注意地看下去。报上，一边是刘湘的声讨，一边是刘文辉的告饶，有趣得很。而他，得赶快逃出刘文辉的羁绊，逃离成都，去到灌县。如果他不赶快去，最直接的后果是二十八军这盘散沙，会散开来。这一散，就糟了，就正中刘文辉之计。二十八军这盘散沙，靠军参谋长朱瑛去捏，无论如何是捏不拢的。再从自己的处境来看，也是相当危急的。局势瞬息万变，如果刘文辉觉得非要把他邓锡侯怎么不可，那是会不顾一切的。

他决计今夜出城。他已经对夫人田德明说了，今夜出城去灌县黄隐师有要事。至于什么事，他没有说，田德明也不问。夫人知道他的脾气禀性，在这样的时候，不该问的不问，不该管的不管。这时她也没有睡，在旁边的卧室里给他清理、准备他要带去的衣物。

要逃离成都去灌县，不是一件容易的事。刘自乾派出的许多"狗"，就把守在他的大门外，只有把这些"狗"调开，他才出得去。他已经想好了调开这些"狗"的办法，不过很有些血腥，得有人替他牺牲。

自从那天从刘文辉的现代鸿门宴上全身而退后，他就一直在苦苦思索如何脱身这个问题。各种各样的方案，刚刚在思想上形成、演绎，又被推翻。最终，他的思绪停留在一个点上不动了。熟读中国历史的他，想到了楚汉相争时，顺庆（南充）人纪信冒充刘邦，吸引楚霸王项羽注意，牺牲自己掩护刘邦逃走的故事。顺庆离他的家乡营山不远，都属于川北。这一想，越发感到亲近亲切，有相当的可操作性。

他想到了让亲信副官沙玉民做他的替身。沙玉民是川北岳池人，是一个穷苦人家的子弟。投奔他的队伍后，是他慧眼识珠，将小沙一手发现拔擢上来，成了他的贴身副官，对他忠心耿耿。他不仅给了沙玉民前程，还给了沙副官一个美好的家庭。沙副官的妻子明秀，原是田德明的贴身丫头，长相标致，贤淑聪慧。是他示意，前年由夫人田德明出面做主，将明秀许配给了沙玉民。婚后他们小夫妻恩爱，年前还生了一个儿子，这让沙副官对他越发感激涕零，曾对他多次表示：军长，你是我沙玉民的再生父母。为了军长，我沙玉民赴汤蹈火，在所不辞。

"喤——喤——喤！"这时，高墙外更夫打响了三更。更声落尽，万籁俱寂，邓锡侯越发觉得时光随着窗侧座钟钟摆发出的声响，箭一般向前飞驰，时不我待，他再不能迟疑了。他按了电铃。

"晋公，你唤我吗？"铃声尚未落尽，沙副官来在门前，隔帘报告。

"请进。"这晚，他对沙玉民显得格外客气。

沙玉民端端正正站在他面前。这是一个二十多岁的少校军官，神情精明、相貌英武、个子高高、体格结实匀称，肩上挎一支二十响，叫小机关机的德国造驳壳枪。穿一套合体的军装，扎着绑腿，一看就是一个精明干练、身手敏捷的小伙子。

邓锡侯也不隐瞒，将自己连夜逃离成都的打算告诉了贴身副官。

"我早就看出了刘文辉不怀好心，不存好意！"沙副官说时，将腰上的驳壳枪一拍，"军长你趁夜赶快走吧！我带一帮得力的兄弟保护军长出城……只要一出西门茶店子，就是我们二十八军的防区。狗日的哪个敢阻拦，我沙玉民这杆枪指哪打哪，铁'花生米'可是不认人的！"

邓锡侯苦笑着摇了摇头："这样硬冲硬打肯定不得行！刘自乾那么多'狗'把门看得紧紧的，我们能冲得出他布下的铁桶阵吗？"

看看邓锡侯的神情，聪明的沙玉民明白了，一双很亮的眼睛黯淡了一下，旋即燃起一种献身的激情。

"军长！"他很悲壮地说，"今晚该是我沙玉民向你报恩的时候了。我也不要多的人去死，我换上你的衣服，开你的汽车冲出去。把堵门的'狗'们引开后，军长你赶紧从后门走，多带几个靠得住的兄弟……"

邓锡侯悲从中来，一下站起，紧紧握着沙玉民的手，也不说话，脸上却是热泪纵横。

"我这条命都是军长你给我的。今晚我沙玉民为军长去死，值得。二十年后，我沙玉民又是一条好汉！"沙玉民说着，欲言又止，神态有些忸怩。

"好兄弟，有话尽管说。"

"我死后，请军长务必拉扯明秀母子。"

"放心，我会像对待亲生骨肉一样看顾他们。"

"那我就放心去了。"

邓锡侯似有不忍地转过头去，泣问："不再回屋去看看明秀母子？"

"不必了。"说完这话，沙玉民大步出了书房，下台阶，进了车库，发动汽车。

康庄两扇黑漆大门突然洞开。

沙玉民驾驶着邓锡侯的福特牌小轿车缓缓驶出大门。

前方突然亮起几束手电筒光，随即传出惊惶的"停车！"声，向前开去的轿车唰地亮起两盏车前灯。雪亮的灯光，在漆黑的夜幕中像是两把突然出鞘的利剑，晃花了蜂拥而上的二十四军的兵和谍报人员的眼睛。这些兵和谍报人员一手扪着脸，一边掏出手枪，大叫："停车、停车！再不停车，老子们就要开枪！”沙玉民猛然加大油门，小轿车像一头发怒的雄狮猛地撞了上去。

“邓锡侯跑了！”

“追！”

“千万不要让邓锡侯跑了！”

奉命看守邓锡侯的二十四军的兵、谍报人员赶紧跳上几辆停靠在小巷桂花树下，早就发动了的德国大功率三轮摩托车，一溜烟追了上去。

刘文辉立刻就得到了消息。他气急败坏、声色俱厉地在电话上对侦缉队长下达了一道死命令：“决不能让邓锡侯跑了！你们可以鸣枪告警，如果追至郊外，邓锡侯的车仍然不停，你们可以开枪射击。务必生获其人，死要见尸！”

就在这时，漆黑的夜里，康庄后门上的一扇小门，先是稀开一条缝。一个黑衣人确信四周无人后，狸猫似的一闪而出。在黎明前的黑暗中，他闪身在一棵桂花树下，敏锐地左顾右看，再向里面招了招手。倏然间，小门里闪出六七条黑影。身着窄衣箭袖的邓锡侯，在几个精干卫士的簇拥中，一阵风似的出了小巷；转身向东，很快融入黑夜，像一滴水融入了大海，很快不见了踪影。

第二天。晨曦轻轻揭开夜幕，黎明姗姗来到时，在成都刚出西门的茶店子，成都至灌县的公路一侧，有一辆被枪弹打得蜂窝般的福特牌高级小轿车瘫痪在公路边上。车的玻璃窗被打得稀烂，而且到处都是血迹。驾驶室内，有一个身穿二十八军军服，佩少校衔的军官身中数弹，倒在方向盘上已经死去。四周围了许多人，所有的车辆都得绕行，有些乱，警察在维持秩序。人们指点着，议论纷纷。刘文辉得知此事后，指定科司令黄鳌去查看死者何人？结果死者是邓锡侯的亲信副官沙玉民。

早晨的太阳，从东边天际咚的一下跳了出来，已经醒过来的川西平原上的小桥流水，星罗棋布，镶嵌有致的田野，一下子都被朝阳染得红通通的。田野上的万物，像是被一股喷发的、一发而不可收拾的鲜血浸泡其中。而就在这时，脱险了的二十八军军长邓锡侯，已经被前来接应他的黄隐师长接上了轿车，在严密的护卫下，前后三辆轿车，首尾衔接，披着朝阳，沿成灌公路向灌县方向疾驰而去。

第三章

哀兵必胜，水淹七军

"邓锡侯跑了，我真是妇人之仁！如何是好，如何是好？"成都将军衙门，刘文辉在他那间宽敞明亮，布置得像作战室的办公室里暴跳如雷，捶胸顿脚，懊悔不已，并对他的左膀右臂冷寅东、田北诗连连发问。

邓锡侯一跑，情况急转直下，让刘文辉一下子明显感受到了前攻后夹，腹背受敌。昨天他又接川中前线报告称，刘甫澄已经大兵压境，很可能会在这两天，在千里川中一线对二十四军发起总攻击。他完全可以想象出刘甫澄指挥的联军，发起总攻击时的猛烈。

形势空前严峻了！

显而易见，目前最要紧的是解决隔河对峙的邓锡侯的部队。这可是一个致命的威胁！非如此，就不可能集中力量对付刘甫澄。而原先一盘散沙的二十八军，邓锡侯这一去，立刻就变成了一部高速运转的战争机器，隔毗河与二十四军多个师对峙，显出强硬。

此消彼长。昨天他对参加毗河之战的各部下达命令，要他们立即向对岸的二十八军发起进攻，限期克敌。可是，各部几乎都不肯用命。更要命的是，陈光藻公然抗命，这可是整整一个师的部队呀！陈光藻原本就是邓锡侯的旧将，是他从邓锡侯那里挖过来的。二十四军中，类似的大大小小陈光藻，比比皆是。这样的部队有个特点，打仗时，如果顺风顺水，有便宜可占，官兵争着上，如狼似虎。而一当战局不利，则是脚板上擦油，一个比一个溜得快。一个耗子打坏一锅汤。如果陈光藻不赶快处理，恶端一开，循循相因，那还打什么仗？他和他的司令部，还有好大一批部队，都会被粘在这里，动弹不得。

"怎么办，怎么办？我在问你们！"刘文辉红着眼睛问田、冷二人。

个子瘦高的军参谋长田北诗，这时站在一个作战沙盘前，弯着腰，俯下身子，假意注视着沙盘上摆出的川中一线战况，借以抵挡军长钢筋火溅的询问。

冷寅东性格本来直率些，又仗着他是军长的大邑县老乡，军中的二号人物，看刘文辉将问询的目光转向他，这就不禁发了几句怨言。

"我觉得，现在检讨起来，我们在对待田颂尧和邓锡侯的问题上，都不太妥帖。"

"啊？"刘文辉一惊一愣，在这样过筋过脉的时候，冷寅东说出这样的话，是他绝没有想到的，显然忤逆。他红眉毛绿眼睛地盯住冷寅东："是吗？你把话说完。"

"年前，在对待田颂尧的问题上，就不说了。"

"我晓得你要说啥子，你要说人家都怪我们二十四军把成都打得稀烂，是不是！你接着说，尽管说。"

"邓锡侯我们是千不该万不该放他跑了！"

一边的田北诗看情况不对，赶紧出来打圆场，他对冷寅东说："有些事情，军长也是迫不得已。事已至此，寅东，我们还是来说现实吧，毗河之战如何整？害群之马陈光藻如何处理？我们得赶快拿出法子来，好让军长定夺，你看呢！"

这会儿，抱怨了几句的冷寅东万万没有想到，他的这几句话竟让军长记恨在了心里，并且很快就对他报复。不久以后，二十四军兵败如山倒，先行逃到雅安的刘文辉，不准率军断后的他退去雅安，逼得他当了刘湘的俘虏。

让他就此心灰意冷，通过报端发表声明，退出军界，在成都隐居沉沦。

听了田北诗的话，冷寅东刀截斧砍地说："立即处分陈光藻，先撤他的职，后送军事法庭，了得，反了他了！"

"可是，现在怎么处分他呢？"田北诗说，"现在他的情况是，将在外，君命有所不受。"

"派黄鳌带一队宪兵去，将他拿回成都是问。"

"不可，不可，万万不可。"田北诗的手摇得拨浪鼓似的，"现在不去拿他还好点，去拿他，完全可能激起兵变！"

"那你的意思呢？"冷寅东反问田北诗。

"暂时不管他，以后再同他算账。我看，现在最要紧的是撕开一条口子，只要撕开二十八军一条口子，就好办了。"

"咋个撕？让哪个去撕？"冷寅东好像同田北诗较上了劲。

"让刘元瑭去撕。"田北诗解释，"刘元瑭旅长的部队是我二十四军的一彪劲旅，日前他率部扑河，把驻守对岸的二十八军的周子杰团长和崇宁县的县长都打死了。后来是邓锡侯紧急调黄隐部增援，黄军炸毁北桥，沿岸固守，刘部才没有最终扑过去。

"我意毕其功于一役。将军部的重炮营调去支援，集中优势兵力火力，要刘元瑭率部今夜务必打过去，撕开一道口子。再不打过去，变被动为主动，争取时间，我们在毗河就没有机会了。"

"北诗说得对！"刘文辉立刻对军参谋长表示支持，"这样！"他下了决心，"北诗，那就劳烦你到刘元瑭那里去督军，他如果要提什么条件，比如重奖扑河敢死队什么的，你定了就是。反正目的一个，不惜血本，要他务必今夜率部从那一段撕开一道口子，打过河去。事关大局，就全看你了。调军部重炮营去支援，我立刻督促办，今天下午肯定到位。家里这摊事我亲自来办，你就放心去吧！"刘文辉给自己的军参谋长交代这些时，就像是挨了一闷棒后突然清醒，又像是在黑暗中迷了路，很是徘徊了一阵后猛然发现了光明，发现了路径似的显出振奋。他那一双略显棕黄，原先有些黯淡的眼睛，一下子变得虎视眈眈了。这里，他不提冷寅东一字。

"是。"田北诗接受了军长的命令，他不得不接受命令。

一个小时后，田北诗乘车赶到了崇宁县斑竹园，立刻向独立旅旅长刘元瑭传达了军长命令，告诉了他目前二十四军面临两面作战的严峻形势和今晚率部扑河务必成功的决定性意义。真是应了"打虎要靠亲兄弟，上阵要靠父子兵"，刘元瑭听了，显得比哪个都要着急，当即表示："我今晚上拼了，不是鱼死，就是网破！"然后，他领着军参谋长观看了他的排兵布阵。午后，刘文辉调来的重炮营也到了，陆续进入阵地。刘元瑭忙上忙下，做着晚上扑河前的各种准备。

薄暮时分，刘元瑭已经做好了晚上部队扑河抢渡的各种准备。担任掩护的大部队，已经全部进入阵地。这是一条沿毗河展开的战壕，长约五百米，弯弯曲曲的，有一米来深。身着土黄色军装的官兵，有五六百人，伏在战壕里各就各位。少量的轻重机枪和更多的步枪，抱在他们的手里，等距离有序支在战壕上，黑洞洞的枪口对着河那面。在晚霞的映照下，这条装满了几百官兵的长长的弯弯曲曲的战壕，很像一条黄昏时分匆匆爬行在毗河岸边的百脚蜈蚣。

担任扑河抢渡的官兵，都是刘元瑭个挑个选出来的，足有一个营，称为敢死营。官兵们都精通水性，是这支部队中的精英，棱角分明，但是真正让他们亡命的是钱，是重奖。重奖之下必有勇夫，这话看来是不错的。军参谋长田北诗发了话，晚上扑过河去，官升三级，兵奖大洋一百，被打死的，家人可以得到丰厚的抚恤。这会儿，约有三百人的敢死营官兵已经打了牙祭，吃的是九斗碗，都喝了酒。在离河不远的林盘空地上，这伙人有的在磨刀擦枪，有的醉醺醺地在焚烧草纸。焚烧草纸的意思是：我已经死过一回了，我不怕死，也不会再死。被焚烧了的大草纸，从河边的田塍间缓缓升腾而起，在已经黯淡下来的残阳映照中，像是一只只翩跹飞翔的黑蝴蝶，晃动着不祥的阴影。

最忙的是工兵连，他们像是一群失却了巢穴，乱飞乱蹿的工蜂，在为晚上扑河抢渡的敢死营做最后的准备。毗河边有一个天然的反斜坡，正好可以抵挡河那边的视线，这就成了晚上敢死营扑河工具的展开地。四五十只方形的竹筏，展开在坡地上。它们是工兵连官兵下午很蛮横地从附近农家竹林里砍来的一株株粗大的楠竹绑扎而成的。似乎嫌竹筏不够，他们像土匪一样，再大摇大摆地闯进附近农家，把人家收割稻谷时打谷子的大拌桶抢来，两人抬一只，或一人顶一只，在田塍上跌跌绊绊，闹闹嚷嚷运来，增添进展台。只等晚上一声令下，他们就将这些竹筏、拌桶推进河里，载上敢死队官兵向对岸发起冲击。

军部的重炮营到后也布置停当，隐藏在离河约千米的一片树林里。十门大炮，有野炮、加农炮、山炮。这个重炮营是刘文辉的宝贝，平时轻易不用，或不全用，今夜却是全用上了。看来，刘文辉是尽其所有了。大炮是战争之神，尤其是在夜间攻坚，作用非同小可。这样的火力配置，在地方军队中可说是空前绝后。

军参谋长田北诗由刘元瑭陪着，一路巡视而来，为晚上的抢渡攻坚作最后检查。扑河抢渡战定在晚上九时。大战开始之前，表面上，任何人都无法将这暮霭时分的乡村和平景致同血淋淋的战争联系在一起。这一带离成都和都江堰都是等距离，约三十公里，是一幅典型的川西平原农村景象。一轮夕阳正在西沉，将一望无际的原野染得五彩斑斓。熟悉川西农村景致的田北诗知道，这个时候田野上应该是雾截横烟，茅竹芦舍的农家应该飘荡起袅袅炊烟，空气中弥漫着好闻的柴草味。田塍上走动着游牛的孩子、串门的村姑，还有口中拗着烟杆出门的老汉。骑在水牯牛上的牧童，这时会挑声夭夭地唱起儿歌："天老爷，下点雨，保佑娃娃吃白米！"倘若有风，他们会唱："风婆婆，莫起风，明天给你杀个大鸡公。"倘若要过年了，牧童们又会唱："红萝卜，蜜蜜甜，看到看到要过年。娃娃要吃肉，老子莫得钱。"可是这会儿，林盘里没有炊烟，田塍上没有游牛的孩子，没有歌声，没有人气，是一片洪荒般的死寂。似乎所有的山岗、河流、林盘都在谛听着，提心吊胆地等待着战争的到来。就连归巢的雀鸟也感觉到了危险，它们尽量敛起翅膀早早飞回林盘。毗河两岸的芦苇，在晚风中轻轻摇曳，散发出苍凉悲悯的战争气息。

最后他们下到刘元瑭的前沿指挥部，这是一座坚固的碉堡。田北诗站在碉堡里，举起高倍望远镜，透过观察孔看过去。他很奇怪，对面怎么一点动静都没有。透过高倍望远镜看去，在晚霞燃烧的时分，对岸与这边是一样的景致。河对岸是二十八军的阵地，战壕上，也是如林般正对这边的黑洞洞的枪口。很显然，为了预防这边的进攻，岸边的树木甚至连高高的茅草都斩除干净。对面的防守阵地有一定纵深，沿岸的战壕、碉堡有序交织。水深必静！不用问，对面的二十八军肯定是邓锡侯的精锐部队黄隐师。"静如处子，动如狡兔"这样一句成语，忽然闪现在熟读兵书的军参谋长脑海里，田北诗感到有些担心，不禁问陪在身边的刘元瑭："对面怎么清风雅静的？"

似乎要给前来督阵的军参谋长一个回应，就在这时，对面开始喊话——

"二十四军的兄弟们，我们二十八军与你们往日无仇，近日无冤。都是一家人，一家人不打一家人。"

"二十四军的弟兄们，你们不要替刘自乾卖命。"

"要打，让刘自乾同刘湘他们两叔侄去打，二十四军的兄弟们替刘自乾去死，划不来。"

"他们哪来的这么多喇叭？"田北诗问。

"都是就地取材的竹喇叭。"刘元瑭说。

田北诗暗暗佩服，真是哪壶不开提哪壶，邓锡侯明明知道现在二十四军军心浮动，他来个攻心战，攻心为上。而且，对岸二十八军官兵，用竹喇叭喊出来的声音如此洪亮，在这暮霭时分响得映山映水。

田北诗问刘元瑭："对面二十八军都是这个时候喊话吗？"

"是。一早一晚都喊。"

"他们搞这套攻心战，怕是很影响军心吧？"

"邓锡侯这一套，对我的部队不起作用，只对有些人起作用。"

田北诗知道他的话中所指。

"元瑭旅长是如何稳定军心，鼓舞军心的？"

"一支部队肯不肯打，士气如何，主要还是看主官的！"刘元瑭这就是在夸他自己了。田北诗点点头，表示同意。

扑河战前，田北诗在电话上向刘文辉详细做了报告。刘文辉很仔细地听完，没有多说，只说："北诗，就全靠你了，就看这一夜了！"其期望之深、言辞之急，不能不让田北诗感到压力。他连忙给自己减担子，说："部署都是元瑭旅长做的，元瑭调兵有方！"他一口一个元瑭如何如何，然后又让刘元瑭在电话中直接向他的幺爸报告，自己退避三舍。这是田北诗一贯的处事为人。

夜来了。夜幕像一只不祥的黑色大鸟的翅膀，匆匆裹紧了毗河两岸清新明丽的风景。毗河流水汩汩，田野上磷火明灭，夜的深处传来了猫头鹰的枭叫。时间到了，隐藏在树林里的十门大炮轻轻撤去伪装，十根长长细细的炮管缓缓摇升起来，对准了对岸的碉堡工事战壕。

扑河战之前，先是炮击。轰、轰、轰！埋伏在树林中的十门大炮发威开炮了。长长的火舌像是巨蟒口中火红的蛇信，在漆黑的夜幕中快速地上下舔动。一颗颗炮弹像一枚枚通红的果子，带着可怕的啸叫，在夜幕中犁开金黄色的弹道，轰轰地砸向对岸。对岸也给以猛烈的炮火还击。这让田北诗感到吃惊，他不明白，对岸是如何将强大的火力做了掩蔽的，怎么白天就没有发现呢？好在，这边的火力要强些。让田北诗更感到惊讶的是，这边炮火一响，那边马上增援。炮火闪闪中，对面河堤上、田野里，都是提枪闪过的人影。刘元瑭在旁边很不满地抱怨："你看人家那边枪声一响，四面都赶来增援，我们这边呢，完全是单打独斗，还有人看笑话！"

"不管他的。"军参谋长看了看表说，"元瑭，时间到了，开始吧！"随着刘元瑭一声号令，两颗信号弹缓缓升起，白惨惨地挂在毗河上空。敢死队开始扑河了，刘元瑭做的是一锤子买卖。竹筏、拌桶噼里啪啦掀下河，敢死营官兵纷纷乘上滥竽充数的渡河工具，大量的竹筏和拌桶上，他们划桨的划桨，射击的射击。在猛烈的炮火声中，三百只粗喉咙发出的喊杀声，惊天动地。那副拼命架势，简直就像阎王爷忘了上锁，从阴间地狱里冲出来的一群恶鬼。田北诗手中端着望远镜，从碉堡的长方形枪眼中望出去。两边的大炮撕扯着，将天和毗河水都映红了。镇守对岸的二十八军沉着应战，就在扑河敢死队坐着的竹筏、拌桶划到河中间时，对岸的炮火、轻重机枪、步枪，完全不顾这边大炮的撕扯，集中火力拼命向河中敢死队射击。密密的枪弹、炮弹织成了一张死亡的大网，对扑河的敢死营官兵进行绞杀。密密匝匝的枪弹打来，打得河里像开了锅。还有咚咚的炮弹砸来。一时，水声、喊杀声、竹筏拌桶被打翻后敢死营官兵落水发出的惊叫声、惨叫声、怒骂声，声声在耳。河面上一时血花飞溅，浮尸频频，简直就像到了世界末日。那种血腥，让身经百战的军参谋长也感到震惊。但是，毕竟这边的炮火猛烈，对那边的炮火进行了压制性的打压，刘元瑭扑河的部队毕竟都是经过挑选的一群亡命之徒，终于有的官兵从死神魔掌的缝隙中漏了出来，逃了出来，杀上了滩头阵地，与守军展开了惊心动魄的肉搏战。

"好好好，上去了就好！"田北诗伏在碉堡的枪眼上，全神贯注，目光竭力透过黑夜和闪闪的炮火，隐隐约约看清了发生在对面的一切。因为紧张，因为兴奋，他胸脯起伏，紧张得握紧了拳头，大声喊道："元瑭旅长，快些快些，让你的后续部队快些跟上去。"旁边却没有人应，掉头一看，刘元瑭不在了。弁兵告诉他，旅长上去了。

可是，就在这节骨眼上，田北诗猛听得打雷似的轰隆隆声由上而下，随即有人惊叫："哎呀，狗日的二十八军，从都江堰放水了！"借着闪闪的火光看去，在水流本来不湍急的河面上，倏然间河水迅速涌涨起来。一排排小山似的巨浪带着可怕的声响，轰隆隆从上而下快速地砸来，砸下来。本来，满载着扑河敢死队官兵的竹筏、拌桶，就在对岸密集的枪弹编织的死亡的网中打转；本来，渡河工具就差强人意，这一下就很可怜地被席卷而下的排排巨浪打翻、埋葬。胜利的天平刚刚跷了起来，立刻被失败又压了回去，扑上岸的敢死队官兵纷纷被消灭！

"可惜了这次抢渡，可惜了刘元瑭这支部队！"田北诗痛苦地闭上了眼睛。

"狗日的邓锡侯竟敢冒天下之大不韪，给老子来个水淹七军！"刘元瑭骂骂咧咧地进来了，田北诗回头一看，刘元瑭右手受了伤，用一根绷带吊在颈上。

扑河战失败了。两岸的枪炮骤然间都停止了射击。枪声、炮声都消失了，消失得很远很深。一下子，天地间变得非常安静，安静得出奇。夜漆黑，黑得像是裹上了丧衣。黑夜里，只听巨浪翻搅而下发出的可怕咆哮声。刘元瑭像一只受了伤的狗，不断地骂。他一口一个狗日的，骂完了邓锡侯狗日的手段歹毒，竟然放都江堰的水来淹老子，又骂下游的陈光藻狗日的。似乎只有这样破口大骂，才能减少一些他心中的愤怒和伤痛。刘元瑭甚至立逼着前来督战的军参谋长田北诗处理陈光藻，说是陈光藻按兵不动，见死不救，直接影响了他的扑河战。刘元瑭这简直就是有些歇斯底里了，迁怒于人近乎要赖了，也太过分了！田北诗正不知何以应对时，一声"报告！"救了他的驾。

刘元瑭的一个机要参谋，将一份急电交到旅长手里。刘元瑭接过，用他那双恶狠狠的鼓眼睛看完后，像一只泄了气的皮球，连连说："狗东西，真是屋漏偏又逢冬雨。"说时，将急电递到军参谋长手里。田北诗接在手中，随侍身边的弁兵上前一步，拧亮了手电筒。

田北诗就着手电光一看，心中连连喊苦。

"刘甫澄率联军于今晚十九时半向我川中全线展开猛烈攻击，现荣（县）威（远）一线已被联军撕开口子，情况危急。即令：毗河全线停止攻击，所有部队沿线固守待命。北诗速回蓉商量要事。"刘文辉署名。

田北诗坐上轿车，上了成灌公路，回头往成都赶时，头脑有些发晕。事情在预料之中，也在预料之外。作为军参谋长的他，此刻完全可以想象出川中一线情况的糟糕。身边，像一把刀似的扎在胸口上的二十八军还没有拿下来，而在川中一线，刘湘统一指挥的联军，正以摧枯拉朽、势如破竹之势，争先恐后地向成都方向杀来。在这个黑夜里，远在千里的川中一线，定然炮火轰鸣，火光闪闪，彻夜不息；联军骑兵突过来的马蹄声嗒嗒嗒，如刮过的暴风骤雨，一排排雪亮的战刀举起又落下，一颗颗头颅落地。更多的地段，分别被联军突破，二十四军兵败如山倒。

田北诗回到成都，一进将军衙门二十四军军部大院，立刻就强烈地感受到一种战事失利、大厦将倾的气息。杂沓的脚步声、急促的电键敲击声，还有作战参谋们向各地发出的声嘶力竭的喊声，种种一切，在指挥部里幽灵般地回荡。

刘文辉一个人哭丧着脸坐在办公室里。一脸憔悴的军参谋长刚想把斑竹园刘元瑭部今晚抢渡失败的前因后果向军长报告，做出解释，刘文辉却将手几摆，意思是要他打住。

"寅东呢？"田北诗问，冷寅东这时不在，他感到惊讶。

"我让他掌握川康部队去了，他在这里气鼓气涨的，也碍事。"年前，刘文辉将驻在雅安一线的川康边防军抽调了一个旅到成都。刘文辉这时让冷寅东走开，无疑是让冷寅东靠边站了。

"报告！"门外，一个机要参谋又是急急喊了一嗓子，一听就知不是好事。

"进来。"刘文辉说时声音有些发虚。

机要参谋送上了一份绝密情报，刘文辉看后，交到田北诗手里。田北诗一看，头就炸了，情况想象不到的严重。刘湘的联军还没有打过来，自己军中的张清平、林云根两位师长就反了。就在今夜，他们竟约请了二十八军的陈书农、黄隐两位师长，在新都三合场，以两军的名义签订了一份停战协议。

协议议定：

一、二十四军与二十八军立即全线停战。

二、如果刘文辉不接受此停战协议，一意孤行，则二十四军保定系军官立即通电脱离刘文辉，不拥护刘文辉，打倒刘文辉。以现二十四军第三师师长夏首勋为二十四军代军长。

"这不是反了嘛！军长准备怎么处理这些背信弃义的东西？"田北诗手有些发抖。

"这也是意料中事。"原以为刘文辉要暴跳如雷，要发出什么命令，不意刘文辉这会儿却显得很镇定，他说，"家鸡打得团团转，野鸡打得满天飞"。刘文辉这里用的是一句家常俚语，他用家鸡比喻自己的人，咋打都不会走，无论如何不会叛变。不是自家的人，就如野鸡，轻轻一打，就飞走了，叛变了。刘文辉说这话时，表面轻松，声调却变得森冷，他抬起头，用那双略显棕黄、见微知著的眼睛很敏锐地观察着军参谋长。

军参谋长没有言语。刘文辉咕嘟着说："大不了我就去当孤家寡人，我不怕当孤家寡人。大不了重新来过。"刘文辉看着他的军参谋长说的这前后三句话，在旁人听来可能不明就里，而且前言不搭后语。但田北诗听得清，看得明，刘文辉思想上已经做了最坏的准备，而且对田北诗也有种言在此，而意在彼的意味。

"军长，你看目前形势该如何应对？"田北诗小心翼翼地问，在这里他带有请示的意味，在刘文辉面前，他从不好强逞能。

"你说呢？"刘文辉像只好斗的小公鸡，用犀利的目光直视着田北诗。

"部下认为！"这时，田北诗才表明他的态度。他说时转过身去，用手在那幅挂在墙壁上，几与壁大的军用地图上一划，指着成都以西蜿蜒而去的一条蓝色线条，那是流经川西的一条大江：岷江。

"放弃成都，收缩部队，将司令部改设在新津。我沿岷江一线重新布防。同时命令我在川东、川中一线各部交相掩护，有序后退，退过岷江以西，以集中兵力，与联军决战。"

"然后呢？"刘文辉目视着墙上硕大的军用地图，又问。含义是，兵败如山倒的二十四军，仅凭这条岷江天险就能同跟进的联军决战，挽回劣势吗？

"实在不行，我们就退到雅安去，这里！"军参谋长田北诗进了一层，他指着川西平原与康藏交接处隆起的大片褐红中的一小块绿地，"这是雅安河谷！"再指着雅安河谷边缘上的一个小点，"这是雅安的门户，川藏之间一夫当关，万夫莫开的金鸡关。只要我们派一标劲旅坚守在金鸡关，看他们有多少人来死！在雅安河谷，我们进可以攻，退可以守，那是一个好地方。在那里，我们可以徐图再举。"计谋深远的军参谋长说完，转过头，看着刘文辉。

"好，很好！"刘文辉用手从上往下狠劲一劈。"北诗！"他说，"就按你说的办，赶紧下命令，调兵遣将吧！"

新津县距成都不过三十来公里，这是一个军事要地，历史上许多重大的事件都发生在这里。它是川藏古道必经之地，是成都的西大道，也是成都西去嘉定（乐山）、眉山、浦江等地的枢纽，是成都的咽喉。境内，有九条河流贯穿纵横，将这片土地浇灌成了锦绣之地。温（江）郫（县）崇（庆）新（都）新（津）灌（县），富甲天下的成都平原，实际上富就富在这几个县。而这几个县中，新津最具战略意义。县城与隔三江相望的五津镇之间，有三水相隔。从古至今，南来北往的商贾旅人，来到这里，不得不舍车登舟，连过三水，相当费时，故有"走遍天下渡，难过新津渡"之说。

与万瓦鳞鳞的新津县城隔江相望的五津镇，又称旧县，曾经是这个县的县城。它是一条独街，沿岷江展开，长达三四里，像是一条傍江展躯，泼剌剌，浑身散发着勃勃生机的大鱼。长街中段有株虬枝盘杂的百年古榕树，枝繁叶茂，高擎云天，很远就能看到它篷向空中的绿色云霁，是这个镇的标志和风水。古镇是得天独厚的水陆码头，素来繁华，茶楼酒肆众多，沿街一字排开，鳞次栉比。到了洪汛期间，两岸封渡，三条大江将若干有人居住和没有居住的小岛淹成一片汪洋，下游气势相当雄浑壮阔，古诗"烽烟望五津"也就是指的这里。

刘文辉是在一个滂沱大雨的晚上，率司令部众多人马，先抵五津，连过三水，到了县城之时，两岸之间就淹成了一片汪洋，舟楫不通了。他暗自庆幸，好险！涨大水，可以将快速跟进的联军隔开来，新津涨大水，帮了他的大忙。

其时已是深夜，新津城已经沉睡。这座多水环绕，四周围有古城墙，城中绿树婆娑，万瓦鳞鳞的小县城平素就相当的幽静，在这个下雨的晚上，犹如一个风姿绰约的睡美人，更显温婉可人。然而，二十四军司令部上千人马的突然到来，打破了这种温婉和沉静。

咚咚咚，"开门，开门！"到处都是又累又饿的官兵们在捶门。他们到处乱窜，找吃的找住的，大声吆喝，像一群被捅了蜂巢，嗡嗡营营乱飞乱窜的马蜂四处蜇人。县城里立刻出现了慌乱和混乱。前街和后街，一扇扇小门悄悄打开了，睡眼惺忪的和平居民们探出头来，互相打问，这是哪里来的丘八？丘八的意思就是匪，是匪的另指。三十年代在四川城乡，人们普遍把兵称为丘八，意思是：兵匪本来就是一家的。

听说是堂堂的国民政府二十四军军长兼四川省政府主席刘主席深夜驾到，虽然局势已不同以往，县大老爷龙帮绪仍然不敢怠慢，他亲自出面，给刘文辉一行做了妥善安置。但是小小的县城就这么大，庞大的司令部大量的人员没有办法安置，天上又在下着大雨。尽管前街后街鳞次栉比已然关门的茶楼酒肆，都被捶开了门，县里的有关官员，带着这些兵，做了尽可能的安置，一时还是安置不完。

沿街比户避雨的官兵们，好些手里都提着马灯。成百上千的微弱灯光忽隐忽现，组成许多条微光腾跃的黑龙，刺向夜的深处，这里那里都有官兵在抱怨，骂骂咧咧地等待安置。这种混乱直到天亮前才结束。庞大的军部各部争先恐后地又把县城里的学校、庙宇等所有可以安置部队的地方都塞满了，然后学校里的操场，庙宇里的空隙地也临时搭起了一顶顶军用帐篷。这些军用帐篷密密簇簇，相挨相挤，像是突然间从地里冒出来的一朵朵黝黑的蘑菇。

然后，种种的喧嚣出现了停顿，县城安静下来。这个时候，刘文辉在县长亲自给他妥善安置的，县政府后院一处清幽小院里的套间早睡熟了过去。许是三江涨水造成的天险，让刘文辉心理上有了一种慰藉，有一种释然感、逃脱感。枕着暗夜中通天河水咆哮而来，又咆哮而去的涛声，这会儿他正向梦的深处沉去。

朦胧中，眼前出现了雨城雅安。浓绿葱翠的苍坪山、周公山、张家山，像是一道道天然的绿色屏障，在雅安河谷四周平地矗立，忠诚地严实地拱卫着万瓦鳞鳞、小巧玲珑、古色古香的雅安城。一条江面宽阔、水质清冽、水量充沛的羌江从雅安城中穿过，将雅安一分为二。江中有世界上独有的美味，量极少而味极美的雅鱼。

雅安一年四季都有雨。每天，周公山上或早或迟地笼起一团薄薄的乳白色雨雾，然后在雅安城上空丝丝缕缕地飘逸开来，像是袅娜仙女手中舞动的纱幔，接着天上就洒下些润物细无声的细雨。雅安，是名副其实的雨城。脚迹遍布天下的大画家张大千，有一次在沿线进入康定写生前后，遍游雅安。国画大师恋恋不舍地在羌江之畔久久伫立，他看山望水，抚髯赞叹雅安是中国的布达佩斯；雅雨、雅鱼、雅女是世之三绝。

作为一个政治军事人物的刘文辉，他当然首先注意到的是雅安独特的军事政治地位，纵然是在梦中。雅安是川藏间最后一个城市，就康藏地区而言，雅安可以算作一个大城市了！由此往西，就进入真正意义上的康区了。雅安是吊在川藏之间的一个仅此独有，别无其他的金葫芦！成都平原往西，过了新津，再过了历史上因为司马相如与卓文君相恋相思而闻名的酒乡邛崃，成都平原的气数也就尽了。由此地势逐渐抬高，丘陵连绵，过了名山之后，群山起伏，峰岚叠翠，而雅安河谷之上突起的金鸡关险隘，危乎高哉，那是一处兵家必争之地。

雅安城的苍坪山、周公山、张家山，平地看，它们是山，山上原始森林茂密，遮天蔽日；上得山来却又有新的景致，山上地势平坦，极有沟壑，是藏龙卧虎，最好的屯兵之地。

雅安，是上天对他刘文辉独有的恩赐。潜意识中，他已有心在雅安建省，开始他的第二次创业。

但是，对这次的失败，他又是多么不甘心啊！

自怨自艾中，他猛然惊醒，回到了现实。他一下子将盖在身上的毛毯掀开，一骨碌坐起，快步走到靠窗的办公桌前，拧亮台灯，提笔展纸。他在一张标有二十四军公用函的红格十行纸上，写下了上书南京蒋介石的《刘文辉呈中央请辞四川省主席并即率部移驻新津静候处置电》，然后捺了一下桌边的铃。

"报告！"不等铃声落尽，如影随形的贴身副官李金安已站在面前，毕恭毕敬。

"你将我这份文电立即交电讯室，发南京中央。"

"是。"比猴子还精灵，比狗还忠心的贴身副官李金安接过电文时，他那双敏锐的眼睛，从刘文辉那张老太婆似的脸上，一下就捕捉到了军长的狠劲和自信。

"嘀、嘀、嘀……"黎明时分，是最黑暗的时分。一份《刘文辉呈中央请辞四川省主席并即率部移驻新津静候处置电》，以及一份几乎同时由刘湘在重庆发出的《刘湘告二十四军将士书》，穿越了巴山蜀水，在夜空中交织、撕掳。这些在夜空中飞舞的电波，像是一只只奇异的精灵，闪闪灼灼，急速飞奔，很快就在第二天的全国多家报刊作为头条刊登了出来；旋即在长城内外，大江南北产生不同的影响。

《刘文辉呈中央请辞四川省主席并即率部移驻新津静候处置电》谓："中

央钧鉴：赤匪重陷通、南各县后，其势益张，浸浸内逼。"刘文辉谙熟蒋介石心理，知道蒋介石现在最介意的是如何在川"剿赤"，他这是投其所好，将自己打扮成讨赤先锋，接着云，"文辉迭奉钧命，曾一再电请刘督办湘主持，与各军会师协剿在案。乃刘督办湘、邓军长锡侯不此之图，反而大举西上。文辉耻于内争，极力退让，三舍之义已明，曾不能邀其谅解"。

"兹为顾全川局，贯彻初志，不忍省会陷于糜烂起见，应请中央准予辞去四川省政府主席及民政厅厅长等兼职。文辉即躬率全军，离开成都，移驻新津，静候中央处置、各方公判。谨此电呈，伏候训示。刘文辉叩。庚，印。"

《刘湘告二十四军将士书》谓："二十四军将士诸君公鉴：国家不幸，祸乱频生。外侮方亟，赤焰复张。吾川自邝继勋、徐向前诸匪窜扰以来，迄今半年，两陷通（江）、南（江）、巴（县），溯其猖獗原因，率由川西内战所演成。盖川北赤匪，前经田部痛剿，通、南、巴先后克复，赤焰本已渐戢。乃邓、刘激战，迁延月余，田部接防动摇，军心不固，因为匪乘，功败垂成，良堪痛惜。考川西兵端之肇启，二十四军军长刘文辉氏实不能辞其责。是非俱在，人目难掩……"在历数刘文辉的罪状后，刘湘号召二十四军全体将士造反，指出，"何去何从，唯在诸将士一转念间耳。呜呼，千夫所指，无疾而死，恶积祸盈，理至焦烂。前史所载，宁待赘陈。与其同殉绝地，何如自拔坦途。湘与诸将士虽无恩怨之可言，实有袍泽之相契，爱人以德，缄默难安。雪涕剖陈，尚祈明察"。

刘文辉发给中央的通电，是冀求得到蒋介石的宽恕原谅。这是他的一种策略，一种过渡，明知不可为，却不妨一试。电文发出去后，却是泥牛入海无消息。他完全是一厢情愿，蒋介石对此置之不理。而刘湘发出的电文，却在二十四军中产生了巨大反响，许多军队在前线倒戈，加速了二十四军的全线崩溃。

第四章

二刘决战，惊心动魄

刘湘伏身在那硕大的作战沙盘上，就像是一个高明的棋手，喜滋滋地观察着棋势正按照他预先的设计发展，一步步走向胜利。金色的阳光透过窗前那株肥大葱绿的芭蕉树，探进来，在铺着地毯的屋内闪烁游移。一个作战参谋像猫一样，不时轻手轻脚地将那一面面标志着联军进展情况的小红旗在沙盘上往前推移、推移。这会儿，随着小红旗的推移，将刘湘的全部感情、意志都已强烈地牵扯了进去。

看得分明，声势浩大的联军，以横扫千军如卷席之势，正不断给幺爸的部队以雷霆万钧般的打击，快速前进。总计约20万人的联军分四路向刘文辉发起总攻。第一路从遂宁、安岳、资中方面进攻刘文辉部左侧背；第二路从潼南、安岳向刘文辉部右侧背进攻；第三路由永川、荣昌、隆昌、富顺、宜宾方面向前推进；第四路从正面向永川、自流井、富顺推进；他还派出了空军和海军，"巴渝""嵯峨""长江"等三舰配合穆瀛州部顺江而下。捷报频传，联军大胜。战略要地富顺、荣县、威远、内江及刘文辉发家之地宜宾均被占领，刘文辉部队正交相掩护，逐步后退。

刘湘将目光久久锁定在成都。成都是四川省的省会，是一团浓绿得翡翠般的宝地，是天府之国的聚宝盆。历朝历代，所有的军事政治人物，将目光投向天府之国时，第一眼必然投向这里。然后他的目光从成都往西，过双流、新津、邛崃、名山之后，停留在金鸡关上不动了。这是一处易守难攻的险隘。金鸡关，这名字取得真好，真像是一只火红的公鸡头上骄傲的冠子。

　　他又注意看了看沙盘上的岷江。这条蓝色的细线，从西至东，恰到好处地将川西川南那片最富庶之地同相对贫瘠的川东川北划了开来，形成一道天堑，全长四百多公里。

　　现在，刘文辉赖以图存的岷江防线，在联军的快速跟进打击下已经全部崩溃，刘文辉带着他的一帮精锐部队向西退去，向雅安退去。幺爸已经无路可退，只能退到群山环绕的雅安河谷，凭险据守，待机再起。如果再退，那就只有退过大渡河，退到真正的康藏地区，退到由折多山和郭达山前拥后抱的康定小城去了。

　　显然，在这里，幺爸要拼命了！刘湘注视着沙盘上的金鸡头。要拿下金鸡关，很是淘神。就在他的思维在雅安及雅安的外围，战略要点天险金鸡关上紧张萦绕时，副官张波进来了，附在甫帅耳边小声说了几句什么。

　　刘湘不禁皱了皱剑眉，手在沙盘框一拍，嘀咕一声："讨厌，这个时候来凑什么热闹！他人在哪里？"

　　"我让他在客厅等。"

　　"好吧，我这就去！"

　　在这个节骨眼上要甫帅接见的，是蒋介石月前派来的特使郑大冲。今天他奉命乘专机去江西南昌行辕，日前他在电话上向委员长侍从室陈布雷主任报告了在川执行情况和刘湘制定的《安川计划》内容，蒋介石听后很感兴趣，要郑大冲携该计划去向他当面汇报川中种种情况，接受下一步工作指示。临行前，特使特来向甫帅辞行，恭问甫帅有没有什么指示。

　　"辞行""指示"，话说得好听，实际上郑大冲的用意是很清楚的。就像做一桩大买卖的经手人，关键时刻，他要来把这桩大买卖夯实。刘湘对郑大冲的搅扰，虽然心中很不高兴，很烦，但不敢怠慢。

　　"哎呀，特使今天要走吗？"一进门，刘湘就变了一副脸，眉活眼笑的，上前两步，伸出双手，显示出少有的热情。他要同委员长特使握手，习惯于接受部下军礼的他，主动握手这个动作是少有的。

郑大冲紧紧握住刘湘的手，连连说："祝贺，祝贺！祝贺甫帅指挥的联军大获全胜，大功告成指日可待！"

"全靠委员长支持，全靠诸将士用命，全靠特使在委员长面前转圜、努力！"刘湘知道特使想听什么，他这一番话说得很得体。特使说明了来意，两人坐在沙发上，中间隔一张西式矮脚茶几，开始了谈话。

"按说，我不该这个时候来打扰甫帅的，但事情急！"特使告了得罪，着意解释，"昨晚接到委员长侍从室陈主任打来的电话，要我今天上午务必赶去南昌，向委员长汇报川中局势。陈主任特别嘱咐我，行前一定要向甫帅报告，辞行，要问问甫帅还有没有什么话要代呈委员长的？"

想了想，郑大冲言犹未尽，讨好地说："甫帅指挥有方，川局克日可定。据我所知，刘自乾已请辞四川省政府主席职，中央必然准许。这顶桂冠，甫帅是戴定了。届时，中央肯定对甫帅还有借重。甫帅就此会有一个新的飞跃，就此步入人生的辉煌时期。"说到这里，郑大冲戛然而止，抬头看着刘湘。

刘湘会意地笑了笑，"届时我不会忘了郑特使的。"说着，神情严肃起来，话也说得一针见血，"委员长很关心我的《安川计划》！请委员长放心，安川之战结束之时，就是我率军'围剿'、铲除通南巴红军之日。我刘甫澄说话算话。"

"好！"听到这句最为关键的话，委员长特使高兴地将胸脯一挺，"甫帅真是快人快语。请甫帅估计一下，结束安川之战还要多长时间？"

"最快半月，最迟一月。"

"甫帅在结束安川之战后，立即着手'剿共'？"郑大冲又追着问。

"是！"

"太好了！"郑大冲掐着指头算了算，然后相当小儿科地拍了拍手，"我敢肯定，委员长得到甫帅这个保证，一定会十分欣慰，十分振奋。这也是委员长目前最为希望的。"

吃了定心丸，郑大冲这就起身告辞了。刘湘亲亲热热地将郑大冲送出大门，直看到特使上车而去。

就在委员长特使郑大冲飞去南昌当日下午，刘湘随即也离开了重庆，去了前线。说来特别，甫帅竟是为一个降将陈万仞去的。刘湘手下第一师是他的绝对主力，师长、绰号"唐瘟猪"的唐式遵率部最先从二十四军的川中防线中央突破，一路狂飙突进，打到了川中重镇内江，兵临城下。之所以尚未对内江发起最后攻击，是城中守将陈万仞带出话来："仗，就不要打了。我有话要当面对刘甫澄谈。"意思是很明显的，他陈万仞愿意率部投降，但降就要降在刘湘手上。甫帅当初就读四川陆军速成军官学校时，陈万仞曾经当过甫帅的老师。唐式遵立刻将这个情况报告了甫帅，刘湘让唐式遵暂停攻城，他立即赶去内江。

内江是座川中重镇，又好像是成渝之间的分水岭。炎夏时节，由号称火炉的山城重庆一路而来，到了内江，立刻就感受到了成都平原的清爽。如画的沱江绕城而去，这里盛产甘蔗和诸多甜品，有糖城之称，军事地位极为重要，是川中一线第一大城、重镇。能兵不血刃拿下内江，争取陈万仞率部投降，其意义不言自明。

昔日的师生见面及谈话，颇富戏剧性。

作为刘文辉属下的陈万仞，资格很老，而现在仅仅是刘文辉手下一个旅长，之所以没有升上去，原因不是别的，是性情古倔。中国是个讲人际关系的国度，无论在各方面都是如此。陈万仞，不会钻营，自然升不上去。但陈万仞有真本事，会打仗。不然，刘文辉决不会让他率部镇守内江要地。这一次，陈万仞的古倔和咄咄逼人，在刘湘面前发作得淋漓尽致，可以说是任性，让刘湘手下的人无不愤愤然，连脾气向来很好的"唐瘟猪"唐式遵都发了脾气。然而刘湘却都容忍了。从这里，可以看出刘湘的度量和器局。有一句话说得好：宰相肚里能撑船。没有相当度量的人，是成不了大事的。刘湘因为有相当的度量，所以能成就一番大事。

就在刘湘赶去内江途中，陈万仞又发了一个通电，将刘文辉、刘湘叔侄各打五十大板。陈万仞能文，在通电中他嬉笑怒骂，做尽了文章；他骂刘文辉、刘湘叔侄打内战，是"残民以逞的独夫民贼"；而他"个人志切和平，不愿供别人驱使再做阋墙之事，谨率部主动离开战场"云云。陈万仞虽说是投降，却是义薄云天，捞够了面子。

刘湘到了。按规矩，降将姑且不说出城向联军主帅刘湘负荆请罪，至低限度也该派人将降表送到帐下吧？可他倒好，抠起架子，传出话来，要堂堂的联军统帅刘湘进城，到他帐中说话。他倒居高临下地命令起刘湘来了，岂不滑稽！

刘湘力排众议，谨遵师命，轻骑简从，只带了副官张波和几个弁卫去了陈万仞处。

见面时，刘湘问陈万仞："老师在通电中怎么将我与幺爸各打五十大板？我幺爸这些年来，在川中倒行逆施，天怒人怨，未必老师不知道这些？"

陈万仞倒也坦白，他说："我如果不那样说，我就这样来向你投降，成话吗？人家不指着我陈万仞的脊梁骨骂，骂我是卖主求荣的软骨头？"

刘湘笑了，说："老师过来就好。你在我幺爸手下当旅长，老师过来，我请你担任四川陆军暂编第二师师长。"

陈万仞不高兴了，马起脸问："为什么是暂编？"又明知故问，"哪个是你第一师的师长？"

刘湘也诙谐，说："第一师的师长已经有了，就是你们常说的，现在兵临城下的'唐瘟猪'唐式遵。至于请老师过来，为何用暂编一词，是因为甫澄与各友军商定，战端一开，我幺爸的部将必然纷纷反水，对于过来的将领，我们商定，一律以四川陆军某某师、旅暂编名称。"

"这个名义我不接受！"陈万仞硬起颈项顶。

哎呀，真是叫花子还嫌稀饭馊，连陈万仞的部下都嫌他做得过分了。

"那老师要个什么名分呢？"刘湘笑。

"你的二十一军有几个师？"

"现在有一到四的四个师。"刘湘老老实实地说，"另外，还有一个模范师和一个教导师。"

"那么，我就来当你的第五师师长。"败军旅长陈万仞竟然给堂堂的联军统帅刘湘下起命令来了。

刘湘想了想，答应："好好好，老师说了算事，你就来当我的第五师师长吧。"

事情到此了结。陈万仞虽然脾气古倔，但以后他确实对刘湘忠心不二。几年后随刘湘、唐式遵率部出川抗日，英勇杀敌，屡建战功，不久即升任国民政府二十一军军长，继而升为第二十三集团军副总司令长官，也不枉了他的本事和人品。

刘湘兵不血刃，拿下川中第一重镇内江后，随唐式遵师进了成都，并立即获悉，兵败如山倒的刘文辉已逃到雅安，他原先的一百二十个团只剩下约二十个团。不过，他这二十个团，都是精锐部队，由他手下一帮子侄率领。刘文辉猫在雅安，让素称能战的刘元瑭率部扼守金鸡关。刘湘派出他的两个精锐师：唐式遵师和张斯可师，快速跟进，对雅安进行前后夹击。

清晨。

一阵江风吹过，轻轻揭开了雾纱。原先手中有一百二十个团，雄踞川中七十多个县，不可一世，鹰扬四顾的四川省主席兼国民政府二十四军军长的刘文辉，于今如同三国时期风光不再、败走麦城的关羽。他神情憔悴地站在苍坪山，在他川康边防军司令部高高的哨楼上，举起手中的高倍望远镜向金鸡关方向眺望。金鸡关，现在是他唯一的希望，是他的生命线！

雅安河谷上空，一阵细雨过后，天空像是一块水洗过的蓝玻璃，空气非常清新，远山近水一目了然。

从望远镜中看出去，一夫当关，万夫莫开的险隘金鸡关上，在烟云流动中，刘元瑭部一些官兵在山上战壕里赶修工事，他们扬锹的扬锹，挥镐的挥镐。里面还有一些民军，也就是当地的袍哥在帮忙。不要小看这些头上包张白帕子，穿一身破衣烂衫，完全是当地农民相的袍哥。在近代的四川，袍哥发挥了难以想象的作用。袍哥也称哥老会，原是清初反清复明领袖人物郑成功、陈近南在沿海发展组织起来的一支旨在推翻清廷，恢复明朝的群众性组织。后来，逐渐向内地延伸，发展成了一支全国性的秘密组织。其中规模之大，人数之多，影响之深，以四川为最。这个组织成分复杂，大都由三教九流组成。辛亥革命前后，四川袍哥发挥了重要的进步作用，后来就等而下之了。

二十世纪三十年代，在四川，越是偏远地区，袍哥势力越大，雅安就是这样。刘文辉很看重雅安袍哥这支准军事组织，他百般笼络雅安袍哥大头目罗子云。从望远镜中看出去，协助刘元瑭作战的这支约两百人的袍哥队伍武器很差，钢枪很少，大都拿的是刀矛火枪。但带动了雅安袍哥，也就带动了附近的好些农民。战壕中，有些前来送饭送水的当地农民，他们手挎竹筐，把金黄的热气腾腾的玉米粑从篮里拿出来，往刘元瑭旅的官兵们手上递；还有送水的，送烟的，很是鼓舞士气。民心可用，这让刘文辉感到一丝欣慰。

"军座，冷薰南发来的急电！"就在这时，副官李金安给他送来了冷寅东的电报。

刘文辉一听，放下望远镜，情不自禁将手往后缩缩。他现在最怕接前线来的电报，因为这些电报都没有好事，他已经成了孤家寡人。所部师长张致和、陈光藻等已经相继向联军投降，就连他向来倚重的军参谋长田北诗在新津一团乱麻似的混乱中，也趁机离他而去，不辞而别。

他就像怕被烫了似的，不接李金安手中的电报，只是冷着脸问："他是从哪里发来的？"

"冷师长这电报是从邛崃五眠山发来的。"李金安说。刘文辉在率刘元瑭一帮子弟兵仓皇放弃新津，逃往雅安时，让冷寅东率领他那支约有一师人的川康边防军，负责在邛崃五眠山一线阻敌断后。

"是不是冷薰南投降了刘甫澄，刘甫澄让他劝降来了？"

"不是。"李金安说，"冷薰南请求军长让他率部过金鸡关来雅安。"

刘文辉接过电报看了，冷笑一声，将手中电报几甩："这个时候了，他又何必来雅安凑热闹呢？雅安这个小池塘养不下他冷薰南这条大鱼。"刘文辉之所以如此绝情，一是雅安确实养不了这么多部队。他现在养兵要养精兵，养将要养刘元瑭、刘元琮这样他绝对信得过的子侄良将。二是对月前冷寅东在他面前忤逆的报复。他现在要将冷寅东甩出去，让这个向来心高气傲的人去尝尝当俘虏的滋味。

刘文辉对贴心副官李金安交代："你代我给冷薰南回个电，就说，雅安一带地瘠民贫，部队展不开，他就不用来了。"

"不能来雅，又咋办呢？"李金安一时没有领会主公意图，眨巴着猴子眼问。

"咋个办？凉拌，看着办！"刘文辉说完，拂袖而去。李金安若有所悟，颠颠去了。

唐式遵率部来到了金鸡关下。

唐式遵部是二十一军主力，也是联军主力，一路紧追刘文辉不舍。他的部队过了新津之后，沿途不断受到袍哥阻击。最初，他们完全没有把袍哥这些乌合之众放在眼里。然而，队伍一过邛崃，他们很快就领略到了这些乌合之众的麻烦。这些乌合之众中混杂着刘文辉的小股精锐部队，凭借一路上他们熟悉而复杂的地形，神出鬼没地不断给唐式遵部以迭次打击。打完就跑，像是驾了地遁，让唐式遵的部队很受了些损失。大部队过了名山，沿着越发抬高的大路前进时，在一处险隘处，那些人竟趁唐部对地形不熟，打了唐部先遣部队一个伏击。那支乌合之众足有两三百人，突然从藏身之地，从路边的巨石、密林中闪出，呼啸而来。他们手中挺着亮晃晃的大刀，一手拍着胸脯，高声叫喊："刀枪不入！"一鼓作气冲下山来，气势相当吓人。

好在唐部先遣营系二十一军第一师精锐，官兵们个个身经百战。在猝不及防中死伤几个人后，先遣营稳住了阵脚。官兵们凭借地势掩护，充分发挥火力优势和良好的作战素养，打退了这帮呼啸而来的乌合之众。唐式遵闻讯后，急忙骑马赶到前线，下马一看，不由得抽了口冷气。那些被打死在路上、山坡上、丛林间的袍哥们，他们身上哪有什么"刀枪不入"的法宝？剥开他们血淋淋的褴褛的衣衫，胸口上都捆了一团大草纸，让在场的官兵们不胜唏嘘。

他将前锋部队分成多路小股，在逶迤向上的山路上继续前进，又多次遇到乌合之众们的偷袭和顽强阻击。从邛崃出发，短短几十里山路，却走了两天。不，是打了两天，好不容易来到了金鸡关山下。

时近黄昏。一身军服，打着绑腿，腰皮带上挎勃朗宁手枪，身材不高不矮笃壮有力的联军前敌突击师师长唐式遵，藏身在一棵大树后，举着手中的高倍望远镜，朝那座高耸入云，显得非常霸道的"雅安锁匙"金鸡关仰望。

苍山如海，残阳似血。时强时弱的山风，隆响于山谷间。极目望去，层层叠叠的群山越来越高，宛如凝固的大海波涛向着西天苍穹排排涌起。"一夫当关，万夫莫开"的金鸡关，像是一只神奇的康藏雄鹰衔来有意丢在这里的一枚神奇的巨锁，危危乎高哉。整个看去，载着金鸡关的那匹大山，像只敛翅栖息在群山之巅的雄鹰，而金鸡关就是雄鹰那只又弯又钩又尖锐的嘴。部队要从鹰嘴上过去谈何容易！稍有不慎，任随多少精锐部队，都会被这只威风八面的雄鹰撕得粉碎，吞下肚去。部队在这里展不开，无法攻，该怎么办呢？唐式遵绞尽脑汁。忽然，他脑海中电光石火似的一闪。他想到了一路而来，给他的部队制造了不少麻烦的袍哥。"堡垒是最容易从内部攻破的"，他决定以毒攻毒：既然你刘自乾可以利用雅安袍哥组织，我也可以利用，从内部把你撕开。谁说唐式遵是"唐瘟猪"？他精得很呢！刘湘之所以看重他，让他当二十一军第一师的师长，每仗必让他啃最硬的骨头，不是没有原因的。

"吹号，部队加强警戒，原地宿营。"唐式遵下达了命令。

"哒哒嘀，嘀嘀哒！"军号声响了起来，此起彼伏，雄壮中带着凄厉，在这苍茫的群山间撞出阵阵金属的回响。而驻守在金鸡关上的刘元瑭部这时却向山下开始了挑衅，刘元瑭让他的子弟兵们在金鸡关上敲起战鼓，几百只粗喉咙一齐开骂："'唐瘟猪'，你来攻，哪个不攻，哪个是虾子！"

"师长，刘元瑭这龟儿子太猖狂了！"站在唐式遵身边的作战参谋图门瑞看不过去，怒气冲冲地建议，"我们是不是打打这些龟儿子东西的威风？"

"怎么打？"唐式遵放下了手中的望远镜，并没有转过身来，他怕转过身来会暴露他的满脸怒气。

"甩他龟儿子几下迫击炮。"

"人家巴不得呢！"唐式遵说时转过身来，怒气冲冲看着图门瑞，"人家居高临下，正愁找不到目标。这样一打，吃亏的只有我们，正中他意！"

"那未必就由他们骂？"图门瑞小声嘟囔。

"由他们骂去吧！"唐式遵带着图参谋和身边弁卫下撤。

漆黑的夜来了，像雄鹰收紧的双翅，一下将群山幽谷拢得紧紧的。

夜幕有两重性。许多儿女情长，风流逸事都在夜幕的遮挡下展现得淋漓尽致。同样，许多阴谋诡计、暗杀、突袭等等，也大都在夜间发生。

就在夜幕笼罩了雅安河谷之时，刘文辉在苍坪山上，他的川康边防军指挥部会议室里举行一个别开生面的宴会。

营以上的军官都应召出席，这在二十四军史上是绝无仅有的。

出席宴会的军官有五六十人，他们在一张铺着雪白桌布的长条桌两边依次就座。

刘文辉的川康边防军指挥部是一座法国教堂改建而成的。宴会厅具有明显的西式建筑风格，尖顶阔窗，地板上铺着地毯。雅安有电厂，但电量不够，这会儿，宴会厅里的水晶灯因电压不够红扯扯的，像是哭红了的眼睛，显得有几分凄惨。因为灯光太过昏暗，不得不临时在旁边的几座灯台点上几支大红蜡烛。烛光随风不断摇曳，像是随时会有想象不到的灭顶之灾发生。

早过了原定的时间，军长还没有来。这时，他和刘元琮、刘元瑭叔侄三人，在隔壁屋里商量什么要事。这让坐得巴巴适适的军官们都担着心，你看看我，我看看你，大家的脸上都霉得起冬瓜灰。局势之严重，都是晓得的！二十四军现在只剩下了这点家当，唐式遵部已经抵达金鸡关下。在雅安后背，同样是联军主力的张斯可部正迂回而来。一切全看雅安前后的天险金鸡关、泥巴山及两地守军能不能抵挡一阵了！他们现在都有一个感觉，就像困在一个浅浅池塘的鱼，随时都可能被人逮。他们感到闷，他们都在等待主公拿出一个能摆脱当前困境的锦囊妙计来。

如果是以往，出席这样的宴会，主官不在，武棒棒们必然是大声武气说话，喝茶，吃点心，随意得很。然而今天这个时候，这些武棒棒们因为担着心，都泥雕木塑般呆坐着不吭声，心神不定的。

刘文辉在刘元琮、刘元瑭的陪同下快步走了出来。素常是一身长袍马褂的军长，今天着意穿了一套佩有三星上将军衔的黄呢军服，虽然个子矮小，但身姿笔挺，神态严峻，大有一种豁出去了的意味。当他凛然站到桌子上首时，大家霍地起立。刘文辉两手往下压了压，军官们落座后，"诸位！"刘文辉用他那双略显棕黄色的，很亮很有力的眼睛看了看军官们，说一口地方音浓郁的大邑话，声音低沉有力："目前的形势，想来大家都看得清楚，可能大家感到担心吧？不过，我可以告知大家，这没有什么了不起的。这就叫着塞翁失马，焉知非福！"看在座的军官们满脸不解，刘文辉做出一副众人皆浊我独清的样子，他说："雅安，是我们二十四军的福地。在这里，我们进可以攻，退可以守。我们现在虽然只有二十团人，但我们的兵是精兵，将是强将。而雅安前后有天险金鸡关、泥巴山。刘甫澄把我们无可奈何。我们就等着唐瘟猪、张斯可率部来攻呢！看他有好多人来死！这里，我可以告诉大家一个好消息，德格，大家都是晓得的吧？就是雀儿山下的德格，向来有'天德格地德格'一说。德格藏兵骁勇，无人能比。'天德格地德格'已派骑兵来支援我们了。因此，大家不要担心！"看在座的军官们一个个面色好了些，刘文辉继续大话炎炎地说下去，拼命给部下们打气鼓劲，"俗话说得好，国难显忠臣，家难显孝子。在座诸位，都是我们二十四军，也是我们未来的西康省的栋梁。我要告知大家，我们今后要在这里建省，建西康省，雅安就是省会。今天你是一个连长，明天可能就是一个团长、旅长、师长，或者是未来的省府大员，你们的前途大得很呢！比如潘得名营长和他手下一批兄弟！"这里，刘文辉专门提到刘元瑭手下一个绰号叫"潘蛮子"的敢死营营长，"本来就是我们二十四军的虎贲之师，现在镇守金鸡关最前沿，这一仗打下来，还不晓得要创多大的盖世奇功呢！"刘文辉对"潘蛮子"的期望之深，是显而易见的。说到这里，他口出惊人之语："现在，有些人倒是看到了这一点，可是他想来雅安我还不要他了呢！冷薰南就是一个。"刘文辉点了名，"今天他在邛崃给我发来电报，希望带兵退到雅安，我说，雅安你就不用来了。"

在座的部属们听到这里，都有一种掩饰不住的惊讶。哎呀！冷寅东在二十四军可是数一数二的人物呀，他是二十四军第一师师长兼川康边防军副总指挥，是军长的老乡，可军长都不要他来了？！那么，我们坐在这里，是多么荣幸。军官们一下子都有种云里雾里的腾云感。刘文辉如此故弄玄虚，还真是能唬人，见军官们闻此言，惊骇不已中又有一丝得意的成分。刘文辉将这一切看在眼里，这就适时转移了话题和军官们的注意力。

"现在，我宣布一个命令！"刘文辉将胸脯一挺，宣布将手中的二十个团整合为两个师，然后点名："刘元瑭！"

"有！"坐在他右边第一位的刘元瑭挺起胸脯，应声而起。

"从即日起，你为二十四军第一师师长，当前任务是，全力以赴，守好金鸡关，给来犯的唐式遵部以迎头痛击。"

"是。"刘元瑭挺胸收腹，大声答应，"请军长放心，我保证让唐式遵有来无回。"

"刘元琮！"

"有。"坐在他左边第一位的刘元琮应声而起。

"从即日起，你为二十四军第二师师长，当前任务是守好雅安后背的泥巴山一线，提防迂回而来的二十一军张斯可部。"

刘元琮也提劲，作了与刘元瑭相同的保证。然后，刘文辉对在座的军官们许愿，在座的不日都要提升云云。刘元瑭、刘元琮率先带头鼓起掌来，接着，场上掌声四起响应。气氛有所改变，原先霜打了一般的军官们这会儿有了些活气，特别是刘元瑭部的敢死营营长，素称能战的潘蛮子更是跃跃欲试。刘文辉好像一个高明的导演，将手往下压了压，示意安静。

"雅安！"他提高了声音，"自古就是易守难攻的战略要地！我二十四军现在虽然只有二十团，两个师，但是百战精兵。我们要借雅安这个坚城，要借金鸡关、泥巴山这样的险隘创造奇迹。我们要让刘甫澄的两个主力师，唐式遵、张斯可师有来无回。现在正是诸位大显身手之时，建盖世奇勋之机！大家有没有信心？"

"有。"有的军官提劲，虽然声音不够响亮。

"好。"

看目的基本上达到，刘文辉暗暗转移军官们的情绪："大战前夕，今晚上我请诸位吃一顿雅安砂锅鱼，这可是雨城一绝。祝大家旗开得胜，战后我再给各位庆功！"

军官们听说吃雅安砂锅鱼，不禁欢呼起来。站在一边候命的李金安，这就将手一挥，说声："上！"

随即，一些胖大伙夫咚咚抢步鱼贯进来；他们双手提着很有些沉重的荥津砂锅的耳子，将咕嘟沸响的荥经大砂锅拎到桌上，拎到军官们面前。

接着上来几个清秀的弁兵，他们手中都提着酒罐子，挨次给军官们斟满雅曲烧酒；军官的面前都放有一个很粗放的黄泥巴大土碗。

"好香！"军官们个个馋涎欲滴，胸脯起伏。

刘文辉最了解他的这些下属，挥了一下手说："过场就不走了，大碗喝酒，大口吃肉，各位随意！"部下听此一说，马上开动。

刘文辉所说"雅安砂锅鱼是雨城一绝"，并非妄语。雅安砂锅鱼确是难得的美味。雅鱼，又称丙穴鱼，只生长在雅安一段的羌江内。因江水是雪山上的冰雪融化的，湍急寒冷，清澈见底，一般生物很难生长。雅鱼只吃青苔等浮游生物，故产量极少，世人一般不知。雅鱼肉之嫩、味之美，与鲈鱼、鲟鱼相比，有过之而无不及。砂锅里滚沸着的雪白薄嫩的玉兰片，是雅安山里质量极好的笋片晒成的。就是那豆腐，也极细嫩，入口就化，煮而不烂。将这些佳品汇合在一起，再用荥经的砂锅，羌江的水细细烹饪，可真美极。

军官们吃好了，临走时被酒精烧红了眼睛的潘蛮子，特意到刘文辉面前提劲："军长，你、你就放心。有我潘蛮子在，金鸡关就在。有金鸡关在，苍坪山就在、雅安就在！"

"好、好，好！"刘文辉叫好时，暗中皱了皱眉，用手扇了扇潘蛮子喷到面前的酒气。他把潘蛮子等军官一一送到门口，一声："拜托了，等你们打胜仗的好消息！"他一直看着军官们的身影消失在黑夜中。

刚刚送走军官们，刘文辉回到书房坐下时，只听门外一声："报告！"

"进来！"

门帘一掀，卫士长王德虎进来了。摇曳的烛光下，看不清身材高大的卫士长的脸，只见他的手上捏着一个水淋淋的木牌子。

"手头捏了个啥东西？"刘文辉问。

"是唐式遵他们从羌江上游放下来的，满河都是。"卫士长说着，把湿漉漉的木牌子举了起来。刘文辉就着昏黄的灯光一看，不禁大惊。木牌上赫然写着："刘文辉败局已定，众叛分离，奉劝二十四军的弟兄们不要再为刘文辉卖命！"

"纯粹是乱我军心，这样的木牌子多吗？"刘文辉气急败坏。

"不算多。幸好是晚黑。"卫士长的话中不无表功之意，"这些木牌子刚刚漂下来，就被我们发现了，我已命人将它们全部捞了起来，毁了，弟兄们中很少有人看见。"

"啊，好！不然，会乱了军心的。"刘文辉这才嘘了一口长气，不胜欣慰。略为沉吟，嘱咐卫士长，"德虎，你做得对，我给你记功！看来，这唐瘟猪一点也不瘟，而是诡计多端，你要多多留心掌握好你的卫队，嗯？卫队可不是一般！"

"军长放心。"卫士长答应后，去了。

夜幕垂垂。苍坪山下雅安城里的后街，平时极清静。尤其是到了夜晚，简直是阒无人迹，沿江一两盏路灯，灯光晕黄，倍显凄切。这天，天已经晚了。虽是十月，但雨城雅安这个季节的夜晚已有边地特色，河风飕飕，凉意袭人。

僻静的后街上，那株遮盖了半条街的黄桷树下，还摇着一缕怯怯的、点点金箔似的光。树下，有个守烟摊的老人，他头戴一顶毡窝帽，手揣在袖筒里，坐在一个矮凳上，佝偻着背。看见他便会让人想起守株待兔这句成语。不，比那句成语的意境还要凄惨。雅安后街人叫他王二爸。这样背静的地方，又是这个时候了，谁还会来照顾王二爸的生意呢？

傍着那株虬枝盘杂，需两人合抱的古桷树粗大的树干，搭有一间东倒西歪的偏厦，那便是王二爸的家。

而就在这时，死一般静寂的夜幕中，有脚步声由远而近。王二爸猛然抬起头，一双泡泡眼里突然闪出一束机警的光。

"嗨！巾老！"声到人到，王二爸应声抬头看。一缕晕黄的微光怯怯地舔在一个二十四军的军官胸前。看不清他的脸；只见一双白皙的女人似的手，从玻璃匣中渐次摸出三包强盗牌洋烟，在手掌中拍响；随即，一串老人熟悉的袍哥语言飘进耳鼓："依苗草、耳子草、散钱花通通洗白。"

"舒气人言语要拿周正。"王二爸听了暗号，两眼放光，用袍哥语言回应："我不是巾老，是衍身。"

"管你巾老、衍身；闲事少管，走路伸展。"

"说得脱，走得脱。银洋刚够！"这个军官弯腰掏钱了。借着灯光看清，这人不是二十四军刘元瑭部敢死营潘蛮子营的军需官白刚是谁？双方会意。当王二爸伸出一只瘦骨嶙峋的大手接钱时，没有说话，只做了一个手势。白军需官看清了，老人这只握着钱的手上，一只大拇指直端端指向黄桷树下他穴居的那个偏厦房。瞬间，灯熄了。当灯笼重新亮时，白军需官已不见了，像驾了地遁。

大黄桷树旁，王二爸那间偏厦房其实并不像外面那样烂；很深，像一条耗子洞，又安全又严密。

唐式遵的亲信副官巴子舟早等在那里了。摇曳的烛光下，巴子舟同白刚开始了密谈。白刚是刘湘派来潜伏在刘文辉部的间谍。在四川军阀中，大都有潜伏在对方的间谍，而几乎所有的川军中都暗中有袍哥组织，尽管袍哥是所有的川军明令禁止的。白刚也是袍哥，是刘文辉现在赖以图存的刘元瑭部队中的大排，有相当的操纵力。昨天，唐式遵请准刘湘后，起用了这个力量。

听了巴子舟的话，白军需官当即表态："现在刘自乾这只大船下滩了，没有几个人愿意背死人过河。别看潘蛮子的敢死营看起来凶得不得了，其实也不是铁板一块。明天你们攻打金鸡关时，我可以设法组织弟兄们放水，大不了把潘蛮子毛（杀）了！但要看唐师长舍不舍这个？"说时，伸出两根拇指做了一个数钱的手势。

"我就是来给白兄说这事的。"巴子舟大包大揽，"我们师长已请准了甫帅，钱，没得问题。论功行赏，每个兄弟开多少价，你哥子说了算，过后保证兑现。"

"那，事情就好办了。"白军需官说，"请你回去报告唐师长，攻打金鸡关时，请师长在望远镜里注意我的一举一动，注意配合！"说着，掏出怀表看了看，"时间不早了，若没有什么事了，我就回去了！"

当白军需官流里流气地哼着《小寡妇上坟》，一摇一摆地回去时，雅安后街王二爸那盏不屈不挠的兔儿灯也熄了。

黎明姗姗来迟。这注定是惨烈的一天。

时针已指向九点，但雅安河谷上空仍然天低云暗，灰蒙蒙的云团在金鸡关上空不安地翻腾、漫卷；群山静默，只有山下日夜奔腾的羌江在呜咽咆哮。

咚、咚、咚！金鸡关山头冒起了团团硝烟，唐式遵部开始试炮。唐式遵披一件军大衣，站在一个高坎上的大树边，举起手中的望远镜注意看去。炮声一响，金鸡关山头纵横交错的战壕里，最能打的潘蛮子营立刻进入了战斗位置，个个动作狸猫般敏捷。他们伏在战壕里，准备战斗。机枪、步枪，还有少许的迫击炮，将突击队进攻的必经之路封锁得严严实实。

炮轰之后，突击队开始向金鸡关仰攻，一股股，像一只只青蛙，巧妙地利用地形地物，不断往上蹿，不断向主峰靠近。金鸡关不祥地沉默着。

望远镜中，足有一营人的精锐突击队，在突到离金鸡关三四百米的一片开阔地时，山上仍然无声无息。只见突击队中，一个下级军官一跃而起，将手中的二十响驳壳枪一举，虽然听不见他们的喊声，但感受得到那份惨烈，就在成百上千的突击队官兵像是从地下钻出来似的，狂风暴雨般向上刮去时，金鸡关上的枪声响了。瓢泼而下的枪弹，对往上冲锋的突击队扫射，突击队像是突然间被锋利的镰刀放倒的一排排禾苗，纷纷倒了下去，倒在血泊中。顷刻间，尸横山野。

第一轮进攻失败。进攻停止了，刚才热闹非常的金鸡关突然安静下来，静得非常怪异。这会儿，天低云暗。一朵朵乌云，在金鸡关上空疾驰而去，像是跑过的一群惊马，俯瞰着金鸡关。这时的金鸡关，很像是一只尝到了血腥味的鹞鹰，歪着头，卷起勾勾嘴，鹰扬四顾，阴险无比，凶狠无比。

金鸡关正面守敌潘蛮子部纷纷跳出工事，庆祝胜利，他们站在战壕前沿，又唱又跳，趾高气扬，好不得意！把嘴皮都咬出了血来的唐式遵，暗暗庆幸自己昨夜埋下了一个伏笔。金鸡关主阵地下面约三四十米，有一片开阔地，而在状如鹞鹰勾勾嘴下有个小小的空白，就在那个空白，他昨夜埋下了一支伏兵。而且，他通过望远镜，注意捕捉白刚的身影和暗示。

就在潘蛮子部得意忘形之时，埋伏在巉岩下那片山洼的奇兵突然而出，打了敌人一个突击。这是潘蛮子万万没有想到的。密集的枪声骤然而起，猝不及防间，潘蛮子部丢下多具尸体，立刻缩回了战壕，用密集的火力，竭力覆盖压制着巉岩下那片山崖。进攻再次受阻。

这时，唐式遵的望远镜里出现了白刚白军需官，他一出现，就做了一个让唐式遵能看懂的手势。唐式遵知道，这是白刚在提示他注意。望远镜随着白军需官走，只见他走到战壕后一株虬枝盘错的百年楠木树。树下，有个模样特别凶恶的军官在对一个军官吩咐什么，东指西舞的。显然，那个家伙就是潘蛮子了。潘蛮子长得矮胖，墩笃，熊腰虎背，样子很凶；提着手枪，亮着胸襟。镜头拉近，潘蛮子简直像一头嗜血的狼。

望远镜里，白刚向唐师长反复示意，唐式遵看懂了他的意思，站在我身边的这人就是潘蛮子；设法让狙击手打死他，打死他潘营就乱了。然而，距离太远，狙击手根本无法打死潘蛮子。时间一分一秒地过去，机不可失，时不再来。唐式遵在望远镜中套牢潘蛮子，一边对随伺在身边的图参谋报了大体的射击参数，要图参谋向旁边随时待命的一组迫击炮手传达他的命令："注意目标潘蛮子，套准目标，一旦白刚走开，机会出现，立刻开炮，将金鸡关主将潘蛮子轰毙！注意听从我的命令。"

可是接下来，情况出现了意外，潘蛮子鼓起眼睛，似乎训了近前请示什么的白军需官几句，带着弁兵和督战队就转身离去。白刚急了，悄悄掏出手枪，快步赶了上去，伸手在潘蛮子肩上一拍，就在潘蛮子不知所以地掉过头来时，白刚开火了。潘蛮子中了枪，瞪着一双铜铃眼，惊愕地望着站在他面前的白军需官，双手扪着胸口。血，不断地从他的大手里涌出来。潘蛮子踉跄了两下，像个沉重的麻袋，倒在了大楠木树下。几乎与此同时，潘蛮子身边的弁卫纷纷向白刚开枪，乱枪齐发间，白军需官慢慢倒下了。

主将潘蛮子一死，立刻，金鸡关正面守敌潘营阵脚大乱。

"打！"唐式遵大手一挥，"对准金鸡关上那些龟儿子，有多少炮弹统统都给我砸出去！"

"咚、咚、咚！"一阵地动山摇间，僵持在山下的唐军一跃而起，像股股开闸的潮水，势不可当地向金鸡关冲了上去。

金鸡关失守。大势已去，雅安城中的刘文辉仓皇中带着他的一帮子弟兵，出了城，一头扎进原始森林，朝荥津方向落荒而逃。

- 第五章 -

血浓于水，网开一面

这是中午时分。落魄至极的刘文辉骑在一匹个子虽然矮小却能负重、善走山路的川马上，由他的亲信副官李金安在旁执马坠镫，在暗无天日的原始森林里穿行。这是一支仓促间由他极为亲信的几个刘氏子侄组成的卫队，约有一个连上百号人，走在一条细若游丝，荆棘丛生，落叶满地的已然废弃不用的茶马古道上，逶迤蛇行，寂然无声。

刘文辉这会儿大有劫后余生感。昨日，几乎在与金鸡关失守的同时，刘湘派出的另一个主力师师长张斯可，用大部队从正面对泥巴山实施佯攻，派出一支精干的小分队，竟从侧后绕过了刘元琮算得很精确的防卫，出现在了羌江对面的草坝，这就恰好与夺取了金鸡关，正以摧枯拉朽之势向雅安席卷而来的唐式遵部形成了前堵后截之势，像一把张大口的钳子，快速夹拢来。一时间，雅安城里到处枪声砰砰，兵荒马乱，人群涌动，兵找不着官，官找不着兵，狼烟四起，惨叫声声，犹如到了世界末日。若不是李金安动作快，一把将他掀到马上，带着仓促间组成的卫队簇拥着他逃进了森林，稍迟一会，他很可能就被唐式遵或张斯可抓了俘虏。

现在，他就只剩下了这百十来号人，连他最为倚重的刘元瑭、刘元琮也不见了。在刚才极度的混乱中，这两个他最可信任的子侄将领是死是活，还是投降？他一概不知。悲哀！这会儿，逃命要紧，缓急之间，他只得临时任命他的侄子，原先的联络副官刘元暂时担任这支卫队的队长，作先锋带人负责在前面开路。

作为川康边防军总指挥的他，对眼前这条已经废弃不用的茶马古道，对脚下这片原始森林，原先是在地图上认识的，真正走进来还是第一次。这会儿，森林安睡着，悠久的年代和苗壮的力量互相结合，透出一派森严气象。这个时分，外面应该是阳光灿灿，丽日晴空，而在这大森林中，阳光根本就照射不进来。阴暗的密林中，眼前不时快速闪过一只狼、一只獐子，或是一只野兔。它们跑到远处，往往又停下来，躲在大树后或是钩心斗角得浓绿得化不开的荆棘丛中，耸着耳朵，好奇地打量着他们。它们似乎都感到惊异，哪里来的这么多兵？往日，这条废弃不用的茶马古道上少有人迹，最多偶尔出现一个或两个胆大的猎人。这一群人进到大森林里来干什么，要到哪里去？随着队伍走过的脚步，密林深处不时传来被打扰了的野鸡不耐烦的咕咕声和莫名大鸟吓人的枭叫。沿途不时出现一具具骸骨，有野羚羊的，还有人的，触目惊心。显然，人的骸骨是当初有胆大的商人为图走近路，在林中遇到土匪被害了。

逃入暗无天日的大森林，走了一会儿，最初的惊悸过去了。骑在马上的刘文辉，眼前光线是如此阴森黯淡，骑在摇篮似的马背，他的思想上产生了一种时空倒置感。他怀疑自己是不是在做一场梦，可怕的噩梦！真是令人难以置信，就是在短短的几十天前，他还是占有全省七十多县，三分之二膏腴之地，手上有一百二十个团，脚一蹬，巴蜀大地都要抖动的四川省政府主席兼国民政府二十四军军长、川康边防军总指挥。而现在，他就什么都不是了，成了光杆司令，在森林中逃命？真是应了那句老话：三十年河东，三十年河西，人生若梦。

然而，对于自己的惨败，他并不气馁。他有东山再起的决心和信心。出生于大邑县安仁镇一户普通农人家庭的他，有电一般的目光、钢一般的意志、智慧的大脑、非凡的手段和愈挫愈强的毅力。这是他的过人之处。他本身就是没有带任何本钱进入社会的。就像一个赌徒进赌场，输赢都很正常。现在输了，输光了，没有关系，重新来过就是。现在，骑在一摇一摆的川马上，他不仅在做着现实的考虑，而且还有深一层的战略性谋划。

现在，最为现实，最为紧迫的是逃命保命。只有保到命，才能有一切，也才谈得上一切。吃饭的家伙不是韭菜，韭菜割了一茬，另一茬还可以长起来，脑袋掉了，就什么也没有了。现在，他现实的考虑是如何穿越这片原始森林，再翻越泥巴山，到泥巴山下的荥经县去。在不明就里的人看来，他此举无异于是自投罗网，凶险得令人难以置信。因为荥经离雅安可说近在咫尺，他已经逃离，他现在所处的位置，属于边地的范畴，却又要弯一个大圈，自找苦吃，穿密林，翻泥巴山，到刘湘部队的唐、张二师占领、控制的内地去？

而在他看来，越是危险的地方越安全，不是有"灯下黑"一说吗？这其中蕴藏着相当的哲理。况且，那里的大袍哥鹞翻天、查月天是他信得过的。他曾经有恩于鹞翻天，送钱送枪给他，多方扶持。袍哥多重义气，鹞翻天就多次对他拍过胸脯："刘主席，你什么时候用得上我，只管开口，我鹞翻天决不会拉稀摆带！"况且，除此，他现在也没有什么地方可去。

这一带原始森林，是内地与边地，四川与康藏的衔接区。钻出密林，就是横空出世的泥巴山。泥巴山，是民间用语，文人的笔下叫大相岭，相传为当年诸葛武侯率军南征时过此而得名。泥巴山这边是阳山，终年阳光朗照，属于亚热带气候。如果不过泥巴山，沿着一路水声如雷的大渡河畔西走，就走到了大小凉山，再走，过了金沙江，就到了云南，就是古书上所说的"南诏"之地了。阳山脚下就是汉源，汉源花椒极有名。花开季节，汉源一带家家农家小院的黄泥巴围墙里探出的花椒树上，结满了一簇簇一蓬蓬小红宝石般的花椒，联结起来，把天都映红了。

泥巴山高峻极天，白云缭绕于山脚。沿途陡壁悬崖，危坡一线。俯视河水如带，清碧异常，波涛汹涌，奔若惊雷，令人骇目惊心。山上有一赭色摩崖题碑傲立，是阳山与阴山的分线桩。赭色摩崖题碑上有清朝果亲王题诗："奉旨抚西戎，冬登丞相岭。古人名不朽，千载如此永。"字迹清晰可见。靠荥经一边，称为阴山，常年云遮雾障，荥经砂锅很为有名。

现在，刘文辉是要率领他这支小分队翻过泥巴山，到阴山脚下的荥经，暂时去鹞翻天处栖身，而他的战略思维就在这整个一片。过了泥巴山，从大小凉山到雅安以西俗称康地，四川与西藏接壤的这片地域辽阔广袤，民族众多，清朝时期专设建昌道管辖。骑在川马上一摇一摇的刘文辉现在所作的远景规划就是，如何在建昌道的基础上建西康省。

十万大小凉山是彝族主要聚居地，那里还居住着傈僳、藏、蒙、回等少数民族。当然，也有汉族。在大小凉山的谷地里，有许多出产丰饶的坝子，比如越西、西昌、会理等等。它们像一个个翡翠，镶嵌在那片神奇广袤的红土地上。那些地方特别适宜种植罂粟，那些土司就是靠驱使农奴们种植罂粟发了大财的。历史上，那些地方之所以战乱频仍，关键就是因为争夺鸦片。那些地方，罂粟花开时节，漫山遍野，姹紫嫣红，如烟似霞，非常漂亮。四川全省一年可产鸦片六七万吨，而凉山就占了一多半。著名学者黄炎培当年去了那里游览后，印象深刻，写下了一首有关鸦片的诗，很为有名：

> 我行郊甸，我过村店，车有载，载鸦片，仓有储，储鸦片……
> 红红白白四望平，万花捧出越西城；此花何名不忍名，我家既倾国
> 亦倾。

而在雅安这一边习惯意义上的康区，则盛产沙金，境内有数不清道不尽的多种矿藏、木料，水利资源非常丰富。从战略高度看，这一带邻云南，与四川、西藏接壤，历史上就是内地与边地的屏障，战略地位无可替代。

一片原始森林走完了，另一片原始森林开始，之间的衔接是一片开阔地。一条流水淙淙的小溪，由山上流下来，向着远方急急忙忙而去。地上铺着茵茵的绿草，开着许多叫不上名的野花，恍如人间仙境。善于鼓动军心，调节部队情绪的"多宝道人"刘文辉传令部队休息。就是在这里，他来了一段可圈可点，表明他人生态度的讲演。部队中除了担任警戒的哨兵，都集中在绿绒似的草地上休息，喝水，吃干粮。

刘文辉振作精神，坐在一个浅坡上，向大家信誓旦旦保证，说是过了泥巴山，到了荥经就好了，到了荥经究竟如何好，他没有细说。在这里，他只是强调：胜败乃兵家常事。国难显忠臣，家难显孝子，以后你们都是有功之臣，我会重奖你们。想来大家都看过一出川戏《霸王别姬》吧？凡是四川人，没有不看川戏的。

拄着枪坐在地上的兵们都说看过，他们想不到军长为何在这里提到这出戏！

刘文辉笑道："可能有人会觉得，我刘自乾到了这步，简直就是戏中打了败仗，流落乌江的楚霸王？不错，我就是楚霸王，我承认。不过，我决不会像楚霸王一样，丢下大家来个乌江自刎。当年的楚霸王实在太笨。打了败仗就拔剑自刎，还说，无脸去见江东父老。

"反观刘邦，就比楚霸王聪明万分。当初刘邦九战九败，根本不是楚霸王对手，可刘邦从来没有想到过失败，更没有想到过死。甚而有一次，刘邦去沛县老家将妻儿老小接出来时，被楚霸王项羽追杀。为了自己逃命，竟将一双儿女相继推下车去。楚霸王项羽后来将刘父抓获作为人质，在阵前以将刘父煮食要挟刘邦。刘邦却毫无所动，他对项羽说，你要烹杀我的父亲就烹吧，希望能分我一杯羹，让楚霸王无计可施，徒唤奈何。

"刘邦九战九败而不言败，楚霸王只败了一次就乌江自刎，显得很壮烈。但楚霸王的壮烈有什么用？后来有许多文人给楚霸王唱赞歌，其中以李清照为最，说什么'生当作人杰，死亦为鬼雄；至今思项羽，不肯过江东'。其实，项羽算什么英雄？那叫目光短浅，如他的头号谋士'亚父'在失望之余说的那样，'竖子不足与谋'！

"我刘自乾打明叫响地说，我就是要学刘邦，虽经百难而九死不悔！或许有人要说，你刘自乾在这里提虚劲，我可以告诉大家，我不是提虚劲，我既然敢带着大家翻过泥巴山到荥经，自有我的道理。反正，一句话，到了荥经，我负责对得起弟兄们！"在座的兵们，大都是他的亲兵，感情不同，再听他这一说，眼睛都亮了，他这就一迭连声发问："怎么样，大家跟着我有没有信心？"

"有！"经刘文辉真真假假这一番鼓劲，官兵们的情绪明显高涨，刘元、李金安带领大家呼口号：

"愿受军长驱策，万死不辞！"

"军长指到哪里，我们打到哪里！"

"我们生是军长的人，死是军长的鬼！"

"好好好！"刘文辉私心窃喜，让休息了的部队起来继续前进。

刘文辉带着他这支精干的小分队是天快近黑时，翻越了泥巴山，到达阴山脚下荥经一侧的。

按照约定，荥经县袍哥龙头老大鹞翻天、查月天带兄弟伙们在山下黑石沟迎接，鹞翻天显得相当热情。堂堂的荥经县龙头老大鹞翻天不显山不露水，在穿着长相上同当地一个家境稍好的普通山民没有什么区别。他的外形真像他的绰号，矮个子，长得很笃实，头上包一张一丈有余裹起来的白帕子，垒得小山似的，身着一身粗蓝布长衫，脚蹬一双抱鸡婆爬山布鞋。唯一不同的是，他比较干净，黝黑的一张宽盘大脸上，山谷一样窝进去的一双眼睛亮得射人。他背着一支当地叫手提机关枪的德造二十响驳壳枪，这支枪是当年刘文辉亲手送他的。

鹞翻天拙于言辞。他说了几句不知是临时在哪里批发来的文辞，什么"刘主席驾到，不胜荣幸，蓬荜增辉"云云。说时，手一比，腰一弯，"刘主席，请！"

鹞翻天将刘文辉一行安排在他建在半山腰上偌大的山寨里，这时，山村已被漆黑的夜幕笼罩了。鹞翻天的山寨大得惊人，简直就是一座城堡，安置下刘文辉带来的一百多人的小部队简直绰绰有余。当夜，鹞翻天摆下九斗碗盛情招待刘主席。刘文辉为预防不测，特意将忠实得比护家狗还强，长得像猴子似的副官李金安和长得又高又大，模样凶恶得藏獒似的刘元带在身边紧紧跟随，保持着足够的警惕。李金安和刘元都是带了枪的，虽然这样显得不够礼貌，显得对人家鹞翻天不放心，但是没有办法，为了安全，也只能如此了。

鹞翻天为了显示诚意，也为了让刘主席放心，特别规定，让前来出席宴会的三四十个兄弟都不准带武器，枪不带，刀也不带。在灯火辉煌，点上了棉秆和桐油灯的大客厅里，坐在首席首位的刘文辉，接受了鹞翻天和他的几个弟兄敬酒，酒过三巡，相安无事。刘文辉刚刚放下心来，拙于言辞的鹞翻天，用手中筷子拈起一块腌腊花面狸肉，放进刘文辉的盘子里，说是请刘主席尝尝新。因为两人间隔了点距离，鹞翻天说时起了身。就在刘文辉连说好香，这是什么仙品时，鹞翻天突然发作，以迅雷不及掩耳之势，一下跳过去，贴到刘文辉身后，伸出铁臂似的左手，牢牢地箍住了刘文辉细瘦的颈子，退后几步，右手嗖的一声从腰带上抽出一把寒光闪闪的匕首，对已经出枪，逼上来的李金安、刘元凶神恶煞地吼道："你们敢动一动，只要敢动一动！老子立即要他的命，你两个虾子更是休想走出去！"

这一切来得这么突然！在意料之中，也在意料之外。袍哥身上所谓的义气，是靠不住的。由社会上的三教九流组成的袍哥，本质上是一条依附于权势的游蛇。

刘文辉很快意识到了事情的严重性。不用说，他和他的这支小小的卫队都落入了鹞翻天的圈套，他刘自乾更是命在顷刻。他对执枪在手，站在前面，凶神恶煞的李金安、刘元两人架势摆手，严声喝道："不可，不可，千万不要开枪！"然后吃力地拧过头来，对翻脸不认人的鹞翻天笑笑："自家兄弟，有话好说，好说。"他那笑，比哭还难看。

三下五除二收拾了刘文辉这支区区一百多号人的部队，将刘文辉送到一边"优待"之后，鹞翻天连夜骑了一个多小时的马，赶到雅安，向唐式遵作了报告。其时已是午夜，唐式遵刚刚接到甫帅下达的一道命令。为保证军令政令的统一，甫帅任命他为雅安地区的临时总司令，号令所有在雅部队听从他的节制。并且，甫帅另纸行文，听说刘文辉失踪，专门嘱咐他注意搜寻，注意保护刘文辉云云，显得非常关切。听说刘文辉自投罗网，唐式遵高兴，笑得一脸稀烂，学着当地人，拿了几句言子：

"真是久走夜路碰到鬼，刘自乾那么精灵个人，咋个自己钻到你鹞翻天的笼笼里去了？"

鹞翻天马上回应："俗话一句，四川猴子服河南人牵，不要看刘自乾板眼长，他这个当幺爸的就是钻不过甫帅的袖头子！"

"哈哈，好好好！"喜不自禁的雅安地区临时总司令唐式遵说，"刘自乾找到就对了！"问了鹞翻天并没有亏待刘文辉，他才放了心，很幽默地说，"我马上派人同你去，接他老人家回来，人家毕竟是我们甫帅的幺爸，瘦死的骆驼比马重，可是一点也不能怠慢的。我立刻报告甫帅，鹞翻天你立了大功，我给你请功！"

就在鹞翻天做下惊天大事，羁押了刘文辉时，在成都，大获全胜的联军统帅刘湘尚对此事全然不知。这会儿，他身着便装，身姿笔挺地坐在他那辆崭新、漆黑锃亮的福特牌轿车上，带着同样身着便装的副官张波和一个弁兵，从督院街的省府内徐徐驶出，上了大街。他要到成都最热闹的皇城一带去看看夜景，体察一下市井民情。

天刚擦黑，省府门外的电灯早早地亮了。这个时候的省府与往日的省府表面看来，没有任何区别。门前，两个蘑菇似的岗亭里，站着两个持枪哨兵，挂在门前的那个白底黑字的省府大牌子同以往也是一模一样的。甫帅的座车一出来，两个站岗的卫兵赶紧将腰一挺，向甫帅行持枪礼。然而这会儿，省府不变的仅仅是表象，其实改换了主人。两个主人都姓刘，但此刘非彼刘。南京中央政府日前已经下达对刘湘的任命，刘湘不仅即日就任四川省政府主席，而且还要身兼川康绥靖公署主任，四川"剿匪"司令部司令。这是四川历史上从未有过的，刘湘成了上马管军，下马管民的真正的"四川王"。不，不仅是"四川王"，他的权力旁及西南。

刘湘的座车正往少城方向而去，他准备去将军衙门。省府所在地不变，他准备将他的二十一军军部、川康绥靖公署、四川"剿匪"司令部的牌子都挂在将军衙门。作为一个职业军人，成都将军衙门，这个名字一听就会在心里唤起一种自豪的感情。历史上，谁做了将军衙门的主人，就意味着谁真正做了成都的主人，四川的主人。

1911年民国肇始以来，四川经历了三百多场战争，哪个军人不想做这座将军衙门的主人呢？杨森是这样，幺爸刘文辉是这样，就是田颂尧、邓锡侯等又何尝不是这样？但最终，能在将军衙门坐稳的，非我刘甫澄莫属。想到这里，他有些得意，于是展现在他眼中的成都夜景，也变得格外亮堂起来。

成都的夜市历史悠久，历来有名。早在唐代，成都就有"扬（州）一益（成都）二"之称，五代以后，成都更为游乐胜地，每晚夜市非常兴盛。《岁华纪丽谱》有载："七月七日，晚宴大慈寺设厅，暮登寺门楼，观锦江夜市，乞巧之物皆备焉。"每当夜幕降临，随着各条大街上的许多店铺关门之时，而在屋檐下阶沿上，摊贩们却又遍设摊肆，点起马灯、油壶照明，游人往来如织。城内东大街至走马街多为小吃点，少城祠堂街多为书市……夜市各有侧重。

车到皇城坝，甫帅带着副官和那个弁兵下了车，他让司机直接将车开到将军衙门去。抬起头来，夜幕笼罩中的皇城，这会儿显得有些缥缈，像是神仙住的南天门似的。

皇城坝上少有的热闹。广场两边，鳞次栉比的回民面馆、红锅馆子；还有卖牛杂的小铺子，林林总总，全都亮起了灯。朦朦胧胧的光线中，幺师站在馆子外的阶沿上挑声夭夭延客入内。到处热气腾腾。皇城坝上更是百戏杂陈，无奇不有。说评书的，卖打药的，耍猴戏的，看相算命的，卖唱的，招人看西洋镜的，等等，构成了一幅蜀中三十年代畸形而色彩斑斓的夜景图。刘湘不禁心中感叹，战争的硝烟尚在这座城市上空飘荡，成都的夜市就如此繁荣，成都人会享受会生活，真是天下第一。

刘湘发现有个地方人最多，围了个里三层外三层，这就好奇地挤上去看。他人高，看得分明。人群中间有个卖打药的壮汉，脱了上衣，露着赤膊，下身穿一条粉红色彩裤；走到圈中，闪闪腿，试试拳脚，兜个圈子，扯圆场子，双手作拱道："嗨，各位！兄弟今天初到贵处大码头。来得慌，去得忙，未带单张草字，草字单张，一一问候仁义几堂，左中几社，各台老拜兄，好哥弟，须念兄弟多在山岗，少在书房，只知江湖贵重，不知江湖礼仪。哪里言语不周，脚步不到，就拿不得过，拈不得错，篾丝儿做灯笼——（圆）原（亮）谅、（圆）原（亮）谅……"

卖打药的壮汉这一席川味浓郁的行话，把人们吸引住了。卖打药的耍了几趟拳脚后，又扯起把子：

"嗨，兄弟！兄弟今天卖这个膏药，好不好呢？好！跌打损伤，一贴就灵。要不要钱呢？"他在胸口上啪地一巴掌，"不要钱，兄弟决不要钱！"说时，脚在地上一顿："只是饭馆的老板要钱。栈房的幺师要钱。穿衣吃饭要钱。盘家养口要钱。出门——盘缠钱。走路——草鞋钱。过河——渡船钱。口渴——凉水钱。站要站钱，坐要坐钱；前给茶钱，后给酒钱；前前后后哪一样不要钱？穷居闹市无人问，富在深山有远亲。有钱能使鬼推磨。有得钱，亲亲热热的两口子都不亲。"他把这一席深受大家欢迎的话说完，一套拳也打完了。然后，他托起一个装满膏药的铜盘走上前来："各位父老兄弟，帮帮忙！"他绕场子过来卖膏药。但看的人多，买的人少。他转了一圈，只卖脱了两张。正沮丧间，只见一个满脸横肉的黑胖子带两个保镖样的壮汉拨开人群挤了过来，把腰一叉，手指着卖打药汉子的鼻子喝问："虾子哪儿来的？这么不懂规矩？"只听旁边有人小声道："罗大爷来收摊子钱了。"卖打药的忙赔着笑，从行头上取出一包强盗牌香烟，双手递过去，笑道："罗大爷，请烟！我还未开张；等会儿再来孝敬你老人家。"

"你跟老子少在这麻达果子的！"叫罗大爷的歪人把手一摆，一双牛鼓眼瞪得溜圆，"在老子的地盘上不交钱就摆摊子？哼，没那么撇脱！拿一个大板（银元）来！"

"嗨嗨、嗨嗨！"卖打药的汉子满脸赔笑。与其说是在笑，不如说是在哭，"等会儿嘛，等会儿嘛！"

"闲话少说！"叫罗大爷的黑胖子毫不通融；大手一挥，他手下的两个泼皮走上前去，将人家的行头甩了。刘湘看到这里，怒不可遏。这还得了，在我的地盘上竟有这样的恶人，就要往里冲，想去拿那家伙。副官张波一把拉着他，给他使眼色，意思是，局势刚刚恢复平静，扯谎坝的堂子野，良莠混杂，你甫帅答应过我们的，这次便服出行纯粹是作为考察民间实情，决不暴露身份的嘛！刘湘这才强压着怒火，由张波和卫士护着离开了人头攒动的广场。刘湘不忘嘱咐张波，要他等一会儿务必带人来好好收拾这个作恶的罗胖子，见副官连连点头答应，他心中才好受了些。

沿途有好些乞丐，四川话叫讨口子。俗话说得好：金温江、银郫县，讨口子出在双流县，而这些地方都是成都坝子最好、最富庶的地方，但讨口子仍然多得起索索。他们白天躲起来，因为有专门的人撵他们，嫌他们出现有碍观瞻，但一到晚上，讨口子在街上成群结队。这些人白天栖息于破庙中或桥洞下或荒郊野地，昼伏夜出。刘湘想起一出川戏《归正数》，就专门是说讨口子的。其中有段唱词，正话反说，极尽川人的风趣幽默："那高楼住它做啥？兀（蹲）桥洞免得漏渣渣；那牙床睡它做啥？坝地铺免得绊娃娃；高头大马骑它做啥？打狗棍挂遍千家；那绫罗绸缎穿它做啥？穿襟襟挂绺绺风流潇洒；那嘎嘎（肉）吃它做啥？喝稀饭免得塞牙巴。"

只见在一个牛肉馆前，一个衣衫破烂的老年乞丐手中端着缺了口的大土碗，向进馆子的人伸着碗，哀求道："善人大爷，你行行好，给点锅巴剩饭！"还有些乞丐追着人要钱，他们往往追在阔人后面不断哀求："大爷，可怜可怜，给点钱。"

还有艺讨的。这些乞丐大都是些口齿伶俐的，手里拿一副金钱板，见着不同的对象说不同的有韵唱词。一个年轻乞丐走到一处锅魁摊前，手中的金钱板呱哒呱哒一阵敲打，口中唱道："走一步，又一步，不觉来到锅魁铺。掌柜的锅魁大又圆，吃上一个管一年……"掌柜知道，遇上这样的乞丐，不给他会死缠，赶紧给了一个锅魁打发了事。

刘湘三人溜溜达达进了少城，景象又是一变。街道宽阔整齐，长街两边辐射而去的一条条幽静的小巷里，幢幢青砖黑瓦的公馆排列有序，这些公馆无不高墙深院，亭台楼阁，茂林修竹，显得极清幽极富贵。少城里原先住的都是满人，他们一出生，清廷就给他们一份终身享用的奉饷，一生受用。这样的城区，在清朝，全国尚有北京、广州、西安、南京、杭州、福州、荆州、伊犁等九个城市。辛亥革命后，清廷被推翻，成都的城中城也被撤除。现在的少城，居住的不仅是满人，更多的是汉人，而且大都是有钱有势者。

西御街口，夜幕中远远的楼檐下悬一块蓝底金字大匾。匾上"既丽且崇"四个大字，映着城内那条幽静的喇嘛胡同里闪出的光，有一种悠远而神秘的气息。

但是，即便是在少城，也还是有不少穷人。在一些阴暗角落里有卖儿卖女的。他们在自己的小儿女的发髻上插一个草圈。还有一些跛脚少手的，跪在阶沿边上，摊起手向过往的人讨钱。还有卖唱的，那胡琴声满含悲音。与此对照的是，万春园戏院里正在上演川中名人赵熙改编过后的《情探》："悲哀，绿窗灯火照楼台。望穿秋水，不见信来！"伴随着铿锵的锣鼓声，高亢而婉转的帮腔声，在这静静的夜里走得映山映水的。

刘湘来到将军衙门，进到早给他准备好了的办公室，那是最后面一个精巧的独院，原先是刘文辉的办公室兼休息地。

小院里瓜棚满架，在带着露水的花草丛中，有两只蝈蝈叫得很热闹，一只叫得急促，带着钢声，一只叫得缓慢，悠扬婉转，让他觉得成都与重庆确实是不同的。两地虽然直线相隔不过千里，但风物迥然有异。来在这座清幽的小院，他有一种回到了大邑安仁乡下老家的感觉，心里特别的熨帖和踏实。

来到办公室，坐在宽大的办公桌前，啪的一下拧亮了台灯。摆在他桌上的是一封来信，一看就是老家大爸刘升廷来的。他拿起信，先没有拆，细细看了看。

　　成都　督院街四川省政府
　　刘主席　甫澄　先生　收
　　大邑安仁　刘升廷　缄

信封很是讲究，是专门在成都诗婢家定做的。大爸是幺爸的大哥，小时对刘湘有恩。他最初吃粮投军时，大爸送过他二十块大洋。大爸写得一手好字，是清末年间的秀才。拆开信一看，一点不错，大爸替刘文辉求情，信中有几句极富亲情的话打动了他的心："自乾再不对，终是你幺爸。斗米尺布，煮豆燃萁，古亦有之，不足怪也。惟以吾族淳淳之家风，如此行事，地下先灵，其痛感于何如耶！"刘湘读着大爸来信，许多往事涌现眼前。这时，他对被他撵到雅安山里的幺爸不仅大动侧隐之心，而且是牵肠挂肚的。

就在这时，副官张波给他送来了雅安唐式遵急电。一看，一颗提起的心，咚的一声落进胸腔里，略作思索，立即提笔给唐式遵回了一封急电，指示："立即将刘自乾将军接回雅安，以礼相待。你立即着手退军，所部悉数退出雅安，退过金鸡关，退过名山，以名山为界。刘湘即日。"

显然，他有意给了幺爸东山再起的便利和回旋余地。写完后他看了看，想了想，在电文后面又特意加上一句："给鹞翻天查月天以重奖。"然后交给张波，嘱即刻用加急电发去。

张波发了急电回来，喜滋滋报告甫帅，在邛崃五眠山一线为刘自乾断后，阻击我军的二十四军二号人物，被我军俘获的冷寅东押到了。

刘湘一听很不高兴："怎么能说押到了呢？应该说请，你快去请，请冷寅东先生进来！"

甫帅是个很重亲情的人，他这会儿复杂的感情，让纵然跟了他多年的贴身副官张波也不尽理解，看甫帅突然变脸，贴身副官也不知自己什么地方做错了，只能将胸脯一挺："是。"他给甫帅敬了个礼，转身去了。

冷寅东带上来了。

"薰南兄请坐。"刘湘很客气。他在让冷寅东坐到沙发上时，自己也特意从办公桌后的皮转椅上站起来，再走上前去，与冷寅东隔几而坐，算是平起平坐。坐下时，又指了指茶几上泡好的茶，意思是茶早给你泡好了，显得又客气又亲热。

冷寅东却不领情，坐下来就质问刘湘："你准备咋个处理你幺爸？"完全是一副兴师问罪的样子。

刘湘显得很诚恳，他说："我对幺爸绝无加害的意思。现在，我已得到唐式遵电报，幺爸找到了。你放心，我对幺爸，不仅不会加害，我还要对他多有借重。我已下令，让唐式遵退军，退到名山以西，将雅安那边让给幺爸经营。让幺爸以后在原建昌道的基础上建西康省，将雅安作为西康省的省会，这也是一件很好的事！"

"当真？"冷寅东惊了，看着刘湘，似乎有些不相信这样的好事。

"当真。"刘湘很肯定地说，"你明天就可以在报端得到印证。就此，我要发表一个声明，白纸黑字，你总该相信。"

看冷寅东吁了口气，放了心，刘湘这就问冷寅东下一步有何打算。

"我已经累了。"冷寅东说，"我像田北诗一样，对刘自乾已经尽到了力。我要急流勇退，以后过平民的生活，优游泉石，在家读读书、养养花，了此一生。"

"啊，是吗？我原先是想请你出来帮忙的。"

"算了，算了。"

"那当然也就只好算了。"刘湘笑笑，"尊敬不如遵命，既然薰南兄有这个打算，我也就不好借重了。"

冷寅东当晚回到他在成都的家中，第二天在各报发表了《冷薰南解除军职并将所部交刘湘处理电》云：

> 窃以天祸吾国，丧乱频仍，未复倭仇，又张赤焰，边塞之烽烟未息，萧墙之战衅又开。薰南分属军人，应尽捍卫之责，无如德薄能浅，位卑言轻，奔走呼号，迄无效果。今者统一已告成功，薰南所率各部，已交甫公督办处理，捍国卫乡之武器，幸未流落草泽以祸吾民，区区之心，亦已尽矣。薰南二十年戎马，饱历艰辛，今幸得卸仔肩，遂我初服。从此优游泉石，补读生平未竟之书，救国卫民，留待后来贤豪之士。邦人君子，幸共谅之。

同日，刘湘在全国各大报端发表通电："川局已易危为安，自乾亦赞助统一与剿匪，并要求嗣后常驻雅安，努力康边国防。湘对此绝无成见，悉取联军同意，予以相当容纳，以俟中央解决。"并于同日在成都宣布，遵国民政府令，即日就任四川省政府主席、川康绥靖公署主任，四川"剿匪"司令部司令三职。

在刘湘就任三职之际，隔日，他在报端发表讨赤通电，电文谓："'赤匪'犯川，时逾半载，每以内争未息，征讨久稽，致令凶焰重张，通、南再陷……月来芟夷内敌，实已竭尽心力。今幸内争敉平，各军咸归……谨拜新命，克日前驱，誓扫赤氛，用奠邦国。"刘湘要以实际行动给蒋介石兑现了。

就在刘湘发表了"讨赤"通电的第二天，他就开始调兵遣将，将川中各军编为六路，邓锡侯为"四川"剿匪军第一路总指挥；田颂尧为第二路总指挥；李家钰为第三路总指挥（罗泽洲为副）；杨森为第四路总指挥；王陵基为第五路总指挥（范绍增为副）；刘存厚为第六路总指挥。总计兵力一百一十多团，约二十万人，杀气腾腾，向川东北的通南巴红四方面军掩杀过去。刘湘亲率二十一军精锐唐式遵、张斯可两师，计二十四个团，从正面向万源方向主攻。他对外声称，要在三个月内全部肃清川北红四方面军，一举铲除通南巴红色根据地。

第六章

"刘神仙"统军，滑天下大稽

刘湘发动的对通南巴红四方面军的"六路围攻"，最终以惨败告终。

在前四个月中，刘湘的主力部队也真是能打，有韧性。他们虽然损兵折将，却还能发起一次又一次的攻击。有时竟能一下展开十多个团，密如蜂蚁。红四方面军的短兵武器这就更能发挥作用，特别是马尾巴手榴弹，拔了保险针，一甩出去就炸翻一大串。川军伤亡惨重，最多的一天伤亡上千人。

打到最后，没有人能准确统计出双方究竟死了多少人。一眼望去，万源方向漫山遍野都是尸体，断崖边，树梢顶，山坡上，草丛里，到处都是血肉模糊的残肢断臂。往往，当一场异常激烈的战斗结束后，当地群众都要将红军的尸体从号称万源门户的大面山上及时弄下来，但后来实在太多了，多得就像山坡上随处可见的石头，密密麻麻，难以尽数。在大面山的一个重要隘口，是一个十几丈长的掩体工事，约有半人高，这工事竟然全是用红军的尸体垒砌而成的。那些年轻的尸体就像一块块坚硬的山石，牢固地相互重叠起来，连在一起，形成了一道坚固的矮墙，形成了战斗的掩体。为了尽快将这些尸体运下山去，当地人民不得不采用伐木滚山的办法，他们寻找到一个相对平缓的山坡，再将这些尸体一具具滑下来。这些已然僵硬的年轻的尸体在山石间滑行时，身上沾血带洞的灰军服与山坡上的石头和野草摩擦着，发出沙沙的声响。滑久了，多了，竟在山坡上磨出一道道深深的满是血肉的沟壑。夜深了，山风吹起来，空气中飘散着呛人的硝烟和血腥气息，当地许多老乡都忍不住哭泣起来。他们自己的亲人死了，他们没有哭，这时他们哭了。他们还没有见过如此惨烈的景象。他们将滑到山脚下的尸体收拢起来，又一具具地抬到万源河边，轻轻地放进河里。河水渐渐地将这些血肉模糊的尸体冲洗干净了，露出一张张年轻的面孔，这些面孔都仰望着万源山区特有的蓝天。当地老乡无法弄清楚这些年轻指战员们的姓名、籍贯，只得和幸存的红军指战员们一起，将这些年轻的红军尸体集中起来埋葬在了山间的红军公墓。

万源保卫战结束时，已经是深秋了。山区冬天早到，山风瑟瑟，大面山上黄叶飘飘而下，野草枯萎。漫山遍野的山菊花和杜鹃花开始凋谢了。然后就下雪了，茂密的云杉树和混杂林被大雪覆盖起来。飘飘的白雪洒落在偌大的红军公墓里。那一排排没有姓名，一座座镌刻着红星的墓碑，一律朝着太阳升起的东方熠熠闪光，就像是一双双年轻期盼的眼睛。在纷纷扬扬的白雪映照下，墓碑上的一颗颗红星，又像春来开遍大面山的山丹丹花，红得格外发亮，红得格外耀眼。无名烈士们向着太阳升起的地方，不屈不挠地眺望着。

那是一场多么漫长，多么残酷，多么辉煌的战斗啊！万源之战历时十个月，刘湘回到成都，羞愧至极，向蒋介石要求辞去"四川剿匪司令"。

"砰"的一声，在成都将军衙门，怒气冲冲的他，举起办公桌上那尊平日爱不释手，用以镇纸兼欣赏的雕刻得栩栩如生的翡翠雄狮，一下摔在地上，砸得粉碎。

"太不像话了、太不像话了！"刘湘在桌上连拍两巴掌："他王方舟不要以为他当过我刘湘两天老师，尾巴就翘到天上去了。军令如山、军法难饶！哼，他竟敢拒不执行我的命令，今天我就严治他！"说时，像一只盛怒的老虎，在铺着厚厚地毯的屋子中走来走去，气得直哼哼。

参谋长郭昌明站在一边劝说："甫帅你消消气。"

甫帅如此暴怒，是跟随他多年的军参谋长郭昌明从未见过的。他清楚，甫帅之所以如此动怒，如此失态，第五路军总指挥王陵基不听命令，仅仅是个诱因。主要原因是甫帅亲自指挥的万源大面山之战打得不好，栽在了徐向前手里，直接导致了整个战局的失利。这样重大的挫折，是从军多年，号称常胜将军的刘湘从未经受过的。刘湘拉不下这个面子。

"甫帅，其实，万源之战打得差强人意，也不能怪哪个！"郭昌明宽刘湘的心，"委员长将刘存厚撤职，在我看来也欠公允。通南巴的红四方面军与江西的朱毛红军相比，实力还要强一些。然而，委员长指挥中央军打江西的朱毛中央红军，可以说是动用了倾国之力，前后打了五次，又怎么样呢？前四次打得简直糟透了，损兵折将。我看，如果真要追究，委员长首先就应该引咎辞职。这样比较，我们这一仗打得也还不算太差。"郭昌明很会说话，他换了一个角度说，"现在，庆幸的是，第五次'围剿'终于把朱毛打垮了，朱毛中央红军正在向西南流窜，委员长的中央军在后面紧追不舍。从截获的情报来看，徐向前的红四方面军，不日也会去与朱毛中央红军会合。这样一来，我川北的痈疽就不割自除，甫帅还有什么好担忧的呢？"

军参谋长这样一说，果然，在地上来回暴走的刘湘渐渐放慢了脚步，脸色也缓和了些。

"昌明你说得对，很对。"刘湘高度赞扬了自己的军参谋长后，又提醒，"虽然你对委员长的评论直白了些，但是话丑理端。不过，这些话你在我面前说说可以，在外面说可要注意，谨防有人把你卖了！"

"卖就卖吧，这没有关系。"

刘湘坐下了，他让郭昌明也坐。刘湘端起早就泡好了的盖碗茶，右手揭开茶盖，轻推茶汤，抿了一口名山顶上雨露茶，放下茶碗时，看了看参谋长交代："我目前急着要做三件事！"刘湘思索着说，"不管怎么说，万源之仗打得是不好。是我这个四川剿匪总司令不尽职，我已向中央请辞四川剿匪总司令。"郭昌明有些惊讶，想说什么，又没有说，等着刘湘把意思摊明。

"另外，王方舟这个人我也得杀杀他的傲气，我准备撤掉他的第五路军总指挥，由唐式遵接替。不然就真乱了规矩，没有规矩不成方圆。不管是什么人，不听命令那还了得？岂不是乱套了吗！"

"杀杀王方舟的傲气是应该的。"参谋长说，"不然以后他的尾巴就翘到天上去了。不过，我要向甫帅建议，在这个事上是不是适可而止？因为这个人还是用得着的，'王灵官'不是尸位素餐之辈，他对甫帅也是忠心耿耿。从那年扣刘自乾那批军火上就可以看出来，而且，他是立了功的。"郭昌明同王陵基关系不错，在刘湘面前一个劲说王陵基的好。

"这是哪年的皇历了？"刘湘不愿旧事重提，只是不屑地笑了笑，笑得有些深意，有些讽刺，"此一时彼一时，人家王方舟现在是去抱蒋委员长的大脚杆了！刘存厚刚被撤掉了二十三军军长职，王方舟想当这个军长。你想当就给我说吧？可是他不，他却背着我去找委员长派来的特使郑大冲，两个人在下面勾子麻糖的事多了，我最恨吃里爬外的人。"

郭昌明这才明白，刘湘之所以发那么大气，坚持要办王陵基的真正原因。

"啊，有这样的事？"郭昌明问，"甫帅准备咋个办王陵基呢？"

"咋个办？凉拌！"刘湘有些幽默，"这个人最喜欢当官弄权，我就削了他的职，罢了他的官，让他靠边站一段时间，让他反省反省，让他尝尝无职无权的滋味。以后何时让他出山，视情况而定。"

看刘湘对这事封了口，郭昌明只得改口，专谈接下来如何"围剿"红四方面军之事。

"我早说过，'剿共'是件刻不容缓的大事，四川一旦统一，'剿共'就该毫不迟疑地进行下去。这样！"刘湘指示他的军参谋长，"这次战争我们损失了许多武器弹药，你打个报告，向中央申请补充一些军火军费，报告我来批。"

"太好了。"郭昌明说，"我觉得，甫帅不该向中央通电请辞四川剿匪总司令。如今川局动荡不宁，甫帅是我川中的定盘针。如果没有了甫帅，川中大局谁能驾驭？红四方面军又由哪个来打？"

"这个嘛，好办嘛。"显然，刘湘已经做过考虑："委员长同不同意我辞去四川'剿总'司令一职，那是他的事，我得提出来。"郭昌明听出来了，刘湘请辞四川"剿总"司令职，不过是佯作姿态而已，这就心领神会地点点头。想想又问："川北红军既然还要'围剿'下去，那么现在谁来当这个总指挥呢？"这里，他嘴里已经将原先的总司令变成了总指挥，自觉降低了档次。

郭昌明满以为刘湘会指定他，或者是唐式遵当总指挥，不意刘湘却说："让刘神仙刘从云暂时来担这个名吧，让他来当总指挥。"

"刘从云？"郭昌明简直惊呆了，以为听错了！

"是，刘从云刘神仙。"刘湘态度很坚定。这次郭昌明听清了，他实在不明白，甫帅怎么会让一个整天云雾里的游方术士、一贯道点传师来担任"围剿"红四方军的总指挥，让他去指挥邓锡侯、田颂尧这样威重望高的堂堂国民政府军长？怎么能指望刘从云指挥十多二十万大军去打英勇善战，连你甫帅都打不赢的红军？这简直就是开玩笑，这仗怎么打？郭昌明听了这话一时觉得有些头发晕，不禁瞪大了眼睛，怀疑向来英明果断的甫帅是不是因为打了败仗，气得哪根脑神经出了问题。

刘湘给郭昌明解释之所以如此的原因，他说："是，如果说打仗，刘从云刘神仙不见得是个行家。但是，我们这几路联军，说起来人多，其实是盘散沙。要把这盘散沙捏拢捏紧不容易。而只有把这盘散沙捏拢捏紧才成器，才能形成力量打出去。刘从云虽然是半路出家，但他有个好处，这就是，我们川军中，所有团长以上的军官，都是他的门徒，都是被他赐了法号的。

"不要小看这点。有了这点，他就能把联军团拢。这点，除了他刘从云任何人没有这个本事。况且，刘从云在我们二十一军当了多年的模范师师长，怎么打仗？不要说打，他看也看会了！

"我们几路大军，如果单个来看，哪个总指挥不会打仗，哪个不是身经百战？田颂尧不会打？邓锡侯不会打？成都巷战爆发之前，田颂尧不是仅凭他的二十八军差点就把徐向前部赶出了四川？过后，是我们关起门来打内仗，红四方面军才趁机在通南巴站稳了脚跟。现在，关键的问题是要找个人把几路大军捏拢！俗话说得好，一个和尚挑水吃，两个和尚抬水吃，三个和尚没水吃。如果把几路大军捏不拢咋行！"

看刘湘主意已定，郭昌明也就不好再说什么了。

"那么甫帅，我就去拟向中央的报告了。"

"好吧。"刘湘也站了起来，嘱咐郭昌明："你去忙你的吧，川北方面的'剿共'战事，就让刘神仙去负责。"

郭昌明立正，给刘湘敬了个礼去了。

刘湘向蒋介石通电请辞"四川剿匪总司令"，尚未得到批复，就负气离开成都去了重庆。他气蒋介石不同他通气，就撤了他手下刘存厚的二十三军军长职。就在刘湘去重庆当日，川北重镇顺庆（南充），走马上任的刘从云刘神仙正在举行升帐仪式，气氛显得非常怪异鬼祟。

一轮红日正在西沉。通红的太阳有一半滑到了嘉陵江上，于是宽阔的嘉陵江浩淼的江波上，漾起一片血色的红晕，东面的光线渐渐黯淡下来，就像一支蘸满了墨水的毛笔，给耸峙在南岸的那座雄峻而通体葱翠的西山，给沿江矗立，万瓦鳞鳞的江城涂上了一层淡淡的黑。

顺庆，是嘉陵江畔的一座川北名城。这里有广柑的芳香，有丝绸的绮丽，历史上被称为果城，又被称为丝城。从古至今，这里名人辈出，灿若星辰。有写出了《三国志》的陈寿；有在三国蜀后主时，作过光禄大夫，通晓天文地理的谯周；有在西汉景帝和武帝时，首创浑天仪，用简单的铜漏原理证明了某种天体运行规律的天文学家落下闳；有在楚汉相争时，楚霸王项羽在河南荥阳将刘邦围困后，冒充汉王着刘邦装束，勇于代替刘邦而死的纪信；有在《三国演义》中"诸葛亮挥泪斩马谡"的历史悲剧中，表演出卓越军事胆识的王平。近代，诸多川中名人宿儒也出生在这里，如朱德、张澜、罗瑞卿、蒲殿俊等。

可惜，在这样的美妙时分，四川"剿总"代总指挥刘神仙正在离嘉陵江很近的一个大院里升帐点兵，气焰之诡异龌龊，实在是亵渎了这样一个山明水秀的历史名城。

乌鸦羽翅似的黑夜正在快速收拢起来。设在嘉陵江畔，一座带有书香气息的深庭广院里的川北前线"剿匪"总指挥部，正在渐渐变得模糊起来。指挥部大门外有两个手持上了刺刀，挺着胸脯，泥雕木塑般的卫兵把门，三进的大院里，也保持着足够的安静。特别是最里面一层大院门口，站着卫兵，不准任何人入内或打扰。因为这个时候，代总指挥刘从云刘神仙正在请神。

一间长长方方的屋子里，烛光昏暗，香烟缭绕。神龛上，供着一尊似人似鬼又似神的塑像，真人般大小，很吓人。据说，这是一贯道的祖师爷。刘神仙信奉的是一贯道，他是靠一贯道起家的。一贯道的道义是什么，一贯道究竟是个什么东西？没有人说得清。在中国处于宗教霸主地位的道、佛两家根本瞧不起一贯道。但越是这样越是好了刘从云，多年以来，他先是利用乡人普遍的愚昧和百姓们在遭受种种痛苦之后不知所以，只有去信神，在莫须有的精神陶醉中麻痹自己的机会大钻空子。先是在老家威远县发端，渐渐发展，不几年就有了广大的信徒和雄厚的财力，这就开始将触角伸向军队，他瞄准目标，最终如愿以偿挂上了四川最强大的军阀刘湘这株大树。他就像一株柔韧的藤，本身是没有力量的，他借助刘湘这株大树朝高处攀缘而上，他还要继续攀缘而上，他的野心大着呢！刘湘也不是没有看出"刘神仙"是个假神仙、野心家、窝囊废，之所以收留他，还委他以模范师师长名，也是有用意的。这就是利用人们普遍的愚昧去达到自己的目的。刘湘同刘神仙是相互利用。刘神仙是二十一军模范师的师长，其实连人带枪都是他自己带过来的，刘湘不过是给了他个名义而已。刘湘表面看来忠厚，其实也有过人的精明，吃亏的买卖他是从来不做的。

刘神仙请神的整个过程，同四川乡间随时随处可见的巫师驱邪捉鬼没有大的区别。神龛上，供着三牲水果，蒙着红布的长条形供桌上，点着两支棒槌粗的大红蜡烛。这样的场面，不能不让人怀疑刘神仙是从《三国演义》中"出陇上诸葛装神""五丈原诸葛禳星"中学来的。四川，无论是在城市还是乡村，都充溢着浓郁的三国文化气息，特别是四川的军人，对《三国演义》更有一分独到的感情和认识。刘从云刘神仙虽然大字认不了几个，但说起《三国演义》，说起诸葛亮，也是头头是道，而且有他独到的体会。

"出陇上诸葛装神"中有如此精彩的场面描写：诸葛亮"皂衣跣足，披发仗剑，手执七星皂幡"；"时值八月中秋，是夜银河耿耿，玉露零零，旌旗不动，刁斗无声。姜维在帷外引四十九人守护。孔明自帐中设香花祭物，地上分布七盏大灯，外布四十九盏小灯，内安本命灯一盏……"

身材高大，驴头马脸的刘从云这时依葫芦画瓢。他披头散发，着一领改过的道袍，闭着眼睛，挥着利剑，指东画西，口中念念有词。在昏暗的灯光，缭绕摇曳的烛光映照下，室内的气氛显得朦胧而又神秘。一个道童服侍在侧，随时准备听从吩咐。

其实，这时的刘从云心里相当空虚。到顺庆后，他试着通知几路大军的总指挥邓锡侯、田颂尧、李家钰、杨森、唐式遵等来顺庆商量"会剿"大计，他不敢说是"听令"，而是商量。可几路大军总指挥根本不买他的账，根本不来出席。他们像是商量好了似的，只是派了一个联络副官来。刘从云心中清楚，这些将爷们派一个联络副官来，也都是看在刘湘的面上。没有办法，他只好将他的会剿方略写成信，——交给几路总指挥派来的联络副官带回去。

大战前夕，刘神仙在这儿升帐请神，祈祷老天保佑他打个胜仗，即使输，也不要输到底。收刀验卦后，刘从云给他的麾下二十一军模范师主力旅旅长李苞苞发出了一道命令，让他即日从马渡关左翼进攻，拿下王维舟游击队控制的宣汉县。刘从云想得很简单，也执着。他想，反正我的命令是下达了，你几路大军听不听，何时进攻，进攻何处，要达到的目标，其实都是甫帅的意思，我不过是个传声筒而已。至于你们执不执行，执行得如何，以后自有甫帅找你们算账。我刘从云管不到别的队伍，总可以管我自己的部队吧？他存了奸心，将硬骨头给别人啃，却给他的这支约五千人，配备也好的模范师旅长李苞苞找了一处软肋。在他看来，由他的主力旅旅长李苞苞率部去攻打王维舟的地方游击队，随便咋个都打得赢。

刘从云对李苞苞下达了命令后，假模作样看了看挂在壁上的那幅通南巴军用地图。其实，他根本看不懂地图，李苞苞要攻打的宣汉县马渡关，在地图上连一个小点都没有。顾名思义，他以为马渡关，大不了就是一处关口或是渡口，李苞苞率部过了马渡关，一路杀过去就是。他不知马渡关其实是一处悬崖绝壁。李苞苞最听他的话，却对当地情况也不熟悉，结果带着部队去是自投绝路，找死，被王维舟打了一个伏击，李苞苞部千人的部队，非死即降，李苞苞被当场击毙。从来没有打过仗的刘从云这才知道锅儿是铁打的，吓着了，立即在电话上向甫帅请辞，辞意坚决。他在电话上痛哭流涕，声泪俱下，控告邓锡侯、田颂尧、李家钰、杨森、唐式遵们根本不买他的账。他挑拨离间，上纲上线，他说，这些将爷们不买他的账，其实就是不买甫帅的账，他是一个光杆司令云云。

刘湘在电话中略为沉吟，答应了他辞职，说："好。你回来吧，回成都，到将军衙门，我让参谋长郭昌明等你说话。"

就在刘从云灰溜溜从前线回到成都之时，向来消息灵通，影响很大的《大公报》，在头版显著位置发了如下一段报道：

> 此次川北剿匪各军或裹足不前，或征讨失利，让匪势越发坐大，主因实由于不知军事而妄为计划，胡乱指挥之刘神仙（从云）致误。刘原属巫教，籍四川威远县，尝为人算命看相，刘湘极信奉之，以其为军师，并兼领三旅之众（模范师）。无论内战、剿匪，靡不由刘从云观天星、卜吉凶。近年从云竟轰动全川，虽妇孺亦莫不知有刘神仙其人。至今竟公然良充剿匪前方军事委员会委员长，负剿匪全责，并发滑稽怪诞不经之命令，故使进攻各部徒遭损失，匪祸愈形披猖。

消息经各报转载，全川震动，骂声一片，在全国传为笑谈。

成都将军衙门，郭昌明刚刚在二十一军他的参谋长办公室坐定，副官门玉生前来报告说，辛亥年间担任过大汉四川军政府都督的尹昌衡和声名赫赫的成都五老七贤找上门来了，要求参谋长接见。郭昌明大吃一惊，知道麻烦来了，他从办公桌后站起，喝骂副官："你是干什么吃的？说我不在不就行了吗？"

副官门玉生显出一副可怜巴巴的样子："他们不听也不信呀！"

"人呢？"郭昌明问。

"我们已经不请自来了！"门外传来尹昌衡那特别洪亮的声音。

郭昌明心中连喊倒霉，却不得不脸上装笑，迎出门去，伸出双手，将正在上阶沿的尹昌衡虚扶一下。

"老前辈们！"二十一军参谋长郭昌明满脸绽笑："你们有啥事，打个招呼嘛，咋敢劳你们的大驾？"一边说时一边招呼尹昌衡和故意做得颤颤巍巍的五老七贤们请进来坐。徐炯、宋育仁、尹昌龄、方旭、曾鉴、骆成骧、颜楷、刘豫波、林思进、吴之英、赵熙和陈钟信这些人都是些要功名有功名，要社会声望有社会声望的前朝遗老。其实，尹昌衡和成都的五老七贤的年龄都并不大，尹昌衡才四十多岁，最大的也不过花甲之年，但他们既然被称为老，架子总要抠起的。

就在尹昌衡和五老七贤们落座时，门副官带着几个弁兵手端托盘挑帘而进，给这些惹不起的爷们送来了茶点。

身材高大，着长袍黑马褂的尹昌衡坐下来，军人出身的他，是正襟危坐。他两只大手将一根油光锃亮的龙头拐杖团在手中，马起脸问郭昌明："甫澄呢？"尹昌衡对学生辈的刘湘从来是直呼其名，说时，火气很大地将手中的龙头拐杖在地板上咚地一戳，喝道，"喊他出来，我有事问他！"

"甫帅有事，日前回重庆去了。"郭昌明赔着笑，"老前辈们有啥事请吩咐，昌明目前暂时在主持军务工作。"

"好，我问你！"尹昌衡开始兴师问罪，"想来《大公报》上的文章你也看到了吧？真是羞死先人！未必我们四川就没有人才，让那个啥子叫刘从云的巫师带着大军去剿匪？天下竟有这样的怪事！'蜀中无大将，廖化作先锋'？三国时，蜀中就无才到了那个地步，也还有廖化可以作先锋，我就不信找不到合适的人去作剿匪司令？邓锡侯不行？田颂尧不行？不说多了，就你郭昌明同那个巫师比起来，也不知要强多少万倍？我就不明白刘甫澄是咋想起在，是咋个搞起在？是脑壳进水了吗？成了方脑壳吗？"

听到这里，郭昌明一颗提了起来的心，这才咚的一声落进胸腔里。尹昌衡和成都的五老七贤矛头是对准刘湘来的，不是来找他的茬。

尹昌衡兴师问罪，军参谋长郭昌明开始解释："甫帅之所以这样安排，可能甫帅是出于刘神仙能团结人，我们川军中，凡团以上的军官都是被他赐了号的，却没有想到他会搞成这个样子，实在是羞死先人！"

"听说刘从云昨天晚上缩回成都来了，这会儿就龟缩在宽巷子他的公馆里，是不是？"脾气很大的徐炯大声喝问。

郭昌明假意不知此事，故意一惊："我现在打电话去，看他在不在？在，就让他来给老前辈们报个子曰，前线上的事只有他才搞得清，反正他家离将军衙门也近。"

"打住、打住！"向来肝筋火旺的徐炯赶快挥手制止，用瘦手托了托戴在他黑瘦脸上的一副形似鸽蛋，镜片厚如瓶底的老式铜边眼镜，"让这个巫师来同我们坐在一起？那真是有辱斯文！"说着不屑地摇摇手，耸耸鼻子。清末四川最后一个状元骆成骧从荷包里掏出《大公报》，咬文嚼字，拖长声音读道："'刘原属巫教，籍四川威远县，尝为人算命看相，刘湘极信奉之，以其为军师，并兼领三旅之众（模范师）。无论内战、剿匪，靡不由刘从云观天星、卜吉凶。近年从云竟轰动全川，虽妇孺亦莫不知有刘神仙其人。至今竟公然良充剿匪前方军事委员会委员长，负剿匪全责，并发滑稽怪诞不经之命令，故使进攻各部徒遭损失，匪祸愈形披猖。'这真是字字有力，入木三分呀！作为川人，我真是无地自容，无地自容呀！"

待赵熙、颜楷等五老七贤也发完了火后，时间差不多已经过了两个小时。

郭昌明看了一下手表，心中很有些着急。他站起来，在这些大佬们面前恭恭敬敬鞠了一个躬，显得很诚恳地说："老前辈们如此关心川局，关心国事，实在让我们感念感激感谢。我代表甫帅，代表四川'剿匪'总司令部，向老前辈们的教诲表示虚心接受和感谢、感激。"

"我郭昌明就此表一个态，负责原原本本地将老前辈们对刘神仙刘从云的不满、责难，及此次'剿匪'的用人不当等等，向甫帅转达。请甫帅找一个适当的时机，向老前辈们作个交代，你们看这样好不好？"

尹昌衡用一双倨傲的羊眼同在座的五老七贤们交换了一下眼色，说："那还差不多！"这就站起，在座的五老七贤们也跟着一个个站起。

"哎呀，就快晌午了。"郭昌明一边送客，一边笑道，"老前辈们如果不嫌弃，请就在军部用一顿工作便餐如何？"尹昌衡和五老七贤对此听而不闻，迈开八字步，很倨傲地走在花木扶疏的甬道上，他们手中的拐棍拄在石板道上，发出笃笃声响。

暂时留守成都将军衙门四川"剿匪"司令部，主持一应事务的二十一军参谋长郭昌明，一直将大佬们送过三进的大院，送出大门，一直看到他们都上了停在门前的私包车，看到大佬们离去，一溜华丽的黄包车首尾衔接，叮叮当当，向少城公园方向去了。

"这是甫帅给我的信，意思是清楚的，你们看看吧！"尹昌衡和成都的五老七贤走后，郭昌明在电话上叫来了几个一直反感刘从云刘神仙，且和刘湘沾亲带故的亲信。他们是，已经从二十一军参谋处长职上升为成都警备司令的严啸虎、刘湘的高级幕僚乔毅夫、亲信旅长刘兆藜；刘湘的堂弟刘树成、妻弟周成虎。

严啸虎、乔毅夫等一一传看了刘湘在重庆发给郭昌明的亲笔信："我没有把剿匪的事办好。现在，我让刘从云来找你。你们可以商量一下，对他，你们觉得该怎么办就怎么办，不用请示我了。"

"刘从云毫不知兵，仗打得一塌糊涂，让人耻笑。"严啸虎怒气冲冲地说，"前方将士纷纷来信，要求甫帅杀掉这个草包巫师，以安军心！"

其他人的一致意见是，对这个混迹二十一军多年的游方术士，杀就不用杀了。从甫帅的来信看，甫帅是让我们把他赶走。甫帅之所以在重庆不回来，就是不想见刘从云，甫帅拉不下这个面子。

郭昌明想想，说："我看这样办吧！"他看着严啸虎，"啸虎你现在是成都警备司令，刘从云现在你的地盘里，该你管。是不是请你打电话通知他来，这样威严些！我们把气氛布置得像军事法庭，他来后，我们先让他看甫帅的信，然后，啸虎同我一起正式通知他，鉴于他犯下严重的过失，经研究，就此解除他的一切职务。他如果愿意待在成都，也可以。不过我们得对他说明，从此他只能在家赋闲，不准再去装神弄鬼诈骗钱财哄人。如果他不听，再犯事，就把他从成都轰出去，从此不准他进成都！"

大家一致赞成。

刘从云在宽巷子他的家中，一接到严啸虎的电话，心就发虚。严啸虎的长相本来就可怕，在电话上更是粗声莽气的，完全是传唤犯人的语气。午后二时，他来到挂有"四川剿匪司令部"大牌子的将军衙门时，郭昌明的副官门玉生已经等在那里了。门副官是个精精干干的小伙子，一身草黄色的军服穿在身上，皮腰带一扎，小手枪一挎，特别合身特别有精神。小伙子以往见到刘从云，总是刘师长长刘师长短的，生怕巴结不上；而今天见到他，就像不认识似的，一双显得森冷的黑眼睛，将他从上到下审视了一遍，就像将他从上到下，从里到外搜索了一遍。

"你就是刘从云？"门玉生一脸冰霜，冷冰冰地问了一句，像是法官对犯人验明正身。

刘从云一愣，情不自禁后退一步："是呀。"

"那就跟我走吧！"门副官像押犯人一样，将刘从云朝高墙深院里的司令部押去。

进了郭昌明的办公室，刘从云不禁一惊一愣。郭昌明和严啸虎简直就像《聊斋》的大小阎王，冷着脸高坐堂上。两排荷枪实弹的兵，从进门起顺着花径一直排到屋门前，一副审问的架势摆起了。

刘从云故作镇静。

进了屋，身着长袍，驴头马脸，一副绅士打扮的他，站在两个"阎王"面前，弯了弯腰，将戴在头上一顶呢博士帽抱在手上，算是有礼。

"恭喜，恭喜。恭喜啸虎兄高升省会成都市的警备司令，恭喜昌明兄主持剿总事务，看来不久甫帅对你们还将有借重。"刘从云说着好听的话。

"你坐下！"不意，秋风黑脸的严啸虎不领情，大声一喝，手一挥，要刘从云坐在面前的那把硬木高靠背椅上。

刘从云的一颗心顿时落进冰窖里，颤颤巍巍坐了下来。

高坐堂上的郭昌明，对伺立在侧的门副官示了一个意。门玉生这就上前，从桌上捧起刘湘日前写给郭昌明的亲笔信，拿来给刘从云看。刘从云哆哆嗦嗦接过，看完，还给门副官。

"明白我们找你来的意思了吧？"郭昌明大声问。

刘从云装糊涂："我还是不太明白。"

"你个混账东西装疯迷窍！"严啸虎发作了，他眼睛一鼓，在桌上猛拍一掌："你既然不会打仗，何必老母猪鼻子里插葱——充大象，竟敢去当四川剿匪代总指挥，你咋指挥的？你打的啥子烂仗，你把我们四川军人的脸都丢尽了！"

"这个剿匪代总指挥不是我要当的。"刘从云强辩，"是甫帅要我当的，到了前线，那些将爷我根本就指挥不动。不要说邓锡侯、田颂尧这些爷我搬不动，就是我搬出甫帅的司刀令牌来，罗泽洲、李家钰这样的人也不理我。"看高坐堂上，红眉毛绿眼睛的两个正副判官听到这里幸灾乐祸地笑，他很冤枉地不满地小声嘟囔："别人的部队指挥不动，我指挥我的部队总可以吧？"

"你是咋指挥部队的？"郭昌明问，"你连地图都看不懂，结果将一旅人送到人家王维舟的口袋里，让人家消灭个干干净净，《大公报》的文章你看了吧？你还有脸说！"

"报上总是小题大做。要那样说，就是甫帅日前亲自指挥的万源之战也不是打得尽善尽美！"

"闭嘴，你这个油嘴滑舌的东西，我们同你说不清。"郭昌明喝着刘从云，宣布，"现在由严司令对你宣布处分令。"

"遵照甫帅的意思，经我们研究决定！"严啸虎站起来宣布，"一、从即日起解除你在二十一军的所有职务，从此，你与军队没有任何关系。听清楚了？"严啸虎手中煞有介事地捏着一纸决定令，说时看着刘从云。刘从云却执拗地硬着头，不吭一声。

"二、你的职务解除之日，本应将你赶出省会成都，但念你毕竟在我二十一军工作过，故网开一面，准许你在成都居家，但你不准在成都推行一贯道。否则抄家赶出成都！"严啸虎宣读完毕后，刘从云也不反驳，只是仰天长叹一声，摇摇头，走上来，在执行通知书上签了名走了。

回到家里，刘从云越想越气，睡在床上不起来。午后金箔似的阳光，照在雕龙刻凤的窗棂上，一束金阳照进屋来，在地板上旋转，包裹着的灰尘给了他一种幻灭感。他将双手垫在头下，一双驴眼久久地打量着窗户，显出呆滞。顺着看去，夹江宣纸裱糊的窗户上，疏枝横斜。突然，他惊讶地发现，像演皮影戏似的，窗纸上，有一颗黑影在晃动。那是一只黑蜘蛛在空中快速编织蛛网。蛛网编成了，黑蜘蛛躲在一起静静地等待。很快，一只蜻蜓飞过来，突地撞在若有若无，柔韧万端的蛛网上。蜻蜓起先剧烈地挣扎，可是在经过一阵摇曳后，蜻蜓终于筋疲力尽，不能再动了，而那只待在一边以逸待劳，看来个子也不大的黑蜘蛛，这才不慌不忙地沿着蛛网慢慢爬过去，爬到那只身量比它大出许多倍的蜻蜓身上撕扯吞噬。这无比惨烈的一幕，给了他强烈的震撼和启发。是的，他想，难道我刘从云起先不就是那只黑蜘蛛吗？耐心细致地编织起蛛网，网住了许多蜻蜓，吞吃下去，身子逐渐壮大，才有了后来的我。而最终，我岂不是又像那只被大黑网网住，被躲在一边的大蜘蛛吃掉的蜻蜓吗？我刘从云走到今天这一步不容易。可是，最终还是撞在了蛛网上，任刘湘、严啸虎、郭昌明们这些蜘蛛将我撕扯得稀烂，吞噬！

不行！我刘从云不是你刘湘手中的一只尿壶，想要就要，不想要，扔了就是！想到这里，他直想跳起来去找刘湘说理，去找郭昌明、严啸虎打架拼命。可是，想是一回事，做又是一回事。小巫见大巫，他原本就是人家刘湘手中的一个工具，一个垫脚石。人家现在不要你了，你敢咋的？就在刘从云怒火中烧，不知所以时，只听橐、橐、橐一阵高跟皮鞋响。他知道，是他的小夫人玉蓉找他要钱来了。于是，瞬间他的思绪转到小夫人身上。

从威远县一个贫困的农家出身，混到今天四十多岁的刘从云，在老家是早就娶了妻的。长得驴头马面，原先很穷的他，在老家能找到一个女人就不错了，所谓贫不择妻是也。威远老家的妻与他同岁，小脚，麻面。到他混迹江湖，发迹以后，他根本就不回家，只是给家中一些钱财而已。好在糟糠之妻也不计较这些，在家侍奉公婆，抚养女儿，两下相安无事。多年不回家，表面上也不亲近女人的刘从云，其实是不缺女人的。多年来，在他发展的一贯道道徒中，不乏年轻女人，而且还有颇有姿色的。对这些头脑简单，没有知识，信奉一贯道的女徒，他以点传师的名义经常在深夜召来他看中的女子以恩宠，以单独召见的方式，叫这些女子在什么时候去他的密室，说是让为师与你念动真言，并与你修双身。而"念动真言"，"修双身"的方式，就是他要进入她们的女身。说穿了说白了，就是奸淫。然而他一切都是做得那么冠冕堂皇，合情合理，水到渠成。他觉得，那时候的他，就像一条盘在地上的大蟒蛇，那些被他看中的漂亮女子，就像一只只从屋梁上嘟嘟跑过去的小耗子，只要他将血盆大口一张，火焰似的蛇信一吐，那些小耗子就从梁上栽下来，直接栽进了他的大嘴里，任他吞咽吃进肚去。

玉蓉原先是成都一个小有名气的川剧演员。如同几乎所有的川人一样，刘从云也是一个川戏迷。而好些有钱有势的人，特别是军人，一旦成了正果，都喜欢在家室之外，娶一个川剧演员为姜。刘从云就是这样。玉蓉嫁给刘从云后，就不唱戏了，当起了少奶奶，住有公馆，出有私包车，在家呼奴唤婢；她常常是白天出去打麻将，不到深夜不回，花钱如流水，日上三竿才起。唱戏，成了她的业余爱好，时不时在高墙深院，花草扶苏的家中后院呀呀地吊吊嗓子，或是兴之所至地哼上一段《打金枝》什么的。刘从云虽然将家安在成都宽巷子，但他平时很少回来，因为二十一军一直驻扎在重庆。年前刘湘打败了刘文辉，完成了四川统一大业，当上了四川省主席移师成都，二十一军模范师也拉到了成都龙泉驿，成都的家才真正成了他的家。

与小夫人玉蓉真正住到一起了，他才发现，以往他听到的一些闲言碎语完全可能是真的。玉蓉在外面有人。玉蓉相当年轻，才二十岁出头，年龄比他小一半还多，相貌属中上等，可身材却是第一流的，皮肤好。旗袍一穿，越发显出鹅颈、溜肩，长身玉立，脸上水色好，桃红李白，身上该凸的凸，该凹的凹，走起路来娉婷有致。刘从云社会经验丰富，思想肮脏。他之所以花了大价钱将玉蓉弄到手，是他喜欢性欲强的女人。有言，"骚不骚，看眉毛；乖不乖，看奶奶。"玉蓉的眉毛和眼睛黑得发亮，乳房很高，这是他第一眼就看上了玉蓉的直接原因。过手后，他发现，玉蓉的性欲真是强，强得让他难以应付。有次狂蜂浪蝶之后，他一身抽了筋似软塌塌的，却打起精神问睡在身边，仍然显得雄实的她："你哪来的这么好本事？虽说你们戏班上的女子很可能因为逢场作戏早早下了水，也可能吃罪不起，陪过大官睡，往往未婚就等于结了婚。但像你这么大的阵仗，一上阵就像是吸了鸦片烟似的，兴奋无比，我就搞不懂了，是咋回事呢？"

小女人听后，哈哈一笑，抖了抖手上的烟头，只见暗夜中通红的火星一闪一闪。玉蓉是要抽烟的。

小女人也不害羞："自从我被我的师哥破瓜，晓得男女之间是咋个一回事后，我就放开了，放开了就是这么一回事，根本就控制不住。"

"你师哥现在还在三和班吗？"

"嗯！"小女子知道说漏了嘴，但事到如此，也只能嗯了一声。

"我同你师哥比呢？"不知出于一种何等阴暗心理，刘从云来个打破砂锅问到底。

"他呀！"小女子笑笑，欲言又止。

"说呀！"刘从云更来了兴趣，坚持要小女子说。

"他呀，一有机会就给我扑上来，那简直就叫，就叫如狼似虎。"

"我呢？"他问，问得酸溜溜的。

"你不行。"女子说，"你经常整得我难受极了，你就三五分钟。一开始做得就像好凶似的，眼睛鼓起，就像要把我一口吞来吃了。可我刚来兴趣，你已经萎了。"女子说得有些怨气。

"那我同那些把你哄到他们家里，估着你陪睡的大官们相比又如何呢？"

"都差不多。"女子说，"你们这些人，生活毫无节制，女人搞得太多，总觉得搞到一个漂亮女子就是占了多大便宜似的，结果你们一个个搞成了银样蜡枪头，成了漏壶。"

"银样蜡枪头"语出自《红楼梦》，这一点，刘从云虽然不清楚，但他知道，这是一句文辞。唱川戏出身的小女子能引用这句"银样蜡枪头"不足为奇，刺痛他的是小女子那句有独到体会的"漏壶"。想来小女子还有一句话没有说，他刘从云是个"见花谢（四川话，萎）"。

他确实是个"见花谢"。以前，他十天半月从重庆回到成都宽巷子的家中一次，一见到年轻泼辣，丰满合度的玉蓉，就激动得不行。可是，刚刚把玉蓉推金山倒玉柱地拥到床上，三五下他就泄了，萎了，像一只断了脊梁的狗，像一只泄了气的皮球，真是像一只漏壶，躺在床上直哼哼，瘫软似泥。小女人玉蓉也在一边哼哼，那是不满地哼哼，是数落他的哼哼。成都家中的管事梁妈是他的心腹，除了替他管家，还有监视小女人的责任。梁妈就多次向他报告过玉蓉同她原先戏班上那个唱武戏的师兄明铺暗盖的事。他也并不在意。女人嘛，他想，犹如穿在身上的衣服，穿旧了可以换的。如果哪天不喜欢了，给点钱，把小女人打发了就是，不必那么认真。况且如小女人所说，他过去搞女人也实在是太多，他把自己搞成了一只银样蜡枪头，搞成了一只漏壶，解决不了人家小女人的问题。他不在时，人家去找师兄解决一下，也是情理中事。"扯了萝卜眼眼在！"这些事，他看得淡，也想得通。他才不会像杨森那样，娶那么多女人，多得简直数都数不清了。家中女人多了，难免照顾不过来，红杏出墙的事时有发生。遇到这样的事，杨森总是怒火攻心，必将奸夫淫妇置之死地而后快，把自己也弄得身败名裂，这是何苦呢？一代奸雄曹孟德说得好："人生苦短，譬如朝露。"在女人的问题上，他采取的是"今朝有酒今朝醉"，何必计较那么多！

"从云，你拿到军饷了吗？"

这样胡思乱想时，小女人玉蓉珠摇玉翠地走进来，小鸟依人般偎坐在他身边，轻轻问了一句，身上暗香袭人。

"什么军饷？"刘从云一愣，不知小女人此话从何说起。

"咦？"小女人小嘴一嘟，"你不是当了一盘'围剿'通南巴红军的代总指挥嘛，刚才将军衙门的剿匪司令部不是打电话叫你去了嘛，你泼命打了那么大的仗，未必刘甫澄不给你发饷？"

"说不得！"刘从云对小女人诉苦："他虾子刘甫澄打不赢红军，溜到重庆去了，倒让我去替他背黑锅。结果，他又打电话让我从顺庆（南充）回成都来，他不出面，让他手下的郭昌明、严啸虎出来理抹我，把屎盆子朝我头上扣，说我乱指挥，损兵折将。结果，错都是我的，我不仅没有拿到一分钱，还被撤了一切职务，他们还不准我在成都行一贯道，你说，你说，这还有天理吗？"小女人越听脸色越冷，而刘从云却像一个受了气的孩子，不管不顾地说下去。小女人听烦了，手几摆，站起来，打明叫响地说："我不管你这些。刘从云你听着，俗话说得好，养得起猪来打得起圈，娶得起婆娘供得起饭。嫁汉嫁汉，穿衣吃饭。现在天气说冷就冷了，我要钱，去春熙路买一件大衣。"

"大衣，要多少钱？"刘从云忍住气。

"春熙路胡记皮货店新进了一件皮大衣，貂皮的，法国巴黎的最新款式，明贵暗相因（便宜）！"说时小女人伸出如藕似的一只纤纤玉手，亮开五根葱指："就五千元现大洋。"

"就五千元，好大口气！"刘从云生气了，"你说得轻巧，捞根灯草！"说时一下弹坐起来，很恼火地说："我老实告诉你，我从今以后，没有职务了，也就没有薪饷了，严啸虎、郭昌明这些烂心黑肺的坏家伙斩尽杀绝，还不准老子在成都行道找钱。你说你说！"他巴掌两拍，"这个样子了，你还要我给你五千大洋去买那么高档的皮货，这话亏你说得出口！"

"我咋说不出口？"小女人噘起小嘴，嘲讽道，"当初，你要想娶老娘时，话是咋说的？"

"此一时彼一时，"刘从云使出了无赖相，"老子记不得了。"

"记不得了？你这样的人，裤子一提，就什么都记不得了。"

"我提裤子？"刘从云哼哼两声，越骂越怪了，"你以为老子不晓得，老子以往十天半月难得回来一次，老子不在时，是哪个在脱你的裤子？"

"你背时！哪个叫你是个银样蜡枪头，是个漏壶呢！"小女人硬顶。刘从云简直气惫了，这小贱人被他点到了穴道，却不以为耻反以为荣，居然振振有词！

刘从云霍地一下站起来，上前两步，怒不可遏地一巴掌扇去。啪的一声，玉蓉桃红李白的嫩脸上留下了五根深深的血红指印。

"你敢打老娘，老娘是你的出气筒？老娘今天不活了，老娘同你拼命！"小女人本是个泼妇，是个河东狮吼，冲上来揪住刘从云又骂又打又掐，鼻涕口水糊了他一脸一身。刘从云不胜其烦，一把掀开小女人，冲了出去。

刘从云冲出了家，去了祠堂街上的少城小餐。上得楼来，寻一雅间，叫店小二好酒好菜尽管上，他心中泼烦，他要酗酒买醉，一醉方休。

直到深夜，少成小餐快打烊了，吃得二麻二麻的刘从云才回家去。下了楼，冷风一吹，清醒了些。这时，展现在他眼中，已然入睡的祠堂街是一派乱花迷离的景致，灯火稀疏。时序岁末，在北国已是冰天雪地，水瘦山寒，而在成都，却仍然是一派青枝绿叶。成都是历史上有名的温柔富贵之乡，气候相当好，夏天不太热，冬天也不太冷，是个没有冬天的城市。夜幕中笼起了白雾，街两边鳞次栉比、已然关了门的茶楼酒肆，一排排终年四季浓绿葱翠的梧桐树、芙蓉树，都披上了夜幕中的白纱。在夜幕深处，古色古香的努力餐馆，流水淙淙的金河边的少城公园，公园中那剑一般直指苍穹的"辛亥秋保路死事纪念碑"，这时全都寂然无声，却又像是趁夜，在朝着什么地方神秘地踊行。

走到宽巷子口上，只听嘡的一声铜锣响，已是二更了。刘从云感到今夜与往夜不同，往夜的更声让他听来感到熨帖，而今夜听来，却有些森然之气。走到家，只见两扇黑漆大门已然关了，在晕黄的路灯照耀下，嵌在大门上的两副黄铜兽环，也似乎在吓唬他，嘲笑他。

"好个龟儿，全都是势利眼，竟敢关老子的门！"吃得二麻二麻的他，完全忘记了这个时候两扇大门虽然关了，但大门边的一扇小门是为他开着的。他冲上去，两手握拳，在大门上叮叮咚咚一阵狠捶。

小门开了，睡眼惺忪的王二站在门后，揉着眼睛。王二是个还不到二十岁的小伙子，才从乡下找来的，专做栽花担水类粗活，穿件粗布短褂，人很老实。也许睡昏了，王二竟敢嘟囔着小声抱怨："才回来？"

气正没处出的刘从云一听这话鬼火起，随手扇了王二一个嘴巴，骂道："老子才回来又咋个？你烦了吗，烦了就给老子爬！"

王二挨了这一巴掌，清醒过来，连连对主人鞠躬说对不起，对不起，他睡昏了。刘从云也不理他，进门后，径直朝后院走去。

后院一片漆黑，只有正厢房内还亮着灯，绿窗灯火浮在暗夜里，透出几分温馨。那是他和小女人的卧室。他想，她还在等我，算是小贱人还有点良心。

上阶沿，撩珠帘，咚的一声进了屋，随手将门一关，只见床上，小女人和衣而卧，头下垫着一个松软的大白枕头，正就着床头灯在看一本闲书。显然，小女人在等他。屋内温暖如春，厚重的金丝绒窗帘低垂。他将身上的大衣脱了，挂在衣架上，转过身来，小女人也不起来接，只是冷冷地看着他，像不认识他似的，握在手中的一本发黄的线装书丢在了一边，那是一本《绣图西厢记》。他一见又来了气。

"待月西厢下，无风门自开！"《西厢记》中有很雅的文辞，这是他看川戏时学来的。这时，他捡过来这句文辞讽刺小女人："可惜，你等来的不是你的意中人。"

小女人一下翻身坐起，坐在床沿上，用一双很亮很黑的眼睛将他从上看到下，又从下看到上，一双很黑的眉毛像钳子似的拧起，像是审视犯人似的。

"你坐下。"小女人反客为主，对他摊牌，"今晚黑，我就给你来一个推开窗子说亮话。俗话说得好，嫁汉嫁汉，穿衣吃饭。我之所以像一朵花似的嫁给你，也就是图了你的钱、你的地位。不然，我图你啥子？你又老又丑，不信，你在镜子中照照，一脸的萝卜丝。可而今当前眼目下，你官也没有了，找钱的路子也断了，我不跟你了！"

"我早晓得有这一天。"刘从云竭力忍住气，他想看小女人还要搞个什么名堂，"你既然不跟我了，那你就走吧，我不留你。"

"说得轻松，我就这样屁股一拍走吗？"小女人发作了，"老娘陪了你这么多年，你刘从云就是嫖娼妓，我陪了你这么多年，你也总得赔我点青春钱！"

"要钱嗦，要多少钱？"

小女人伸出五根葱指："少说也得这个数。"

"五千元？"

"想得好，五万元现大洋。这点钱，棒棒都是打不脱的！"

"五万元？宽巷子的公馆都要买几座了。你胃口不小，你想得好，你拿到老子这笔大钱，去同你的老情人同享富贵。门都没有，你个婊子做你的春秋大梦去吧！"刘从云冷笑一声，"三穷三富不到老。你以为老子就是阴沟里的篾片，没有翻身的一天了吗？你把老子晾干了！老子没有钱，不要说五万，就连五千、五百、五十都没有！"

"刘从云，你是敬酒不吃吃罚酒嗦？"小女人的话中已经有了威胁意味。

"你能把我咋个？"

"我看你是不见棺材不落泪，不到黄河心不死。你看，这是啥子？"小女人说着从绣花枕头下摸出一个黑皮本子举起来。

刘从云一看，眼都大了，也惊了。这本黑皮笔记中，他记的全是秘密。其中有则《刘湘狡兔三窟记》，详细地记录了刘湘背着蒋介石，在私下进行的一些旨在同蒋介石抗衡的秘密活动。比如，什么时候在什么地方，刘湘秘密接待了桂系李宗仁、白崇禧和云南龙云派来的秘密使者，还有甚至包括中共中央曾经派来的代表等等。并且，刘湘正在私下秘密筹组一个同中央对抗的地方性组织。

刘从云之所以要详细地记录这些，就是他要拿刘湘的把柄，以后万一有事，他可以拿着这本记录得相当翔实的笔记，找一个适当的机会威胁刘湘；同时也可以据此出卖刘湘，作为投靠蒋介石的卖身本钱。不意小贱人有心，不知从哪里将他这本秘密笔记翻了出来，拿在手上威胁他。不用说，这本笔记如果交到刘湘或郭昌明、严啸虎这些人手里，立刻就会要了他的命。

"好说，好说。"刘从云吓着了，手几摆，一脸的假笑，"你要的五万元钱我负责给你，你把这本子先还我！"说着，就要上前拿笔记。

"你不要过来！"小女人变脸变色的，将手中的黑皮笔记本往绣花枕头下一藏，摸出一把锋利的"王麻子"剪刀，举在手中喝道，"一手交钱一手交货，你不要过来。你过来，我对你不客气！"

"你不要乱来，我不过来就是了。"刘从云退后了一步，"本子你现在先给我，钱，我明天给你。"

"不行，一手交钱一手交货！"

"现在深更半夜的，我哪里去找这么多钱，我的小姑奶奶！这样，我给你打张欠条。有欠条你就放心了，我如果明天不给钱，你可以告我。"

"刘从云你少来这套，我不是瓜（四川话，傻）的。不行！"小女人坚持要他一手交钱一手交货。刘从云毛了，又带了点酒意，怒从心上起，恶从胆边生。他嗖地一下从身上摸出一把小小巧巧的手枪，咔地一下把子弹推上膛，咬牙切齿："小婊子，你不要逼我。你今晚黑最好不要逼着老子演《水浒》中的宋公明杀阎婆惜一出戏！"

"你敢！"小女人横眉怒目。

"砰"的一声，带了些酒意的刘从云下意识地扣动了扳机。他手中的枪虽小威力却不小，枪声在这静静的夜里响得惊天动地。一团硝烟飘起，刘从云和小女人都脸色惨白。只见小女人倒在了床上，慢慢用手扪着她高耸的胸脯，一缕缕玫瑰红的鲜血从指缝里涌出来。

"你、你、你！"小女人睁大眼睛，惊愕地看着刘从云，一只手指着他。

与此同时，刘从云发现院子里这里那里都拉亮了灯。他赶紧上前，从小女人枕头下夺过她压得紧紧的黑皮本，夺门而去，趁夜逃遁。

刘宅的用人们很快赶到上房来，发现倒在血泊中的玉蓉。管家老梁怕出人命，立刻报了警。小女人很快被送到隔街的实业街一家法国人办的医院就医，但因子弹洞穿心脏，小女人已经死去。

成都警备司令严啸虎得报，第二天，派人抄了刘从云在宽巷子的家，遣散所有用人，房产充公；并在成都的大街小巷遍贴缉拿杀人嫌犯刘从云的布告。布告上有驴头马脸的刘从云画像，还盖有严啸虎的大红印章。印章是严啸虎的亲笔手书，"严啸虎"三个钢叉大字，字如其人，显得很横很吓人。许多人看了布告后，议论纷纷，说二十一军模范师原师长刘从云"刘神仙"，一脸的"犯罪形象"，是个"假神仙"，这样的人怎么会混到如此高位？说时，无不嗤之以鼻。

刘湘由重庆返回成都之时，南京蒋介石要他复职的来电也到了。来电中，蒋介石对刘湘大加慰藉，谓："兄为乡为国，均应负责到底，虽至一枪一弹，亦必完成任务。此实为大局所关，亦即大义所在。中央眷念前功，倚畀尤为殷切，讵可轻率引去，动摇军心。"并在电文中对刘湘的"剿匪"失败表示理解，"……然战线过长，部队复杂，自属事实难题，中正年来赣、鄂督师，实有同感。故兄之痛苦，亦唯中正知之最深。除电川中各路将领恳切告诫，责以此后务须秉承兄之命令，协同作战，不得再存观望"云云。同时，拨给刘湘现款五十万元，炮弹若干发，枪械若干。

就在刘湘于成都收回辞呈，克日复职，重订"剿匪"计划，上报蒋介石批准之时，蒋介石再杀鸡儆猴，以第三路军副总指挥罗泽洲"谎报军情，望风奔逃"为由，令刘湘撤职查处。刘湘遵命照办之后，蒋介石又拨子弹二百万发给刘湘，以资鼓励。

刘湘虽然在川北"剿共"事上一败涂地，却抛出"刘神仙"，又在与蒋介石的周旋中大获全胜，他春风得意。

可是，刘湘高兴得太早了。

第七章

青羊宫背后，千回百转

每到年底岁末，位于成都西郊的青羊宫都要办庙会，热闹非常。青羊宫是全国著名的道观，不仅珍藏着丰富的道家典藏，建筑上也颇具特色。无论是它重檐大屋顶的大门，还是里面的座座宫观，无不巍峨壮丽，全是中国传统木质穿斗结构，不用一根铁钉。观里有道长道徒两三百人。主要建筑有灵祖楼、八卦亭、三清殿、斗姥殿，殿内供奉着太上老君等精美雕塑。一年四季，青羊宫内香烟缭绕，红烛高烧，祈求保佑的信徒络绎不绝。奇的是，大殿外有尊青铜神羊，龙角、虎爪、牛鼻、鼠耳、蛇尾、马嘴、兔背、羊胡、鸡眼、猴颈、狗腹、猪臀，没有人能说得出它究竟是何方神圣。据说，求儿的妇女只要摸摸它的肚子，求财的人只要摸摸它的耳朵，无不如愿以偿，逢凶化吉，心想事成。这尊神羊，因为年深月久，摸的人多，已然周身发亮。到了民国年间，寺中僧人用一道铁笼子将它围起来，不是想摸就可以随便摸的了。

青羊宫的得名，据《蜀王本纪》载：当年老子（李耳）为关尹喜时，著道教开山作《道德经》，临别时，对友人曰，"子行道千日后，于成都青宫寻……"如此锦团绣簇的青羊宫，到了明末年间，却被闯到成都当了三年大西皇帝的张献忠败退时一把火焚毁。随着清初开始的长达近一个世纪的"湖广填四川"，天府之国逐步恢复繁荣，青羊宫也才被逐步修复，重现辉煌。

到了清光绪年间，每到阴历二月十五日的花朝节，这天恰逢道教始祖老子生日，原先的青羊宫庙会注入了新的内容。官府在青羊宫内举办劝业会，展销各种商品，交流物资，还有武术擂台赛；各种名小吃，跑江湖的、唱戏的，也都可以在里面摆摊设点。这样一来，青羊宫更热闹了。每天从早到晚，自通惠门到浣花溪畔的青羊宫，人群摩肩接踵，杂声盈耳，蔚为壮观。

这天上午九时左右，蒋介石派驻四川的特派员郑大冲，准备从他下榻的成都少城饭店出门去青羊宫赶庙会了。他先是在镜中审视了自己一番，近年来从重庆到成都养尊处优的生活，让他有些发福了，本来个子就不高，这一发福，长得像个陀螺，不过也显得慈善了些，脸色也白了些。他的长相一般，五官略显模糊，这样一来，就像一团没有发好的灰面，霉渣渣的。他着意穿了一件崭新的深蓝色华达呢长袍，外罩一条黑色的滚边丝绵马褂，将一顶黑呢博士帽往头上一扣，一副黑膏药似的墨镜往眼睛上一戴，活脱脱一个绅士，并不引人注意，就连他自己也认不出自己来了，他很满意，他就是要让人认不出他来。

面对镜子，他很滑稽地将一副墨镜戴上取下，取下又戴上；表面上是在做出门前的最后审视，思想上却走马灯似的转个不停。刘湘到成都就任四川省政府主席等要职以后，他跟着到了成都。成都他是熟悉的，下榻的少城饭店也是他自己选择的。之所以要选择这个档次并不算最高的饭店作为下榻地，是有讲究的。少城饭店不大，却备极精致，旁临少城公园，环境幽静，不引人注意。

最近，情况有些变化。委员长亲自指挥的第五次"围剿"得手，中央红军业已离开多年的红色根据地江西，在向西南方向逃窜，完全可能同据川北通南巴的红四方面军会合北上。这样一来，四川的地位越加重要。委员长的意思是，必须借助刘湘的力量在正面堵截红军，中央军薛岳部在后面追。只有让刘湘同薛岳对红军来个前后夹击，才有可能彻底消灭红军，而如果四川方面刘湘不出力，或虚与委蛇网开一面，必然功亏一篑！他的直接上司陈布雷特别给他交代，近期的任务是，尽可能摸清刘湘对中央的政治态度和他在暗中组织的"武德学友会"等方方面面的一切情况，向中央报告，便于对症下药。进一步的工作是，利用并发展在四川有深远影响的袍哥、封建会道门等组织为我所用。总的任务是，想方设法，积蓄力量，迎接中央势力大举入川！

任务是如此繁重，刘湘并不好对付。但如果任务完成得好，前程不可限量。对镜思索的郑大冲不由得想起《三国演义》中"定三分隆中决策"，诸葛亮对刘备说的一句话："是殆天所以资将军，将军岂无意乎？"他想，我当然是有意。事在人为！

他把墨镜重新戴上，顺手提起放在门背后的一根油光锃亮的拐棍，出了门。

郑大冲到青羊宫，起初并没有其他目的，他是想去看看打金章。打金章就是武术擂台赛。青羊宫的打金章很有名，作为一个职业军人，对此总是感兴趣的。进了青羊宫，他先是沿着一字排开的诸多名小吃看了看，什么陈麻婆豆腐、钟水饺、矮子斋、古月胡、赖汤元、夫妻肺片、二姐兔丁，琳琅满目，香气诱人。然后又去看了看花卉展，那些参展的花卉，一盆盆，一钵钵姹紫嫣红，香气袭人，煞是可爱。毕竟是军人，在这些地方稍事停留后，他就转到了擂台赛场。

看比赛的人很多。擂台已经摆了三天，擂主是栾炭花。如果今天再没有能胜过他的，他就要鸣金收兵了。接下来，栾炭花就会披红挂彩，佩戴上一枚沉甸甸金灿灿的金牌，打马游街，锣鼓喧天，出尽风头，宣布本届打金章的武状元就是栾炭花了。

擂台上，穿一身窄衣箭袖，腰间系一条宽宽的黄绸丝带，个子不高，不胖不瘦的栾炭花不到三十岁，显得挺精干。在四四方方，三丈见方，高约三尺的擂台上，他打着一套峨眉拳，挥拳蹬腿，腾挪跌跃，嗖嗖生风，招招式式都是杀着。擂台下人山人海，有身穿黑色警服的警察，手拿红白相间的警棒往来转巡，维持秩序。这时，一位银须飘髯，身着棉夹袍，精神矍铄的老者快步来在台上，往前一站，喧闹的场上顿时鸦雀无声。郑大冲心中一震，朝人群中挤了上去。

郑大冲挤到台前站定，指着台上的老者问旁边人，这老者是何人物？

这是刘博渊裁判。旁边的人告诉他，他裁判最是公正精彩好听。这时，银须飘髯的老者对台下众人拱拱手说："今天是打金章的最后一天，向栾壮士挑战的共有三位。他们是郫县的'流星锤'张飞龙，彭县的'燕钻天'晏振武；成都的'铁人'马宝！"

刘博渊宣布后刚刚退下，台前一堆人忽地起哄，都是些歪戴帽子斜穿衣的，一看就是些地痞流氓。他们给台上的兄弟伙栾炭花扎起；吹口哨，跺脚，手舞足蹈："炭花，好好打，哥子们给你扎起！"

四川话的"扎起"，就是撑腰的意思。郑大冲好笑，心想，打金章靠的是真本事，这腰怎么撑？就问旁边懂行的人。人家告诉他，打金章不仅靠本事，也得靠关系。栾炭花同底下这帮烂滚龙是结了帮的，好些上台打擂的高手都不敢惹这些人，也不愿惹，只得假装输了走人。不过，听说今天向栾炭花挑战的三个人都不简单，不是那么轻易可以吓退的，尤其是"铁人"马宝。他是个回民，为人性格刚直，武艺超群。栾炭花这帮哥们，这会儿之所以拼命起哄，就是因为心虚，约莫马宝不得觑这帮烂流氓的。你哥子有眼福，今天怕是有好看的了。

"铁人"马宝的大名，郑大冲当然是听说过的。马宝平时在皇城坝上卖艺，他身高八尺，面黄无须，武艺了得；手当大刀砍砖，掌到砖碎。特别是气功了得，可以在三尺之外吐气吹熄蜡烛，他刀枪剑戟十八般武艺样样精通。这些，负有特殊使命的委员长特使郑大冲也是见识过的，这会儿之所以站在这里津津有味地看打擂，一是兴趣，二是可以借机观察民情。还有一个就是，看能不能冷不丁间得到什么意外的收获。人生有时的收获，往往是在意料之外的。

在台上亮了一番相的栾炭花退下台去了。在比武正式开始以前，四名武林高手在台后用餐。这比赛前的壮士用餐很是别致，郑大冲转到后台，看得兴致勃勃的。只见两位胖大师傅，手中端着大蒸笼走到四位武林高手面前发"壮士包子"，每个足有一个西瓜大，相当惊人。听说这些"壮士包子"有甜有咸，任高手们自取。高手们吃包子时，又有厨师送来鸡丝汤，装在桶里提来，挂在一边随壮士们舀。

台下的观众不耐烦起来。这就有一个穿白色紧身服的壮汉闪出台来，打了一趟拳。接着，又上来两人，分别表演了气功；还有枪械对练，这都是表演性质的。

千呼万唤中，主角终于要上场动真格的了。

裁判刘博渊走到台前，亮开嗓门唱道："时辰已到，先请擂主栾壮士上来。"话音刚落，栾炭花雄赳赳走到台上站定，面向大家拱起双手："请大家捧场！"声如洪钟，一脸的骄矜。说完退到一边，等着挑战者上来。这会儿他换上了赛场发给的正式赛服，结实的身板上穿一件短襟白褂，腰上系一条宽宽的红绸带。春寒料峭的季节，他敞开短襟白褂上的所有襻扣，露出铁板似的身躯，胸大肌鼓起，一双胳膊上块子肉块块饱绽；剪一头短发，头发根根立，有如钢针。郑大冲注意到，这擂主栾炭花是有相当的功夫，不是个等闲之辈。

作为四川人，郑大冲当然知道，武术，在四川，在中国，又称国术，门类很多，有相当悠久的历史和厚重的群众基础。四川各地民众习武相当活跃，总体水平不亚于尚武的燕赵齐鲁；按流派分，有少林、峨眉、武当三大家。按门道分，有"僧、岳、赵、洪、会、字、化"等门。

裁判刘博渊要栾炭花自报家门。那家伙又是双手抱拳，道："兄弟打的是僧门。"郑大冲知道，"僧门"以擒拿短打见长。家伙报完家门，第一个挑战者彭县"燕钻天"晏振武上场了。他在栾炭花对面一站，两人对比强烈。栾炭花身板结实，而"燕钻天"又矮又瘦。他要看看这只"燕子"是如何钻天。

晏振武同栾炭花相互抱拳一揖，表示有礼了，这就转过身来自报家门："晏某打的是岳门，诸位父老乡亲请多多捧场。"郑大冲知道，这路拳法是由南宋名将岳飞的老师周侗首创，以后由岳飞带到实战中发挥提高，发扬光大，传诸后代。特点是低桩小架，讲究贴身短打，打好了十分了得。

两人报完家门，刘博渊走上前去，很负责任地检查二人披挂，看他们的手、脚指甲是否修剪，身上是否藏有暗器，是否按赛场规定着装，是否穿了短襟白褂，腰束宽绸带，是否脚蹬软底布鞋。验核无误，又让二人抽签。"燕钻天"抽到上签，这就在腰上拴了根红绸宽腰带，栾炭花换上根蓝绸宽腰带。

马上就要开始对阵了。裁判让二人分别站到擂台两边，并当众宣布规则："不准攻击对方裆部，不准叉眼锁喉，五打三胜。"刘裁判宣布完毕，说了声："较！"赶紧退到一边。

两名对手按步就序：先上前一步握手，再后退一步，相互拱拱手。台后副裁判摇响铃铛，示意开始。郑大冲不禁聚精会神看去。只见栾炭花扯起把式，用一双怪眼罩着"燕钻天"，欺他身小，运起武步，贴上前去，猛出一拳打去，疾如闪电。"燕钻天"不慌不忙，身轻如燕，躲过杀着，突地跃起，在空中扯了一个倒提，脚比手还灵活，只听啪、啪两声，栾炭花脸上已挨了"燕钻天"两脚。

"精彩！"郑大冲兴高采烈，同场上的人们一起鼓掌，气氛顿时活跃起来。刘博渊适时走到台前，指着"燕钻天"这一招，很风趣地适时发挥："这叫春风拂面。"

人们大笑。栾炭花当众丢了面子，气得变脸变色，连出恶拳，口中嗨、嗨有声，逼向"燕钻天"，一双脚将擂台上的厚厚的木板蹬踏得噔、噔有声，急欲打回来。栾炭花出拳刚劲，"燕钻天"灵巧躲避。双方你来我往，让人看得眼花缭乱。十多个回合后，栾炭花看"燕钻天"被他逼到了死角，咬紧牙关，用尽力气，狠劲一拳打去。而"燕钻天"见栾炭花被自己逗弄得心浮气躁，露出破绽，迎拳不躲反进，以四两拨千斤，迅雷不及掩耳之势打出一记漂亮的"凤眼锤"，刚刚顶上栾炭花的手腕下端时，不意台下那帮栾炭花的兄弟伙喊："看倒起！"

"燕钻天"一惊。因为功夫不到，被醒悟过来的栾炭花顺势拿着手腕，陡地举在空中，狞笑着转了两圈，顺势往台下猛地一摔。

"嗨呀！"就在人们的惊呼声中，"燕钻天"好本事，在空中扯了两个倒提，没有落地，而是稳稳地落在擂台边上，场上掌声四起，让栾炭花一时傻了眼。郑大冲以为这样的精彩场面还要继续下去，不意"燕钻天"不满地看了看站在台前那帮栾炭花的兄弟伙、烂滚龙，将拴在腰上的红绸腰带一解，说："不较了、不较了，我怕赢了走不脱。"说完，扔下红腰带，跳下擂台，扬长而去。

接着，郫县的"流星锤"张飞龙上来了。他不高不矮的个子，身材笃实，浓眉下有双炯炯有神的眼睛。他报他打的是"赵门"。此路拳法相传为宋太祖赵匡胤所创，风格类似于少林拳，动作刚劲舒展。两人交上手后，初看张飞龙的动作似乎有些变形，但栾炭花也把"流星锤"无可奈何。细看看出了"流星锤"的门道，他原来是避实就虚，采取"引蛇出洞"法，并不主动进攻，只引对手来攻。一二十个回合后，栾炭花又焦躁起来，动作频频露出破绽，凭"流星锤"的功夫，他该是攻上一攻了。可"流星锤"不，他腾挪跌跃，像是一块胶，粘在了栾炭花身上，把个已然累得气喘吁吁的栾炭花上上下下摸了个遍："流星锤"是在戏弄栾炭花。台下的人们看出了名堂，哄堂大笑起来。

刘博渊站在一边，开始还能报出点子，什么"风抚荷柳""黑虎掏心""顺水推舟"……可后来就词汇用尽，只好站在一边幽默起来。四川人本来生性幽默，场上有人就喊："栾炭花，你打的啥子拳，底下都被人家摸热了！"栾炭花连上几拳，可就是打不着"流星锤"，却被张飞龙在裆部又摸了几把。

哈哈哈！人们的哄笑声快把擂台抬起来了。围在台前的那帮栾炭花的兄弟伙、烂滚龙觉得大丢面子，其中一个梳水分头，穿黑色香云衫的家伙，看来是他们的一个小头目，把手招招，那帮烂滚龙凑过去，商量了什么。他们就要动手使坏时，只见"流星锤"突然挥拳往自己鼻子上一击，鼻血流了出来。赛场有规定，"见红为输"。在人们的惊愕中，"流星锤"抱拳向台下观众一揖，什么都没有说，又是跳下台后扬长而去。台下一片嘘声，而台上的栾炭花却不以为耻，一副金章非我莫属的得意神情。

最后一个挑战者"铁人"马宝上台了。马宝身高一米八，脸瘦、眼亮，肩宽、腰细，身材结实匀称，相貌俊朗。成都人都认识他，看他上台都欢呼起来了。郑大冲曾经在皇城坝上看过他最了得的一手"金钟罩功"。一般而言，胸部是人体的致命部位，可马宝却能经受超级攻击，两个人抬起一根木柱猛力撞来，他动都不动一下，这是他的软功。硬功更是了不得，他躺在地上，运起气，一辆载重大板车从他身上压过去根本没有事。曾有好事者上去，摸过他运了气的身板。他身上无骨的地方好像罩了层铁板，硬得惊人，而有骨的地方反而摸不出骨头。他是摸起来硬，打起来软，一支锋利的长矛顶在他的喉咙上，不仅毫发无损，反而会被他的喉咙将长矛顶来弯起。

马宝台上一站，朗声报道："我打的是化门拳，师承新都赵麻布。"此话一出，台下哗然，因为好些人都知道"赵麻布"的赫赫大名。"赵麻布"是清代嘉庆年间的大侠马朝柱，他志在反清复明，曾邀集同门师兄弟数人刺杀嘉庆皇帝未成。过后，朝廷悬榜四处捉拿他，他最终亡命四川，隐姓埋名，以卖麻布为生，教出了许多高徒，如原四川清军武术教习周玉珊就是他的高徒之一。"赵麻布"很有些逸闻在民间流传，说是有次他在新都一绅粮（地主）门前高声叫卖麻布，惹得那绅粮泼烦，让下人去恶言赶"赵麻布"走。这一来，"赵麻布"不仅不走，反而更是高声挑衅。那士绅是当地一霸，武功极好，便挥拳来击，"赵麻布"只回了一拳，就将那恶绅打在地上趴起，身上还断了一根肋骨。

"赵麻布"有两个得意门生，取了两个很乡土的绰号："黄鳝""泥鳅"。有次，师徒三人得知成都附近的华阳县观音阁有一恶霸鱼肉乡里，便去警告他。观音阁恶霸在大厅上接见他们师徒三人时，明枪暗戟，杀气腾腾。"赵麻布"含而不露，对"黄鳝"使了个眼色。"黄鳝"出去，来在碾坊中提起一硕大磨盘进来，恶霸不知"黄鳝"要做啥，正惊疑间，"黄鳝"手提硕大磨盘原地腾空而起，在空中扯出一个倒提，"咚！"的一声，两脚蹬在中梁上，一声闷响，梁上留下两个脚板印。"黄鳝"落地后站得端端正正，端起一只手来，对恶霸作了一揖。"赵麻布"佯怒，大喝一声："狂徒休得无礼！"顿时声震窗棂簌簌发抖，一股股灰尘随之而下。恶霸明白了其中用意，吓得魂飞魄散，对师徒三人告饶，磕头如捣蒜。"赵麻布"扬声大笑，带两名高徒扬长而去。从此，那恶霸再也不敢造次，鱼肉乡里。

台上，马宝已经同栾炭花交起手来。郑大冲发现，马宝丝毫不给栾炭花手下留情，也丝毫不受台下影响，亮出"一狠二毒"硬功，精神抖擞，步步紧逼，志在必得。马宝一拳击中栾炭花左肩。"哎哟！"栾炭花负痛退后，输了第一局。

栾炭花毕竟不是等闲之辈。从第二局开始，他求胜心切，对马宝频频发起攻击；他身高力大，两个碗钵般的拳头使得风车一般转，口中嗨、嗨有声，指着马宝的要害处打去。

马宝改变了战术，以绵软的太极拳迎上，摆出三角步一一化解，并不反击。没有真正领教过马宝厉害的栾炭花，以为马宝的功夫不过如此，出手愈急愈快。殊不知一急就露出破绽、空当。马宝要的就是这个，他瞅准时机，左引右打，连发三拳，拳拳命中；打得栾炭花站立不稳，在台上趔趔趄趄后退，仗着身壮力大，好不容易才抱着一根柱子没有跌下擂台。

第二局，栾炭花又输了。

稍事休息，第三局开始。这一回，栾炭花近乎疯狂，使出看家本领，扬长避短，改用腿功。栾炭花的腿功着实了得，他能站在小小一块砖上原地连连打出五十个旋风腿，而且腿腿力重千钧，素有"铁腿"之称。在栾炭花旋风般的腿攻下，马宝采用"砸根""砸梢"法都不能化解，眼看被逼到了台角。已经退无可退，马宝心一横，以硬对硬，运起他的"金钟罩功"。当自以为得计的栾炭花狠命一腿向马宝的腰际横扫过来时，马宝硬接一腿。只听"梆、梆！"两声，刘博渊在旁适时解说：这叫"膝上栽花""轮身边脚"！

台下众人喝彩，就在栾炭花面露得意之时，马宝快步贴上，迅如闪电，肩撞肘击，连挤带打；不容栾炭花再起腿，马宝突然移步抢背，上步关着栾炭花双腿，一记劈山靠，顺势一个牵带；栾炭花还未醒悟，已被打起腾空，滚到台下一丈开外处，连腰上拴的蓝绸宽带也被摔扯开来飞了出去，非常狼狈。

在众人哗笑声中，德高望重的刘博渊当即举起马宝一只手，宣布马宝挑战成功，为本届擂台赛金章获得者，并激动地称马宝为十余年来未见之高手。掌声雷动中，台下一帮栾炭花的兄弟伙、烂滚龙上前扶起栾炭花，狼狈而去。

看打金章的人群中，没有一个他认识的，郑大冲这时就揭了墨镜。不意事情就来了，他的衣角被什么人扯了一下。他很恼火很警觉地看去，扯他衣角的不是刘从云是谁！刘从云手中也拿着副墨镜，显然是发现他后才揭去的墨镜，原来这家伙也是化了装的。他们四目相对，满眼都是意思：

咦，刘从云，你怎么在这里？你没有看见满街都贴满了布告，严啸虎在四处捉拿你？

特使！我到处找你，我有要事向你报告！

郑大冲以目示意，戴上墨镜，转身就走。

如同一个牵线木偶，刘从云也戴上墨镜，跟在郑大冲身后走。两人之间拉开一段距离，确信无人跟踪，两人脚跟脚来在了人迹罕至的后院，进到密林中，光线骤然黯淡下来。沿着密林中一条迤逶蛇行，长满青苔的青石板小道，来在一个之字形的拐角处，郑大冲站着了。这是谈话的最好地方，前后无人，又隐蔽，视线也好，他轻咳一声，跟在身后的刘从云会意，快步而来。

"很巧。"戴着墨镜，手中拄着拐棍的委员长特使看着面前也戴副墨镜的刘从云说："不意我们在这里相遇，你找我有什么事？"

"要事。"刘从云哑着嗓子，"我有关于刘甫澄不利于中央的秘密言行向特使报告。"

刘从云两手拄着拐棍，看着刘从云略为沉吟："你可有真凭实据？"

"有，当然有。"

"那好，这里不是谈话的地方。"刘从云小声小气地说："明天早晨九点，你在茶店子悦来茶馆等我！我带一辆汽车来，带你去郫县望丛祠详谈！"

刘从云道："好！"

说完两人分头而去，出了满带苍古气息，游人少到的后院，像两条鱼儿，很快融进熙熙攘攘的人海中，不见了踪影。

茶点子是成都西门外的一个小镇，离城仅有几里地，是成灌公路的必经地，交通要道，向来热闹。这天黎明时分，茶点子还裹在夜幕中沉睡，而临近公路的悦来茶馆已经开张了。夜的深处隐约传来噼噼啪啪一阵有节奏的声响，这是店小二在卸门板。很快，几星晕黄的灯光，从很有些纵深的茶馆里漾出来，很吃力地漾进门边的黑暗，一下就没了。而这时，吃早茶的老茶客们就陆陆续续摸黑来了，他们大都是本地人，而且大都是上了年纪的老汉，嘴上拗根叶子烟杆，咳咳耸耸地进来。只听桌子椅子乒乒乓乓一阵乱响，然后，他们就很舒服地坐在了一张张油漆斑驳的矮矮的四方桌后的竹椅上，二郎腿一跷，一边抽烟，一边互相打着招呼，等着泡茶。

夜幕和晨雾随着老茶客们涌进茶馆，吊在房梁上的两盏马灯，本来光线就微弱，门一开，微弱的光线一经放大，不堪敷用。这样，很有些纵深的茶馆里四下一片黯淡或是昏暗，只有正对着房梁上两盏马灯的几张斑驳的茶桌上有些灯光，这就让坐在马灯四周的老茶客们显得模糊。

一切都是昨天的翻版。也不需要茶馆老板麻老五夫妇如何的吩咐吆唤，店中两个小二都是熟手，他们已经各就各位，摸着了手中的活路。李四将写有"河水香茶"的大牌子摆在了茶铺外临街的阶沿上。这是第一功课。二十世纪三十年代，城乡之间都还没有用上自来水，各条河流的水也都清澈，茶馆泡茶用水，讲究河水为上，井水次之，而取自河心的水更好。悦来茶馆用水，都是一早由李四拉上大板车去茶店子几里路远的府河河心取来的活水。

"张大爷昨晚黑睡得可还眠实？"

"王三爸早！"

另一个会说话的小二张五，这时负责斟茶。他是有眼光的，一边招呼、问候着这些来吃早茶的茶客们中稍有身份的，一边来在老虎灶前。老虎灶上挂着几只被烟熏火燎得像黑色抱鸡婆的大茶壶。炉火熊熊，看有水开了，张五这就提起一壶鲜开水前去给茶客们泡茶。在广大的四川城乡间的茶馆，看技术熟练的店小二泡茶，简直是种艺术享受。

手脚麻利的张五就是这样。他右手提着把沉甸甸的大茶壶，左手将泡茶的三件头小山似的重叠起来捧在胸前，耍杂技似的。他一边挑声夭夭应道："张大爷的茶来了。"话声未落，人已旋风般来到。只听叮叮咚咚一阵脆响，一只黄澄澄的铜质茶船已经撒在桌上，不偏不倚，正对着坐在竹椅上的茶客张大爷或王三爸站牢，旋即，茶碗骑在了茶船上。随着张五身子微微往后倾仰间，大茶壶随着他握壶手臂的渐渐提升，一股清花亮色的鲜开水噗地一下，顺着他挽在手上的大茶壶那弯弯细细长长的壶嘴里射出来，像一股银线，端端注入碗中，碗底的一绺茶叶随着鲜开水的冲击而打起转来。随即，清新的空气中氤氲起茉莉花茶的茶香。在四川，成都人爱喝茉莉花香茶，重庆人爱喝味重些的沱茶。张五渐渐挺起腰身，收住茶壶之时，幺拇指一伸一扣，叭嗒一声，茶盖盖在了茶碗上，一碗盖碗茶这就泡好了。然后，张五提着沉甸甸的大茶壶，又挑声夭夭应着茶官们的吆唤，车身旋风般去了。

而这时，门外轰隆隆、轰隆隆声响，李四顶着最初亮起的曙色，拉着板车去府河取河心水去了，板车上睡着一个比人还长的扁圆的大木桶。

这时，天渐亮白，茶馆里人越渐多了，茶馆就显示了一条龙的服务性质，卖报的、卖黄糕的、卖花生的、卖香烟的，还有掏耳朵、擦鞋的，无不高声叫喊，穿行其间。茶客一天都可以不出门，舒舒服服，待在其间。一时，杂声盈耳，闹哄哄的声音像是要把悦来茶馆抬到天上去似的。茶馆里进来了一个人，他看临街的一张茶桌没有人，正中他意，这就坐了，要了一碗茶，也不韵茶，好像在等什么人。他是刘从云。这天他着一袭灰布长袍，眼睛上照例扣副墨镜，头戴顶博士帽，打扮得像个过路的生意人。茶馆里，这样的人多了，自然不会有人注意他。

他不时看表，时间还早。昨天郑大冲说好了，早上九点带车来，接他去郫县望丛祠详谈。现在七点都还不到，他内心有种度日如年的焦躁。昨天在青羊宫见到委员长特使后，一拍即合，他大喜过望，特意来茶店子找了家鸡毛小店胡乱住了一宿，就是为了等特使。昨晚一宿没睡，在木板床上翻过来覆过去，很兴奋很庆幸，想得很多。

在他看来，现在委员长特使就是他的一切。如果说他是阴沟里一片想翻过身来的篾片，郑大冲就是可以将篾片冲来翻身的水，如果说他是一根想上天的鸡毛，委员长特使就是送他上青天的风。他在思想上又将到郫县望丛祠后，必然要同委员长特使谈话的内容及中间的过程乃至若干细节都在思想上演习了一番。

自从那天他在家中上演了一出类似《水浒》中宋公明怒杀阎婆惜的闹剧，情急之下开枪打死小妾玉蓉，从玉蓉手中抢过笔记逃出家门，受到通缉之后，他就变了一个人。不，他已经不是一个人，而是一只丧家之犬，漏网之鱼。他之所以没有急着逃离成都，是觉得自己还奇货可居，还有东西可以卖一卖，他可以将手中那本笔记，高价卖给蒋委员长派来四川的特使郑大冲。

做了多年刘湘麾下模范师师长的刘从云，对刘甫澄与蒋中央的离心离德，以及背后玩弄的两面派手法知道得太多了，对于蒋中央与四川地方政府之间的矛盾也再清楚不过了。他知道，委员长特使随刘湘的川中政权移来成都之后，刘湘表面上对委员长特使备极殷勤热情，实际上却防贼似的。委员长特使表面上也是谨言慎行，循规蹈矩，实际上不那么简单。双方都是各怀鬼胎。他知道，委员长特使决不会窝在少城饭店里饱食终日，无所事事，他知道委员长特使要做什么，希望得到些什么。

刘神仙刘从云不是等闲之辈，他当然知道他手中掌握的这本刘湘秘密反蒋笔记的价值。因此，出事之后这么多天来，他一直担惊受怕地围着少城大饭店转。他像一个极有耐心的渔夫在钓鱼一样，希望平时深居简出的特使出门来。皇天不负有心人，这一天终于等到了。无疑，他手中的这本笔记，就是他咸鱼翻身的最后机会了，也是最好的机会了。

肚子里敲起了川北锣鼓，看了看表，八点过五分，他完全可以有充裕的时间去吃了饭再来的，可是他不愿离去。正好一个卖蒸蒸糕的小贩从他面前经过，他要了一笼四个雪白喷香的蒸蒸糕，就着茶水当早饭吃了。其间要小解，他都是跑着去的，可见他的心切。

他想一会儿，如此重要的情报与特使交换时，除了重金相谢外，特使还应该对他有政治上的许诺和安排才行，比如让他去南京某个要害部门当个高参什么的。

"卖报，卖《新新新闻》！"

"看刘自乾在雅安发表声明！"

报童的高声叫卖引起了他的注意，他从一个报童手中买了一张还散发着油墨香的《新新新闻》报，低头浏览了一下，并没有多少新的内容，主要是介绍刘湘、刘文辉叔侄在建西康省之事上的争执。在一个不引人注意的小角，有个小文章是说他的，引起了他的注意。标题是《刘从云刘神仙杀妻》，文章不长，却带有相当的想象，将他杀妻渲染得很具色相，他一边看一边在心里骂："格龟儿的，好像是老子的肠肠肚肚他都看到了似的，写得活灵活现的。"

只是文章最后一句："严司令啸虎正在督员四处捉拿该犯。"让他感到心惊肉跳的，于是他想尽快见到委员长特使的心更急切了。

他抬起头，这才注意到，一辆八成新的黑色福特牌小轿车无声地驶来，戛然一下停在他前面的街上。他是一个有命案的人，一惊：莫不是抓我来了吧？而这时轿车的窗玻璃摇下，他一下就看清了，车里只坐着戴着墨镜的郑大冲一人，特使向他招了招手，开了车门。他喜不自禁，逃似的赶紧站起来，上前两步，袍裾一撩，上了车。

一路上，两人沉默。好在郫县望丛祠离成都不过三十多里，很快到了。它离郫县县城有四五里，孤零零地矗立在一片葱绿色的原野上，矮矮的一圈红泥围墙，里面很是恢宏。车停在门外，进了庙宇，司机说，望丛祠他是第一次来，可不可以四处转转看看？特使说："师傅随意，等一会到茶铺里找我们，我们吃了午饭回去。"

望丛祠是古蜀国开明氏望帝和丛帝的陵寝葬地。祠内的崇楼丽阁、小山、梅林、竹园、小径、水池，移步换景，层层相叠，极有沟壑。只是远离市区，少有游人，于一派青葱恢宏中显出一种无言的沧桑和破败。望帝和丛帝陵寝是祠中精华，像是一条在大海中潜泳的蛟龙耸起的龙背。踏着石阶，上得小山。被游人踩得光秃的龙脊两边，在遍生的苍松翠柏之间，丛生着一些秀竹、宽宽翠绿的龙柏，郁郁葱葱。正好一阵穿林风过，枝摇叶摆间，郑大冲用手按着被风撩起的长袍，笑道："这地方风水真是不错，虎啸龙吟。只是怎么没有杜鹃啼叫呢？不是说，望帝和丛帝死后化为杜鹃，每到春播时节都要提醒他们的子民，'布谷、布谷'从早叫到晚，直叫得口角流血？"

"特使真是渊博。"刘从云乘机阿谀奉承，却又笑道，"时序未到，到了春播时节，这里的杜鹃叫得最为欢实。"

特使四顾频频，指着山下不远处一湖边茶馆："这望丛祠就只有这一家茶馆吗？"刘从云理解他的意思，指着山下竹林掩映中一座两层的，楼檐角飞翘的比较精巧的建筑物说："这是望园，比较上档次，里面卖饭也卖茶，上面有雅间，我们去吧？"

郑大冲说："这样最好。"

他们进了望园，上楼，要了一个雅间，要了茶点。小二替他们关上门后，郑大冲用手剥着瓜子，并不看坐在对面的刘从云，说："你不是说有重要的事吗，你就说吧！"

"好。"刘从云坐直了身子，"我想先给特使汇报四川几个主要军阀背着中央，在下面搞他们的核心政治组织的情况。"

"好。"郑大冲果然来了兴趣，他交代，"其他的人不多说，主要说刘湘。"说时，随手掏出了纸笔，准备记录，显出郑重。这一切都是预想中的，刘从云心中高兴，想，一会儿我抛出刘湘的钢鞭，这姓郑的还不知如何喜出望外呢！

"在四川，这些核心政治组织，主要有刘湘的'武德学友会'、刘文辉的'学友互助社'、田颂尧的'尚志社'、邓锡侯的'眉（山）保（宁）浮（图关）成（都）同学会'。"郑大冲记了两笔，停下来不记了。刘从云会意，马上说："其中，尤以刘湘的'武德学友会'组织严密，'武德学友会'是刘湘二十一军的灵魂、纽带。是1919年，刘湘刚刚发家，任川军第二师师长时组织的。成员绝大多数与他一样，是四川速成学堂毕业，官阶起初都是旅长以上高级军官，以后逐渐向下，发展到连一级军官。因此，'武德学友会'越渐庞大，刘湘用这些人为骨干，起先在合川办了一个军官传习所，也就是一个军官训练班，专门培养忠实于他的中下级军官，后来一般称这个传习所为'传帮'。"

"传帮？"郑大冲边记边问，"这很像一个会道门组织嘛，你说你继续说。"

刘从云继续"汇报"下去："到了1925年，步步高升的刘湘任四川军务善后督办兼国民政府第二十一军军长时，'传帮'中的不少人已是二十一军中坚。刘湘就以'传帮'中的人物为班底，在重庆组织了'武德学友会'，会址设在重庆后伺坡一个独院内，主要负责人有：钟体乾、傅常、张斯可、乔毅夫、张龄九。下设干事若干，有郭昌明、潘文华、刘树成等。这时，刘湘的全部军官，都已经是"武德学友会"会员，每个会员须按月缴纳会费。这个组织日常事务有两项：一是联络所部军官情谊，如驻防外地的军官回到重庆，就由干事出面请吃饭，解决一些具体问题；二是办好《武德月刊》，会员们撰文在刊物上发表，既谈军事理论，也探讨政治时事。刊物上经常刊载刘湘的文章。

"二刘之战后，刘湘到了成都，'武德学友会'也迁到了成都，一如既往地开展工作，刘湘对这个组织极为重视。经他多年的经营，'武德学友会'在二十一军无孔不入，现在不仅在二十一军，甚至在四川军界，进不进'武德学友会'，往往就决定了一个人的前程命运。"

"你进'武德学友会'了吗？"郑大冲问一句。

"进了，不能不进。"刘从云想想，又不无得意地说，"不过，对于我来说，这也是彼此的，在二十一军，凡是军官不能不进入刘甫澄的'武德学友会'。但是，在四川那么多军队中，所有的团以上的军官，却也都是入了我的门的。"这一点，作为委员长特使的四川人郑大冲岂有不知的？

可惜，刘从云刘神仙的这种种荣耀，已经成了过眼烟云，这会儿他已经成了在逃犯。委员长特使要他继续说刘湘的"武德学友会"。

参加"武德学友会"，刘湘规定，必须有两个会员负责介绍，经刘湘亲自批准后还要宣誓。誓言是："余誓以至诚，拥护会长（刘湘），忠于团体，服从命令，遵守纪律，严格保密，努力工作。如有违反，愿受处分（以下各自列项，大致是从开除到枪毙的各类过失及处罚）。"

刘从云不无冗长的叙说完后，郑大冲啪的一声合上了黑皮笔记本，看着刘从云，眼睛中流露出凝想、探询的神情："你这些情况，对我们还是有些参考作用的。不知你手中还有没有钢鞭？我想，你不会就掌握这点东西吧？"说时，用手中的派克金笔在他已经合上的笔记本上敲打了两下，"你这些毛毛草草的东西，还算不上情报，也没有太多的价值。我们需要的是情报、情报！"这里，特使不仅把话挑明了，而且强调了"情报"二字！特使看着一脸落魄相的刘神仙，眼睛都不眨一下。

刘从云已经无路可退了。他从身上摸出了那本宝贝笔记，翻开，拍在特使面前，身子前倾，不无讨好，也不无得意地说："我有情报，而且是重要情报。为了这个情报，我连命都差点搭进去了，这里面详细记载了刘甫澄这些年来同中央离心离德，另搞一套的所有一切。"

特使伸出手，一把抓牢笔记，像是深怕刘从云反悔，收回笔记似的。他将笔记拿过来，贪婪地俯下身去看。笔记很长很具体，委员长特使那贪婪的目光就像照相机似的，又像钉子，在笔记上过得唰唰的，一字一句都恨不得吞下肚去。

"好！"约半个小时，郑大冲看完，在桌上猛拍了一掌，"好！"又拍一掌。说着，从身上摸出一本支票，填了一张五千元大洋的额度，撕下来交给刘从云："笔记暂时留给我用一用，这是我给你的第一笔情报费。"

刘从云惊住了，看着特使："特使，莫非这五千元就把我打整了吗？"

"那倒不是。"特使会意地说，"我知道你要什么，先是要保命，后是要钱要官，对不对？"

刘从云哼哼干笑两声，算是默认。

"这样。"特使打明叫响地说，"我现在是孤家寡人深入虎穴，你的安全我无法保证，你只有自己注意。至于下一步的要钱要官，我看没有问题。但我得将你这个'宝'交上去，让我的上司验明正身，你说是不是？所以，我现在只能给你第一笔情报费，嗯？"

刘从云想了想，是这个道理，可怜兮兮地连连点头，说："全靠特使看顾。"伸出手收了支票，作拱打揖。

接下来，委员长特使问刘从云对下一步有何打算？刘从云很有所指地说，他想在政治上有所发展！

"那要看你自己的实际行动了。"

刘从云懂得起特使的意思，这就说："我想在川内暗中发展一些成员，为中央入川做些准备工作。"

"是些什么人，不会又是些一贯道徒吧？"

"不是。这些人就是特使昨天在青羊宫看打金章时看到的栾炭花那帮人。"

"你对他们有办法？"

"有。"

"好吧。"特使夸奖了倒霉透顶的刘神仙两句，"我晓得你在这些方面有些办法。不过，我要提醒你，你要谨慎从事。"并对他再三嘱咐，你是命案在身的人，成都警备司令部到处张榜拿你，像你昨天那样到青羊宫找我是相当危险的。”

刘从云辩解："我是一直在少城饭店转，把特使吊准了才来的。"又很自负地说，"成都警备司令部那帮酒囊饭袋，要拿我，没有那么容易。娃娃们同老子耍手腕，还嫩了些！"

"好！"郑大冲说，"今天的谈话就到这里吧！"

看特使就要收刀捡卦了，刘从云赶紧问："以后我有要紧事请示特使，怎么找？"

"不要找我。"郑大冲神情俨然地说，"有事我找你。别看我是委员长特使，刘甫澄他们对我另眼相看。其实，他们对我防贼似的，在我下榻的少城饭店里，他们就给我安有尾巴。"

"人海茫茫，我闲云野鹤一只，行踪不定，特使到哪里去找我？"

郑大冲哈哈两声："你刘神仙小看我了不是？你这么些天的行踪，我掌握得清清楚楚的，比如昨天晚上，你就宿在茶店子旅舍不是？"刘从云心想，他既然是蒋委员长的特使，肯定是手腕通天的。而且，听说戴笠那小子的蓝衣社已经渗透入川，蓝衣社神出鬼没，这个郑大冲难道与蓝衣社没有联系？刘从云这样想时，点点头，说好；又可怜巴巴补充一句："反正要请特使多加关顾。"

"那没问题，没问题。"委员长特使大包大揽。

然后，郑大冲让小二来，送上菜单点菜，这时恰好司机也算好时间来了。

委员长特使办招待，一顿午饭吃得很舒服，菜很丰盛。

坐落在成都西郊三洞桥畔的"带江草堂"，是家有名的菜馆，鲢鱼做得之好，有口皆碑。问渠哪得清如许，为有源头活水来！这家老板慧眼独具，就地取材，截取浣花溪三洞桥到餐馆处约五百米的一段活水，两头筑上篱笆，水中沃的大都一斤来重活鲜鲜的鲢鱼，客人来了，现捞现做，加上多年独到的烹饪技术，鱼没有不鲜美的。带江草堂在建筑上也有特色，一楼一底，茅竹芦舍，门前斜插着一幅古色古香的幌子，显得特别的雅致，走近这里，就像走进了唐诗宋词。因此，带江草堂，是成都文人们最为青睐最喜欢聚会之地。尤其是在春和景明的日子，明月皎皎的夜晚，这带江草堂生意好得出奇，往往要营业到深夜。可到了冬天，就是另外一番景象了，显出萧索。四川是个盆地，省会成都就是盆底。冬天，成都的天色总是压得很低，阴云漫漫，连月不开，故有蜀犬吠日一说。冬天，成都平原偶尔出个太阳，狗们看到不高的天上，挂着一轮红通通的太阳，感到惊异，不知是何物，因而吠叫。带江草堂的顾客既然主要是文人，而文人们都多愁善感，很讲究时节心绪。到了冬天，文人们没有到这里来聚会的雅趣，因此到了冬天，就是带江草堂的淡季，一般到下午五六点钟就关门打烊了。

可是，这个冬日的夜晚有些例外。天黑了，西郊的田野和田野上稀疏的人家，都早早瑟缩在了如漆的夜幕里，只有从浣花溪方向传来单调的汩汩声，这就越发显出夜的深和冷。然而，坐落在三洞桥畔的带江草堂这晚却在营业。奇怪的是，楼下一层漆麻打黑，楼上一层却是灯火闪烁，所有的窗户又都紧拉窗帘。楼下有三两个人，幽魂似的在巡视、游荡，显得很有些鬼祟、神秘。

刘从云刘神仙这晚在带江草堂，请客，他要与栾炭花一帮三十六人举行结拜仪式。因为要避人耳目，他特意选择了这样相对冷僻的地点，这样的时候。当然，他给带江草堂是付了大价钱的。

"弟兄们可都到齐了？"坐在楼上一间不大的贵宾室里的刘从云，不知为什么，显得有些心神不定和着急。晚七时左右，当栾炭花走进来时，他看了看表，问。

"齐了，大哥。"栾炭花叫他"大哥"，随即手一比，"请吧！"

刘从云由栾炭花陪着来在大厅，人都到齐了，黯淡的灯光中，这些人围坐了四桌。等一会儿，举行了结拜式后，他请他们在这里吃饭。

"好。"谙熟地痞流氓结交方式的刘从云，数了数人头，说，"就开始吧！"这就引栾炭花等三十六人过到隔壁一间权作香堂的笺花厅。已经布置好了。香堂正中挂一张关圣帝君神像，神像下的神龛香案上点一排大红蜡烛。这方面，一贯道点传师出身的刘从云是有经验的。他这是要仿昔日梁山泊好汉三十六天罡星，七十二地煞星，共一百单八将忠义厅金兰结拜式，先来个三十六天罡星金兰结义。

结拜仪式分四批进行，每批九人。第一批，刘神仙让栾炭花等九人填了金兰谱，开具了生辰八字、祖宗三代，然后齐齐跪在关圣帝君像前，从刘神仙开始，分别报名毕，他领着大家宣誓："今与众家兄弟，愿效桃园结义结为兄弟。虽非同年同月同日生，但愿同年同月同日死。从今结拜以后，誓愿效忠，团结弟兄。如有不忠不孝，上不认兄，下不认弟情事，有如此香！"说着，用手将一支香折为两段。然后率先端起地上的一碗鸡血酒，一饮而尽。跪在他身后的九人齐声应道："转祸成祥。"也端起鸡血酒来，一饮而尽。

如此进行到最后一批九人时，只听楼底下一声惊呼："不好，严啸虎的人来了！"

随即，楼上楼下一片躁动，惊呼声、脚步声轰轰传来，像天垮了似的。刘从云情知不好，飞起一脚，踹灭蜡烛，拔枪在手，一个箭步来到楼梯口，向楼下开了一枪。"砰"，正往楼上冲的警员中有人中枪，一声惨叫。

"砰、砰、砰！"警员开枪还击，楼上灯光完全熄灭。异常混乱中，刘从云飞身而上，跳上一张临窗的桌子，一把推开窗子，纵身而下，立刻融入了黑夜。

与此同时，楼上有人惊喊："不要开枪，我们投降。"执枪在手的警员们，这才探头探脑地接踵而上。

上楼来的几个警员，看楼上三十多个人，像顾头不顾尾的秧鸡四处躲藏，他们用枪指着这些"秧鸡"，高声大喝："跪下、统统跪下，身上有家伙的甩出来，双手抱头！"

随即有手电筒光射来，发现其中没有刘从云。"刘从云呢？"一个着便装，手拿一支张开机头的可尔提手枪，个子瘦高，像个小头目的麻子感到有些意外，走上前来，大声喝问，"哪个是栾炭花？栾炭花站起来！"

用手抱着头的栾炭花，在电筒光的照射中战战兢兢站起来。

"你虾子就是栾炭花？"麻子喝问。

"是是是，长官，不关我的事。是刘从云刘神仙请我们来的！"不意那天在青羊宫打擂赛上那么横跳马绊的栾炭花，这会儿见到这个阵势却如此软蛋，架势推脱责任。

"刘从云呢？"钢筋火溅的麻子大声喝问，手中的可尔提手枪一挥。

"他从这里跳下去了。"栾炭花上前，指了指打开的窗户。

麻子冲到窗前，往外一看，外面一片漆黑，犹如一口黑咕隆咚看不透的深井。

"狗日的跑得快！"麻子骂了娘，手枪往外一甩，"砰、砰、砰！"麻子朝黑咕隆咚的窗外甩了一梭子子弹。

"把这些龟儿东西统统给我绑起来，押回司令部审讯！"恼羞成怒的麻子一边吩咐楼上的警员，自己带上两个警员快速下楼，绕到后面，拧亮手电筒一路寻去，哪里还有刘神仙的影子？只是地上有一丝血迹，显然这是刘从云刘神仙受伤留下的。可是，循着这丝血迹寻去时，很快没有了踪影。漆黑的夜幕中，空旷的田野，汩汩流淌的小溪，溪边那些麻柳树被寒风吹得像披头散发的女鬼，发出阵阵凄厉的呼啸。刘从云刘神仙逃掉了。

刘从云从此销踪匿迹，渺无踪影。他以后是死是活，是继续混迹江湖，还是隐姓埋名了此残生，不得而知。

- 第八章 -

天上地下，机关算尽

专机像一只巨大的鲲鹏，在成都近郊的龙泉驿机场起飞后，扶摇直上；飞到六千米高空，调正机头，像一道闪电，穿云破雾，向着南京方向飞去。

从高空看大地，起初看得真切。如诗如画的川西平原上星罗棋布的田野、蜿蜒的河流、一个个墨染似的村庄，清晰可见，顺着机翼快速往后掠去。到了简阳那一汪翡翠般的三叉湖后，飞机爬高升入云层，机窗外一片云遮雾障，就什么都看不见了。当专机钻出云层后，展现在视线中的是巨大浩瀚的苍穹，蓝天高远，一碧如洗。团团白云在机翼下翻滚，像朵朵绽开的银棉。

刘湘端坐在舷窗前，长久地凝视着窗外，浓眉紧锁，心事重重。他这是奉命进京。身兼数职，独揽了四川军政大权的他，这是第一次进京面对面地同蒋介石打交道。他长久地凝视着窗外变幻的风景，似乎想从中找到某种答案。陪他进京的四川省政府秘书长邓汉祥及委员长特使郑大冲等，都坐在后面一个统舱内。

刘湘这会儿觉得难得的清静，是一种脱离了一切羁绊后的清静，相当难得。望着舷窗外逐渐变幻的景致，他不由得想起了刘禹锡的诗："东边日出西边雨，道是无晴却有晴。"这样的景致，不正像变幻的川中局势吗？他处于一种观想深省中。

幺爸刘文辉恍然站在面前。他好一阵吁叹，幺爸，我算是对你仁至义尽了。当年，你在保定军校毕业后无从落脚，四顾茫茫，当时我是川军两个军长的一个，是我收留了你，不仅收留了你，以后又是如何多方照顾你？让你当独立师的师长，将最富庶的地盘叙府（宜宾）划给你单独经营，你又让你家老五（刘文彩）出来帮你经营钱财，真应了这句，一人得道，全家升天。你们一家就由于你，发了，发得一塌糊涂。当然，从心里说，幺爸也是有本事的，特别在人际关系上。当下级，你善于体察上司心事，说话做事多得上司欢心，屡获升迁。当你的势力到了一定程度后，又能审时度势，操纵各派力量，以四两拨千斤的妙手连连得势，让事业不断发展壮大；数年之内势力大长，当上了国民政府二十四军军长，同我刘湘并列为川中双雄，形成东西峙立之势。然后幺爸就翻脸不认人了，今天打这个，明天打那个。二十九、二十八军军长田颂尧、邓锡侯是你多年的保定军校老同学，说好了三军共管成都，结果呢，你先是同田颂尧打成都巷战，把田颂尧赶了出去，接着同邓锡侯打毗河之战，不可一世，天怒人怨，最后又怎么样呢？在我的"安川之战"中，被打得弱弱而败，退到雅安，如果我刘甫澄不念亲情，幺爸你能有今天？

可是幺爸得寸进尺，真是讨口子（乞丐）还嫌稀饭馊，你太不知趣了，在筹建西康省的问题上抠起，非要将适宜种植鸦片的大小凉山划给他，你才肯建省，倒像是我在求你似的。

就在他进京前夕，昨晚幺爸打来电话，大言不惭地说，甫澄，你这次进京，就西康建省事，你可不可以在老蒋面前提一提？他当时就笑了，说，只要幺爸不提要大小凉山事，好说得很。咔地一声，幺爸话未听完，就将电话挂了。刘自乾呀刘自乾，你不过就是辈数比我大些，论年龄，我还比你大四岁。你要使气就使气吧，俗话一句说得好，皇帝不急太监急，幺爸你这个人硬是好笑得很。我干脆不理你！

幺爸可以不理，但是老蒋却不能不理。老蒋这次召他进京，实际上就是要同他谈派中央军入川事。哼，想得好，我能同意吗？一个成语不禁从脑海中闪过，这岂不是"与虎谋皮"？虽然这话有贬义，但意思是准确的。事前，老蒋就做给他看了。月前，他"围剿"川北通南巴红四方面军失败，颜面丢尽。含羞带恼的他立即向老蒋请辞四川"剿匪"总司令职。老蒋给他来了两手，一方面来电竭力安慰他，要他收回成命，而就在他重新就任四川"剿匪"总司令职之际，老蒋却又来电谓："查二十九军军长兼川陕边区'剿匪'督办、四川'剿匪'军第二路总指挥田颂尧失职，着即免去本兼各职，听候查办；所有部队责成该军副军长孙震收容整编，孙震记大过一次，戴罪图功。"

这就是敲山震虎了。田颂尧同刘存厚这样昏聩的军阀不同，如果不是年前田颂尧被幺爸卷入成都巷战抽不开身，他在川北的部队打红军还是相当有力的。况且，田颂尧同他关系不同，一直明里暗里就是他最亲密的同盟军。你老蒋拿掉田某，实际上就是在拆我的台，是在做脸色给我看呀！

历史上，没有任何一个政治力量，没有任何一个人可以同老蒋共事始终。老蒋在整人上很有手段，就像吃甘蔗，一截一截地来。现在，红军远去了，老蒋要对四川下手了。他知道，这么多年，老蒋一直想把四川拿过去。

他想起了月前发生的一幕。当时，中央红军四渡赤水，在云贵川之间一路游动，兵无常势。十万中央军在薛岳指挥下，不怀好意地将红军朝四川境内驱赶，目的是让川军与红军火拼，他们好坐收渔人之利，歹毒之至。而他采取的对应办法是：如果红军只是路过四川，他不拼命，但如果红军要谋四川，那他就只好拼命了。结果，红四方面军与中央红军会师于懋功后，张国焘突然杀了个回马枪，率部占天全、芦山，一直打过雅安金鸡关，再下名山，过百丈，直逼邛崃。邛崃如果一下，就完全是一马平川无险可守的成都平原了。他只得拼命了，亲自赶到邛崃前线指挥作战。并让邓汉祥赶来邛崃，嘱咐他在成都立即组织警备部队、警察武装和民团，抢时间修整城垣，做好保卫成都的准备。这时，老蒋趁机插手了，一日数电，要派中央军入川，协同川军作战。可是，他坚决不同意。他清楚，中央军入川，那就是请客容易送客难了。当时，他一心顾两头，心情真是紧张到了极点。

好在他拼尽全力，终于夺回了百丈、名山两个战略要点，逐步控制了名山、邛崃一线，堵住了张国焘的东进路线。然后，红四方面军撤退西去。

日前，蒋介石来电，表面上很客气，说是：邀甫澄兄进京，有国是相商。真是嘴里说得蜜蜜甜，心里揣把锯锯镰！商量什么？你老蒋无非是变着法子让我同意中央军入川。虽然一时想象不到老蒋会使出些什么手段，但前面处处是陷阱，这是肯定的。南京，他从心里不想去，但又不能不去！

蒋介石诡计多端，连号称"多宝道人"的幺爸都不是他的对手，在他面前躲过。那么，我一个打仗出身的刘甫澄能搞得过老蒋吗？想到这里，他心里有些发虚，他想找足智多谋的省政府秘书长邓汉祥来谈谈。

心到手到，刘湘按了一下铃。

如影随形的贴身副官张波来了。

刘湘吩咐副官："你去看看邓秘书长现在方不方便，如果方便，请他过来一下。"

"是。"副官领命去了。

邓汉祥进来了。

"鸣阶，请坐。"刘湘很客气，用手指了指对面可以放下当床睡的长沙发。就在邓汉祥落座时，专机往下扯动了几下。

见多识广的邓汉祥说："飞机过秦岭了。"说时，唰地一声拉开了手中的大折花纸扇。

"有这么凶吗？"刘湘以往对这样的细节从没有注意过，见邓汉祥如此说，就问："飞机过秦岭，都要被秦岭往下扯动一下？"

"是。"邓汉祥说，"这是强气流作用的原因，要不怎么叫八百里秦岭呢！巍巍八百里秦岭高耸入云，隔断了南来北往的风霜雨雪，让四川成了天府之国。让四川与一山之隔的陕西在气候与物产上都大相径庭。"

刘湘似有所感，叹了一口气："只怕巍巍八百里高耸入云的秦岭，能隔断自然界的风刀霜剑，却隔不断南京袭来的政治寒流啊！"

"是。"邓汉祥看了看刘湘，点点头，心领神会，将手上的大花折扇唰地一声又合上。

"鸣阶！"刘湘看着邓汉祥，忧心忡忡地说，"你看，老蒋这次让我进京，目的何在？"

"不外有二。"邓汉祥说时，唰地拉开大折花扇，竖起两根拇指，一一道来："一、老蒋当面往甫公脸上打粉，给甫公戴高帽子，表示对甫公绝对信任。谓：川事军政都由甫公一人负责到底。这是将欲取之，必先予之。"看刘湘点头称是，邓汉祥继续说下去：

"二、老蒋唱了好听的，这下就要来实际的，他会老调重弹，挽死挽活地缠住甫公谈中央军入川事。这是老蒋以往多次提过，甫公都是没有答应的，却是老蒋梦寐以求的。"

"那不行！"刘湘像在同谁怄气，理屈词穷，很生硬地这样一句，脑壳硬起。想了想又问："你估计他一开始就会这样直接提出来吗？"

"那倒不会，我估计他会变着法子挽着你谈这个事情。"

"难缠！俗话说软索能套猛虎，我最怕这点。鸣阶，你说该咋办？"

"我看也好办。"

"好办？"刘湘的身子向前倾了倾，做出一副愿闻其详的样子。

"委员长有个弱点。"邓汉祥对蒋介石一时称老蒋，一时称委员长，说时将折扇收起，手中一点，"老蒋是军人出身，火暴脾气，他吃软不吃硬，好面子，怕拖。如果委员长对甫公当面提出这个事，我建议甫公不必硬顶，不然他下不了台，事情容易弄僵弄糟。最好的办法是，使他一个拖刀计。"

"拖刀计？！"

"对，拖刀计！"邓汉祥一下子将话宕了开去，"不知甫帅听说过没有？先总理孙中山去世后，国民党上层流行一个说法，党内的三个大佬：蒋介石、胡汉民、汪精卫是三种完全不同的性格，三种完全不同的处世为人。性格即命运。因此，他们三人也就有三种不同的命运。这从他们的谈话方式上就可以看出来。"

"哟，还有这一说？没有听说过，你说来听听。"刘湘显得很有兴趣。

"国民党上层流行的说法是，同胡汉民谈话，只有他说的，没有你说的；同蒋介石谈话，只有你说的，没有他说的；同汪精卫谈话，各说一半。从这里可以看出，胡汉民性格刚烈，好为人师。原先在国民党内，胡汉民资格比老蒋老，年龄也大些，他对老蒋向来是直呼其名，最多叫介石，简直就是长辈对小辈。可是，老蒋大权在握后，胡汉民还是这样颐指气使，情况就不一样了，这也是以后蒋介石囚禁胡汉民的原因之一。蒋介石向来沉默寡言，只做不说，手中把枪杆子抓得很紧。汪精卫最善交际，而最善交际的汪精卫，虽然表面上职务很高，但手中没有实权，这也是汪精卫多年来同老蒋明争暗斗总是失败的原因。"

"是的，是的。"刘湘看来深受启发，他连连点头，"这话中肯，中肯！所以，我们也要握紧自己的刀把子，只有把军权抓紧抓稳，这才是真精灵！"说时，又问，"鸣阶，你刚才说在老蒋面前使拖刀计，你还没有说完，请说下去。"

"老蒋若在甫公面前提到中央军入川事，甫公不妨做出焦眉愁眼，绕室徘徊的样子，说川中形势复杂，牵一发动全身，一言难尽。给他来个既不答应，也不硬顶。说川中若干具体事情都是我邓汉祥在办，尽量把责任往我身上推，提出让中央派人同我具体谈。这样一来，老蒋肯定会派他的智囊人物、外交部部长张群，可能还有杨永泰出面同我谈。如果是这样，事情就好办了！"

"怎么就好办了？未必张群因是我们四川人，就会对我们打让手吗？他是老蒋的红人，历史上同老蒋关系很深，跟老蒋亦步亦趋，他不会因为是我们四川人，就维护我们的。杨永泰这个政客就不用说了，他是广东人，跟老蒋也紧。下来谈，只不过拖延一些时日而已吧？"

"杨永泰好办，不过是个配盘，主要是张群。张群这个人跟老蒋是紧，但这个人性格上有个特点，也是弱点，就是极善于和稀泥。他有'华阳相国'之称，也有'高级泥水匠'之说。还有一点，他是个孝子，他的八十老母现住在成都老家，在我们手里，随时都要我们照应。如此种种，张群何必得罪甫帅呢？何必得罪四川呢？他只要说得过去，两边抹平就行。我们可以利用他同老蒋的特殊关系，让他在其中转圜。只要把张群弄转了，事情就好办了。对他，我还是有信心的。"

听邓汉祥如此一说，刘湘心中释然了许多，他拍拍沙发臂："走前，省谘议局局长兼成都大学校长，我的老上司张澜找到我，要我搞'川人治川'，我认为很好，这个，不知你有何评论？"

"'川人治川'当然好，我们搞的难道不正是如此吗？"邓汉祥浅浅一笑："但依我看，这个口号决不能提。因为这正是老蒋的心病，如果亮出来，正是授人以柄！"

"说得好、说得好。"刘湘高度赞扬了邓汉祥的智慧，原先焦躁不安的心，这会儿释然了。大人物做事有时也挺小儿科的，刘湘高兴了，这就变着法子要给秘书长以某种褒奖，他看了看摆在面前茶几上大果盘里几个又大又红又香的茂汶苹果，随手拈起一个递给邓汉祥："这是茂汶给我送来的苹果，不知你吃过没有？"

邓汉祥接过，说没有吃过。看手中的苹果，确实是又大又红，闻着特别的清香。

"这苹果特别好吃，又香又甜又脆。也怪，这种苹果是产在茂汶县城周围十五里范围的最好，离县城越远，苹果的口感就渐次差了去。人们都说烟台苹果好，其实哪有我们四川的茂汶苹果好？这苹果不要说吃，就是放在抽屉里，整间办公室都是香的。可惜产在茂汶县里面的山沟，运不出来。我们四川的好东西多呢，好些都是养在深闺人未识。"刘湘说时又是一声呼叹："我这个四川省政府主席，上任伊始，正说要好好抓抓国计民生，修修路什么的。可是，事情这就来了！"无限的惆怅尽在其中了。

邓汉祥虽是四川省政府秘书长，走南闯北，见多识广，可从来不知道茂汶苹果是咋回事。他想，这苹果肯定是驻松理茂的哪个军官带出来送甫帅的。苹果是洗过的，看着爱人，就笑："甫帅，我就吃了？"

"你吃，你吃。"

邓汉祥这就"吭"地咬了一口，惊讶得张大了嘴："这是啥子仙果？这么嫩、脆、甜，这么好吃？我看，就是当年孙悟空大闹天宫时吃的玉帝的蟠桃，也不过如此吧！"

刘湘哈哈大笑："要不，怎么说我们四川是天府之国呢？要不，老蒋怎么千方百计要把手插进来呢？要不，我们四川打了这么多年内战，咋没有一个军人是眼朝外而都是眼朝内呢？"

"也是，也是。"邓汉祥津津有味地吃着茂汶苹果，对刘湘的苦衷，越发有了感同身受。在他看来，刘湘在他的辅助下，上任伊始，实行新政，卓有成效。比如，省府实行合署办公，既增加了办事效率，又减少了冗员。省府将全省划为十八个行政督察区，各区设行政督察专员，工作一竿子杀到底。其中，重要的设置是编查保甲。在农村，以十户人家为一甲，十甲为一保，设保长，实行联保连坐制。即，如有人发现共产党不检举，一家受罚，九家连坐。此外，明令取缔哥老会，收缴民团枪支；延揽社会各界知名人士，设"四川省设计委员会"和"四川省公务员资格审查委员会"，特别聘请张澜、尹昌衡、邵从恩等名人加入两会，装点了新政府门面。又开设了四川省政府县政人员训练所和军事干部、保甲干部、财会、统计人员训练等多种训练班。这样一来，时间虽然不长，大大加强了省政府的权限和凝聚力。在他看来，刘湘这一届四川省政府比历史上哪一届都要有力量，办事都要有效率。这是人们公认的事实。当然，公费开支也比以往任何一届都庞大，特别是军费开支过大，让川人不满。

邓汉祥看了看表，又掉头朝舷窗下看了看。这时，飞机已经飞到了辽阔的江汉大平原上，江汉大平原上茫茫一线的长江隐约可见。

委员长夜来睡眠不好。

夜里快十二点钟，在夫人催促下，蒋介石才睡下，但心中有事，尽管闭上眼睛，想尽种种办法入睡都不行。好不容易进入半睡眠状态，似睡非睡中，不到四点钟又醒了。这下就再也不能入睡，又怕翻身。睡在身边的夫人虽然向来睡眠好，但翻过来覆过去也容易把她弄醒；委员长便两眼看着漆黑的夜幕想心事。

"当、当、当……"就在委员长躺在床上凝思默想时，外屋的自鸣钟敲响了五下。钟声悠悠，声音很轻，但夜静如水，委员长听得很清。

"我该怎样接待刘湘呢？"钟声落尽，蒋介石的思绪转到了马上就要面临的现实问题上。蒋介石虽然并不善于言辞，但在处理人际人事关系上，也是其中高手。四川不是一般的省。作为四川省政府主席的刘湘进京，当然也就不能等同一般的省级官员对待。他决定礼贤下士，今天一早偕夫人去机场接刘湘，让他感到别样的恩宠。接下来的种种细节在委员长脑海里迅速演绎，就像一条铁打的链环，一环扣一环，环环紧扣，委员长对此行套牢"四川王"，让刘湘听说听教，皈依服法还是有信心的。

现在是一个空隙，也是一个最好的机会。日本人的事情可以先放一放。被他视为洪水猛兽的红军，现在终于被困在了地瘠民贫的陕北，人不过三万，他让少帅张学良率东北军、西北军"围剿"，彻底铲除红军不过是早晚间的事。要紧的是解决四川问题。四川问题一天不解决，四川一天不拿到手，他一天不安心。说俗点，没有四川，犹如没有屁股，没有屁股，就坐不下去，人都要累死，还谈得上做什么事？机不可失，时不我待，机会转瞬即逝。得抓紧，而只要把刘湘弄好了套牢了，四川问题也就迎刃而解了。

思绪悠悠中，外屋的自鸣钟响了六下。卧室的窗帘虽然拉得紧紧的，但熹微的天光映在窗帘上还是愈来愈看清了。蒋介石没有睡懒觉的习惯，他再也躺不住了，轻身起床穿衣跋鞋，到隔壁做祈祷去了。同宋美龄结婚后，他就信了基督教，而且表现得很虔诚，周年四季都是晨光熹微时起床去隔壁做祈祷。

当委员长做了早间功课过来时，宋美龄已经起床。室内落地式玻璃窗上的玫瑰色窗帘已经拉开，夫人的贴身女佣王妈显然已经来做过清洁了，猩红色的地毯上一尘不染。摆在屋子正中的那张大席梦思床上，两床鹅黄色美国绒毯折叠得四棱四角。一溜靠墙，刻着西式无花果图案的书柜、橱柜也都擦得亮锃锃的。夫人坐在窗前那个从美国进口的、淡蓝色的上下几格摆满了各式各样的化妆瓶、盒的梳妆台前，拿着一管口红往嘴唇上抹。从镜子里看委员长进来了，夫人微笑着，转过身来说："你看我穿这一身去接刘湘合不合适？"

委员长不由眼睛一亮。夫人今天打扮得真是漂亮极了！她穿的是一身黑色的宫缎旗袍，襟头绣有一只白色的凤凰。戴在左手无名指上的钻石戒指光芒四射，白胖的手臂上，还戴着一只碧绿的翡翠镯子，这就和戴在耳朵上的翡翠耳环交相辉映。她的左鬓插有一朵红花，身上洒了不少美国香水，两三丈外就可以闻到一股浓郁的香味。

"合体、很合体，这对他，已经是很那个，那个破格了。"委员长说时，从身上掏出手绢扇了扇鼻子。看来，他是嫌夫人身上的香水味太浓了。

夫人从镜子里看着他说："我就不明白了，刘湘是你的下属，一个四川省的省主席，他来了，你最多派军政部长何应钦这样的大员去接就不得了了，何必亲自去接呢？像是对待美国总统似的，这是不是有些过分了？"

"夫人，这你就不懂了。刘湘虽说是一个省的省主席，但四川在中国地位不同，举足轻重。这么多年来，我一直希望把四川掌握到手中，但是都未能如愿。现在是最好的时机。我同你一起去，中央好些大员也都去，把场面搞得尽可能隆重些，给刘湘一个恩宠，让他受宠若惊，下一步就好说话了，你说是吗？"

"也是。"宋美龄点点头，看了看镜子中的蒋介石。"那你也该换换衣服吧？"

"等一会，用了早餐后再换吧！"身姿颀长，着一身玄色长袍的蒋介石说时，将抱在手中的那本厚厚的《圣经》放在桌上。宋美龄化好了妆，他们夫妇便到隔壁小餐厅用餐去了。

回到卧室后，夫人亲自给委员长换了衣服。按素常在公开场合的打扮，委员长这天着民国大礼服——蓝袍黑马褂，倒也显出几分儒雅。离出发还有一段时间，他们来在小客厅，隔几坐到沙发上时，夫人的近佣王妈给他们上了茶，给夫人上的是浙江龙井，给委员长上的是一杯清花亮色的白开水。看委员长夫妇没有别的吩咐，王妈这就轻步而退。

蒋介石端起玻璃杯，喝了一口白开水，突然想起似的问，"子文给刘湘挪出的那幢公馆，你昨天最后去看过，怎么样，还可以吧？"

"还好，离委员长官邸也近。子文那个公馆你是去过的，德国式的花园洋房，很不错的。我又要人添加了冰箱、落地式电唱机、载波电话，都是从美国进口的，可能刘湘还没有玩过这些个吧！"

"那是，那是。"蒋介石说，"只要夫人满意了，我就没有什么不放心的。"

"我们去机场接了刘湘，下一步又还要如何呢？"夫人问。

"下一步如何进行，你就不必管了，我也只是同刘湘见见面，谈谈，给足他面子，剩下的麻烦事，我让张群、杨永泰去同他慢慢谈。我知道，刘甫澄对中央军入川事，向来抵触。"

"让他来南京，主要就是同他谈中央军入川？"

"是。"

"那好。"宋美龄说时看了看挂在墙上的壁钟，离预定去机场的时间还足足一个小时。她提议，"我们来下盘外国象棋如何？"

"好吧。"蒋介石说时，宋美龄已从茶几下取出了一副外国象棋——摆好。

蒋介石业余时间素好下棋，但他下的是中国象棋，外国象棋刚刚学会，手生，第一盘输给了夫人。

"重来、重来！"蒋介石最怕输棋，尽管是输给了夫人，也是抓耳搔腮，很不服气。接着下了第二盘、第三盘。不知是因为委员长这两盘棋下好了，还是夫人故意让他，都赢了，他大为得意，端起玻璃杯喝水时，说：不知你发现没有？一个人下棋的水平如何，可以看出这个人是否有军事天才。我刚才第一盘棋输给你，并不是真输，就如我在指挥大部队同红军作战时采取的战略战术那样，表面上看来，牺牲大而成就小。但不这样又是不行的。第二、第三盘我改进了战略战术，就大有斩获，大有长进，赢了。"

"哪里？"夫人笑着驳他，"我之所以后面两盘棋输给你，是因为我精神不够集中。"

"那么，我们再来。"蒋介石有些不高兴了，伸出手就要重新摆棋。

"不下了，我认输还不行？"夫人又笑了，"我承认你说的话很对。下棋确实可以启发一个人的思维，看出一个人的军事思想水平，我知道，外国的军事家们都喜欢下棋，而且下得好。"

"那是肯定的。"

"这是下的外国象棋，我想如果下中国象棋，你会下得更好。"宋美龄笑着看了看听了她这话稍显惊愕又高兴的丈夫，"因为中国的事情要比世界上任何一个国家都要复杂得多，而你的军事思想是把外国先进的军事理论同中国的实际联系在了一起。"

夫人这番话让委员长的虚荣心得到了极大满足，委员长也就回敬夫人：

你真是有眼光。难怪你干什么事都出色，我常常在公开的场合和私下都说，夫人一个人可以当我六个精锐师！"夫妇两人互相吹捧之际，都显得容光焕发，这时侍卫长钱大钧进来报告：时间到了，请委员长和夫人上车。

"唔，好的、好的。"蒋介石这就笑着站起来，同夫人手挽着手，出门上了车。委员长夫妇乘坐的是一辆美国最新产流线型防弹克拉克轿车。很快，一行轿车首尾衔接，由护卫车队前呼后拥，浩浩荡荡离了市区，向机场风驰电掣而去。

第九章

中美人计，小人物坏了大事

奉命进京的四川省政府主席刘湘带着他的秘书长、智囊人物邓汉祥一下飞机，暗暗心惊。他万万没有想到，来下关机场迎接他的有那么多中央大员，而且连委员长夫妇也来了。

"委员长好！夫人好！"刘湘快步走上前来，向蒋介石夫妇连连问好。

"甫澄，此行还好吗？"向来少言寡语的蒋介石同刘湘握手，清癯的脸上努力挤出些笑意。站在蒋介石夫妇身边的张群、宋子文、孔祥熙、杨永泰等人向刘湘鼓掌表示欢迎。刘湘注意到，这些中央大员都属蒋介石亲信，好些与蒋、宋都是沾亲带故。也许蒋介石注意到了刘湘问询的眼色：汪（精卫）主席呢？这就着意对刘湘解释，"汪主席本来也是要来接你的，临时有事。"说着，转过身来，手一比，"上车吧！"

"委员长先上，夫人先上。"刘湘逊步，手一比。

这时，一辆辆锃亮的小轿车依次缓缓而来。像接待外国大人物似的，礼宾官员请蒋介石夫妇先上了车，然后让刘湘带着邓汉祥上了第二辆车，等所有的大员都上车后，车队又是首尾衔接，由护卫车队护卫着，向南京城急驶而去。

　　刘湘下榻在宋子文的公馆。当晚，蒋介石在他的委员长官邸设宴款待刘湘。

　　暮色朦胧地走近时，是张群来接刘湘的。

　　"快请，快请！"当刘湘听副官张波报告说张院长来了，这样吩咐时，门帘一掀，张群进屋来了。张群个子不高，体态微胖，宽面大耳，鼻正口方，西装革履，风度不凡，面露微笑；他左眉眼睑上有颗醒目的朱砂痣。这是一颗福痣，据说，蒋介石之所以特别信任他，这是原因之一。

　　"甫帅！"张群进来就哈哈一笑，端起双手一揖，很诙谐地说，"俗话说得好，老乡见老乡，两眼泪汪汪。自家人，我是不请就进来了。"张群很会做人，生怕冷落了邓汉祥，这又掉过头来看着邓汉祥，"鸣阶倒是长胖了些。"说时，用他那双见微知著的细长眼睛看定刘湘，"不知甫帅的胃病最近好些没有？"语气中透出关切。

　　"老病了。"刘湘说时，请张群坐。张群也就坐了。这中间还有一段时间，他们先摆摆龙门阵。

　　落座后，一个年方二八，长相清丽，头上梳两个发髻，着红绸短袄绿裤的小丫鬟手托一个髹漆托盘，轻盈而进，来在茶几前，给张群捡出一盘沙利文点心，一碗四川盖碗茶，低下头缓步而退，并轻轻带上门。

　　张群左手端起茶船，右手揭开茶盖，用茶盖轻刮茶汤，抿了一口茶，感叹道："这盖碗茶，用的是我们四川的茉莉花茶，茶是好茶，但毕竟是下江人泡的，没有泡出味道来，不真楷。"

　　"这就已经不容易了。"刘湘知道张群这是有意同他拉老乡关系，客气道，"这次来，委员长夫妇亲自到机场接，实在是不敢当得很！还有劳宋（子文）部长、张院长你们。宋部长不仅把他这么好的公馆让给我住，还给我们配备了这些训练有素的厨师、丫鬟等，实在是不好意思。"

　　"应该的，应该的。你是委员长请来的贵客，无论怎么服侍都不过分。"张群毕竟是外交部部长，玩起了外交辞令。说时，又很认真地问了问刘湘的胃病。其实刘湘得的不仅是胃病，而且是严重的胃溃疡。刘湘已进入不惑之年，这个年龄段应该是男人的黄金时期，但由于他长期生活不规律，对自己的病也不注意，近来越来越严重了。

"也不知是咋回事？就是肚子整天胀，有时还痛。"刘湘苦着脸说，"美国人在成都办的那所华西大学，其附属医院的医疗技术设备应该都是第一流的吧，我去检查过，也没有检查出个名堂，不管它的！"说时摇摇手，"人是富贵命，有时不管它，反而好些。"

"甫帅，大意不得啊，毕竟年龄一天比一天大，身上担子又重！"张群显出真诚的关切，"四川的名医那么多，甫帅该好好看看，比如梓潼县的蒲辅周，就是一个远近闻名的大名医，不知甫帅去找他看过没有？他看病，根本无须你说病症，一摸一个准。而且他可以用两只手同时给两个人摸脉，摸得十拿九稳；他开的药方，最多也就是九味，药也是最一般的。不像有的医生，给你来个大包围，开的药达几十味，一大包，牛药似的，药方也怪，啥子经霜三年的甘蔗，蟋蟀一对，还要原配，他们故作高深，那是庸医。"张群对四川十分熟悉，能说会道，说起来如数家珍，"蒲辅周是名医，名医就能化腐朽为神奇，他有将一般用到极致的本领。蒲辅周还有一个绝技，善针灸。听说那年军阀孙传芳盗了慈禧太后的墓，一时千夫所指，孙传芳害怕，久而久之得了一个怪病，总是心悸心累。于是，孙传芳慕名化了装，专门从杭州入川，去到梓潼县请蒲辅周看病。蒲辅周看后，说是要扎针灸。孙传芳问怎么扎？蒲辅周拿出一根长及尺余的金针说，要从他心脏处扎过去。孙传芳吓着了，说，这一针扎在心上，岂不是要扎死人吗？"

"是吗？我还没有听说过这事！"刘湘听得眼睛都大了，被吸引了，"最后呢？"

"梓潼县那个蒲辅周，知道找他看病的人是臭名昭著的大军阀孙传芳吗？"邓汉祥显然也不知这事。

"当然不知道。"张群笑道，"虽然医家治病大都不问来者何人，不过我想，如果蒲辅周知道这乔装打扮而来，找他看病的是大军阀孙传芳，可能就会这样给他一下子！"说时做了一个金针从心脏处扎过去的姿势，三人都笑了起来。

"甫公问那长长的金针怎么能从孙传芳的心脏处扎过去？"张群言归正

传，"那是夏天。而且蒲辅周事先给病人说好了的，扎针时，无论医生有何动作，求医者都得照办，孙传芳答应。是时，蒲辅周手执一根长长的金针站在孙传芳面前，吸引着他的注意力，而他的一个助手却悄悄绕到孙传芳后面，忽然将一瓢冰凉冰凉的井水举起，劈头盖脸给孙传芳迎头浇泼下去。就在孙传芳一惊，心脏一提的瞬间，眼疾手快的蒲辅周手上的金针已经在孙传芳胸上穿过一个来回，达到了目的。"

"哎呀！"刘湘听到这里，大大吃惊了，"蒲辅周的手劲有这样大吗？孙传芳当胸处被扎了一针，病就好了吗？"

"是，孙传芳被蒲辅周当胸处扎了一针，病就好了。"

"张部长见过蒲辅周这个人吗？"邓汉祥问。

"见过，他到成都行过医。别看蒲辅周长得文文静静，手劲大得惊人。我听说，他给学生讲授扎金针银针的手艺时，面前摆一大叠又绵又软的新津大草纸，高可盈尺，蒲辅周执于手上的金针或银针是那么细，有的比头发丝稍粗一点，可是他一针扎下去，能力透纸背。"

刘湘就像听一个惊险故事似的，听了也就完了，并没有真正往心里去。他们万万没有想到，多年以后，新中国成立，蒲辅周被调到北京，成了中央领导人毛泽东、刘少奇的保健医生，给许多中央领导都看过病。高龄去世后，《人民日报》曾经是登了讣告的。

"我们成都，名医辈出。"张群兴致勃勃继续说下去，"又比如骨科专家杜子明，也很了不起。杜子明是回民，长得像张大千，身手敏捷，颔下有一把漂亮的大胡子，他那一手推拿的本领简直绝了。又比如名医曾砚石……"张群说的杜子明，新中国成立后，也被调去了北京。

"张部长不愧为我们真资格的成都人，知识渊博、渊博。"邓汉祥说，"惭愧，我是四川省政府秘书长，连身边有蒲辅周、杜子明、曾砚石这样的名医都不清楚，真是灯下黑。回去后，我得去请这些名医给甫帅好好看看病。"

"这也难怪，我们天府之国历来是藏龙卧虎之地。"张群说着掉起书袋，"魏颢《李翰林集序》谓：'自盘古开天地，天地之气，艮于西南。剑门上断，横江下绝。岷峨之曲，则为锦川。蜀之人无闻则已，闻则杰出，是生相如、君平、王褒、杨雄，纵有陈子昂、李白，皆五百年矣。'"

"看，一说起我们四川，我就没有个完。"张群说时看了看表："哟！时间到了，甫公，鸣阶，我们走吧，委员长在专候呢。"

刘湘站了起来。

"我就不去了吧？"邓汉祥说，"我一个小小的秘书长算什么？"

"去去去。"张群，"怎么能不算什么呢？鸣阶过谦了，过谦了！"张群打着哈哈，"你哪是一个小小的省府秘书长，鸣阶先生德高望重，委员长是知道的，以后川事还多有借重呢。"这就是话中有话了。三人说笑着出了门，乘车去了委员长官邸。

委员长官邸离秦淮河很近，环境非常清幽。车在繁华的中央路一拐，很快驶进了一条闹中取静的模范街，宽阔的公路两边等距离排着一株株高大的法国梧桐树。这些法国梧桐的树冠在空中交错，浓密的树叶密密簇簇，就像是凭空撑起的一把把绿色大伞，让骄阳晒不入，雨水淋不进。已是华灯初上时分，这条模范街被幽微的灯光涂抹得幽静深邃，富有诗情画意。

这条模范街上住的都是大员们，一座座华美的公馆，从车窗外掠过。

"这是汪（精卫）主席的公馆，这是于右任的……"张群不时指点着这些从车窗外闪过的公馆告诉刘湘。刘湘心想，中央大佬们毕竟与地方是不同的，那个阔啊！

车在委员长官邸门前停下来。两个站在门前，腰带上别着手枪，军容笔挺的卫兵走上前来，虽然认出是外交部的车，卫兵还是来在第一辆车前，啪地皮鞋一磕，胸脯一挺，敬了一个礼，示意接受检查。车窗摇开，张群的副官不无傲慢地递出派司。卫兵接过一看，知道是张群的车，赶紧将接在手上的派司还给副官，胸脯一挺，手中小旗一挥，示意放行。拦在门前那根红白相间的栏杆缓缓举了起来，两辆漆黑锃亮的福特牌小轿车前后相跟，徐徐而进。车进了委员长官邸，就像进入了一个大花园，车轮在柏油路上辗出好听的沙沙声。

花径两边排列着油绿的修饰得整整齐齐的冬青和塔松，还有草坪，在这暮霭初上时分，一切都显得影影绰绰的，像是一个高明的画家笔下的一幅水墨画。

委员长官邸很大很深。来在一座建筑精巧华美，一楼一底，中西合璧的洋房时，轿车从右边绕出一个漂亮的弧形，上到门前，在凭空伸出的巴亭式的大屋顶下停了下来。

早已候在门前的委员长的两个侍卫官快步而上，轻轻拉开车门，一手护着车顶。他们都二十几岁，一律着法兰绒中山服，年轻俊朗，身手敏捷。

刘湘和张群刚刚下车，侍卫长钱大钧迎了上来。

"这是刘主席吧？"侍卫长钱大钧这是第一次见刘湘。

"是。"张群给他们作了介绍。

"久仰刘主席。"侍卫长说时手一比，"请！"

刘湘由张群陪着走进一间华灯灿灿、备极辉煌的餐厅，只见委员长、宋美龄夫妇由财政部部长兼中央银行行长宋子文、行政院长孔祥熙，还有高级幕僚杨永泰等陪着已经围坐在一张硕大的西式椭圆形桌前，小声谈论着什么，已虚位以待了。

见刘湘进来，蒋介石招招手，一迭连声："甫澄，快这边请！"刘湘、邓汉祥告了谢，分别入座。桌上铺着雪白的桌布，当中挂两瓶花，一束是洁白的马蹄莲，一束是鹅黄的康乃馨，显得高洁而雅致。

刘湘坐在委员长夫妇对面。蒋介石看着他，特意说："我和夫人举行这样一个带有家庭意味的小型宴会欢迎刘主席、邓秘书长，这样气氛也随便些。"刘湘说："不敢当。"蒋介石这就指了指陪坐在两边的宋子文、孔祥熙、杨永泰说："这个，这个，你们都认识吧？"宋子文、孔祥熙、杨永泰站起来欠了欠身子，不说认识不认识，只说："幸会。"

刘湘却看着宋子文、孔祥熙，笑着说："宋国舅，孔国舅嘛，天下无人不识君！"说时看着张群，"张部长就不说了，我们四川人。"又看了看杨永泰，"杨高参。"

张群怕冷落了邓汉祥，专门指着给蒋介石介绍："委座，这位就是我们经常提起的四川省政府秘书长邓鸣阶先生，他可是甫公的智囊。"

"知道，知道。"蒋介石点点头。

"过奖了。"邓汉祥站起来，欠欠身子，礼貌地向大家点头示意。

"这样吧，"宋美龄心细，她看了看蒋介石，"刘主席远道而来，我们就边吃边谈吧！"

"好好好。"蒋介石又是习惯地点点头。夫人这就对旁边招手示意开席。头上的满天星灯唰地亮了，室内暗香浮动。很快轻步上来四个身着绿色短襟，头扎发髻的小姑娘，给主客上酒，显然是早就安排了的，她们给刘湘上的是热豆汁，给邓汉祥上的是泸州老窖酒，给张群上的是绵州大曲，给孔祥熙上的是山西名酒汾河，给宋子文、杨永泰上的是白兰地，给夫人上的是从美国进口的可口可乐，只有委员长杯子里上的是清花亮色的白开水。与此同时，打扮得像委员长家乡浙江奉化一带装束的几个小厮，手举托盘鱼贯而上，开始上菜了。

顷刻间，珍馐美味摆满了桌子。考虑得也很细致，川味江浙味甚至西方人爱吃的牛蛙等都上了桌子，应有尽有。一切都按传统进行，张群代表主人张罗，接待客人。主客碰了三次杯，表示酒过三巡后，宴会就变得随意轻松起来。

刘湘没有想到，委员长夫妇对川菜很熟悉，席间话题主要是谈川菜。蒋介石特意谈起当年大诗人陆游年老由川返浙后，在诗词间流露出对川中美馔的回忆。他明白，这是委员长在借机同他联络感情。

当那个着绿色短襟，长得小乖小乖，头扎发髻的小姑娘上来给刘湘的杯子斟豆汁时，蒋介石似乎才注意到，指了指刘湘的杯子："四川人都是会喝酒的嘛。川酒没有孬的，怎么给甫澄上豆汁？"

"我胃不好，喝豆汁最好。"刘湘说着，伸手将胸部一摸。宋美龄也知疼知热地说："我听张（群）部长说刘主席胃不好，特意让她们给刘主席上热豆汁。怎么样，刘主席，喝点热豆汁没有关系吧？"

"很好，很好。"刘湘笑笑，表示感谢。

"那就请菜、请菜。甫澄！"蒋介石看着刘湘，显得很关切地说，"我早听张部长说你胃不好，不要紧吧？要不要在南京治治？"

"谢谢委员长。"刘湘说，"也不是什么大病，带兵打仗的人难免有些肠胃上的毛病。"

"也是，不过也得赶紧治。国家对甫澄兄以后还多有借重呢！"蒋介石抓住这个由头，看定刘湘，端刀直入了，"北伐以来，甫澄兄，你对国家的贡献是大的，对我个人也相当支持。这些，我是不会忘的。我对你也是支持的，也是放心的。现在，看起来是四川历史上最好的时期。不过我也有隐忧，你知道我的隐忧是什么吗？"

杀来了！刘湘心中一紧，马上回应："委员长是国家元首，高瞻远瞩，往往从大局考虑。我不过是区区一个四川省的省主席，看问题很窄，对委员长的隐忧，无从得知。不过，以职幕看来，现在是四川最好的时机，我同鸣阶来时，在飞机上都还在议，要将已经提上议事日程的川事，好好抓一抓。如果没有外来干扰，四川很快会出现飞跃的。"

刘湘如此说，张群等人都不禁抬起头来，面面相觑。

"甫澄，你的'外来干扰'，所指的是什么？"蒋介石的脸马起了。

邓汉祥急了，生怕刘湘捅出娄子来，不断给他使眼色。

"我这里指的是'赤患'，红军！我怕赤祸卷土重来。"

"甫澄忧得是，忧得好！"这一下，正中他意，蒋介石马上跟进，"前事不忘，后事之师。四川不是一般的省，为了做到四川万无一失，防患于未然，我准备派中央军十个精锐师入川，甫澄你看如何？当然，这些入川中央军，绝对听从你的指挥。"这一下，与会的人都有些僵，定定地看着刘湘，他们都知道，蒋介石此举犹如一把刀子，端端递到了刘湘心口上。特别是邓汉祥，他生怕刘湘给硬顶过去。

刘湘知道说漏了嘴，给了蒋介石可乘之机，他马上说："委座放心，四川现在有足够的军力，四川绝无赤化问题。"

"我怎么能放心呢？"蒋介石说着有些脸红筋胀了："就说年前，张国焘在毛尔盖突然杀了个回马枪，提出打到成都吃大米，情况是多么危急！如果不是他们的后面有薛岳的十万中央军紧追不舍，他们打到成都吃大米非并不可能！"

"现在红四方面军已经被打到陕北去了！"刘湘硬顶一句。看蒋介石还要说什么，很会见风使舵，很会调和气氛的宋美龄知道，丈夫的急躁脾气又犯了。在这样的场合，哪能希望几句话就能解决问题，让刘湘同意中央军入川呢？她笑了笑，看着蒋介石说："刘主席这次进京时间有的是。下来再谈吧，吃菜吃菜！"说时，笑吟吟地用筷子指了指满桌的菜。

看邓汉祥频频向自己示意，刘湘这时思想上忽然电光石火地闪出一些有关四川的警句，他决定吓一吓老蒋，这就做出一副很诚恳的样子，对蒋介石说："委座，自古有言，天下未乱蜀先乱，天下已治蜀后治。四川历来如此。目前川省战乱刚平，省内种种流言、谣言四起，不稳定因素很多。对中央军入川，碍难之处甚多，不是一时半会儿可以对委座汇报清楚的。"

蒋介石果然听进去了，"天下未乱蜀先乱，天下已治蜀后治"，四川确实历来如此。他眨起眼睛想了一下，一锤定音："这样，这个事下来由张（群）部长，还有永泰，一起同鸣阶先生详谈，具体谈！嗯？"

"好。"刘湘马上答应。蒋介石中了邓汉祥设定的拖刀计，这是刘湘求之不得的，他却表面上做得很冷淡，看着邓汉祥交代，"委员长交办的，我们一定认真执行。鸣阶，你下来同张部长他们好好衔接一下！"

"是。"邓汉祥马上应承下来。

委员长为刘湘进京举办的一场家宴，就这样在不尴不尬中结束了。

刘湘偕邓汉祥回到下榻处，已经是晚间十点左右了。他们进到客厅，副官张波上来给刘湘脱了大衣，挂起在衣帽钩上时，珠帘一掀，宋府的小丫鬟给甫帅送茶点来了。明灯灿灿下，他们不由眼睛一亮，只见这位进来的小丫鬟，有点气度不凡。在长相上，她属于小家碧玉类。但成都的小家碧玉大都脾气躁辣，而这位吴侬碧玉显得很温柔。

他们最初是把她小看了，看她这么年轻，这副打扮，又来亲自上茶，以为她只是个小丫鬟。她个子不高，腰肢柔软，体态轻盈，长相十分俊俏，眉似远山，目如点星，发如墨染。浓浓的一头黑发梳在脑后扎成一个髻，显得有些逗，这就越发衬出她的皮肤白皙朗润，五官精致。小丫鬟上来，拈出几盘江浙一带的糕点、水果，用带有江浙味的北平官话一一报来："这是燕窝酥、这是委员长家乡的名点宁波麻糖。"最后捡出两碗四川盖碗茶，放在花几上，刘湘感到这小丫鬟很有趣，也很亮眼，就问她："你们江浙一带喝的都是龙井，而且泡茶方式也不一样。"说时，随手端起茶碗，一手揭开茶盖，轻刮茶汤，用的是四川名山顶上雨前茶，在刚掺进去的鲜开水中，茶叶像一群芭蕾舞演员踮起脚尖在跳芭蕾舞似的，"这是谁泡的四川盖碗茶，泡得还像个样子呢。"

"这是我学泡的！"小丫鬟微微低着头，她很会说话，"我家主人告诉我们，来的是贵客，是天府之国四川来的省政府刘主席。为了迎接刘主席，我们专门接受过培训，主人要求我们做到刘主席在京期间，有宾至如归感。"刘湘心想，这小丫鬟口中的"我家主人"就是宋子文了。宋子文对我这样无微不至，也就是蒋介石的意思。这么一想，心中很是受用。而且小丫鬟的声音很好听，真有白居易诗中描绘的"大珠小珠落玉盘"的美妙韵味。

"这么说来，"刘湘显得很有兴趣，"宋公馆中留给我们用的一切人，比如你，还有厨师、花工等等都是受了专业培训的？"

"是。"小丫鬟眨了眨睫毛绒绒后的大眼睛，又轻声问："不知刘主席、邓秘书长对我们的工作满不满意？"

"满意满意，很满意。"刘湘和邓汉祥都这样说。

"如果刘主席、邓秘书长对我们这些下人中哪一个不满意，请及时告诉我。"

"告诉你？"刘湘很好奇，"咦，你是？"

"我是一个总管。"小丫鬟说时仍是低眉顺眼。

"不简单，看不出来呢！你叫什么名字？"

"我叫珍丽蓉，刘主席、邓秘书长你们以后叫我小珍子好了。"

邓汉祥想，这小丫鬟真是了不得。表面上不显山不露水的，却连我姓何名谁，是干什么的，都在底下摸得一清二楚。

"不。"刘湘拊掌笑道，"应该叫你小珍珠。"

"小珍珠？好！"邓汉祥轻轻鼓掌，"小珍珠，妙极了。"

"刘主席，如果你们没有什么事，我就出去了。有事唤我，请按铃。"小珍珠说时指了指茶几下的按铃。

"有事咋敢找你？"邓汉祥笑，"你是小总管，应该找你的手下人。"

"能为刘主席、邓秘书长服务，是我的荣幸。"小珍珠说时去了，嫣然一笑，明眸皓齿，身轻如燕。

"真是一方水土养一方人。"邓汉祥看刘湘对这个小珍珠似乎很感兴趣，试探着说，"甫帅如果对这个小珍珠有兴趣，我们这次回川，把她带回去如何？"

刘湘闭上了眼睛，将身子很舒服地靠在沙发背上，摇了摇头："爱美之心，人皆有之。我不过说说而已，这小丫头看起来舒服、养眼睛，如此而已。我这一生不会停妻另娶，也不会养妾。俗话说得好，玩物丧志。一个人如果沉沦在男女私情之中，那是比玩物还可怕的。如此，还谈什么事业？我们来谈正事吧，刚才委员长同我一席谈，完全没有出乎你在飞机上的估计。"

看刘湘要深谈下去，警惕性很高的邓汉祥赶忙做了个暂停手势，嘘了一声，又用手指了指房梁和四周。刘湘明白，邓汉祥这是在示意，恐怕这客厅里安有监听设备。想想也是，宋家姊妹都是从美国回来的，同美国方方面面有很深的关系。美国是世界上各个方面都最先进的国家，监听设备也是。作为委员长舅子的宋子文，在客厅里安装监听设备，监听他们的谈话，是完全可能的。

刘湘说："我们干脆下楼去，在花园中走走！"

邓汉祥说好。

走在夜幕中的花园里，这时的宋公馆特别幽静，梦一般迷离。花径两边隔很远才有一盏西式路灯，这种西式路灯很别致，下半截高脚伶仃，上端弯着腰身，戴一顶博士帽似的大灯罩，灯光幽微，很像是一个身穿黑色燕尾服，手上拿着博士帽，向主人弯腰鞠躬的仆人。

他们将接下来要进一步施展的拖刀计谈得非常具体，连每个细节都想到了。他们大概在花园中盘桓了两个小时，才回到各自的卧室睡了。

第二天上午九时，按照事前约定，张群、杨永泰到刘湘下榻处来了。邓汉祥将他们迎进一楼一间精精巧巧的西式客厅里。茶点已经摆在桌上。面朝花园的落地长窗开着，微风清新，送来花园里的花香和雀鸟的婉转啁啾。初升的阳光随着起伏的窗帘投进金箔似的光斑，在地毯上闪烁游移。这一切似乎表明，今天真是大有希望的一天。

张群进屋就夸邓汉祥："鸣阶，你真能干，客厅布置得这样典雅有致，气氛营造得这样好。"

"哪是我，是宋公馆的小管家小珍珠。"邓汉祥说时，让了座。三人围桌落座后，邓汉祥比比手，示意请茶。

杨永泰也不多说，唰的一声拉开他带来的一个黑色三倒拐公文皮包，拿出一应笔、拍纸簿摆好，准备亲自记录，显得很慎重。厚厚的眼镜片后，他翻着一双死鱼目似的鼓眼睛看着邓汉祥，说："昨天，委员长给刘甫公谈十个师的中央军入川事。刘甫公的态度不甚明朗，说是事情来得突然，容下来让我们同你细谈。怎么样，我们就开始谈吧？"杨永泰打上门来了，语气咄咄逼人，好像今天就要把这么大的事定下来似的。

邓汉祥看了看张群，满眼都是意思：这个人怎么这样说话呢？究竟是他杨永泰说话算话，还是你张部长？张群明白邓汉祥的意思，只是笑笑，不置可否。

"甫公给我交代了，我也不想隐瞒。甫公意思是很清楚的，这就是，中央军现在暂不宜入川。"邓汉祥一句话封门，看杨永泰一惊一愣，张群也显得有些惊愕，邓汉祥这就细细解释："四川的事情不简单，尤其是外省军队入川，最容易生事。这，我是贵州人，我最清楚。比如民国年间，袁世凯想黄袍加身恢复帝制，云南的蔡锷首先举旗发动了护国战争，接着引兵入川，会同川军与北洋军队大战。这段时期没有问题。可是老袁去后，川军就驱赶滇黔军出川，滇黔军不干，导致了多年的混战，直打得川省涂炭，云贵川局势混乱不堪，后患无穷。"

"这个不同！"杨永泰没容邓汉祥再举例，他很霸气地反驳，"地方势力之间的军阀混战与中央军入川是两回事。世界上没有任何一个国家一个领袖，能容忍自己的国家是五胡十六国。如果那样，国家不成其为国家，军队不成其军队。那就只能是一片散沙。道理是很清楚的！"

"如果如鸣阶先生如此说，我们今天来这里谈，谈什么？没有任何意义。

委员长的意思是很明确的，中央军必须入川。这也是委员长这次请你们来京的目的。至于中央军入川多少人，驻在何地，何时入川，怎样入川？这些细节可以讨论。这是个原则！"

看杨永泰态度生硬，咄咄逼人，张群怕事情弄僵，赶紧出来打圆场，笑道："鸣阶刚才那番话，表达的是对川省现实的忧虑，鸣阶作为四川省府的秘书长、大管事，最清楚四川的事，鸣阶这样说，也是情理中事。而永泰兄传达的是委员长的意思，双方立场不同，表达的当然也不尽一致。但这个，这个，这个委员长定下的大政方针，原则上也是不能动的。"张群确实圆滑，话虽说得委婉，两边都不得罪，却进退有据，很有分量，同时定下了调子，"我们今天的谈判，是在昨天委员长同甫公初步达成的基础上谈具体细节。"话弯了一转，还是弯到杨永泰那番话的意思上去了。

"问题是！"邓汉祥寸步不让，"甫公明确告诉我，他并没有同意中央军入川呀！"

"是吗？"张群紧紧跟上，"那么我们在这里就重申，这次无论如何中央要入川，这也是这次委员长请甫公进京的目的。"这里，他偷梁换柱，将"中央军"悄悄改为了"中央"。张群虽然脸上仍然笑吟吟的，但语气显出了强硬，"至于采取什么方式入川，还有没有别的办法？这点，都可以考虑，都可以讨论！"看邓汉祥没有什么反应，张群开始进一步试探，话也说得更明确了些，"比如，如果川省觉得中央军入川实在有困难，那么，中央派一个参谋团入川，总行了吧？"

"中央参谋团入川？"事情太出乎意外，邓汉祥问，"这个团入川起什么作用？有多大的规模？"

"规模大小等等可以容后讨论。参谋团入川，它的基本职能主要偏重军事上的，起到一个上传下达，中央与川省之间的桥梁作用。"显然，此事张群已经成竹在胸，而且肯定是征得了蒋介石同意的。

邓汉祥略微思索，既不肯定也不否定地说："事情太大，容我向甫帅请示后再说吧？"

张群同杨永泰交换了一下眼色，说："也好。"说时看着杨永泰，问道：

"永泰兄，你看呢？"他好像在征求杨永泰的意见，其实是给足杨永泰面子。

杨永泰收起了纸笔，还张群一个人情。他对邓汉祥说："岳军在委员长面前做了许多努力，才让委员长退了一步。"

"哎，谁叫我是四川人呢！"

"好吧。"邓汉祥说，"我下来立即把岳军兄提出来的，中央改派参谋团入川事向甫公报告。事关重大，谈判请稍缓两日。"

"那是，这是情理中事，不急，有的是时间。"张群显得通情达理的样子，就势转换了话题，"甫公出来一趟也不容易，甫公年来劳累得很，身心疲惫。现在是江南最好的季节，莺飞草长，风和日丽。委员长很关心甫公的身体，提议甫公不妨去观观钱塘潮，或是到大上海，领略一下东方巴黎的意韵，抑或是去委员长的家乡宁波、绍兴一带看看，鸣阶尽可以放放心心陪着甫公去那些地方散散心。等你们回来后，我们再接着谈中央参谋团入川事，如何？"

"这样最好。"邓汉祥随机转舵，使出拖刀计，马上接受了张群的建议，"甫公这次进京，确实想忙里抽闲，到宁波去看看有'天下第一藏书楼'之称的天一阁，也顺便到委员长家乡奉化溪口看看。这是甫公多年的心愿。至于大上海就不去了，大上海无非是楼高一些，街宽一些，车多一些，西洋化一些而已。"

"那最好了。"张群当即敲定，"估计甫公什么时候可以起程？"

"随时都行。"

"那就后天吧。"

"好。"

事情就这么大体定了。

第一天的谈判就这样结束了。

下来后，邓汉祥把他同张、杨的谈判以及他对这事的考虑、判断，向刘湘作了详细报告。他认为，这次老蒋是矮子过河——淹（安）了心的。既然如此，中央参谋团入川，看来是可以接受的。如其不然，弄得敬酒不吃吃罚酒就不好了，就被动了。接下来，具体要同张群谈的是，参谋团驻扎的地点、人数及作用等等。刘湘同意他的看法，笑言一句："是福不是祸，是祸躲不

159

脱。那就走到哪黑哪歇吧！"然后，他们的话题转到了后天去宁波参观天一阁藏书楼及去老蒋家乡奉化溪口看看转转上。

邓汉祥有个每天记日记的习惯，这天晚上，他在自己的屋里，坐在办公桌前，拧亮台灯，在日记上记下了这样一则："上午张群、杨永泰走后，我将情况向甫公做了详细报告，我们分析了委员长的意图及张群谈话中的含义。看来，这次中央的态度很明确，即：可以暂时不派中央军入川，但无论如何得派一个参谋团类的组织入川。中央参谋团，究竟这是个啥东西，用意何在，目前尚不明确，不过可以考虑。甫公又表示，尽量再顶一顶，拖一拖，实在不行，就让他们派中央参谋团类入川，不过事情要弄清楚。甫公笑言，现在也只能是走到哪黑，就哪歇了。"写完合上日记本之时，门外响起："报告。"

"进来。"

进来的是邓汉祥的副官侯鑫，长得小个子小眼睛小鼻子，眼睛总是转，耗子似的。邓汉祥总叫他侯三，这是语言上的简练，也是一种昵称。为了精简人事，刘湘、邓汉祥他们这次出来带的人少，侯鑫兼管一应杂事。

邓汉祥看定侯鑫，交代："我要陪甫帅去外边走几天，甫帅的张副官随我们一道去，家里的事就交给你了！"

侯鑫一听，喜从中来，架势点头表示："秘书长你就放心，伸伸抖抖走你们的，家里的事有我照应，一切保险整巴适。"他心中揣有一个小秘密，别看他个子小，却骚劲大，好色。他一来就看上了宋公馆留下的小总管小珍珠，这些天总拿话去勾搭小珍珠，看来有门。甫帅、秘书长还有张波一走，这家就是他的，他就好下手了。

"还有！"邓汉祥专门嘱咐，"我这间办公室，在我走这些天，任何人都不准进来，更不准随便乱翻我的东西。就连你也是，嗯？"说时，下意识地将摆在桌上的那个黑皮大日记本合上，放进抽屉，上了锁，钥匙揣在身上。

"秘书长只要是打了招呼的，保证照说照办。"侯鑫连连答应，眨巴着一双猴子眼，他注意到了邓汉祥这个细节动作。

刘湘由邓汉祥陪着，带着甫帅的贴身亲信副官张波，还有一个侍卫，是第三天离开南京去宁波的。这天早晨，刘湘、邓汉祥等一行一去，解放了的侯鑫撒开脚丫子就去找小珍珠。在后花园里，他找到了小珍珠，其时她正牵一只浑身雪白的哈巴狗，在后花园中溜达。这种狗挺好玩的，一只小小的蒜头鼻抽起，一双水汪汪的大黑眼睛，个子很小，披一身雪白的毛。据说这种狗，原先是清宫里经多年培养出来的耍狗，慈禧太后生前就喜欢这种狗，总是抱在手上玩。侯鑫走上去时，样子很滑稽的哈巴狗虽然牙都没有几个，却表现得很勇武，远远看到侯鑫，就像知道他要做坏事似的，汪汪汪一个劲叫着，扑上去咬他。小珍珠用拴在哈巴狗颈子上的皮带拉着了狗。

"哎呀呀，小珍珠，我找得你好苦！"侯鑫根本没有把挣扎着扑上来咬的哈巴狗放在眼里，含情脉脉地看着遛狗的小珍珠。小珍珠停下步来，似乎受不了他热辣辣的目光盯视，微微低着头，一边用皮带拉着要扑上去咬侯鑫的哈巴狗，一边说一口好听的吴侬软语："你找我做什么？"

"看你呀，想你呀！"侯鑫嬉皮笑脸地说，"他们一走！"随手一指，"我就自由了，我至低限度可以好好看看你呀，难道让我好好看看你还不行吗？"侯鑫开始同小珍珠调情。

"我有什么好看的呀？"小珍珠说时抬头一笑，越发桃红李白，明眸皓齿，让侯鑫一下半边身子都酥了。

"你就是好看，我咋都看不够！"侯鑫涎着脸说。

"听说你们四川的姑娘也好看，尤其是成都的，一个个都是小家碧玉。"

"那些婆娘好看是好看，可是脾气躁辣得很。哪像你，长得像根葱似的，又嫩又白又水灵，脾气又好，像我们四川的发馍馍，又白又泡。"

"你不要净拣好听的话说，你们男人都是这样！"小珍珠说时，欲言又止，将头一勾，露出一截雪白丰腴的鹅颈，让侯鑫更是心猿意马，周身燥热，不能自持。而小珍珠却牵着早就不耐烦了的哈巴狗要走。

侯鑫趁着四下无人，上前一步，手一伸，拉着了小珍珠的手，死皮涎脸地不让人家走。

"你要干什么？"小珍珠似乎一惊，话却说得软绵绵的。

"我想要干什么，未必你不晓得吗？"侯鑫欲火烧身，急中生智，他说，"走，你到我屋里去，我送你一样东西、好东西！"他知道，女人都是喜欢男人送东西的。

"啥东西？"小珍珠显得很天真，抬起头来看定他，一双水汪汪的大眼睛里，满是欣喜和好奇。说时看了看他的手，侯鑫放了手。

"你看了就知道了，保险你喜欢！"

"真的？"

"真的，哪个龟儿子骗你。"

"那好嘛。"小珍珠答应了。

"那就走嘛！"这时，侯鑫心跳如鼓，适时提出邀请。他没有想到好事或许马上就会成真。其实他哪有什么好东西可送给小珍珠的？他除了一身少校军服，两套便装，还有就是一支手枪，一百发手枪子弹。他为人吝啬，舍不得花钱，总是吃欺头（四川话：占便宜）。在成都时，经常去茶楼酒肆戏院消费了，都是能拖就拖，能赖就赖。他现在千方百计想把这个他梦中幽会了一百遍的小珍珠，设法哄到他的屋里去，哄上床。

"现在就去呀？"小珍珠风情万种地瞟了他一眼。

"现在！"

"现在不行。"

"咋呢？"

"我手头还有好些事。"

"那你说啥时候？"侯鑫急得都快跳起来了。

"黄昏时分嘛。"小珍珠轻言细语地说，"只有那时我才有时间，也只有那时方便些。"

"那好！"侯鑫赶快敲定，"一言为定，天打麻子眼眼的时候，我在我的屋里等你！"

"你说什么时候？'麻子眼眼'？"小珍珠听不懂他这四川话。

"咦？就是《西厢记》中人约黄昏后的时候嘛！"侯鑫解释。大凡四川人都爱看川戏，王实甫的《西厢记》是省府秘书长邓汉祥副官侯三的最爱，他不知看过多少遍。人不缠绵情缠绵的他，对戏中的"碧云天黄花地，晓来谁染霜林醉，总是离人泪""待月西厢下，无风门自开"等丽词艳句记得很熟，开口就来，而且有他独到的体会。这会儿，他觉得小珍珠比《西厢记》中的崔莺莺还要漂亮动人十分。

"好嘛。"小珍珠答应他了。

侯鑫一直站在花径上，痴呆呆地看着小珍珠牵着哈巴狗离去。一时真是三魂魄魄，六窍幽幽，好像整个人都随着小珍珠去了。

侯鑫整个下午时间都待在他的屋子里，像掉了魂似的，先是翻箱倒柜，看能不能找到一样可以送给小珍珠的礼物。可是没有。那么，现在到街上珠宝店去给她买一只黄金戒指什么的吧？却又舍不得。当兵的钱来得不容易，况且他本身又是一个品行不端，总是想占女人家便宜的人。在成都，他嫖妓玩过的女人不少，何尝花过一分钱！把省府的牌子一亮，那些梭姨子（妓女）吓都吓退了。但小珍珠是堂堂的宋公馆管事，同他以前玩过的那些梭姨子不能同日而语，完全没有可比性。他能放倒小珍珠，简直就是走了桃花运，在做春秋大梦，总不能以自己是四川省政府秘书长的副官就把人家小珍珠吓倒了吧？

那么小珍珠来要东西，怎么办呢？他睡在床上，双手勾着头想来想去。人说，江南出美女，看来小珍珠就是美女中的盖面菜。年近三十的侯鑫在成都是安了家的，但男人安了家并不一定就会收心。不是说嘛，家花哪有野花香？他就最喜欢采野花。到了南京，他最初见到花容月貌的小珍珠时，疑为是遇到了仙女。及至弄清小珍珠还是宋公馆的一个小总管，心中更是赞叹不已。他对秀色可餐的小珍珠垂涎不已，可没有，也不敢动打猫心肠。而小珍珠却似乎知道他的心思，对他也是有情有意，不时对他眉目传情。这就让他在欣喜之余，对镜审视。心想咦，怪了！我侯三有哪点接引了这个有才有貌，手中还有点小权的金陵佳丽呢？他个子矮小，还有一点罗圈腿，一张猴子脸上尽是骚疙瘩，这些疙瘩的广度密度和硬度，足可以做磨刀的砂轮。他是一个周身雄性荷尔蒙四射的人，见到年轻漂亮的女人，一双癞蛤蟆眼睛就亮了，脚就走不动了，当然这是在秘书长背后，如果是在秘书长面前，他是不敢做出这副熊样的。人说苏杭一带出美女，其实，六朝故都金陵才真正出美女。因为苏杭一带的美女，是典型的南国佳丽，而南京的美女兼有南北美女之优长，眼前跳出个小珍珠这样的金陵美女，是自然而然的。但是，小珍珠不会那么容易被放倒的，她来后该如何呢？动粗，来硬的？这，他想都不敢想。忽然，他一声有了！从床上一骨碌而起，兴奋得眼睛发光。他有计了。女人多爱喝甜水。秘书长的办公室里有他从四川给秘书长带来的一瓶槐花蜂蜜，秘书长喜欢将这蜂蜜兑水喝，说是提精神。不如拿来给她兑一杯蜂蜜水，里面再勾兑一些麻药。秘书长有时睡眠不好，要吃两颗安眠药才行。安眠药就是麻药。只要哄得小珍珠一吃下去，很快就会麻倒麻翻。那时候她动弹不得，大马拴在槽头上，就好任由他处置了。

想到就干。当他把这一切阴谋完成时，暮色已经走近。终于，门外响起"笃、笃"的敲门声，声音显得有些迟疑。他快步上前，一把拉开房门，站在他面前的果然是日思夜想的小珍珠。在他眼中，小珍珠欲露还藏，雨打梨花般不胜羞怯，好像明白她这一来会怎样似的。

"你真来了？"他生怕她跑了似的，一把握着她丰腴的手臂，拉了进来，随手关上门，暗锁叭嗒一声锁上了。小珍珠一身的香水味香得他头发昏。

"怎么把门锁上了？"进屋来的小珍珠显得很沉着，东看西看的，说着把手一摊，"你不是说要送我什么东西吗？拿来呀！"小珍珠的来到，是侯鑫一心期望的，现在这美如天仙的小珍珠就在眼前，伸手可及。朦胧的夜色中，可以感触到她丰腴的躯体。他用狼一样发红的眼睛撕扯着她的衣服，那些美妙温润，起伏有致的线条在他眼中有模有样地流动，让他越发感到急切。他真想立刻将她摁倒在床上，尽情享受，但他没有这样大的胆子。现实再次提醒他注意这样一个事实：这看似美貌文静的姑娘，可是大名鼎鼎的宋子文宋国舅宋部长家中的一个小管家。如果盲动，自己这颗脑袋只有搬家的。但又一想，这样身份的姑娘都爱面子，而且说不定早就不是处女身了。只要将她放倒，弄了，那她就是黄泥巴掉进裤子里——是屎也是屎，不是屎也是屎，跳进黄河也洗不清。到时，她就是想闹，也不好意思闹了。主意打定，他开始沉着应对，他说："小珍珠，你请坐，我最怕站，站客不好打整。"

"我整天都在坐，不想坐。我来，就是来看你送我的东西的！"

"不坐也可以。"侯鑫乘势将她的小手一逮，逮住了就再也不放手，"东西我马上拿给你看，你总得先喝点水，我请你喝杯我从我们四川带来的槐花蜂蜜兑的开水，蜜蜜甜。"说时，将早就兑好的"水"杯递到小珍珠手上。小珍珠坐了下来，接过杯子，先闻了闻，说："是香，我倒要看看你们四川的槐花蜂蜜糖水有好甜！"然后抿了抿，却并不真喝。

"喝呀，喝呀！"侯鑫一双小眼睛放光，架势催。

砰地一声，小珍珠发作了，将水杯在桌上一礅，杏眼圆睁："姓侯的！"小珍珠突然发怒，用一根葱指指着他的鼻子说，"你打的啥馊主意，你以为我不知道吗？你哪有啥东西要送给本小姐，你是想占本小姐的便宜，说！是不是？"

西洋镜拆穿了，侯鑫只觉得思想上一根早就绷紧的神经断了，他情不自禁地给小珍珠跪了下去，伸手将她的两只玉腿一抱，搂得紧紧的，声泪俱下地说："小珍珠，小管家，你就可怜可怜我吧，我一见你就爱你想你。这么多天，我夜夜都不能入睡，茶不思饭不想，我都快活不下去了！"

小珍珠显得很镇静，她冷笑一声："你以为我不知道你打的什么馊主意？你到南京的第一天我就看出来了，你看我的眼光绿眉绿眼的，就像是要扎人的锥子。"

侯三趁机耍赖："小珍珠那么聪明一个人，还有看不出来的？知道就好，你就成全了我吧？"

"要想如愿，也可以。不过，你要答应我一个条件！"

"快说、快说，我一定答应你，你只要答应同我睡一觉，我就是为你去死都可以。"

"说话算数？"

"肯定！"

"你们秘书长是不是有个记日记的习惯？"

"是呀！"侯鑫惊了，他不明白小珍珠为什么对秘书长记日记感兴趣，而且还知道秘书长有这个习惯。

"你们秘书长到南京后也是每天记日记的吧？"

"是。"侯鑫似乎有些明白了。"啊，我记起了。"侯三投其所好，给小珍珠送大礼了，他说，"就在秘书长同中央张（群）部长他们谈判之后，陪甫帅离开南京去宁波前夕，当晚，我去找秘书长请示工作。秘书长好像记了一则非常重要的日记，我进去时，他事情做得有些神秘，一边将日记放进抽屉，锁上，还特意嘱咐我，在他陪甫帅离京期间，任何人不得去他的办公室。看来，秘书长是怕我们看他的这则日记。"

"对对对！"小珍珠显出了兴奋，"你赶快去把你们秘书长的日记拿来，我要看他这则日记。"

"那你说话要算话哟！"侯鑫完全明白了。人在花下死，做鬼也风流，他做出豁出去了的架势。

"肯定。"

作为四川省政府秘书长的副官，侯鑫已经大体估计到了小珍珠的身份，也明白了她为什么要看秘书长的日记。他当然明白，自己若将秘书长的日记偷出来给她看，无疑是犯了大罪，甚至是死罪。但是这时，已经对小珍珠迷进去了的他，欲火烧身，欲罢不能了。

他说："小珍珠你等着，我马上去拿来给你看。"

很快，侯鑫做贼似的从秘书长办公室里偷来了日记本，交到小珍珠手中。小珍珠开始验收。她随手拧亮桌上的台灯，依序，三两下就翻到了邓汉祥近期记的那则重要日记，看后，相当满意。她合上日记本时说："侯三！"小珍珠说的是一口带江浙味的北平官话，其实叫他是"猴狲！"小珍珠笑道，"好，很好，猴狲，这日记本今天晚上我要用一用，明天一早还你。"

"那你答应我的事呢？"

小珍珠也不说话，只是啪地一下拧熄了台灯。

第十章

如愿以偿，中央参谋团入川

刘湘在张群陪同下，去宁波和离宁波不远的浙北奉化一带游览回来的当天晚上，得到了张群详尽报告的蒋介石在他的委员长官邸，召集张群、杨永泰、康泽、郑大冲参加一个小型会议，四个人中就有三个四川人，专门讨论四川问题。其中，康泽也是一个不可小视的人。康泽是四川安岳县人，出身农家，黄埔军校第三期毕业生，在校期间就崭露锋芒，受到他的重视，毕业后选送苏联留学。回国后，康泽先后在国民党党校和陆海空三军总司令部政治训练处任要职，进行反共宣传活动卓有成效。

会上，先由张群简要通报了这次他陪同刘湘去宁波和委员长家乡奉化一行的情形。他特别问起张群，刘湘游览了他的家乡奉化和老宅丰镐房以及妙高台等名胜后有何评价？

"灵山秀水。"张群说。

"就这样简单？"显然，他对刘湘用"灵山秀水"一句话四个字评价他的家乡并不满意，"灵山秀水"的含义还不如"钟灵毓秀"。他想，难道在刘甫澄眼中，我的家乡还值不起"钟灵毓秀"四个字？

"啊，还有！"张群敲了敲头，"刘甫澄还评价了委员长写的字。"在家乡，他在不少风景名胜地都留了字。

"怎么评价的？"他来了兴趣，他对他的书法是有信心的，他从小练的是柳体，很有功力，长大后融进了自己的个性。字如其人，他的字，一个个又瘦又硬。

"刘甫澄夸委员长的字写得好。"就在他的笑容在清癯的脸上尚未消失，张群又说，"不过，刘甫澄又说，委员长的字写得太规范了些。不像历史上的唐宗宋祖，写的那些字呀，真是龙飞凤舞！就是流氓出身的汉高祖刘邦那一笔字也写得出类拔萃。再有，明末清初，闯到我们四川成都建立大西国，当了不到三年的大西国皇帝的张献忠，杀人如草芥，差点将我们四川人杀完，大字不识几个的张献忠写就的七杀碑，那碑上的七个钢叉大字也是挟风带雷。"

"七杀碑？"他一愣。

"是。"张群解释，"那是张献忠大肆杀人的理论依据，'天生万物以养人，人无一物以报天'，杀杀杀杀杀杀杀！"

"你看过张献忠写的七杀碑？"他好奇地问。

"看过，以前一直就摆在成都少城公园里，过后不知弄到哪里去了。"张群说，"张献忠那一笔字，特别是七个杀字，确实是腥风血雨，挟风带雷的。"

"这不是胡扯吗？"他生气了，"刘甫澄无非是变相贬低我缺少帝王气！他提到的帝王都是些什么东西？明代的开国皇帝朱元璋和尚出身，一脸的麻子，又丑又痞。刘邦更是一个无赖，竟把读书人的帽子拿来当尿壶。还有差不多将四川人斩绝杀尽的张献忠？他把我同这些流氓无赖比？他怎么不把我同清朝的盛兴之主，比如康熙、乾隆这些人写的字比比呢？"他发了一阵脾气后，让张群继续说下去。

"不过去宁波参观天下第一藏书楼天一阁时，刘甫澄绕室徘徊，颇有感触。"张群说。

"他这又是怎么了？"

"刘甫澄说，以往，他总以为宁波是个骑在算盘上的城市。"

"骑在算盘上的城市？"

张群详细解释，说刘甫澄从小就听说宁波商人精于算计，他印象中，宁波是个满城响着算盘的城市。不意这次去，发现这个濒临东海的浙江第二大城是个风景很美，很幽静的城市。一条大江穿城而过，江两边绿树成荫。特别是明朝嘉靖年间兵部右侍郎范钦开创的天下第一藏书楼天一阁，给他印象很深。他说，待以后天下太平，他解甲归田后，也要在他们大邑县安仁老家办一个藏书楼。他说，他不会像刘文彩刘老五那样，有了钱就买田置房，他要学范钦办藏书楼。

"不想刘湘还有这样的雅兴！"蒋介石笑了笑，长叹一声，说是，以后天下太平，他要把宁波天一阁修得更好些，现在天一阁，已经有些破损。

然后话归正题，他宣布：以后，就由他们四人着力解决中央入川事。并透露了一个秘密，就在张群陪刘湘、邓汉祥去宁波和奉化一带游山玩水时，康泽已经通过他的内线，掌握了刘甫澄对中央入川的底线。委员长说时笑吟吟看了看康泽，要他给大家说说。这就表明，原先躲在幕后的康泽，已经走到了前台。

康泽身上留有明显的出身劳苦人家的痕迹：骨骼粗大，皮肤黑红粗糙，眉重眼深，身量不高，相当笃实，粗手大脚。他穿一身军装，一副标准的军人姿态，正襟危坐，连风纪扣都扣得巴巴式式。康泽罕言寡语，不显山不露水，委员长点到他的名后，他还显得有些不好意思。

康泽说一口地方音浓郁的川北话。他说："其实我也没有做啥子，不过就是确切掌握了刘甫澄的底线——他同意中央参谋团入川。接下来！"说着，他特别看了看坐在旁边，盯鼓眼看着他的张群和杨永泰，"接下来的事情还多，还得看张部长和杨高参同刘湘、邓汉祥他们谈！够得磨嘴皮子！这方面，我就不行了。"

张群同杨永泰听康泽这样一说，一下就笑了。蒋介石注意到，这是张、杨二人怕康泽抢了他们的功。作为特使的郑大冲，坐在旁边洗耳净听，必要时敲敲边鼓，补充一些四川的事情。

是的，接下来，中央参谋团入川诸多细节，张、杨二人同邓汉祥还够得谈，这里面名堂多着呢！谈判是门很深的学问。

按照约定是上午八时左右，但张群提前一小时来到了刘湘下榻的宋公馆。邓汉祥的副官侯鑫迎了上来，说是甫公由秘书长邓汉祥陪着在后花园散步，要不要去通知他们？说时，一双猴子眼眨巴眨巴，似乎在巴结中显得有些心虚。不过，这时的张群无论如何不会想到，就是这个邓汉祥的副官，姓侯，长得也像猴子的副官，为了偷情，竟将主官邓汉祥的日记偷给小珍珠看了，让小珍珠和幕后的主使者康泽都立了一功，也让他对刘湘就中央参谋团入川事心中有了底。如果说，历史如同一部宏大的架构复杂的高楼大厦，有时，一些小人物也会在其中起了关键的难以想象的枢纽作用。

张群摇了摇手，说："不必去打扰甫公的好兴致，你带我去后花园就行了。"来到后花园，张群让侯鑫该干什么就干什么去，他自个在这里等。这时，一轮红日缓缓升起，越过高墙，无数绚丽的霞光将身后一丛丛沾满露珠，如同水洗过似的油绿翠竹染出一片金红。早晨的阳光非常纯净，像一支彩笔，渐次在花园里涂抹上颜色深浅不一的金粉。氤氲着一缕缕乳白色晨雾的花径两边花红柳绿，浓淡相宜，雀鸟啁啾，如诗如画。这时，身着长袍马褂的刘湘，一只手背在身后，同邓汉祥说着什么，沿着花径过来了。

"嗨，那不是张部长吗？"邓汉祥看见了站在竹丛后的张群，说时手一指。

"这么早，岳军？"刘湘看见了张群。

"甫公真是勤于国事呀，这么早就起来了！"张群笑着走上前来，以赞扬代替了问候。

"这些人也真是！"邓汉祥显得有些生气，"张部长来了，他们也不赶紧通报，让张部长等在这里！"

张群赶快对邓汉祥解释："你的副官要来通报，是我不要他来打扰你们的。"说时看着刘湘和邓汉祥，"我们不是外人，不要见外。千万不要叫我张部长，叫岳军，这样亲热些。"

"好好好。"刘湘点头答应，"以后改过，叫岳军。岳军还没有吃早饭吧？"

"没有呀。"张群故作亲切随意，"我听说甫公带有大邑的唐场豆腐乳，还有四川泡菜来，我就是专门过来赶你们的早饭的。"

"那就一起走吧！"刘湘笑着手一比，三人谈笑着进了一楼小餐厅。刘湘的早餐非常简单，稀饭馒头就卤牛肉，还有他家乡的唐场豆腐乳，红通通的四川泡菜。张群就着稀饭馒头、唐场豆腐乳、四川泡菜时，连声叫好。

刘湘慢条斯理喝着一碗白稀饭，用筷子不时戳一点唐场豆腐乳进嘴，显得很没有胃口，他看着吃得很香的张群，笑笑说："岳军，你这么一早扒爬筋斗赶来，是不是委员长下最后通牒了？"

"这倒也还不是。"张群解释，"委员长原先的意思是派十个师的中央军入川，后来经过我们多方转圜，委员长考虑到甫公的难处，同意派一个参谋团入川，起一个中央与地方的桥梁作用。"

"桥梁作用？"

"对，桥梁作用。杨永泰拟了一个具体的方案，一会儿带来。"

"那好。"刘湘说，"我一会儿参加，我要看看这究竟是咋回事。"

"那最好了。参谋团主要是起点军事方面的作用，预防红军回窜。参谋团驻在重庆，以免对川内事务有所掣肘。"张群说，"如果甫公参加，我想今天就可以定下来，签字。"

"哟，岳军那么有信心？"邓汉祥想起一些细节，"中央参谋团准备由谁当团长，可以透露吗？"

"可以，当然可以。"张群一副无事不可对人言的样子："团长拟由贺国光担任。贺国光是甫公早年在四川速成军校学习时的同学，同甫公关系不错，贺国光这个人也好处，厚道。这，甫公是知道的。"

刘湘既不表示反对，也不表示欢迎，只是一笑："俗话说得好，天上飞的九头鸟，地上走的湖北佬。"话没有说完，意思却是清楚的，贺国光也不是一个简单的人。张群见刘湘不表示反对，这是默认，心中暗暗高兴。

"甫公、鸣阶。"张群吃好了，放下了筷子，腰一直："你们就放心吧，我不会手拐子往外拐的。"

当当当……这时，壁钟敲响了九下。会谈的时间到了。

他们三人上楼，到了备极精致的小客厅刚刚坐下，杨永泰也到了。他们围桌而坐，开始谈判。

为了以示慎重，双方都没有用秘书，杨永泰就是总秘书。他唰地一声，拉开他带来的那个三道拐大黑皮包，拿出一沓打印好的薄薄的一式两份的文件，给了邓汉祥一份。看着刘湘说："甫公，我将拟进川的中央参谋团给你汇报一下？" 看刘湘点了点头，杨永泰这就将中央参谋团入川的任务、规模、驻地、团长等等都简要地说了一遍。参谋团是一个小规模的组织，团长贺国光，副团长杨吉晖，下设军事、政训、总务、别动四个处。

邓汉祥多了个心眼，问这四个处的处长都是些谁?

杨永泰闪烁其词，说是还没有定，只要团长定下来就好办了，处长是些谁，无所谓吧!

邓汉祥不好就此事追问，只是有意识地看了看刘湘，意思是甫公这事你得问，决不能放过! 刘湘却没有注意到这点，他已经中计。他受到杨永泰思绪的暗中引导：团长是主要的，几个小处长是谁，无所谓。他在想中央参谋团团长贺国光，同他一起在四川陆军速成学校毕业后，又上了陆军大学，先后担任过隶属于中央的第十五军军长兼开封警备司令、军事委员会办公厅主任、武汉行营参谋长；在 1930 年至 1934 年，由蒋介石亲自指挥的对江西中央红军的多次"围剿"中任参谋团主任。在刘湘的印象中，贺国光能力不算强，但办事认真，为人处事敢于负责。至于副团长杨吉晖，根本就名不见经传，不过是配盘而已。

看甫帅在参谋团四个处长人选上没有多说，邓汉祥也不好揪住不放。要知道，张群、杨永泰可是蒋介石的心腹大员，这份提案的背后站着的就是蒋介石，他邓汉祥就是吃了豹子胆，也不敢太得罪这两个人。刘湘毕竟才是四川的主子，他邓汉祥不过是刘湘的谋士、助手。俗话一句：皇帝不急太监急! 他犯不着。接着，刘湘就参谋团的人数、驻地等等细节，又对张、杨二人问了问，就不多说了。看来，杨永泰带来的这份提案，是他们事先在背后经过周密研究过的，文字表述也相当的言简赅逻辑严密，刘湘提不出什么意见了。向来精明的邓汉祥心中有些奇怪，这份甫帅即将要签订的中央参谋团入川协定，完全就是有的放矢，简直把他和甫帅的心思吃透了。当然，这也仅仅是思想上闪过一丝疑问而已。在铸就许多历史大事件的背后，往往埋藏着一些除当事人而外，别人无法知晓的秘密。而这些秘密，或许会永远沉默下去。

过场走完了。张群将一份"中央参谋团入川纪要"递给刘湘，说："甫公，你看，是不是就这样定了？定了，就请甫公签字，委座还在等呢！甫公签字，我们就可以送呈委员长批准执行！"

"鸣阶看看吧。"刘湘接过看了，递给坐在旁边的邓汉祥。邓汉祥反复看过，忍不住再次提醒刘湘："甫公，你看，这'纪要'中，参谋团四个处的处长是哪些人，需不需要也明确下来？"

刘湘想了想，说："算了吧！"杨永泰相当殷勤地，毕恭毕敬地站起来，将已经旋开的派克金笔递到刘湘手中，弯下腰去，指着"纪要"左边空白处，请甫公签名。

刘湘接过笔，在指定的地方签了名。接着，代表中央作为正副谈判代表的张群、杨永泰在"纪要"上也分别签了字。这里，刘湘因为疏忽，犯了一个大错误！这就是邓汉祥大起胆子，要他务必注意参谋团的四个处长都是些什么人？可是在这一点上，他放任自流了。以后，贺国光的参谋团入川，别动处的处长由康泽担任，康泽是个全能特务，活动能力强，对四川情况熟悉。他带了一支两千多人的武装特务进川，这些武装特务能量很大，到了重庆后慢慢渗透开去，四处插手，就像《西游记》中的孙悟空钻进了牛魔王的肚子里，从此搅得刘湘再无一天安生的日子，让刘湘伤透了脑筋。

刘湘回川前夕，蒋介石在他的官邸再次设家宴为刘湘饯行，显示出对刘湘一种特别的亲近和关切。而且，蒋介石这次是真的高兴。

委员长夫妇在官邸里的另一个小厅设宴招待刘湘。暮霭时分，刘湘由张群、杨永泰、邓汉祥陪着，进了委员长官邸。一行人沿着花木扶疏的花径，谈笑风生地穿廊过檐，越假山，移步换景，来在庭院深处，跨阶沿，进了一间富丽堂皇的小客厅，转过一道屏风，眼前一亮。明灯灿灿间，只见围坐在一张铺着雪白桌布的硕大西式椭圆形桌周围的蒋介石宋美龄夫妇，还有宋子文、孔祥熙、陈布雷等，都站了起来，鼓掌欢迎。这让刘湘不知如何是好了。

"委员长好！夫人好！各位同仁好！"刘湘鼓掌回应。

"甫澄请坐，大家请坐！"站起身来的蒋介石手一比，示意刘湘坐在他右手边。委员长笑吟吟地看着刘湘："甫澄，你这次去了宁波和我的家乡奉化一带看了看，感觉如何？"

"感觉是不错的。"刘湘不卑不亢，就说了一句。

"嗯，听岳军说，你对我的家乡的评价是'灵山秀水'？嗯，这个，我听了很高兴。"蒋介石将宽大的袖笼抖抖，露出一只瘦骨嶙峋的手来，在光光的头上抠了抠，将话引上了主题，"这次甫澄你进京，同中央达成了《纪要》，这个，这个，很好，我很高兴。这不仅对于解决四川问题，而且对中央以后解决全国诸多省的问题都开了良好的先例。本来是应该让贺国光来的，他在南昌行辕还有些事，一时无法脱身。"说到这里，他神情严肃了，腰板一挺："四川，在全国有举足轻重的作用，我对天府之国四川向来另眼相看，且有一种个人特别美好的感情。这个、这个参谋团入川，以后还要多多借重，多多合作，嗯！贺国光是你的老同学又是朋友，好处。以后你们就要共事了，甫澄，你要多多支持贺国光，嗯！"

"那是自然的，也是应该的。"刘湘说时一笑，笑得有些勉强。

委员长喜吟吟地宣布："今天是双喜临门。不仅中央同甫澄兄达成了参谋团入川'纪要'，值得庆祝，而且还是甫澄的 44 岁生日。"刘湘心中一惊，他连自己的生日都忘了，没有想到委员长竟知道这天是他的生日！这时，坐在委员长身边的夫人宋美龄举起手来，打了一个美国式的榧子。

一个面容姣好，身姿颀长袅娜，身穿大红旗袍的年轻姑娘推着蛋糕车款款而来，在刘湘同蒋介石之间停下来。刘湘看了看，这个生日蛋糕足有五十磅重，状似宝塔。蛋糕上插了 44 根红红绿绿的小蜡烛，象征他 44 岁生日。

"这是我让人专门在著名的沙利文点心店给刘主席定做的。不知刘主席满不满意？"宋美龄笑吟吟的。

"谢谢。"刘湘说时细看，在这个喷香的大蛋糕上，镂有一幅图案，可谓寓意深长。在由乳白色、翠绿色等多种颜色堆出的一幅中国版图的大蛋糕上，一只大手从南京方向伸出来，端端伸向了西南方向的四川，这只手显然是委员长的手。另一只手，显然是他刘湘的手，从西南方向那一道隆起绿色奶油状的一边伸出来，接着从南京伸来的大手，两只手紧紧地握在一起。那一道隆起的绿色奶油带，不用说，代表着秦岭山脉，这种象征意味是非常明确的。

红旗袍姑娘将插在蛋糕上的44根蜡烛点燃了，夫人说："现在，让我们来为刘主席祝寿吧！"说着，她带头拍手，用英语唱起"祝你生日快乐"歌。其他人同委员长一起，也一边拍手一边唱。夫人声音洪亮，其他人的声音都淹没在了她的声音里。

唱完祝福歌，刘湘在众人喝彩声中，弯下腰去，一口气将44根小蜡烛全部吹灭。接着吃蛋糕，开始上宴席，一桌子珍肴美味。吃饭不过是走个形式，在家宴接近尾声时，委员长笑吟吟说："甫澄就要回四川了，我送一份生日礼物给甫澄饯行。"这就有一个身穿法兰绒中山服、侍卫官模样的青年走来，快步走到蒋介石身边，手中捧着一个用红绒布遮住的银盘。蒋介石揭开红绒布，两根拇指拈起放在银盘内的一张用精美道林纸打印的清单，送给刘湘。刘湘接过一看，心中大喜，蒋介石拨给了他500万元"剿赤"经费，还批准四川发行善后公债7000万元。

刘湘高兴得嘴都合不拢了，连说："谢谢，谢谢委员长关照。"说时看了看坐在身边的秘书长邓汉祥，流露出歉意，"可惜我们动身来京时没有一点准备，连一点表示的礼物都没有。"

"这个好办。"宋子文笑着，语意双关地说，"以后我们到四川，甫公只要不嫌我们人多就行了。"

"那是当然的，当然的。"好像要给这一挺做作的场面做个注脚，这时，当当当！隐在黑暗中的座钟敲响了九下，夫人看了看委员长，示意家宴可以结束了。

钟声刚落，蒋介石清癯的脸上笑笑："刘主席明天要回四川，天下没有不散的宴席，我们就散了吧，让刘主席早点休息！"说着，率先起身。

于是，刘湘就任四川省主席后，第一次进京就这样结束了。

- 第十一章 -

强力渗透，从神仙洞"王灵官"开始

"卖报、卖报，卖《重庆早报》，看中央参谋团入川！"

"卖报、卖报，卖《重庆日报》，看蒋委员长和刘甫澄主席对参谋团之不同看法！"

一早，在大雾弥漫的朝天门码头、人群熙攘的沧白路上，报童们一路跑来，扬着手中沾满油墨清香的各种报纸，沿街叫卖。这一段时间中央参谋团入川的诸多消息，就像在平静的湖里扔了一块大石头，溅起满天波澜，成了重庆的热门话题，人们纷纷买了报纸并立即驻足读看起来。

"啧啧！"有人一边读报一边发表评论，表现出惊讶："哟，中央参谋团如此庞大？这哪是一个参谋团，分明就是来的一个军嘛！"

"哟，你看你看！"有的人指点着报纸，对站在旁边俯身看报的人说，"中央参谋团下设四个处，最要紧的别动处的处长康泽，是我们四川安岳人，现在是蒋委员长的贴心，老特务。他一下就带来了一支两千多人，十分精干的别动队，还有一个宪兵团！哟嗨，这不是喧宾夺主吗？这一来，刘甫澄怕是觉都睡不好了，怕是要对中央喷痰了？"

"是呀！"又有人指着报纸说，"看这里，四川省主席刘甫澄上书中央，

176

指出中央参谋团入川以后，对川政插手太多太宽，与原先在京达成的《纪要》不符！"

　　然而，人们从报上看到这些消息后，表现出来的是惊讶也好，好奇也罢，总之是一种情绪罢了。平民老百姓总得去忙他们最为现实的生计。因此，随着笼罩在山城的晨雾渐渐散去，这些在重庆街头巷尾一早上演的人文景观，也随之消散了。

　　近中午时分，有雾都之称的重庆的雾才渐渐散尽。

　　这是五月的一天。进入二十世纪三十年代中期的长江上游重镇重庆，亮出了某种亮丽和畸形的繁荣。天，少有的高和蓝，偶尔有朵朵鸭绒似的薄云飘过。穿过山城的长江、嘉陵江上百舸争流的船帆，像蓝天上不慎跌落的云，倏又缓缓而去。

　　山山谷谷、万瓦鳞鳞、回旋起伏的街市，进入了一天中最繁华的时分。朝天门、民国路这些热闹地段，汽车、人力车往来穿梭，行人摩肩接踵，杂声盈耳，如同搅粥。

　　"嗨，快买快买，换季大甩卖！"

　　"嗨，快买快买，亏本大拍卖！"

　　山城重庆的街大都不宽，且都要爬坡上坎曲曲弯弯。街上，不少店铺都在拍卖，有的店员将衣物拿在手上，或披在身上大声吆喝叫卖，招徕顾主。洋盘一些的，在铺子里用留声机放起"何日君再来""桃花窝美人多"类软绵绵甜丝丝的歌曲吸引买主。还有卖舶来品的，大都是"美孚""双枪""老人头"，花花绿绿的广告遍街都是。而为数不多的电影院呢，大都设在朝天门、两路口这样的闹市区，上演的都是美国好莱坞的影片，门外张贴着巨大的海报，电影院生意很好，人山人海。

　　光怪陆离的山城，畸形繁荣的重庆。

　　中央参谋团进入重庆的时间不长，却已经将刘湘经营多年的山城重庆演变成了参谋团的一统天下。参谋团的势力在重庆如水银泻地，无孔不入。刘湘留守在重庆的大员们，无一例外地受到了监视，外地来人，不管你有何通天本领，也不论你是从天上、陆路或水上进入重庆及附近的一十三县，立即就会受到严密监视：你的电话会被人监听，出入信件会被人暗中检查。参谋团之所以有如此大的能量，很大程度上是贺国光听取了康泽的建议，将植根民间，且无孔不入的哥老会及形形色色的黑道组织拉拢过来，用了起来。这就像织起了一张无形的、看不见却时时处处都可以感觉到的巨大的网，任何人只要一进入这张网中，就难以逃脱。比如，市中区会仙桥最大、最堂皇的皇后饭店，老板占半山原是个黑道人物，现在被康泽发展成了他的别动队员，负责为参谋团收集情报。又比如，黑道人物徐拐子在市中心打铜街开了家圆圆舞厅，加入了康泽的别动队后，就不一样了。舞厅里舞女们不仅按月向徐拐子交钱，还要向他上交收集到的各种情报，徐拐子转过来，又将这些情报作为礼物回赠康泽。当然，这些袍哥黑道人物的利益也会受到参谋团保护，双方相互利用。

珊瑚坝机场路边有间颇有名气的飞虹相馆，以技术好、态度殷勤出名。老板张泽民和摄影师童二钊也是袍哥，现在被康泽拉了过去。他们在替重点客人照相的同时，同一张肖像也就悄悄流进了康泽手中。

重庆市政府的一些官员，二十一军留守在重庆的一些军政人员，也正在被参谋团用各种手段拉拢。

这天上午十时左右，一辆不引人注意，有些过时，显出陈旧，状似"推屎爬"的早年产福特牌黑色小轿车，从同样不引人注意的参谋团驻地罗家山悄悄驶出，沿着忽上忽下，两边茶楼酒肆鳞次栉比，显得有些狭窄的街道，往沧白路方向而去。

端坐在车内的，就是重庆时下的热门人物，中央参谋团别动处处长康泽。正午的阳光透过车帘，在车内闪烁跳跃，犹如他的思绪。看得分明，在车上坐得稳笃笃的康泽将两只粗大的手放在膝盖上，一动不动，他在沉思默想。他的外表看起来要比实际年龄老成得多，看起来说四十可以，五十也说得过去，其实他才刚过而立之年。也许是为了尽量掩人耳目吧，他这天没有穿军装，而是穿一套灰扑扑的卡其布中山服。他的长相本身毫无特色，皮肤黑红又粗糙，骨骼也粗大，一张老扑扑的四方脸，头上剪的是短发，整体看，上身显得比下身长，他的身上带有明显的过去艰难岁月留下的特征。如果将他与那些细皮嫩肉、方面大耳的当官的一比，简直就是天上地下，风马牛不相及，他的身上毫无光彩。可正应了这句话：咬人的狗不叫。康泽为人处世含而不露，心机很深。如果细看，他方正的脸上一双眍眼睛很有神很稳定，头发又粗又黑又硬，犹如钢针。这时的他，保持着职业军人固有的端正坐姿，却颇有兴致地，用他那双枪弹似的灵动眼睛，注意打量着车窗外快速往后退去的街上的景致，似乎生怕看漏了一点什么。这就从一个方面显示出经过某种严格特殊训练的职业军人特征。

他现在是要到沧白路去笼络一批很有影响的袍哥。

昨天晚上，按照惯例，他向参谋团团长贺国光汇报了近期的工作和下一步工作的打算。贺国光表示赞同。

"兆民！"贺国光对他总是另眼相看的，征求他对参谋团近期整体工作的看法。他显得很谦虚地说，他是搞具体工作的，往往只看到他工作的那一个面，要对参谋团一段时期的工作进行整体总结，还是只有团长才行。

贺国光说，重庆现在看来算是基本拿下来了，但距委座的要求甚远。要拿下四川，就要设法拿下成都，但他试了试，根本就插不进去。委员长催得又急，计将安出呢？难办啊！

他当即献计说，"四川王"刘甫澄现在看起来好像很强大，在四川一手遮天。之所以如此，关键是刘甫澄把他的军队军权抓得很紧，他是靠了手下几个大将几个师长给他扎起。说着扳起拇指算："唐瘟猪"唐式遵、张斯可、潘文华、王陵基"王灵官"、范哈儿，加上他的模范师师长刘从云刘神仙、新近投降的陈万仞。如今"刘神仙"已经被刘甫澄打进了阴山，王陵基"王灵官"被晾了起来。如果将这些大将给他一一搬开，那就好有一比，纵然他刘甫澄修起的是一座高楼大厦，并且在高楼大厦上雕龙刻凤，但如果基脚一松一垮，他的高楼大厦马上就要垮塌下来。一句俗话说得好，堡垒是最容易从内部攻破的。

贺国光若有所悟，看着他，两眼放光。"兆民！"贺国光说，"看来你是有考虑的，说下去，说完。"

于是，他主要从王陵基"王灵官"这个人说起。他说王陵基不是一个等闲之人，虽是刘湘手下的一个师长，却当过刘湘的老师。贺国光说，对，他也当过我的老师。

如同邓锡侯叫"水晶猴"、刘文辉叫"多宝道人"一样，王陵基的"灵官"之称也是有道理的。王陵基这个人很有头脑，性格刚硬，可以说是铁钉子都咬得断，勇于负责。年前成都巷战前夕，他同刘湘演的一出双簧，更是尽人皆知。王陵基硬是把刘文辉倾其所有，从日本购买的一大批先进武器，其中包括十二架飞机，在上海拆解后装上二十只大船，水运进川，经过万县时，被驻守在那里的王陵基打来吃起了。如其不然，兵多将广的刘文辉把这一大批先进武器运到成都，如虎添翼，以后的事就难说了。可是，"王灵官"这个人身上也有不少毛病，他自恃是刘湘的老师，又给刘湘帮过大忙，出了大力，立了大功的，就经常在刘湘面前抠起一副老师的架子。然而，让刘湘真正恼怒的是有这样几件事：

一、刘湘"围剿"红军时，战事正酣之际，作为第五路军总指挥的王陵基竟擅离火线，偷偷溜回万县去同他新讨的小夫人金蝴蝶睡了几日，贻误战机。

二、刘湘"围剿"红军失败，很丢面子，不得不向委座请辞四川"剿总"司令职，在不经委座允许之时，径直去了重庆，异想天开地让刘从云刘神仙代替他，去前线当"剿匪"代总指挥，结果仗打得一塌糊涂，刘湘这事办得滑天下之大稽。刘湘任命刘从云之时，所有的将领都不同意，如田颂尧、邓锡侯等等。闹得最凶的是王陵基，闹得天红，出语刻薄尖锐，这些话都传到了刘湘的耳朵里，让刘湘记恨。

三、事后，刘神仙的下场就不说了。委座一怒之下，杀鸡儆猴，敲山震虎，撤了昏庸不堪的四川老军阀刘存厚二十三军军长职。王陵基看中了这个位子，去走郑大冲的路子，这就让刘湘气伤心了。他认为这是王陵基背叛他，忍无可忍，一怒之下，将王陵基撤职。把王陵基丢在重庆，晾了起来。

王陵基是个老资格的四川军人，有相当的影响，而今他就住在重庆近郊的神仙洞赋闲，团长何不这个时候去看看他，做他的工作？如果这个人倒过来了，无异于我们撬动了刘湘好不容易建造起的大厦的第一块基石？况且，团长去看老师，也不引人注意。

"说得好，兆民！"贺国光当即高度赞扬了他的智慧和眼光。然后决定，第二天他继续去做重庆袍哥的工作，贺国光出面去看老师王陵基。

"处长！"这时，坐在前排副驾驶座上，身着便装的副官掉转头来，指着前面一间两楼一底的饭店："沧白路到了，是这个巴适饭馆吗？"

"是。"

轿车停下了。

等候在巴适饭店门前的重庆有名的浑水袍哥周发发见到康泽，颠颠迎上。周发发是袍哥中的三排，三十来岁，水蛇腰，穿一件灰扑扑的长衫，青水脸，瘦骨嶙峋的身架，像个稻草人，唯有那双眼睛贼亮，显示出刁钻歹毒的本性。

"人都来齐了吧？"康泽说时看了看戴在腕上的手表。

"齐了。"周发发说时腰一弯，手一比，"康处长，你老人家请！"

针对袍哥没文化讲义气的特点，为团拢这批人，康泽今天特意来这里，同这帮浑水袍哥举行结拜式。在重庆，类似的活动，他已经很搞了一些。

他们上了楼，进入隔壁香堂，举行结拜仪式去了。

与此同时，坐在一辆挂有中央参谋团牌照，崭新锃亮的克拉克轿车里的贺国光，已经到了两路口。

两路口是重庆市一个重要的交通枢纽。街心设有一个蘑菇似的岗亭，一个身着黑色警服，被重庆人戏称为黑乌鸦的交通警察，站在街中心那个蘑菇似的岗亭上，不断做着"街心体操"。他手中执一根红白相间的警棍，不停地比画，指挥着南来北往的车辆，哪些该走，哪些该停，有嫌疑的车辆还要被扣下来。在如此重要的岗位上执行任务的，理当是一个眼观四方，耳听八面的黑乌鸦。然而让贺国光不解的是，今天这个打涌堂的时候，站在重庆这个最重要岗亭上表演着街心体操的交警，却是一个跛子，四十多岁，其貌不扬，显得很有些苍老，但如果仔细看，会发现他那顶大盖帽下隐藏着的一双凹眼睛，频频关顾四周，目光枪弹般犀利。他之所以站在这里，是因为这个跛子最有眼水。好些达客贵人的车，尽管不挂车牌，他一眼就能看出来，让其先行。贺国光的车到了两路口，被堵了。他不由得看了看表，同王陵基约好的时间是上午十时，而堵在前面的车很多。站在岗亭上的黑乌鸦，屁股对着这边，很机械地指挥着对面东西南三个方向的车辆通行，要转到这边不知还要多少时候？十字路口不宽，其间在过往的汽车中又夹杂着黄包车，还有不遵守交通规则的行人，情况混乱。他心中不由得担心起来，也焦躁起来。

然而就在这时，站在岗亭上的跛脚乌鸦表现出了不凡，倏忽间目光一闪，注意到了从北而来的停在街口嘈嘈杂杂，轰轰然然的人车混搅阵中，有一辆崭新锃亮的克拉克轿车，他同时注意到，这辆崭新锃亮的克拉克轿车挂有中央参谋团的车牌。跛脚乌鸦立马转过身来，用手中那根红白相间的交通警棍打出手势：东西南三个方向的车辆暂停缓行，北来的车辆出城。

车动了，贺国光不由笑了。心想，这个站在重庆最重要的岗亭上的黑乌鸦真是了不得，真是目如明灯。这只跛脚黑乌鸦明明屁股背对着我们，正指挥那三个方向的车辆通行，却能突然发现这边众多的车辆中有一辆挂中央参谋团车牌的车，立刻放行，可见中央参谋团在重庆是相当有分量的！

车过两路口，很快就到了郊外，贺国光的心情像这天的天气一样晴好。随手撩开车帘，一缕金阳和着窗外的景致一齐涌进窗来。绵延起伏的山峦、丘陵，一派油绿葱翠。山坡上，丛丛野花对着羊群笑，吃草的羊群不时抬起头来，对着在山风中摇曳多姿的山花叫。远方，在重重叠叠的山峦间，挂着一缕透明的白云。而在山下，绵延东去如线的嘉陵江上白帆点点。

贺国光一边欣赏着窗外的美景，一边在想，王陵基这会儿在干什么呢？

二十世纪三四十年代，四川的军阀都很有钱。不要说军长、师长、旅长一级，哪怕就是一个团长、营长也都相当有钱。一个小小的营长，一般而言，挂甲归田后，他们在当地都能娶妾，买房置产。他们钱的来源不同。军长、师长级可以称为军阀，他们往往占地为王，在当地任意派款征税，有的还私造钞票。团长、营长手中的钱，主要来源一是他们应得的薪饷；更主要的是喝兵血，即向上面虚报名额，胆子大的，一个连的兵员敢报一个营，甚至一个团，他们吃这中间的差额；三就是在当地估吃霸赊，所谓大鱼吃小鱼，小鱼吃虾米，虾米吃泥沙是也。

民国时期的著名作家张恨水，写过一部很有名的小说叫《五子登科》，五子指的是：票子、房子、女子、车子、儿子。军阀们的阔气，钱多钱少，大体以对五子占有的多少而论。军阀中也有极个别的例外，比如刘湘。就以女子而论，他与原配，乡下女子刘周书厮守终生，不离不弃。而且刘周书这个名字，都还是她嫁过来后，他给取的。她原来没有名字，嫁过来叫刘周氏。其他四子，刘湘也无兴趣，他生活上相当廉洁，是民国时期绝无仅有的四川军阀，殊为难得。

在四川军阀中，房子最多最好的是刘文辉，妻妾最多的则数杨森。出生四川广安的杨森是个很有趣的人，他长得与刘文辉差不多的矮小，却最喜欢女色，一生都在娶妻妾。刘文辉是一副老太婆相，杨森则是一副鼠相。他年轻时，有次去看相，算命的先生大概唸叨了些他鼠相不好的言语。这其实是当不得真的。然而杨森却听进去了，以后终其一生，都在坚决地、自觉不自觉地同他命中带来的鼠相鼠命，比如小气等等注定了的丑言陋行坚决抵制、斗争。杨森确实是个有毅力的人。细察其一生，他做事之大气，恰恰与他的长相狭小成反比。他有两个长项，走到哪里带到哪里，显得格外阳光和大气，最为人称道。这就是，他重视市政建设和开展体育运动，算是给一方人民谋了福的。在他主持川政短短的一段时间内，就在省会成都花了大力气，建起了一条非常漂亮、非常洋气西式、非常繁华的春熙路，轰动一时，不亚于当时上海的南京路、北京的大栅栏。直到今天，几度翻新的成都春熙路仍然号称西南第一路。他还在成都建了许多新式厕所，移风易俗，方便民众。他还建了体育场，对体育运动情有独钟，不时上场打篮球，身体力行。

但杨森好色，则是坚决不肯改的。在他看来，好色不是什么不好的事，自古英雄爱美女。从古至今，有几位英雄不好色的？他对曾经英雄一时的四川军政府前都督尹昌衡的三段论深表赞同。尹昌衡说过："自古英雄爱美女。昌衡是英雄，所以昌衡爱美女。"

杨森一生妻妾成群。晚年他在台湾，八十多岁时，有次在街上偶遇一绝色少女，八十老翁的他竟迎上去自我介绍，说他是国府的高级军事顾问，薪金是很高的，住房也好，还配警卫小汽车等等。介绍完了自己，又问人家姑娘芳名。那姑娘也真是与杨森有缘，天真地说她姓张。善于猎艳的杨森不肯放过这个绝好的机会，他将名片送给张小姐，并表达了不日将登门拜访的愿望。长得明眸皓齿、体貌姣好的张小姐既不答应也不拒绝，礼貌地接过名片一笑而去。不意张小姐这嫣然一笑，顿时让聊发少年狂的杨森酥了半截身子，回到家中茶不思饭不想，一脑门子都是年方二八，明眸皓齿的张小姐的倩影，这就勇敢地登门求婚。杨森的风流，杨森的有钱，杨森的官大，在台湾尽人皆知。有钱能使鬼推磨，何况一个绝色少女！年过八旬的杨森最后竟是心想事成，硬是将年轻貌美的张小姐娶到了家里。隔年，长得如花似玉的张小姐，竟然还给八旬老翁杨森生了一个小幺女。这在台湾，成了轰动一时的新闻。

王陵基自然也是一个五子登科的军阀。他神仙洞别墅是一处风水宝地，总面积好几亩。原先他修建别墅时远远没有这样大，也不叫神仙洞，这地方是旁边一个李傥的。李傥老儿是重庆市财税局局长，官不大，钱攒得不少，年近花甲，是个老色鬼，修了别墅金屋藏娇。他多次找李傥谈判，愿意出高价将李傥的别墅买过来，这就显得有些霸道。李傥哪肯？王陵基是个不屈不挠的人，如果先前军权在手，他轰都可以把李傥轰走，无奈已经下野，没有办法，这就多次耐着性子去缠去磨。李傥老儿对他要么找借口不见，要么见了他也是闭着眼睛，摸着额下一把花白胡子，理都不理，像四川人所说："四季豆，油盐不进。"

王陵基是个有头脑的人，久了，他发现李傥老儿有一个软肋。这就是，李傥老儿娇妻美妾一大群。但是家中除了李傥老儿一个老男人，其他都是女性，典型的阴盛阳衰，李傥老儿完全照顾不过来！他发现，每次他去李傥家，那些莺莺燕燕的女人们，看到他都露出一副馋相。他知道他的相貌也不行，无非年轻一些。这就对症下药，使出了美男计，设法去他原来的部队中挑选出几个年轻英俊，身体强壮，浑身雄性荷尔蒙四射，又会勾引女人的种马似的军人，每天借机去李傥老儿家蹿来蹿去。

这一来，李傥老儿吓坏了，他怕自己被戴上一顶绿帽子，只好将别墅卖给了王陵基。他拿到手后，对两座别墅的修建整合极为重视，事必躬亲，不仅请了高明的设计师来设计，花园、洋房等一应建筑都是改了又修，务必符合他的心意。终于修成三进的大院，主楼在最里一个大院，中西合璧，一楼一底，尖顶阔窗，穿西装戴瓜皮帽，绿瓦乳黄色的墙壁，备极舒适。毕竟是军人出身，屋子内部还有机关，曲尽回环。

这会儿，刚刚才起床不久的王陵基又睡下了。他百无聊赖地睡在一张退一步大花床上，双手垫在头下，眼睛紧闭，不知在养神，还是在思索什么。

"方舟，方舟！你不是说中央参谋团的团长要来拜望你吗？咋个又睡下了？快起来准备接客嘛！"他的如夫人金蝴蝶进来了。金蝴蝶真名张灵箐，原是万县一个川戏名角，金蝴蝶是艺名，今年刚二十岁，长得极具古典美，精通风月。王陵基率部在万县驻守时，作为二十一军第三师师长的他，是当地的最高长官，上马管军下马管民，钱都敢印，更不用说一个区区川戏名角了，他既然看上了金蝴蝶，自然就是他的。四川人风趣，把老男人讨小女人比喻为老牛吃嫩草。王陵基这条老牛，搞到金蝴蝶这抱嫩草后，不仅吃得香喷喷，而且没完没了。年前，在刘湘亲自担任"剿共"总司令，对通南巴的红四方面军发起六路围攻时，他担任第五路军总指挥。战事正酣，他却因打熬不住，丢下部队跑回千里之外的万县去同金蝴蝶缠绵几日，让部队吃了大败仗，过后受到刘湘训斥。现在，他被刘湘晾了起来，人面前他总是笑话一句，我王方舟正好偕夫人在神仙洞过过神仙日子。可话是这么说，对于他这样一个有野心，从不甘寂寞的将领，大权旁落了，被晾在一边，是多么难受啊！好在身边有金蝴蝶陪伴。

金蝴蝶四肢修长，水灵灵的眼睛，稍高的个子，腰肢很细，丰满合度。走起路来就像在戏台上演戏，飘然而至。婀娜有致的金蝴蝶坐在床边，伸出一只莲藕似的手把他摇摇。另一只手习惯地捏起手绢，屋子里顿时荡起一股法国香水味。

王陵基张开了眼，黄焦焦的脸上，一双眼睛漠然地望着房顶发呆。金蝴蝶逗他，她扭过腰肢，手伸到他的腋下去挠痒痒。她本来身姿颀长丰满合度，斜腰一扭，这样，在她的旗袍开衩处，一只雪白丰腴修长的腿就露了出来，担在床上。王陵基经不住挠，扑哧一声笑了，伸出手将她的细腰一搂，抱在怀里，顺手抚摸起她那只露出来的雪白丰腴修长的腿，老夫少妻开始了缠绵。

对王陵基这样被晾起来的将领，这会儿，年轻貌美的如夫人金蝴蝶对他来说，是释放愁怀的最好工具。

缠绵过后，躺在床上的王陵基闭上眼睛，一边哼起川戏，一边梳理着躺在自己怀里的如夫人金蝴蝶丰茂得热带雨林似的头发，就像是在梳理躺在怀里的猫似的。

"虎落平阳啊，被犬欺，铿铿铿！"他边唱边哼起锣鼓声，"落毛的凤凰不如鸡……"几乎所有的四川人都爱看川戏，王陵基更是个川戏迷，好些戏文都记得一些。最近一段时间，他不时哼几句形单影只的戏文，以抒胸中的郁闷。

金蝴蝶猫似的伏在他身边，善解人意的她，轻言细语地对老丈夫说："方舟，我看你最近又瘦了，真是人比黄花瘦。这样好不好，我让厨下陈嫂到青石桥菜市场去买回两尾活鲜鲜的两斤来重的鲫鱼来，等一会儿，我亲自下厨给你做豆瓣鱼，好不好？"金蝴蝶的豆瓣鱼做得很好，她知道老丈夫爱吃她做的豆瓣鱼。

"也好。"王陵基翻身坐起，看着金蝴蝶说，"一会儿贺国光来后，我留他吃饭，让他也尝尝你的手艺，你让厨下多准备点菜。"

"早准备好了，这个要你说吗？"金蝴蝶将樱桃小口一噘，样子着实逗人。

王陵基被逗笑了，在她的嫩脸上一摸："你晓得这个贺国光是啥子人吗？"

"你门缝里看人，把人看扁了！"金蝴蝶同老丈夫逗趣，"我咋不晓得，他是中央参谋团的团长嘛。"

"你晓得他与刘甫澄原先是四川速成陆军学堂的同学吗？"

"哎，这个就不清楚了。"

"还有，你晓得他们两人原先都是我的学生吗？"

"这个，倒不晓得，哎哟，还看不出来嘞，你这么了不起！"金蝴蝶说时，坐了起来，看着老丈夫，夸张地瞪大一双睫毛绒绒后黑葡萄似的眼睛。

"做啥子，你吓着了吗？"王陵基笑了，得意地说，"天、地、君、亲、师，无论他姓贺的、姓刘的当了多大的官，有多么了不起，都是我的学生，我都是他们的老师。"

"那倒是。"如夫人金蝴蝶顺着他的话说："贺国光既是你的学生，来看望老师是天经地义的。"

"那倒也还不是。"王陵基说时叹了口气："无利不起早，贺国光来看我，有他的目的。"

"有他的目的？"金蝴蝶把这绕口令似的话又学了一遍。

"是。"王陵基肯定地说，他就像老师考学生似的考自己的小妾，"你猜，贺国光他来找我做啥子？"

小妾金蝴蝶看着老丈夫，一双黑葡萄似的眼睛架势眨。她猜不出来，她毕竟是个只有二十来岁，唱戏出身，没有什么文化的女子，对政界上勾子麻糖的事哪能摸得透？

"不晓得。"她说，"我想，总是好事吧？"

"好事，当然是好事。"说到这里，王陵基有些振奋了，"走着瞧，我有他刘甫澄好看的！"说时，一个鲤鱼打挺坐起，同金蝴蝶到了隔壁小客厅。

这会儿，在等贺国光驾到的时间里，他让小妾将他在民间搜刮来的一副价值连城，巧夺天工，象牙做就的金鼓银锤拿出来玩。

金鼓银锤拿来了，放在一张玻晶茶几上。小小的金鼓用一根细细的金丝吊起，挂在两根象牙的春笋上，春笋长在象牙泥土上，如此复杂的造型全部在一根象牙上完成，实在是巧夺天工。

王陵基饶有兴致地拈起一根小小的银灿灿的鼓锤，在金鼓上轻轻敲击，发出一阵阵清脆悦耳的当、当声，音韵铿锵。

这时，壁上的中式挂钟敲响了十下。

钟声刚息，副官郭三来到门前隔帘报告："师长，贺团长的车已经看得到了。"

"好！"王陵基吩咐如夫人将金鼓银锤收起放好。然后，夫妇俩一起下楼出门去迎接。

"老师，多年不见，你还好吗？"贺国光一下车，抢步上前，双手握着王陵基的手，上看下看，努力做出一副很亲热很关心的样子。

"将就，将就。我给你们介绍一下！"王陵基奇货可居地指着身边的金蝴蝶，"这是我的如夫人张灵箐。"再指着贺国光，看着如夫人，"这就是我经常给你说起的中央参谋团团长，大名鼎鼎的贺国光将军。"

"啊，久仰久仰，久仰贺团长。"如夫人毕竟还是见过世面的，大大方方地伸出手来，同贺国光握手。

贺国光握着金蝴蝶莲藕似的纤纤玉手，话说得又谦虚又有趣："啊，早就听说师母年轻漂亮。耳听为虚，眼见为实，今日一见，果然不同凡响，难怪老师甘作洞中仙人。"这话把王陵基说高兴了，他呵呵笑道："元靖，我记得你当初在军校读书时，不是一个善于辞令的人，现在是练出来了，练出来了。"

金蝴蝶给贺国光回礼用的是西洋式，也不知是从哪里学来的，她腰弯了弯，一只腿屈了屈，显得既洋盘又淑女。王陵基心想，这婊子是从电影上学来的吧？真如西方一句谚语，"女人的智慧是蛇智慧"。

王陵基端起老师的架子，作古正经地对贺国光说："元靖，你叫她啥子师母哟，她年轻，以后叫她小张就是！"

"恭敬不如从命，既然老师这样发话，就叫小张吧！"贺国光想想改口，"不，叫小张太失礼，叫夫人为好。"

"元靖，请！"王陵基十分高兴，这就将手一比。

"老师请。"贺国光不肯先行。王陵基这就伸手将贺国光一拉，两人并肩沿阶拾步，过门槛，进了神仙洞，朝里走去。

重庆毕竟不是成都的一马平川，王陵基的神仙洞层层叠叠。沿着一条两边花木扶疏，曲径通幽，专门用红红绿绿的三峡小石子镶砌而成的甬道不断上走时，贺国光一路都在夸老师的神仙洞真是名副其实，好，宽敞，幽静，花香鸟语。主客上了西式主楼，进了备极精致的西式客厅，在沙发上落座后，金蝴蝶知趣，知道两人有要事相谈，她备极殷勤，尽心待客。上前去将落地大玻璃窗的那一幅薄如蝉翼的窗帘拉上，这样屋里的光线更柔和了一些，隔断了外面的景致，便于谈话。再过来，粉面含笑，将摆在玻晶茶几上，丫鬟早就给客人泡好的四川盖碗茶并重庆冠生园点心等等，在客人面前虚摆一下，显出女主人的热情周到，这就看着老丈夫说："方舟，我去看看厨下准备得如何了，贺团长是稀客！"

"哎呀，不要客气，不要客气。"贺国光做出一副受宠若惊的样子，"我就是专门来看老师的，饭就不吃了，不要麻烦，不要麻烦。"

"哪能饭都不吃呢！"王陵基指了指如夫人，"她豆瓣鱼做得不错，听说元靖你要来，一早就让厨下去青石桥买了鱼，今天中午你尝尝她的手艺，看有没有当年你读军校时吃的四川豆瓣鱼资格？"

"那是肯定的，肯定的。"贺国光说时，金蝴蝶给他礼貌地点点头去了。出门时，随手掩上了门。橐、橐、橐一阵高跟皮鞋声和金蝴蝶身上特有的好闻的法国香水味，随着她的下楼声渐渐消逝净尽。

王陵基这就端起茶船，拈开茶盖，轻刮几下茶汤，抿了一口，示意请茶。

贺国光如是端起茶来，抿了一口，赞叹："这是真资格的名山顶上茶，多年没有喝过这样的好茶了。"

王陵基就笑了："元靖！"他说，"你这回回四川，这样的好茶，你就可以天天喝了。"说时，顺手揭开摆在茶几上的一罐进口美国三五牌香烟的罐盖，拈出一支香烟递给贺国光，"这烟不错，来，烟烧起，龙门阵慢慢摆！"贺国光做出一副受宠若惊的样子，手在衣服上擦擦，接过烟来，说："老师太客气了，我记得老师是不抽烟的？"

"我原来是不抽烟，现在心情不太好，有时抽点耍耍烟。"

啪的一声，贺国光用摆在旁边的打火机打燃火，身子凑上去，先给老师点烟，再给自己点上，坐回沙发，抽了一口，缓缓吐出烟圈时，目光透过蓝色的烟圈，看着瘦脸的王陵基，徐徐道来。

"老师！我看你最近脸色不太好，得多注意身体。老师今年也不过才五十出头吧，我还记得当年老师给我们上课时机趣渊博、风流倜傥的样子，学生真是记忆犹深、记忆犹新呀！这也就是才十多二十年前的事吧？"

贺国光一碗米汤将王陵基灌舒服了，他哈哈笑起来："夸我上课机趣渊博，尚有一说，但说是风流倜傥，就是给我灌米汤、戴高帽子了，我何曾有过风流倜傥的时候？这点，我有自知之明。你这个元靖呀，早先读书时那么老实个人，咋个也变得这么能说会道了？"

"老师这就是过谦了。老师少年有为，老师当年站在讲堂上时，年纪同我们差不了几岁，班上同学年岁大的，比老师年纪还大。"王陵基斜坐在沙发上，手上夹着烟，眨着眼睛，一副往事不堪回首的样子，说："那倒也是。"

"当时，我和甫澄看老师讲课的样子，羡慕得要死，我们在私下说，将来，我们如果能有老师一半的成就就不错了。"

"结果呢！"不知为什么，听到这一句，王陵基一下从沙发上弹起身来，坐直，将手中刚烧了个头的烟在造型精美的玻晶茶缸上狠劲地捺了捺，将烟捺熄往那个晶黄像只小狐狸的茶缸里一扔。

"用文雅点的话说，青出于蓝而胜于蓝，用民间俗话说，是教会徒弟打师傅。"王陵基愤愤不平地，若有所指地说，"人家是当了媳妇，当婆婆。我却是活反了，当了婆婆，又反过来当媳妇！"

贺国光赶紧跟上，把话挑明："刘甫澄是做得不对！刘甫澄也不想一想，他这个婆婆是咋个当上的？老师帮了他刘甫澄好大的忙！他刘甫澄'围剿'红四方面军失败，丢了面子，是气昏了吗？竟异想天开地让刘神仙刘从云去当前线总指挥'剿共'，那都行吗？一时天怒人怨，老师不过言辞激烈些，刘甫澄竟恼羞成怒，撤了老师的职，而且这么长时间将老师放在一边'凉拌'，这实在是不讲道理！"

这番话让王陵基听得很解气，他知道贺国光说这番话的用意，端起茶来喝了一口，用一双有点鼓的眼睛看定贺国光，挑明："元靖，多的过场话就不说了。现在你同刘甫澄两人，一个是'四川王'，一个是蒋委员长派到四川的钦差大臣。地位不同，矛盾也是有的。各人都有各人的目的。明人面前不说假话，元靖，你说吧，你今天来找我做啥子？"

"老师既然把话挑明了，我也就不隐瞒。"贺国光传达了蒋委员长对王陵基的关心、问候，明说："中央已下定决心，要在最快的时间内将四川真正拿到手中，并以四川为样板，在全国尽快实现委员长多年以来希望实现，却远远没有实现的多个统一，让全国成为一盘棋，而棋手只能是蒋委员长一人。"

　　看王陵基似在沉思，贺国光又来一句："我这里还有一个重要消息，在老师面前，学生也不想隐瞒。"

　　"啊？是吗？说来听听。"

　　"蒋委员长最近准备亲自入川，在峨眉山办一个军官训练团。"贺国光将办峨眉山军训团的目的和盘说了后，又将组成人员名单一一告诉了王陵基：团长由委员长亲自担任，副团长刘湘，教育长陈诚；团附是邓锡侯、刘文辉。团以下设三个营，营长分别由中央军的一个军长陈之骥和二十一军的两个师长孙震、潘文华担任。

　　"哟，这么高的级别！"王陵基讶然有声。

　　"是。"贺国光一笑，"凡来参加学习的学员都是师、旅、团一级的军官，川军军官占绝大多数。以后，川军团以上的军官都要去轮训。"

　　王陵基一语道明："这一训，委员长岂不是将所有川军团以上的中层军官都变成了他的门生？"

　　"可以这样认为。委员长想请老师出来帮点忙。"贺国光循序渐进，"从小的方面说，是老师帮我的忙，从大的方面说，是老师帮中央的忙。当然，中央是不会亏待老师的。这，委员长也是专门给我做了交代的。"

　　"委员长是如何交代的？"

　　"有门！"贺国光心中一喜，这就把话越挑越明："老师如果帮了中央的忙，以后，老师就是中央的人。老师希望获军长一职，绝无问题，只是目前不宜宣布，待时机成熟时发布。"听到这里，王陵基高兴得两眼放光，追着问："这个军长，是中央的，还是地方的？"

　　"这个、这个，委员长暂时没有对学生明示。"

　　"不是空头支票吧？"

　　"绝不是。"

　　"中央要我如何帮忙？"

　　"就是请老师明里暗里做做二十一军将领们的工作，希望他们能靠到中央一边。"

　　王陵基叹了口气，做出一副深长思之的样子，说："我一直赞成委员长一个国家一个军队一个领袖的建国纲领，因此，元靖你的拜托，我尽力而为。"

"不知老师心中可有目标？"

"就先王缵绪吧！"

贺国光十分高兴，谙熟王陵基脾气禀性的他知道，话就只能先说到这里。他恰到好处地转换了话题，又夸了一阵神仙洞后，表示要送老师一个见面礼。

"见面礼？"王陵基笑了，他很有兴趣地问，"我今天就要看看，你这个钦差大臣送我个什么见面礼？"

贺国光将带在身边的一只大黑皮包唰地一声拉开，拿出一支亮锃锃的，不锈钢精制的美国强力式手枪。

"呀！"贺国光献上的见面礼，果然是王陵基喜欢的。他接枪在手，左比右看，啧啧赞叹，爱不释手。王陵基喜爱收藏各种各样的好东西，但作为职业军人，好枪是他的最爱。

"太好了，太好了。"王陵基喜不自禁，"正好我的一间地下室就是专门的试枪室，我们这就去试试这支美国强力式手枪吧。"

"好。"贺国光站了起来。

他们相跟着下到地下室。

这是一间高标准高质量的小型地下试枪室。前来侍候的一个弁兵开了灯，室内光线如同白昼，弁兵将电钮一按，一个半身人像靶滑了出来，停在他们前面约二十多米远的地方。

王陵基让贺国光先打。

"那学生就先献丑了。"贺国光将一盘弹夹插进枪把，眼一眯，手一甩。随着枪声连续脆响，五粒子弹打完了，可惜只有一颗打到了靶边，其他四颗都打飞了。作为多所高等军校毕业的职业军人贺国光的枪法如此糟糕，这是王陵基没有想到的。

"多年没有打过枪，手艺回潮了。"贺国光有些不好意思，自我解嘲道。他将手枪递到王陵基手上，"老师你打吧，我记得你当年枪法是不错的。"王陵基接枪在手，插进一只弹夹，对准靶像，仔细瞄准后，将手中那支流金溢彩的美制强力式枪一甩，"啪啪啪"一阵枪响之后，人像靶滑了过来，打出去五粒子弹，只有两颗打在靶上，一弹在胸，一弹很滑稽，打在了人像靶的肚脐眼上。王陵基的枪法比贺国光也好不到哪里去。

"这不奇怪，业精于勤，荒于嬉。"贺国光替老师解嘲，"枪嘛，多打打就好了。"他知道，王陵基是个处处都要强的人，这就建议，"老师，我们到你的花园中去走走吧。"

"好吧！"王陵基这就将枪锁进保险柜，出了地下室，来在后花园。

偌大的一片花花草草扑进眼帘，很阔气。他们相跟着走在花径上，王陵基指东道西地给贺国光介绍这些奇花异卉。他指着一株开得很艳的花说："这是我想方设法出高价，让人从印度加尔各答给我空运过来的。"贺国光不由得惊异了，都知道天府之国的军阀们富得流油，但一个被刘甫澄晾在一边的二十一军师长王陵基都阔成这样，这却是他万万没有想到的。而且他听说，作为川军中的师长，王陵基还不算最阔气最有钱的。心中不由暗暗吁叹，这些生活在天府之国的军阀们真是太过享受了。他不禁停步细看从印度加尔各答空运过来的这株奇花异卉。枝干又高又壮，简直就是一株小树，叶片特别宽大，红红绿绿层层叠叠，向四方辐射出去，富有质感。当中一朵花，开得足有篮球大，绒绒金黄，伸着金蕊，散放着幽香，真是一株霸王花，极为铺张，空间占地约有一平方米。他问王陵基这花的名字，王陵基说："我给它取名霸王花，原先的名字怪里怪气的，是英文，我一时记不起了。"

"这些奇花异卉，都是热带花，在重庆这样的地方能活，能过冬吗？"贺国光边走边看边问。

"夏天没有问题，但一到冬天不好好经佑，就容易死。"

"死了岂不可惜？"

"死了，以后再请人带过来就是了。"

"老师真是舍得花钱！"

"不是我舍得，是如夫人喜欢这些花。"王陵基对如夫人金蝴蝶的喜爱，溢于言表，"钱是龟儿子，生不带来，死不带去，不拿来用，拿来做啥子！"王陵基对他的奢侈，振振有词。

走了一圈，王陵基的神仙洞已了然于胸。在这幽深而起伏有致的三进庭院里，花团锦簇，但人为功夫太过了一些。本来极有沟壑的地势，被一律填平补齐，这就缺少了野趣。更为可笑的是，盘来盘去的花径小路，在前院组成一个大大的"喜"字，在后院组成了一个大大的"寿"宇，而那些繁花异卉就种在这"喜"和"寿"字组成的栏格里，这就让整座神仙洞在雍容华贵中显出了一种掩盖不住的俗气。

这时，被王陵基称为如夫人的金蝴蝶出现了，她来请客人吃饭。

"是吃午饭的时间了。"王陵基看了看表，手一比："元靖，请！"

"老师先请！"

于是，三人说说笑笑往楼下小餐厅走去。

第十二章

黑吃黑，针锋相对

"杂种！"刘湘霍地站起身来，在他那张锃亮硕大的办公桌上一拍："他龟儿子贺元靖、康泽竟敢在重庆挖老子的墙脚？！"说时，冲锋似的几步蹿到窗前，气呼呼地看着窗外，将情报处长冷开泰晾在身后。

办公桌上亮着一盏台灯。乳白色的灯光经绿色灯罩一衬，斜斜地流泻出来，洒在桌子上，像是铺开的一层寒霜。桌上堆了厚厚一叠小山样的文件材料。冷开泰刚才送上的一份材料摆在桌子中央，翻了开来，这是一份加密的"关于中央参谋团在渝活动情况"。夜幕初上，窗外的景色已经模糊。不知是为了掩饰愤怒，还是在思索什么，刘湘站在窗前，久久不吭一声。

屋内长时期保持着一种怪异的沉寂。新任情报处长冷开泰，面向刘湘保持着固定的立正姿势，好像是葵花向太阳。冷开泰是唐式遵的仁寿县老乡，如同大多数四川农村出来的人一样，冷开泰的身上，留有自小劳动的印记，皮肤黑红粗糙，宽盘大脸，个子不高，不胖不瘦，石磴子似的结实。

这时，冷开泰表面上不动声色，而内心高兴无比。他知道，他这个阴沟里的篾片，终于翻转过来，有了用武之地。

借着一缕不甚明亮的台灯光，可以看清，冷开泰人到中年，长相平平。

唯能给人留下印象的是，他那张早年打架斗殴留下的刀疤脸和脸上一双水牯牛眼睛。不过，水牛的眼睛是温驯的，明澈如水，而冷开泰的一双眼睛却充满歹毒阴狠。这一切，打下了他为匪半生的烙印。

二十世纪二三十年代，四川城乡普遍出匪多匪，尤其是农村，其中又以山区为最。出生于四川省仁寿县观音寺乡下的冷开泰就是这样一个匪。冷开泰最早走的也是吃粮投军路。那是清末年间，小小年纪的他，投到川督赵尔巽手下当了一名巡防军。他是属于那种绝不安分守己，身上匪气十足的人。1911年辛亥革命之后，冷开泰远走他乡，当了土匪并在以后相当长的时间内成了毒贩，从事贩卖鸦片勾当。

从严格的意义上讲，冷开泰与同时期的川南巨匪石少武，还有在川中威远搞一贯道起家，最后当上了二十一军模范师师长的刘从云都是一丘之貉。当时在四川城乡，有鲤鱼跳龙门一说，很形象。一群在水流湍急的浑水河中竭力溯流而上的鲤鱼，最终跳得过去的成龙，跳不过去的则永无出头之日。石少武、刘从云、冷开泰等好比是一群努力溯流而上的麻麻鱼。他们中石少武最先跳过了龙门，被刘文辉招安，成了刘文辉的干儿子，当上二十四军的旅长，成了刘文辉手下得力干将，最终在省门之战中死得很惨。刘从云凭着他的精神鸦片，靠着他越滚越大的一贯道积累起来的人马，为刘湘看中，当了二十一军模范师师长，最后还是成了刘湘的替罪羊，净身出户，差点连命都搭了进去。比起石、刘二人来，冷开泰出道晚得多，始终没有跳过龙门。他一会儿在乡下聚众为匪，一会儿远走他乡，做投机生意或是贩毒。二十年代末期为四川军阀赖心辉看中，在赖部当过一段时间的营长。然而这些小勾当对野心很大的冷开泰来说，鱼池小了，泱不下他这尾大鱼。之后他脱离赖部，东绕西绕，到上海傍上了杜月笙、黄金荣这些大佬，并为杜月笙看中，这就有了些分量。

冷开泰真正跳过龙门，是因为引起刘湘注意。来由是二十世纪二十年代末，杨森当过一段时间的"四川王"，当时万县也为杨森所控制。历史闹剧总是重复上演。那时是刘湘在国外购买了一批枪弹装船从上海而来，沿江入夔门，过万县，被杨森勾结当地土匪一抢而空。刘湘大伤脑筋，去找杨森索还，杨森却不承认。

刘湘不死心，准备从国外买进第二批武器，还是只能水运，还是要过万县。怎么样才能让这批武器安全运抵重庆呢？刘湘伤透了脑筋。唐式遵向刘湘建议，起用冷开泰，说是他这个家乡人神通广大，起用冷开泰，保险可以把事情搁平，弄巴适。

刘湘对"唐瘟猪"唐式遵向来是另眼相看。万般无奈之下，他抱着试一试的心情，将从国外购买的第二批枪械弹药交由冷开泰负责押运。冷开泰果然不负厚望有手段，他充分运用了上海杜月笙的关系，杜月笙同万县袍哥组织及杨森本人都有千丝万缕的关系，结果硬是将事情摆平，将刘湘从国外购买的这批枪械子弹运送到了重庆。以后，刘湘给了冷开泰一个待遇相当优厚的闲职，让他当了二十一军的参事，虽然手中没有实权，但已经成了正果，享受团一级的待遇。

中央参谋团到了重庆，刘湘感受到了威胁。康泽是个颇有经验的老特务，又在苏联受过特殊培训，搞政治渗透，人员拉拢，情报搜集，都相当有一套，防不胜防。而对比之下，由二十一军情报处发展而成的四川省情报局却是一个空架子，软弱无力。刘湘兼情报局局长，具体工作由堂弟刘树成、妻弟周成虎负责，他们都不是这方面的材料，都不是康泽的对手。就在刘湘大伤脑筋的时候，又是唐式遵建议，把冷开泰用起来。他恍然大悟，立即照准，将冷开泰封为情报处长，对他单独负责。冷开泰果然有办法，上任伊始，即动用了多年来他在各地袍哥中的关系，招兵买马，给中央参谋团来个以毒攻毒，很快就给刘湘搞来了这份事关重大的情报。

刘湘的情绪渐渐平静下来，他在办公桌后坐下，要冷开泰坐。冷开泰像个听话的小学生，抬一把椅子过来，坐在甫帅对面，正襟危坐。

刘湘首先肯定了冷开泰的成绩，他用手轻轻拍打着摊开在桌上的材料，一字一句地说："你这个材料重要、扎实，整得巴适。康泽这个家伙是从我们四川出去的，他最晓得袍哥在四川的独特作用，他是挽着花子同我们争取袍哥，实在可恶！不仅如此，他还把手伸到王灵官那里去了。家伙，这手毒！"

"他让贺国光出面去拉拢王陵基，这是必然的。不过，这也没有关系，我把王方舟继续晾起来就是，不理他，看他做得啥子！"说时，又将材料拍打几下，语气严峻起来，"麻烦的是，贺国光、康泽现在是吃着碗里的，看着锅里的，把手伸到我们成都来了，想端我刘甫澄的窝子，嗯！这才是最要紧的。这方面的情报，你在材料上不过提了提，这方面，你还知道多少？"

"报告甫帅！"冷开泰把厚实的胸脯一挺，喊操似的说："一切尽在我掌握中。"

"是不是啊？"刘湘很冷峻地，用审视的目光打量着坐在对面的冷开泰，不禁有些怀疑，这个家伙的情报处成立的时间不长，怎么这样提劲呢？莫不是邀功心切？

"是。"家伙又是将胸一挺。

"那就说来我听听。"

冷开泰确实有些名堂，他将贺国光、康泽在成都方面的插手情况谈得很细，谈了足足有一个小时。贺国光、康泽派人潜来成都一线，在新津、金堂一线故技重施，竭力拉拢当地的大袍哥，企图来个农村包围城市。

刘湘专门问起成都的情况，他最怕贺国光、康泽钻进他的心脏。

冷开泰说，他准备以其人之道还治其人之身。重庆一线的袍哥情况，贺、康二人无论如何没有他熟悉，他已经争取了好些过来。成都这方面，贺、康更是想都不要想，成都及成都附近所有县的匪首、袍哥头目尽入他彀中。他希望甫帅能以绥靖公署名义，给这些匪首一纸相应的委任状，让这些人为我所用。

"可以。"刘湘当即答应了他的要求，并很大方地表示，"经费上，我立即给你追加五千大洋，如果不够，你随时都可以向我直接申请。"

"甫帅英明。"冷开泰高兴得声音都变了，他说："这些家伙就是爱钱，有钱能使鬼推磨。"说时，不知不觉地用起了他惯用的袍哥语言，"只要舍得撒窝子（舍得钱），就没有办不成的事。"

看刘湘不觉拧了拧眉，冷开泰意识到自己说溜了嘴，而且也应该告辞了，这就将腰一挺："甫帅时间宝贵，部下再请示一个问题，马上就走。"

"啥问题？"刘湘手上拿根红绿大铅笔，在材料上轻轻敲打。

"最近我们在追踪几个重庆过来的人，准备这几天收网。如情况紧急，我们可不可以采取断然措施？"

"当然可以！"刘湘一下子变得杀气腾腾了，他看定冷开泰，斩钉截铁地说，"我在南京，同中央签订的《纪要》中有明确规定，参谋团驻在重庆，不能插手四川地方事务。然而他们现在不守规矩，已经派人渗透到成都来胡作非为，你们该抓就抓，该管就管。关键时刻，若遇反抗，你们可以开枪，就地正法！不过要注意两点！"刘湘说时，浓眉耸耸，竖起两根指头，"一、如果事情紧急，你们可以当机处置，但事后必须向我做详细报告，二十四小时都可以找我；二、事后要登报！被你们正法的人，一律安以违法歹徒名称。总之，事情要做得让重庆方面哑子吃黄连——有苦说不出！这个事，我下来给宣传部部长梁高打个招呼，你们互相协调协调，这点最重要。懂不懂？嗯！"

"懂。"冷开泰一声枭笑，"这样一来，弄得贺国光、康泽他们是黄泥巴掉进裤裆里——是屎也是屎，不是屎也是屎；让他们打不出喷嚏！"这话太俗了。刘湘不禁皱了皱眉，他的意思，冷开泰是领会了，但这个人不能说话，一说话就流露出满身的乡气、匪气和流气。

"那好。"刘湘说，"你去办你的事吧！"

"是。"冷开泰霍地站起，手一甩，给甫帅敬了一个军礼。毕竟是旧军队出来的，手虽举至眉，可五根拇指虾起，军礼敬得很不规范。

当天晚上，刘湘办公室的灯光又亮到深夜。

百斯门歌舞厅是成都市最繁华的一条街道春熙路上的一座销金窟。这间歌舞厅的一些漂亮舞女，暗地里都是成都一些达官贵人或巨贾的情人。当然，如果是一个有身份的外地人，又出得起价，这些舞女或许也是愿意为他献身的。这些，都是不公开的秘密。但是却没有人知道，百斯门歌舞厅的舞女，有的最近已经被冷开泰的情报处发展成了坐探。

这是一个春风绵绵的深夜，歌舞厅早已经关门。但如果仔细看，二楼上一间包房里还亮着灯，在挂有绿色窗帘的窗户后隐隐透出一丝灯光，显出暧昧和幽微。屋子里，舞女文英正在接待一个花高价来光顾她的下江人。屋子不大，但布置得精致实用。地上铺着地毯，屋子里一床一桌一张沙发，两只凳子；临窗摆一张梳妆台。一张大床是西式铜床，一高一低的两边床挡头都嵌有一面蛋圆形的意大利明镜。灯光映照下，蛋圆形的意大利明镜中闪出一床折叠得整整齐齐的水红色被子，床头并放着两个蓬蓬松松的雪白大枕头。

门窗紧闭，灯光幽微，桌上已然杯盘狼藉。

夜已深了，文英还在同下江客对饮。文英二十多岁，个子适中，身段合度，长相俊俏，一头丰茂的黑发烫成波浪式，在当时的成都显得很前卫，她属于摩登女郎类，打扮入流，皮肤白嫩，简直就是一根充满了水分的春笋。最勾引男人的是她那双豌豆角眼睛，眨动时波光流动，风情万种，有摄魂夺魄之妙，哈哈也打得很脆。她舞跳得很好，特别是善解人意。任何一个同她下过场的舞客，不管会不会跳舞，都有舒服感，都愿意再花钱找她跳。更有那些慕名而来，花大钱来找她跳舞的丘八，大都一进灯光黯淡的舞场，就很受吸引忘乎其形，勇敢地一把将她抱紧，眼睛睁得多大，恨不得将她吃了似的，一跳"牛蹄子"就踩在她脚上，她也不恼，把他们哄得高高兴兴的。反正，她抱定的原则就是一个：钱。只要谁出得起钱，她就可以服侍谁，出什么样的价钱，做什么样的服侍。跳舞可以，做更高的服侍也行。"扯了萝卜洞洞在"，早已不是黄花闺女的她看得开，只要肯出钱，要她干什么都可以。总之，在她身上，一个风流舞女应该具备的素质她都具备，应该具备的本领她都有，而且操练得很是高明。她最近被冷开泰发展成了省情报处的坐探。

她与这个下江客是在跳舞时认识的。然后，这个下江客愿意出高价包她一夜。她进舞场跳舞时收拾得很专业，穿紧身旗袍，显得腰细胸挺腿长，身段婀娜有致，舞步轻捷。这会儿她卸了妆，一切都放松了，穿一身宽松雪白闪光的绸缎睡衣，腰上松松地系了一根腰带，头发散开来，肉乎乎的脚上蹬一双金边绣花拖鞋，走动间，或坐在桌上豪饮时，露出肥白的大腿，笑声也是哈哈的，一点也不收敛。这就同她在舞场时判若两人。这时，精致在她身上遁去，放大的是丰腴、肉感和高级妓女的本性。

有道是，"三杯竹叶穿心过，两朵桃花上脸来"，她陪客人饮的还不是竹叶，而是度数更高的绵州大曲。她的肚子像是没有底似的，一杯又一杯，酒后的她，越发显得桃红李白妖娆动人。坐在她对面的下江客开初还显得文静，有教养，一边同她饮酒吃菜，说东说西问东问西的，好像他对成都、对四川的一切都有趣，好像他不是花了高价来嫖她的，而是专门来同她摆龙门阵似的。

读过一些书，认得一些字，看过不少唐宋艳史的她，看着坐在对面，为她花了高价的下江嫖客，眨眨她那双风情万种的豌豆角眼睛暗想，怪！这家伙这会儿都还不动手，东说南山西说海的，未必是这家伙性功能有问题，花大价钱专门来一睹我的芳容？未必就像川戏《卖油郎独占花魁》中，我是花魁，遇到了一晚上都不动手，只是怜香惜玉的卖油郎了？

"早就听说你们四川的酒好！"下江客已经吃得面红耳赤，有些坐不稳了，说时却又举起酒瓶，要给她斟酒。她赶紧伸手扣着酒杯："不行，不行，我已经醉了，你先生是海量，你先生随意。"其实她的酒量大大超过下江客。之所以坚拒，是因为职业的习惯在敏锐地提醒她，坐在对面的这个下江客，不像是一个简单的嫖客，看来是有点名堂的！下江客，是四川人对江浙一带人的统称，意思是四川位于长江上游，而江浙一带位于长江下游。文英作为一个有名有号的舞女、暗探，她是随时要向冷开泰的情报处提供情报，并监视任何一个可疑的人，也是定期在情报处领取津贴的。

"先生来得远吗？"文英问时，目光如锥，却做出一副千娇百媚的小女儿样子，拿起筷子，夹了一块成都缠丝兔，喂进下江客的大嘴里。下江客用大嘴津津有味地嚼着兔子肉，一边大口喝酒。

"我是从浙江来你们成都做生意的，以后就不走了。"下江客说时，掏了一张名片给她。文英接过细看，名片上印着牛森两个大字，不用说，这就是下江客的大名了。名片下方的住址是：成都半截巷五号浙江会馆。

"先生是做啥生意的？"文英闪着一双波光灵动的大眼睛，继续不露声色地追问，"先生肯定是挣大钱的，不然咋敢这样花钱如流水！"

"我做这个生意不要太多的本钱，就是把沿海的东西介绍到你们四川来，又把你们四川的东西介绍到沿海去，我在中间吃差价。"

"啊，先生是个穿穿！"四川话中，"穿穿"的意思就是皮包公司，但这会儿文英已经有些领会，说出来的"穿穿"中有了更多的含义。

"说得对。我就是个穿穿，小姐以后有啥生意，也可以搭伙做，搭伙发财。"

"我当然想发财，不过，我一个跳舞的，能有啥生意好穿的？"

"有呀，现在就有一桩生意，就看你肯不肯做？"

"啥生意？"文英表面上若无其事，其实已经提起了足够的警惕。

"你们跳舞的认识的人多，我不知道你认识冷开泰这个人吗？"

"认识呀！"果然猜得不错，文英不由一阵心跳，这个下江人问起了冷开泰！她现编现说，"前段时间，报上不是登过，这个冷开泰刚刚被刘湘刘主席任命为省情报处长嘛！这个人原先是在社会上跑的一条烂龙，爱跳舞。别看人长得不咋样，舞跳得不错。"

"他肯定来找过你这个百斯门歌舞厅的头牌舞女？"

"那是。"

"这么说，冷开泰认识文小姐？"

"岂止是认识，而且很熟。"

"这个人身上就有一桩生意。"牛森哈哈笑道，步步推进，"现在有人愿意出钱，专门打听这个人和他的一切，如果小姐能够提供，人家愿出大价钱。"

"啊，有这样的好事？天底下的事情真是奇奇怪怪的！"文英做出一副天真样，"你说的人家，需要知道冷开泰些啥子喃？"

"啥子都要，比方，他的情报处有多少人，他们最近具体开展些什么工作？这个人的性情如何？他在女人身上的功夫如何，从大到小，方方面面的情报都很宝贵。情报，越详细越好，越具体越好，不嫌其多，只嫌其少！"

"情报？"文英基本上可以判定这家伙是何方神圣了。

"是，是情报！"下江人牛森很肯定地说。

"你让我想一想。"文英做出一副凝想的样子。

"来日方长，小姐这会儿就不必想了，下来细想。我们现在来办我们的正事。"这家伙原来并非性功能有问题，而是忍得。家伙说时，脸上掠过一丝淫笑，看了看表，"良宵一刻值千金，时间已经用得太多了，时间不早了！以后有的是时间。"看文英脸上似乎有些公事公办的冷漠，这就将带在身边的一个三倒拐黑公文皮包的拉链唰地一声拉开，拿出一本支票拍在桌上，执笔在手，唰唰划了一张二百大洋的支票，撕给文英，出手很阔。文英马上笑起来，一边将支票收好，一边很有兴趣地问："我看你皮包里有个啥子东西亮晃晃的？"

"哟，你眼睛尖呢！"家伙说时，将东西拿了出来，是一把精致的小手枪。

"枪？！"

"怎么，吓着你了吗？"

"不，我这个人怪，就是喜欢枪。给我看看好吗？"文英从下江客牛森手中接过精致的小手枪，拿在手上反复把玩。这支精致的小手枪确实可爱，不仅可作单独的艺术品欣赏，而且名贵，小巧玲珑。枪把上镶有一层纯金，绿色的翡翠在枪把上镶成了一幅梅花图案。灯光下，这纯金、这绿色翡翠镶成的梅花图案，五颜六色，闪闪发光，耀人眼目。文英不是一般的舞女，她是成都有名的交际花，见过世面，她知道这枪价值连城，现在又加入了"组织"，更不同了。她爱不释手地问："这是什么枪，这么漂亮？"

"这叫'掌心雷'。"下江客牛森夸耀道，"这是世界著名兵工厂，德国的克虏伯兵工厂造的名枪，数量有限。你别看它小巧漂亮，照样打得死人。你如果喜欢，我过一段时间把它作为礼物送给你，好吧！"

"一言为定？"文英伸出手来，要同下江客拉钩，姿态很媚。

"一言为定。"下江客伸出一只粗壮的手指同文英拉了钩。

"嗨，你是做啥子的，咋个带枪呢？"文英做得很随便的样子又问。

"我说了嘛，我是做生意的，就是你说的穿穿。带枪防身嘛。现在，我要来穿你了。"下江客说时，站起身来，将敞开的白衬衣一脱，露出了健壮的身体，门板宽的胸脯，满身疙瘩肉；胸毛根根直立。他红着眼睛走上前去，一把将文英拦腰一抱，就势在她的香腮上亲了一口，朝床上抱去。

"馋猫！"文英轻轻打了一下他的手，眼波流转，半推半就，"你温柔点不行吗？"她的嗲声嗲气、香言软语进一步刺激了牛森。下江客牛森像头发狂的雄狮，将她扔在宽大松软的西式铜床上，三下五除二地剥光了她。幽微的灯光下，被剥光了衣服的文英白皙丰满，像只剥光了鳞甲的美人鱼，快活地咂着嘴。他扑了上去，极为雄性地闯进了她，立即引燃了精于此道的她。

啪地一声，文英拉熄了床头灯。在无边香甜的黑暗中，她回报着他的进攻，像海中的八脚乌贼将他缠紧。

折腾了好半天，云雨散尽。发泄后的下江客像一只死猪睡死了，打着如雷的呼噜。而睡在他旁边的文英却余兴尚存，想着刚才的一切，翻身起床，拿上家伙的皮包，蹑手蹑脚地来在桌前，轻轻开了桌上的台灯，将皮包里的东西全掏在桌上。除了一支小巧可爱的手枪"掌心雷"，一本支票，一本名片外，还有一个硬壳工作证。拿起一看，硬壳工作证上有一行压模楷体字："中央驻川参谋团"，翻开一看，右上角是牛森的照片，中间填的职务是少校。这会儿，文英对这个人的身份完全明白了。

天亮后，牛森前脚一走，文英立刻将情况直接报告了冷开泰。

第二天晚上，成都打大雷下大雨。半夜以后，挂着川康绥靖公署和二十一军军部两块大牌子的少城将军衙门的两扇大门洞开，两大一小三部军车前后相跟驶出门后，转上大街，披风顶雨，向浙江会馆方向急驶。借着闪电可以看清，军用大卡车的雨篷布下，一排排全副武装的官兵肃立。他们大都手持上了刺刀的步枪，杀气腾腾；汽车前面的大灯贼亮贼亮，像是闪光的利剑，一头劈开无边的黑夜。

位于东大街侧，一条闹中取静幽巷中的浙江会馆，似乎感受到了某种危险的临近，在雨夜中战栗。这座以建筑精美而著称的会馆，那些挂在飞檐上的风铃在夜风冷雨的撞击中，不时发出阵阵低沉的呻吟。

两大一小三部军车来到了浙江会馆门前。车未停稳，噼噼啪啪，从大卡车上下饺子似的跳下来足有一个排的官兵，他们训练有素地迅速分散开来，上房的上房，架枪的架枪，翻墙的翻墙。内中还有不少穿黑衣服的便衣，像一只只晃动的蝙蝠。

"砰砰砰！"一个穿黑色便衣的小头目上去捶浙江会馆的门，大声吼喊"开门，开门！"把门捶得山响。粗暴的吼喝声、沉闷的捶门声，刚刚响起又全都淹没在哗哗的大雨声里。

"哪个？"好半天，里面传出一个守门老头有气无力的声音。

"我，省情报处的，快开门！"声音非常蛮横。

"有事明天来吧。"看样子里面的看门老头并不打算开门。

睡在楼上客房里的牛森向来警觉，他早被惊醒了。情知不好，赶紧从枕头下摸出小手枪，顶上子弹，一骨碌跃起，动作狸猫似的敏捷。他执枪在手，来到窗前朝外一看，不由得暗暗心惊。刘湘的情报处来得好快！他才到成都两天就被发现了，肯定是春熙路百斯门歌舞厅那个叫文英的婊子告的密。他思想上电光火石似的——一闪过那晚上酒醉后的荒唐和大意，可惜已经晚了。地形对他很不利，他住在浙江会馆中孤零零的一幢楼上，四下里无处藏身。空中惊蛇似的闪电一闪一闪的，楼下院子的假山、幽竹、翠柏全都清楚地暴露在闪电中，他无处藏身，也无法逃遁。

来抓他的人动作快得惊人。就在这一瞬间，咚的一声，他的屋门已被撞开，一个黑影飘了进来，像一片树叶。

"砰！"躲在暗处的牛森开火了，来者应声倏然倒地。在门外一片短暂的混乱之时，天空一个惊雷炸响，牛森一肘猛地撞开窗户，一个箭步蹿上窗台，往下一跳。可是，他已被重重包围。亲自带人来抓他的冷开泰对牛森这一套特工手段非常熟悉。多年走江湖的冷开泰就是吃这一碗饭的。重庆来人这一跳，正好跳进了冷开泰摆开的网中。

"哥子，你跑不脱了！"就在牛森站起来时，对面一丛芭蕉树下，黑暗中，雨夜朦胧的天光背景下，有人大喝一声，随即闪出一个歪戴帽子斜穿衣的便衣特务，手中的枪正对着牛森。

牛森不愧为万能特务，他往旁边一闪，趁势开枪，"砰！"一个通红的火头，线香似的一闪。

"哎哟！"迎上前来的拦截者又被打中了。与此同时，"砰、砰！"两枪，牛森中枪，倒在地上。

"狗日的东西，哪个喊你们打枪，要逮活的！龟儿子些，笨得窝牛屎！如果打死了，拿来捞毯！"冷开泰出来了，他一边骂着怪话，一边蹲下身来，伸手摸了摸重庆特务的鼻息。还好，重庆特务还活着，没有被击中要害。

"走，把他弄起走！"冷开泰大声吩咐，两个黑衣特务将牛森架起来拖到了车上。这一彪人就像来时一样动作迅速而鬼祟，就在看门老头和会馆中不多的几个客人穿好衣服出来看时，冷开泰亲自率领的这个秘密行动已经结束，两大一小三部军用汽车又做贼似的消失在雨夜中。此时此刻，正是蓉城最黑暗的子夜时分。

　　黎明前夕，雨声淅沥。在四川省情报处一间阴森恐怖的刑讯室里，冷开泰对重庆来人进行了审讯。牛森的伤并不致命，枪伤在手臂，做了简单的包扎后，已经不再流血，用绷带吊在颈上。他坐在冷开泰对面，一张硕大的办公桌后的冷开泰，似乎生怕暴露在灯光下似的，缩在黑影里；他面前的桌上亮着一盏灯，灯光很强，直直地照着牛森，让周身流汗的重庆来人无处逃遁。在冷开泰身旁，桌后坐着记录员，已经做好了记录的准备。隔壁是刑讯室，不时有叮叮当当的刑具声和受刑者忍不住痛苦，突然间爆发的凄厉的惊叫声传来，间杂着打手们歇斯底里的大声呵斥。每当这时，重庆来人都像被蜇了一下似的，毛骨悚然地小心翼翼地看着躲在桌后阴暗中的情报处长冷开泰，那怯怯的样子，简直就像一只要被大灰狼吞下肚去，吓得肝胆俱裂的小兔子。

　　"抽烟吗？"审问之前，躲在阴暗中的冷开泰表现得很和气，他问重庆来人。

　　"抽。"

　　冷开泰示意，一个小特务上前，给了牛森一支烟，用打火机打燃火，让他吸上。

　　"开始。"冷开泰的声音冷峻下来，看了看桌后的记录员。

　　"你叫什么名字？"冷开泰明知故问。

　　"牛森。"

　　"我知道你。"冷开泰说，"你是中央参谋团康泽的部下，搞情报工作的间谍，你原来是蓝衣社戴笠手下的一个干将，康泽入川时，特意将你从戴（笠）老板那里要来的，你的军阶是少校，对不对？"

　　重庆来人闻此一惊，如当头一棒。

　　"没有想到吧？"冷开泰笑了笑，是狞笑。

　　"没有想到。"牛森垂头丧气。

"我老实给你说，我对你们那边的事情摸得一清二楚的，找你来，有些事要问你，就看你老不老实。我问一说一，不要遮三躲四的。不然，不要怪我对你不客气，嗯！我这里笋子熬肉（刑法的一种，棒打），是最简单的。不然，借你们下江人一句话说，叫你吃不了兜着走！"

"好，我交代，保证来个竹筒倒豆子。"牛森已经完全萎了。

冷开泰这就开始审问，无非是问些重庆康泽向成都是如何进行渗透的，派了哪些人过来等等。怕死怕痛，心存侥幸的牛森果真来了个竹筒倒豆子，把重庆向成都方面的渗透情况全部做了交代。牛森供出的情报很有价值，情况相当严重，让冷开泰吓了一跳。有些情况，是冷开泰根本没有掌握的，甚至连察觉都谈不上。康泽向成都方面的渗透是全面的，工作做得很细。康泽在成都大肆招兵买马，为其所用，他甚至已经将成都有些大户人家的厨师、女佣、花工，甚至连黄包车夫这样不引人注意的小人物都大量网罗了进去，可谓无孔不入，让这些不起眼的小人物为他搜集了大量有用的情报。这就让自以为是，在黑白二道上都可以呼风唤雨的冷开泰暗暗惊出了一身冷汗，不得不佩服曾经去苏联受过专门训练的康泽，在特工、间谍方面确实比他高明许多，也要专业许多。

经过两个多小时的审讯，冷开泰确信已经把重庆来人牛森的情报榨干，这就啪地一声关了桌上的强光灯，让人给牛森送去一杯水，在场的特务们也都稍作休息。他站起身来，踱到旁边一间密室，去向刘湘打电话汇报审讯重庆来人的情况，并请示处理意见。

刘湘不同于一般养尊处优的军阀，凡有大事要事，都事必躬亲。年来，他对于蒋介石处心积虑，一心染指四川的种种，提起了足够的警惕。尤其是对时驻重庆的中央参谋团，对康泽恨得牙痒痒的。近来，他给相对独立，只对他负责的三个情报干将刘树成、周成虎和冷开泰都打了招呼，每天二十四小时，他们都可以直接向他报告请示；每天送给他的简报，他也都是看了的。

刘湘的电话一接就通，好像他没有睡觉似的。电话中，刘湘不厌其烦地向冷开泰询问了牛森供出的一些重大情况，虽然冷开泰说明，详细记录已经在整理中，天亮以后送上。

然后，冷开泰请示甫帅如何发落重庆来人牛森。

"你说呢？"甫帅似乎有些犹豫。

"开他的红山（杀了）！"冷开泰说，"要不然，康泽、贺国光这些龟儿子，还以为我们成都方面是好欺负的！杀了他们派来的这个干将，让康泽、贺国光晓得，锅儿是铁打的，让他们既心痛而又打不出喷嚏！"冷开泰就是这样，说起话来，哪怕就是在甫帅面前说话用语都时而俗，时而夹几句雅。没有办法，他文化很低，土匪出身，他习惯了他的那些袍哥用语。

"也好。"电话中，刘湘又是一阵沉吟，想了想特别交代，"不要忘了，此事明天见报。就说有牛森者，系江浙方面潜入四川的不明身份者，可能是沿海一带的拆白党类。因在成都煽动闹事，图谋不轨，被我枪毙。记着，千万不要提明其人的真实身份，嗯？这些方面的事，我给宣传部部长梁高是特别打了招呼的，对你一路开绿灯，你放心去办吧，嗯？"似乎还不放心，电话中，刘湘一连用了几个"嗯"。

"是，是。"对甫帅的着意嘱咐，冷开泰心领神会。他正想趁机说几句请甫帅休息，请甫帅注意身体类好听的话时，"赶紧执行吧！"刘湘吐出这几个冰冷的石头似的字后，咔地一声挂了电话。

心存侥幸的重庆来人牛森，是在黎明被押到成都近郊的凤凰山处死的。

凤凰山是成都北门外一处风景绝佳的景区。这里山峦起伏，状似凤凰，周年四季浓绿苍翠，山上盛产桃李。桃花开时，漫山遍野如锦如霞；李花开时，如烟似雪。到了踏青的时季，城里人倾城而出，山上游人如织。而在山的深处，却有一片杀人场，历朝历代的统治者都爱在这里秘密处死犯人。

雨已经停了，行刑车在山下停稳，牛森被行刑队员一把扯下车来。为了担心犯人沿途喊叫，行刑队特意在牛森嘴里塞了一张帕子。

"把他嘴里的帕子取了。"行刑队长一声命令，刽子手走上前去，将塞在牛森嘴中的帕子一拉。

"冷处长呢！"双手被绑着的重庆来人牛森赖起不走，昂起头来质问身边的刽子手们，"他不是说过，只要我来个竹筒倒豆子，把事情交代完，就没有了我的事，就对我宽大处理？怎么这会儿说话不算话了？"黑影憧憧中，他到处在寻找冷开泰。

"弄起走，弄起走！"行刑队长很不耐烦地将手一挥，"边走边告诉你"。

"走！"一个兵将绑在牛森双手上的绳子用劲一牵。背后，两个兵举起枪托，往牛森屁股、腰杆上猛地捶去。

牛森像被牵狗一样，跌跌绊绊地往泥泞的凤凰山路上走去。

"这会儿我们也不怕你喊叫。"行刑队长甩手甩脚地走，一边对拖在后边的重庆来人牛森说，"不错，你确实是竹筒倒豆子，没有一点隐瞒。不过，小弟是遵命行事，就对不起了。"

"冷处长呢？"重庆来人惊魂失魄地挣扎，"冷处长知道吗？他在哪里，我要见他，他怎么言而无信？"

"他咋个不晓得？就是他要你去死，如其你先才留一点，恐怕还不见得就去找阎王的。"看来，这个行刑队长是个爽快人，也是个川戏迷，说时，挑声夭夭地用川剧腔哼起了韩信临死前留的那几句千古名句："飞鸟尽，良弓藏，狡兔尽，走狗烹！"行刑队长哼出的川戏腔，在这样的山道上幽幽响起，有一分浸入骨髓的凄凉。

牛森听到这里，一下昏死了过去。

凤凰山中的杀人场，是山坳里一片相对开阔的凹地。牛森最后是被抬到杀人场的，他已经站不起来了，瘫在地上。对面就是在黑夜中睡着的成都，有隐隐的灯光飘忽，像是远海中游弋的渔火。

"对不起了，本人也是奉命行事！"行刑队长对牛森说，"记住，明年今天，就是你的祭日。"

情知上当，后悔不及的重庆来人牛森面朝成都方向破口大骂，他骂冷开泰言而无信，不得好死。

"开枪！"行刑队长手一挥。

"砰砰砰！"行刑队开枪了，一排通红的子弹，像毒蛇吐出的红信，一下就将瘫坐在地上，身材粗壮的牛森结实的胸板和头部舔了几个窟窿，舔了个穿透。牛森身子一偏，晃了几晃，像要拼命抓住什么，可是什么也没有抓住，咚地倒在雨后的凹地上，死了。

第十三章

清门户，卷一片刀光剑影

第二天，成都多家报纸同时在显要位置刊登了一条消息，标题很长："近日成都警备司令部抓获沿海潜来我市一歹徒，经审讯后处死。"简短的消息之后配以一篇通讯，绘声绘色地描写了抓捕、审讯、处死牛森的全过程，极富刺激性；只是对牛森其人的真实身份，文中始终含糊其词。外人不知就里，但对于成渝两地的当事人来说，这条消息、这篇通讯可谓具有爆炸性。

接下来的几天，成都的怪事频频发生。冷开泰情报处的一个文字司员早晨去上班，刚出家门，在僻巷中被人用匕首刺死，刺客没有抓到，跑得渺无踪影。

凡是刊登了这条消息、这篇通讯的报纸总编，都接到了一封用厚厚的牛皮纸信封寄去的信，信中只有一行大字，"跟刘甫澄跑，没有好下场。再造谣生事，当心请你吃颗花生米！"信中附上一颗黄澄澄的手枪子弹，末尾署名"四川造反大队"。

心知肚明的刘湘意识到了问题的严重性。他要成都警备司令严啸虎介入，要冷开泰同严司令紧密配合，并随时向严啸虎提供情报，互相支援；尽快将已经潜入成都的中央参谋团的情报人员悉数捕获，将重庆方面建立起来的情报网打掉。刘湘给这个行动定的是"清门户"。

成都杀牛巷是一条幽长的街巷，也是一条死巷子，著名的袍哥大爷周一龙的公馆就在这条死巷的最深处。

这天上午，太阳已经升起很高了，高墙深院的周公馆却像还没有醒过来似的，家中所有的用人说话走路也无不小声又小声。时年 51 岁，身着长袍马褂，瘦得像只虾的周一龙由他的如夫人小黄雀陪着，正躺在吸烟室里的烟榻上抽着大烟。周一龙像吹箫似的，用一只瘦骨嶙峋的手托着一支镶金嵌玉的长嘴烟枪，很舒服地闭着眼睛吞云吐雾，而躺在他对面的如夫人小黄雀正用一支纸捻捻着火，将挂在烟头上的鸦片烟泡点燃。

烟泡点着了。"嗞——"地一声，在周一龙苍白的嘴唇一呶一吸间，随着缕缕升起的烟圈，顿时异香满屋。周一龙将一袋大烟抽完时，侍候他的小黄雀坐起身，将一只沏着上等好茶的鼓肚描金弯嘴的小茶壶递上去，见老丈夫不接，小黄雀会意，一笑，弯下腰去，将壶嘴斜斜地插进老丈夫嘴里。

"咕噜、咕噜！"老丈夫闭着眼睛很响亮地喝了两口茶，睁开了眼睛。一双虽然凹陷，却是灵动有神的眼睛转了两转，这就很舒服地吐出一口长气。周一龙向来醉心酒色，本来就羸弱的身体年来更甚，他不得不随时靠抽大烟来提精神。

这当儿，管事来在门外，隔帘小心翼翼报告，刘甫帅新近任命的省情报处处长，原先也在道上混的冷开泰拜访老爷来了。

"啊！"周一龙闻言一个鲤鱼打挺坐了起来，笑着骂了一句，"无事不登三宝殿，我就晓得他冷虾子要来，就请他进来吧。"

当冷开泰笑着进来时，如夫人小黄雀去了隔壁，唤小丫鬟雪儿来接待客人。雪儿上前将烟室四周的窗帘拉开，屋里顿时充满了光明，雪儿为客人泡了茶，轻轻去了。主客在沙发上落座，中间隔着一张矮脚红豆木茶几。

"你现在是贵人了！"周一龙端起茶碗，一手揭开茶盖，轻刮几下茶汤，尖起嘴喝了一口，将茶碗放回茶几时，一只瘦手拂拂颔下已然苍白的山羊胡，看着冷开泰却又眯起眼睛，"你脚步金贵，咋个想起看我这个老朽来了？"

"明人面前不说假话。"冷开泰放下了茶碗，正色道，"你周大爷咋个能说是老朽呢！你老人家是宝，这话是刘甫帅说的。我们就打明叫响说吧，我今天来，是求你老出山帮忙的。"

"啊？"周一龙端起架子，眯起羊眼，明知故问，"我能帮你堂堂的冷处长啥子忙？"

冷开泰将来意说明。

"好了，不多说了，你哥子的来意我懂得起！"

"是，老前辈硬是火眼金睛！"对于成都东门一带赫赫有名，就是在整个成都也是手眼通天，嗨得开的这个龙头大老爷，一踩九头跷，冷开泰是清楚的。

"好，那我就帮你哥子一把，可话说明，事后你可不要过河拆桥哟！"周一龙似乎对冷开泰的保证有些不放心。

"不会不会，我都是这行出来的，未必我还会手拐子倒起拐？不仅不会过河拆桥，我还要请甫帅给你老人家记功、嘉奖。这也是甫帅开了口的。"冷开泰作古正经地保证。

"一言为定？"

"一言为定。"

"那你赌个咒！"周一龙要冷开泰赌个死咒。在二十世纪三十年代的四川帮会中，封建迷信盛行，他们深信赌咒发誓这一套。

"好，赌就赌，如果我冷开泰说话不算话，天打五雷轰！"

周一龙这就当即要手下人去通知遍布四城的五排以上的兄弟伙到家开会。

冷开泰早有准备。当周一龙手下二十多个得力爪牙奉命而来，来在龙头大老爷的客厅时，只见正面墙壁已然钉上了一幅刘湘戎装笔挺的大照片。看徒儿们吃惊的样子，龙头大老爷周一龙招呼他们坐下，指着冷开泰介绍。他们虽是第一次见冷开泰，但名字都是晓得的。

"都看到了吧！"龙头大老爷周一龙说，"冷兄原来也是我们道上的人，现在是刘甫帅的新贵，堂堂的省情报处处长。冷兄今天代表刘甫帅来，就是要请大家帮忙。"周一龙将他的手下大将一一给冷开泰介绍后，冷开泰这就用他谙熟的袍哥语言将中央参谋团的势力如何向成都渗透，渗透的严重性及后果，对在座的袍哥头目们做了详尽说明，希望哥子们为刘甫帅的"清门户"服务，这个服务，是为成都服务，也是为自己服务。刘甫帅愿意为在座各位哥子提供足够的津贴，并亮了完成各项指标的钱数。

在座的袍哥们心中都有个打米碗，为刘湘的"清门户"出力，卖乖讨好得钱，何乐而不为？因此，袍哥头目纷纷表示愿意。特别是听到有足够的津贴，一个个就像吃了鸦片似的，欢呼雀跃，袍哥语言说得像闹山雀似的：

"你冷哥子不是外人，只要你哥子打了招呼，咋说咋好！"

"只要是周大爷开了腔，我们不得拉稀摆带。"

"刘甫帅的钱是比够了的，我们负责替刘甫帅清好门户，保险把事情整巴适。"

还有提劲的，说是："哪个进了我们这个九里三分的成都城，都得皈依服法，哪怕就是他老蒋来了，也只能是说得脱，才能走得脱。"

在座的袍哥都是些"嘴子"（会说），像这样任随他们溜溜说下去，简直就没有个完了，端坐其中的龙头大老爷周一龙这就轻咳一声，羊眼一闭，用瘦手把额下一把山羊似的花白胡子一摸。龙头大爷就是龙头大爷，周一龙这个招牌动作一做，就像兽王出山，百兽噤声。

"好了，我这就来给大家把活路铺排一下，大家下来马上摸倒做。"周一龙当即给他的手下大将们一一做了明确分工：张三负责跟踪、李四负责绑架、王五负责恐吓、林麻子负责暗杀等等。

就这样，黑道出身的冷开泰在很短的时间内，就调动了成都及附近县市这些潜藏于民众中的、不安分的、不可小视的袍哥力量。他胸有成竹，摩拳擦掌，准备全面出击了，将中央参谋团渗入成都的力量一举铲除荡平。

"擒贼先擒王""射人先射马"！依据牛森提供的重要情况，冷开泰顺藤摸瓜，很快查明康泽近期向成都方面渗透进来了三名情报高手兼杀手的全能特务，犹如埋下了三颗定时炸弹，决定予以立即清除。这三名全能特务的官阶都是少校，一个叫戴刚，潜伏在春熙路上，借开一家相馆为掩护；一个名叫陈三才，掩护职业是上海驻成都的北冰洋公司工程经理；第三个叫黄逸定，有一手好厨艺，被不明就里的美食家、省政府秘书长邓汉民不久前延聘到家中做了高等厨师。

冷开泰去抓戴刚时，考虑到春熙路是全市最繁华的街道，白天去，如果交火容易伤人，这就晚上去。戴刚开的相馆是两层楼，楼下营业，楼上住人。当天晚上，特务们明明看到楼上戴刚那扇窗户有灯光，可是，当冷开泰在下面布好警戒，让成都警备司令部的四名警员化装成地段警察，上去叫门时，里面的灯一下熄了。四名警员情知不好，在用万能钥匙打开门之时，闪身而进。可是，屋里哪里还有人。

"砰"地一声，枪响了，只听上到楼顶的警员惊呼呐喊："跑了，跑了！"警员们这就执枪哄地一声追，上了小洋楼四四方方的屋顶。重庆来人戴刚好身手，借着夜幕的掩护，已经逃了出去，在与相馆毗邻的楼房间腾挪跨越，疯狂逃窜，身手异常敏捷。

追上楼来的警员向戴刚开枪了，在楼下警卫的便衣和警察们也铺天塞海地追了上去，边追边开枪。这时，戴刚跑不动了，因为相连的楼房断了开来。他也就不跑了，返身伏在对面楼房的瓦顶上，借屋脊掩护回击，当即将一个追上来的便衣击毙。楼上楼下，一时间"乒乒乓乓"打成一气。夜幕中，密如飞蝗的子弹，像一只只乱蹿的红头苍蝇，来来去去地紧紧咬噬在一起。

春熙路上的商家、住户都惊醒了。有胆大的，刚刚把门稀开一条缝，探出头来，看到这副比看西洋镜还要好看的枪战，马上又缩了回去，关上门。枪子不长眼睛，打着了不是好玩的。重庆来人、全能特务戴刚看看插翅难飞，在打死打伤多名警员、便衣，子弹用尽时，用最后一颗子弹饮枪自尽。

抓陈三才是第二天一早。陈三才机警，闻讯后先一步跑了。前去捉拿陈三才的警员、便衣赶去忠烈祠街北冰洋公司时，公司还没有开门上班，没有一个人。这些军警、便衣，以为陈三才不知昨晚上发生在春熙路上的事，因为这些全能特务是互不通音问的。他们猫在北冰洋公司对面的一间饭馆里，优哉游哉地吃完早饭，等陈三才一上班就抓人。不意公司上班好久了，不见陈三才。特务们慌了，这就上去一个便衣，对公司里的人说，自己是一个客户，专门从外地赶来找陈工程师有急事，问陈工程师在哪里？

公司里人不多，两三个技师都是下江人。有个在修电机的下江技师见来找陈三才的人很急，这就说，怪了，陈工程师上班向来守时，昨天下班时，他还说，他今天来得早。说着看表，这个时间了，陈工程师怎么还不来呢？

另一个技师对来人歪歪嘴，看着坐在钱柜边照镜子打口红，有些姿色的年轻女子，学着成都话说："问这个妹儿嘛，她保险晓得。他们白天晚黑都在一起。"

这时，街对面的一个特务小头目觉得不对，大步走来，进了门，在年轻女子面前将派司一亮一举："我们是成都警备司令部的。"说时，右手抽出可尔提手枪，红眉毛绿眼睛地对女子说："快说，陈三才到哪里去了？如果不说，我们立刻带你去警司！"

"警司？"在成都，一说起"警司"这两个字，没有人不害怕，正在照镜子打口红，有几分姿色的年轻女子吓得花容失色，立刻招了。她说："陈三才才走不一会儿。"

"他到哪里去了？"

"他说他这一早要回重庆去办点急事。"

"可靠？"

"绝对不哄你！"

小头目留下一个便衣，让他将女子先带回成都警备司令部去，说来也巧，这时正好有个有钱人家的汽车路过这里。当时成都的街窄，轿车少之又少，小头目带两个警员冲上前去，拦下这辆过此的黑壳推屎爬状的福特牌轿车，将派司一亮，就像当街打劫一样，三个人钻进轿车，立逼着司机向牛市口追去。

同陈三才有一腿的年轻女子，是成都本地人。吓哭了，可怜兮兮地对带她走的便衣特务说："我同陈三才认识不久，他有啥子不关我的事，为啥子要带我走？"

"暂时的。"便衣特务对女子解释，"我们主要看你是不是说的真话，请你到警司耍一会儿。你说的话如果是真的，一会儿就放你回来。"旁边两个技师算是清楚事情的由来了，这就劝管钱的姓严的年轻女子："严妹，他要你去，你就去警司耍一会儿嘛！"一口椒盐成都话说得好笑人。

带着两个警员的特务头目，劫持的是大昌银行一个襄理的私家车。大昌银行襄理是个穿西装打领带，戴眼镜的大胖子，脸色红得像番茄。襄理一个劲提抗议、发脾气，他说我是省参议员，你们这样乱整，看我不去找你们的司令严（啸虎）老虎告你们……但这个特务头目根本不理，逼着司机将车开到牛市口长途汽车站。一问，到重庆的长途车开出去有半个小时了。这特务头目又逼着司机将车开出城，往龙泉驿方向追。

好在刚出东门不远，那辆开往重庆的长途客车就看见了。虽然开重庆的长途车不烧木炭，但车况仍然相当陈旧破败，在下雨一包糟，天晴一把刀的东大路上走得晃晃荡荡，车屁股后面喷起的黄尘，扬起好高，这就与公路两边川西平原幽美的景致形成对照。放眼是星罗棋布的田野，小桥流水。一个个林盘（村庄）内，茅竹稻草搭就的农舍上炊烟袅袅，正是农人开早饭的时间。

在特务们的逼迫下，戴鸭舌帽的司机开着倒霉透顶的大昌银行襄理的福特牌轿车，冒险在狭窄的、坑洼不平的公路上，沿着晃晃荡荡的大客车边沿，呼地一声擦了过去。轿车一擦过去，小头目带着一个警员，开车门跳了出去，他将另一个警员留在了大车后。

"停车、停车！"跳下车来的小头目和警员执枪在手，站在公路正中，他们用大张着机头的手枪指着长途客车上的司机，大声喝停。小头目举在手上的是一支可尔提手枪，警员举在手上的是一支威力无比，俗称手提机关枪的德国造二十响驳壳枪。一粗一细两根黑黝黝的枪管，在早晨的第一缕阳光中闪烁着可怕的光芒。

惊诧莫名的中年司机停了车，他要坐在副驾驶座上的助手开门，下车去问问，究竟出了什么事情。

"不准开门！"这时，坐在前面第一排，白白胖胖的陈三才猛然蹿起，他像一只突然发威的白老虎，冲上前去，一只手挽紧了中年司机的颈子，一只手举起手枪，对着车上指东比西，大声发布命令，威胁车上的人都不准乱动！要司机助手将门关上，谁乱动就打死谁！

"我身上捆有手榴弹！"陈三才这会儿的样子可怕得很，他喝叫时，拍了拍他胀鼓鼓的腰包，对车下向他举枪瞄准，吼令他下车投降的成都警司小头目和前后对他相夹的警员发出死亡威胁，"你们只要敢乱来，我就拉响手榴弹，大家同归于尽！"说时，将劫持在手的中年司机的颈子又紧了紧，中年司机叫得哎哟、哎哟的。

事情来得如此突然，成都警司小头目只得叫前后两个警员，往后退十几步。

车上吓蒙了的乘客们这才醒悟过来，明白遇上了歹徒劫持，一车人，男女老少哭的、骂的，还有对凶神恶煞的歹徒说好话告饶的。

"有话好好说。"成都警司小头目很干练，看样子还不只是个小头目，他站在车前面，离长途车约有十步的距离，这对车上的歹徒来说，是安全距离。成都警司头目示意大家安静，还对陈三才笑了一下，说："我是成都警司二处朱开武处长。我们来，是奉上司命令，请陈三才先生回去说说话，没有别的意思。"说时，朱开武发现司机助手是个很机灵的小伙子，趁陈三才被朱处长分散了注意力，绕到陈三才背后，看了看脚旁边一个尖顶窝背篓，对朱处长示了一个意。朱开武明白，小伙子希望朱处长尽量分散歹徒的注意力，他要趁机提起尖顶窝背篓，劈头盖脸给歹徒猛罩下去。在四川城乡间广泛流行的这种尖顶窝背篓，可以背很多东西，背篓的边是用厚厚的青竹拷镶而成，很厚实，背篓也大，不知是哪个旅客放在车上的，这会恰好可以当武器。朱开武给司机助手示意，表示同意。一边竭力稳住车上的陈三才，给他东说南山西说海的。

"没有啥话好说的！"陈三才很横，对挡在前面的朱开武挥挥手，"让开！老子知道你在玩缓兵之计，快让我的车过去，不然我就炸车！我现在数数，数到十你们还不让开，我们就同归于尽！"说着开始数，"一、二、三……"

"好，我惹不起你，我让开，还不行吗？"就在朱开武带着挡在前面的警员边说边往后退时，中年司机的小个子助手，随手提起旁边的尖顶窝背篓，说时迟，那时快，骤然间往陈三才头上狠命一罩。

"哐啷！"一声，陈三才握在手中的枪被背篓打落在地。与此同时，陈三才被紧紧地盖在了尖顶窝背篓里，动弹不得，像是罩住了一只活蹦乱跳的大公鸡。训练有素的成都警司二处朱开武处长带着他的两个警员，猛虎扑羊般打开车门，扑上车去，生擒了重庆派来的全能特务陈三才，给他戴上手铐，这才松了口气。

朱开武让手下将罩着陈三才的尖顶窝背篓揭去，拉下车来，当即搜查了陈三才全身。陈三才身上哪里有手榴弹，他刚才完全是提虚劲。

好一番折腾之后，去重庆的长途客车才得以脱身。而这时，原先被朱开武等三个成都警司强行征用的大昌银行襄理的小轿车，趁着人慌马乱之际，早就溜了。没办法，成都警司二处处长朱开武带着两个警员，将戴上手铐的重庆全能特务陈三才押到附近的乡公所去，再派人回去送信，让警司派车来接他们。

比较起抓捕陈三才、戴刚的费事泼命，成都警司去抓捕那个有一手好厨艺，打进省政府秘书长邓汉祥家的重庆全能特务黄逸定时，就相对容易多了，也特别有趣。

有一手好厨艺的黄逸定是个对女人特别有兴趣，走到哪里骚到哪里的骚鸡公。有言，百步之内必有芳草。长得仪表堂堂，心地肮脏的黄逸定却管她芳草不芳草，摘到篮里就是菜。对女人的选择，他认为相貌还在其次，最重要的是年轻丰腴性感。他一到邓公馆，见到厨下做粗活的女工倪秀芬，就眼睛一亮，浑身一震，这种女人是他最为喜欢最为垂涎的。全能特务黄逸定有相当的文化，自然是看过《红楼梦》的。然而如鲁迅所言，一部《红楼梦》在不同人的眼中是各不相同的，道学家看到的是礼，淫棍看到的是淫，靠力气吃饭的人，无论如何也不会爱多愁善感，人比黄花瘦的林妹妹的。在黄逸定眼中，身材很好，丰满异常，大洋马似的倪秀芬，活脱脱就是《红楼梦》中的"多姑娘儿"。书中，凤姐的老公贾琏，在与凤姐不能同房时，迷上了肉蒲团似的多姑娘。那一段绘声绘色的描写，是他永远津津乐道的记忆："贾琏溜进来相会，一见面，早已神魂失措，也不及情谈款叙，便宽衣动作起来。谁知这媳妇子有天生的奇趣，一经男子挨身，便觉遍体筋骨瘫软，使男子如卧绵上；更兼淫态浪言，压倒娼妓。贾琏此时恨不得化在她的身上。"

有道是玩物丧志，玩女人更是会让人迷得头晕目眩，找不到北。黄逸定就是这样。混进省府秘书长邓汉祥家后，他一眼就相中了倪秀芬，并将她花言巧语搞到了手。一般而言，在大户人家、有钱人家的公馆里，手艺好的厨师是相当有地位的，且黄逸定受过特殊训练。他厨上手艺不错，对女人的功夫更不错，倪秀芬对于他，自然是手到自来。直到黄逸定被成都警司抓捕后，倪秀芬在被传唤询问时，这个二十多岁乡下来的，身材高大，特别性感的粗活女工不以为耻，反而抱怨说："事情怪不得我，要怪就怪黄逸定特别能哄。硬是连天上飞的雀雀都能哄到手板心里。"意思是，既然黄特务连天上飞的雀雀都能哄到手心里，她落到他的手里，是太自然不过的事。

省府秘书长邓汉祥是个文人，也是个美食家，对新近聘的名厨黄逸定绝好的厨艺，邓汉祥每每赞不绝口。文人总是特别讲理，显得谦和，每吃到一品好菜，堂堂的省政府秘书长都要礼贤下士地对名厨黄逸定道一声辛苦，给一些赏赐，比如二十、三十元钱，比如两瓶好酒，比如街上流行的舶来品，一只非常精致的外国打火机等等。而这些赏赐，黄逸定前手接来，后手就转送给了倪秀芬，他知道女人特别爱这些小玩意。这一送二送三送，量变到质变，时间稍久，加深了倪秀芬对他的感情。

情是迷魂剂，色是自杀刀。时间稍长，黄逸定似乎忘了自己是谁、是来干什么的了。他就像一只原本野性十足的鹰，丢进了金丝笼，吃喝无忧，还有人护着宠着，时间一久，身上的野气就渐渐消退，鹰也就不是鹰了，成了一只等人来笼里抓去杀的骚公鸡。美食家省府秘书长邓汉祥对他如此厚爱赏识，黄逸定在邓公馆的地位日渐上长，连管家也要来巴结他了。在生理上，黄逸定已经将肉蒲团倪秀芬垫在身下，可以日日消受，心理上也有优势。加之邓公馆高墙深院，买菜打杂等等都有专人负责，黄逸定的嗅觉和斗志都越渐迟钝起来。他整天什么都不想，什么都不过问，也从不看报，一门心思同大洋马似的粗活女工倪秀芬厮混，混得不省白天和黑夜。这样，自然而然的，与他同时接受任务，潜入成都的两个重庆全能特务戴刚和陈三才的命运，他浑然不知不觉不问。况且，他们本来就是单线联系的。

抓黄逸定，是成都警备司令严啸虎亲自出面找邓汉祥交涉的。当邓汉祥听完严啸虎的述说后，吓得脸色煞白，连连说："好险好险！这家伙会不会从我这里弄走了什么情报呢？幸好你们这时来，不然，他哪天完成任务要走，肯定要投我的毒！"

严啸虎说："具体情况等抓到他再说。"接着他们商量了抓黄逸定的细节。

那天晚饭后，黄逸定接到管家通知，说是秘书长第二天有事走得早，要他天色打麻子眼时起床，到厨下给秘书长熬果羹。黄逸定说好。

按照原先拟定下的周密计划，那一天从早到晚，严啸虎派出的两个极为干练的警员，其中一个是警司行动科的科长麻子三，化装成勤杂工，在秘书长的卫士长邓根的巧妙配合下，不动声色地对黄逸定做了全程严密跟踪监视。他们是第二天黎明时分抓捕黄逸定的。让他们惊讶不已的是，当天晚上，黄逸定同体态极为丰满的女工倪秀芬的苟合之地，竟然选在平时少有人去的后院猪圈旁一间堆放泡菜坛子的小黑屋里。

作为名厨，黄逸定的住宿条件相当优越。邓公馆很大，是四进的大院，房子很多，除最后一个院子，房子的建筑都是传统的中国式，深庭广院，青堂瓦舍，院子中花卉树木葳茂。邓家人住最后一进大院，建筑上与前面三个院子不同，是花园洋房，当中一幢法式小洋楼，掩映在浓荫花草中，保持着绝对的安静舒适。

邓公馆人多，卫士、弁兵加上杂七杂八的厨师、花工等男女用人，足有三四十。这些人住在什么地方，多少人住一间房子，都是有规矩，有讲究的。比如，便于警卫，第一个大院住的就是秘书长的卫士、弁兵等，第二个大院全都住男工。第三个大院住女工。而前面三个大院中，又拦有几间小小的独院，住独院的都是有相当身份的人，比如卫士长、管家类。黄逸定住的是二进大院边上单独拦出的一个小院，一道月亮门。

四进大院的邓公馆，整体造型很是别致，两头小中间大。而在四进大院之后，如同乡下有钱人家的百年大院，又拖了一个大大的绿色尾巴，这就是大院之后，有一个矮墙环绕中的林盘，其中大都是些百年老树，浓荫覆盖，染绿了半边天。而在大院与最后的密林之间，有一个显得荒芜，有些鬼气森森的小院作为过渡。这个小院里，一间间相当陈旧的明清式木质房子里，大都堆放着废弃不用的家具等等杂物，还有就是堆放着陈年水菜、泡菜、咸菜、豆瓣的大坛子。也有好些破败的房子空着，屋子里蛛丝布满。

邓公馆里所有的用人，说起去到"后面"都视为畏途。因为，据说，小小院里，早先年间有想不开的丫鬟在哪间屋子里吊死过，天气不好的时候，白天都能听见有人哭。再有，鬼气森森的破败小院毗邻着后面一片古木参天，黑蓊蓊的密林，有大蟒蛇出没。还有些精怪，也都是成了精的。小院和后面的密林，有道厚重的木门与之隔开，一把大锁经年累月锁住大木门，还用一根大木头杠顶上，生怕有什么精怪钻进来。除了一早一晚喂猪的老头提着潲水桶进来喂猪，这荒败的小小院里根本没有人。小院里唯一的生气来自大猪圈，养了三四头肥猪。猪是不怕鬼神的。

"名厨"黄逸定和"大洋马"倪秀芬，这晚竟将他们尽情寻欢作乐的场所选在猪圈旁，一间光线黯淡蛛网密布的小黑屋里。

色胆包天！看来，这话是没有错的。个子虽然大，但平时胆子不大，见到一根菜里的蛛儿虫都要吓得尖叫的倪秀芬，在这天晚饭后洗完碗，将搭到胸前的毛根往后一甩，风情万种地看了看坐在一张方桌前抽烟的黄逸定。厨房里灯光昏暗，但昏暗的灯光掩饰不住两个偷情男女喜悦的神色。这时，厨房里就只有他们两个人。

时序已经进入初夏，身上穿的衣服很是单薄。秀芬将毛根一甩间，双眸将坐在一边的黄逸定一瞟，还有很有风情的。特别是她那本来就丰满的胸脯一挺，高大的身上，挺起来的双乳喜马拉雅山似的。秀芬的相貌一般，但毕竟年轻，年轻丰满再经爱情或许是情欲的浇灌，平添了几分动人。

就在秀芬做这个甩毛根的动作之时，坐在方桌前抽烟的黄逸定一下子被她点燃了，眼睛亮得绿荧荧的，饿虾虾的。昏黄的灯光下，本来肤色不算好，脸色有些发黄的秀芬腾地一下也被感染了，一张大脸盘红得像只下蛋的母鸡。

秀芬先走。高高大大的她轻扭腰肢，这就将她的细腰丰乳肥臀显现得格外分明。回头时，还向黄逸定闪了一下秋波。这一切，让暗暗躲在一边，监视这对狗男女的三个武装男人，不由得都受到感染，出气很粗，周围的空气似乎都骤然一下升温。

这一夜，偌大的邓公馆表面上无事，平静如水。但是私下里，邓秘书长的卫士长邓根，还有成都警备司令部派来的两个警官，都一夜未睡，他们从心理到生理都很不平静。入夜以后，见两个狗男女一先一后，潜入小院，进入那间小黑屋，关了门。他们三人就争先恐后地来在门边，听壁脚。为了听得更清楚些，他们像狗一样，趴在地上，鼻子眼睛凑着门缝，努力朝里看，注意听。他们乐此不疲，心惊肉跳地，心甘情愿地，从心理到生理经受了半夜折磨。

两个性欲、情欲都非常旺盛的狗男女差不多折腾了半夜。四更时分，小黑屋内才安静下来，传出男人粗浊的呼噜声，而处于兴奋状态中的秀芬却似乎还没有睡着。

"老黄，老黄，你醒醒。"不久，屋子里传出秀芬的声音，"时间差不多了吧，天都已经打麻子眼眼了，该去厨房熬果羹了。其他人都好办，秘书长的事，你不能打一点晃晃。你不要睡过了头，误了给秘书长熬果羹！"

被秀芬摇醒了的黄逸定嘟嘟囔囔地怪起女人，他怪话连篇："晚上整凶了，我整个人都被你吸干了，这会儿软得不行，起不来了。"

"起不来也不行！"看来，黄逸定硬是被秀芬摇了起来。就在黄逸定开了门，嘴里哼着淫词艳调，披衣出门时，不意被张在门外的一根绳子绊倒，绊了他一个饿狗吃屎，扑倒在地。

轻而易举地，在屋外守候了半夜的省府秘书长的卫士长邓根和成都警备司令部派来的两个警官，其中一个还是行动科科长麻子三，三人一起动手，将绊倒在地的黄逸定绳捆索绑起来。本来他们是应该给黄逸定戴手铐的，但他们似乎是对在小黑屋中饱饱消受了一夜丰满女人的家伙特别嫉恨，把他捆绑得粽子似的。非常乖巧的重庆来人、全能特务黄逸定这会儿绝不反抗，架势声明："我投降，我交代，全部交代。"可是他仍被一顿好打，打得他鼻青脸肿，才被押出邓公馆，上了警车。

在成都警备司令部，黄逸定很快向亲自审讯他的严啸虎交代了一切。严啸虎弄清了康泽在成都布下的情报网和所有情报人员的情况后，立刻向刘湘报告。刘湘大为振奋，要严啸虎将康泽布下的情报网全部摧毁。

严啸虎让冷开泰率部配合执行。冷开泰非常高兴，因为干这些偷鸡摸狗，趁浑水搭虾扒的勾当，是他和他的那帮袍哥们的拿手好戏。

这天深夜时分，两辆有篷大卡车做贼似的，借着漆黑的夜幕，不知从哪里钻了出来，朝牛市口方向驶去。坐在第一辆大卡车驾驶室里的冷开泰匪气十足，两辆车上坐的都是他那些一身短打，窄衣箭袖的兄弟伙们。拿枪的，大都是他情报处的，更多的不带枪，手拿棍棒的是周一龙的袍哥们。

不久，在雪亮的车灯光的照射下，牛市口街标闪现眼前。两辆大卡车相继停下，熄了车灯。冷开泰指挥着相继从两辆车上跳下来的五六十个兄弟，悄悄包围了浙江银行宿舍。他们撬开大门，制住门房，迅速上楼，逐屋搜索。很快，银行里的十一名职员被他们从被窝里莫名其妙地抓了起来，押到楼下，在天坝里站成一排。

被五花大绑，睡眼惺忪的职员们惊愕无比，有的质问这些穿黑衣服的人是做啥子的？有的看出了点名堂，以为这些人是来抢钱的，就大声威胁，说成都警备司令部可是贴了告示的，抢钱可是要砍脑壳的！他们中，性子软的甚至向这些人告饶，说你们要钱，拿就是，不要伤害到我们就是。

夜幕中，就有一个穿黑衣的大汉站出来，指着这些被五花大绑，押到楼下，在天坝里站成一排的浙江银行职员喝问："说，你们中，哪些是重庆方面派来的奸细？"

这些死到临头的无辜银行职员，当然不知道这个对他们喝问的就是新近成立的四川省情报处处长冷开泰，更不知道他问的奸细是什么意思！他们中这就有人大声抗议，说我们这些人都是有名有姓的好人，大都是学校毕业的云云。

冷开泰指着这些人喝骂："浙江银行？下江人来开的银行，还会有好人？你们不说，也好，那就叫你们死在一起！"说时大手一挥，喝令开枪，架在楼上的两挺机枪开始扫射。

"哒哒哒！"随着密如飞蝗的子弹扫过，顷刻间血花飞溅，惨叫声声。十一名银行职员在一派懵懂中惨死枪口下。在确认这十一人都死后，冷开泰这才率领着他的弟兄们上车，呼啸而去。随后就是收尸队来收尸。

不用说，第二天的报纸上又有消息刊登，谓：浙江银行名为银行，其实十一名职员全系下江上来的歹人，经查，个个死有余辜，云云。

冷开泰当然不会不知道，他枪杀的这十一名浙江银行的职员中大都是无辜者，但他这是故意的。他之所以滥杀无辜，是要夸大成绩，好在刘湘面前请功领赏。

经过一段时间皂白难分的血腥清洗，刘湘在同重庆中央参谋团的较量中取得了胜利，斩获颇丰。不仅康泽派来的三个全能特务戴刚、陈三才、黄逸定被挖了出来，都杀了；过后又将康泽渗透进成都多家机构的情报人员大都掏了出来，让他们供出了重庆方面的全部秘密。成都警备司令部和省情报处，收缴了康泽设在成都的秘密电台三部，枪支弹药、特务器材若干；由此引发了康泽埋伏在成都中层以上十余名干部向刘湘投诚。与此同时，成都方面通过刘湘的宣传喉舌《蜀中时报》，大肆炫耀战果，让重庆中央参谋团哑子吃黄连——有苦说不出，只有忍气吞声。而就在冷开泰向刘湘请赏、邀功之时，周一龙的袍哥们却自恃有功，在成都东门一带趁火打劫。他们在东郊城乡接合部大白天也敢"拉肥猪"（以索取钱财为目的的绑架）、"剥绵羊"（剥女人衣服），引得成都市民义愤填膺。多家报纸对此给予揭露，甚至把矛头直接指向了省政府，指向了刘湘。

- 第十四章 -

"民不畏死，奈何以死惧之"

这些天来，在成都很受广大读者欢迎的《铁锤报》可谓洛阳纸贵。朱时雨是这张报纸的主编，他经常以"铁锤"为笔名，在报上发表各种抨击时政的文章。他有两副笔墨，杂文如投枪匕首，泼辣犀利让人解气！副刊文章写得灵秀隽永，寓意深刻感人。他的两副笔墨刚柔相济，双管齐下，在横扫千军的同时，有曲尽其妙之能事。他还不时在报上转载"怪人"刘师亮亦庄亦谐，嘲讽时政的打油诗。特别是最近以来，这张报纸更多刊载了川省同重庆中央参谋团如何明争暗斗，省情报处冷开泰其人及一伙烂滚龙如何乱整，草菅人命抽底火的文章，这就越发引人注目。

这天上午十时左右，一辆高档黑色小轿车驶到春熙路孙中山铜像前，在成都最大一家书报站"蜀亭"门前戛然一声停下来。车门开处，下来一位西装革履、皮鞋锃亮，绅士模样的人。他戴在头上的博士帽压得很低，似乎不愿见到人。这是一个个子不高，神态矜持的中年人，戴副金丝眼镜，皮肤白皙，鼻子很棱，鼻尖发红，好像总是在生气。恍然一看，还以为他是个外国人。他的后面跟着两个便衣，可见他是有地位的。他名叫梁高，是刘湘的省政府宣传部部长，负责全省的舆论宣传和报刊出版。下了车，他明明是要去

"蜀亭"的，却又并不急着进去，混在看报的人群中，看展览在当街一排玻璃柜中当天出版的多家报纸。这些报纸中，不仅有成都的、四川的，还有全国各地的多家主要报纸，比如《大公报》等等，应有尽有。其中，摆在最显眼处的一份报，就是由他直接管辖的四川省的政府机关报《蜀中时报》。这张报的印刷质量很高，用纸讲究，印张也多，价钱很低，一看就是亏本买卖，报纸上头版花花绿绿的标题，令人眼花缭乱。

梁高先是浏览了一下《蜀中时报》头版上的几个大标题：《四川省主席刘甫澄昨日发表重要讲话》《四川年来推行新政见成效》《成都警备司令部查捕不明身份歹徒纪实》云云。然而，他的这张报，不要说有人买，连看也少有人看。而摆在不引人注目处的一张小报《铁锤报》，围观的人却是人头攒动，争先恐后。这报用纸很差，四开小报，薄薄的一张，价格还不低。然而看的人多，来买的人更多。前来"蜀亭"打批发的人，从店中将一大沓一大沓的《铁锤报》抱出来，装上各种车辆运走，这就越发将《蜀中时报》比照得相形见绌。

梁高用一双阴鸷的眼睛，注意看了看这张小报头版上的几个标题：《成都重庆对峙戏中有戏》《昨日本市多所大中学校示威游行，要求当局切实解决民生问题》……

梁高这就不看了，转身进了"蜀亭"。因为梁高平时不显山不露水，没有人认出他来。在忙忙碌碌，过来过去的人群中，一个身着短褂，身上套个黄色背心，负责打批发的店员，看他身后还带了两个人，进来就东瞅西看的，以为他是大买主，这就想当然地，好心地迎上前来问："先生，你是来打批发买《铁锤报》的吧？如果要，得快些，不然时间再晚，就没有了。"

梁高平素藏头露尾，很清高，很少出面。他当然相信，这个店员不知道他是谁，但听到店员这样的话，还是感到很不舒服。要知道，他梁高可是喝过洋墨水，科班出身的文化人，是刘湘的红人，在省政府，连职高权重的秘书长邓汉祥见到他都是客客气气的。

"我既不买你们的《铁锤报》，更不打什么批发！"梁高拖长声音，很有些生气，把很简单的话说得弯环倒拐的，"你怎么知道我来就会买你们的《铁锤报》呢？未必《蜀中时报》我就买不得吗？"他越说越来气，突然放大声气，命令站在他面前，发现不对，连眼睛都睁大了的店员，"去找你们经理来"。这就显出了他的横。

穿黄背心的店员是刚来不久的年轻人，二十来岁的嫩水娃娃。这娃娃不晓事，也不睬事，看他这个态度，也火了，硬顶："我卖我的报，你要找我们经理，你就去找嘛，关我毬事！"小伙子骂起怪话来了。

跟在梁部长身后的一个便衣，见这嫩水娃娃竟敢骂梁部长，了得！上前一步，伸手将小伙子一掀，骂道："你娃娃是不是不想活了？"那副红眉毛绿眼睛的样子，似乎他随时都可以抓人。

这就引起在一边卖报的店员们的注意，领班张二姐一看情况不对，遇上歪人了。赶紧上前劝住。她给这进来的三人解释，说这个嫩水娃娃，是临时招来帮忙的，不懂事、不懂事。说时看着气鼓气胀的西装绅士笑笑，问："先生，你是有事找我们经理吗？"

梁高从鼻子里哼了一声。

张二姐把梁高一行三人带上了楼。经理正坐在他的办公桌前喝茶看报。一听张二姐喊，经理，有先生找。经理很不情愿地低下头，目光透过眼镜边沿，循声望来。经理是个老成的中年人，四十多岁，胖胖的，头上戴顶黑色绸缎瓜皮帽，穿件灰布长衫，脚上是一双白底黑帮直贡呢朝元皮鞋。

经理自然是认得省府宣传部部长梁高的。梁高的到来，让经理很是惊讶，他立刻放下手中报纸，站起身来，顺手将瓜皮帽从剃得光光的头上摘下，弯下腰去，给部长行了一个老式的大礼，说是："部长驾到，蓬荜增辉，请、请！"正对着他的办公桌有一溜沙发，他请部长坐。部长坐了，一个便衣随侍在侧，一个站到门外，随时提防着什么。

张二姐见状，赶紧给客人上茶。然后，轻手轻脚地下楼去了。

经理的屋子四周，一扎扎花花绿绿的各类报刊，堆得小山似的。

梁高看着提心吊胆的胖经理，说："我来，也没有多的事。我今天路过这里，随便来你这里看看，我想向你了解一下各种报纸的销售情况。主要是想了解省报《蜀中时报》和小报《铁锤报》的销售情况！"

　　经理听了部长这一席话，原先提起的悬吊吊的心放了下来。他也不隐瞒，焦眉愁眼地摇了摇头说："照理说，我们应该多卖些省报《蜀中时报》才对。可就是卖不动，没法！部长，你来也是看到的。"经理说时，指了指堆了半屋的《蜀中时报》，"我经手两个多月了，这报才卖出去一张，而《铁锤报》却是期期供不应求，尤其是最近，一来就完，总是脱销。"

　　"哦？！"梁高不知是听经理说《蜀中时报》两个月才卖出去一张嫌太少？还是因为有人买了他们一张报来了兴趣？这就追问："这报是什么人买的？"

　　"是隔壁巷子里一位不识字的老太婆买的。她那天出门，到隔壁小卖部买了包盐，路上包盐的纸破了，她见《蜀中时报》纸好又便宜，就买了一份报包盐回去。"

　　"啊，哈哈，哈哈哈！"梁高听了这个很荒唐很讽刺的故事，强作镇静，打着哈哈安慰胖经理，"不要灰心，不要灰心，久等必有一善，市场是要慢慢浃的。现在的人怪，越是骂政府的报越有人看；像刘师亮这样的'搅屎棒'，他的文章就很受欢迎。你这里是全市，也是全省最大的报刊站，来你这里买报的人多，只要我们的《蜀中时报》摆在那里，哪怕就是一张也没有买，也没有关系……"就像是胆小的人过坟场，吹口哨为自己打气，省政府宣传部部长梁高说了这番场面上的话，掩饰住自己的尴尬，然后带着两个便衣保镖，下楼上车走了。

　　"专制推翻说大同，预征抬垫更无穷。一年三税犹加赋，十处间阎九处空。税上寅年又卯年，烝黎处处叫皇天。无钱只好凭拘押，唯有回家哭卖田。"报站前，有几个市民模样的人，买到当天的《铁锤报》后，正围在那里看，他们指点着报上转载的《师亮随刊》，一边吟诵一边感叹。

　　"看看，这是经过二万五千里长征，到了陕北的红色诗人柯仲平的诗。"几个大学生模样的年轻人，指点着《铁锤报》上转载的著名诗人柯仲平的《延安》，不约而同地朗诵道：

延安穿的麻草鞋 / 延安吃的小米饭 / 你为什么爱延安？……

　　哪怕我们的教室是露天／哪怕我们的板凳是一块砖……

　　为了到延安／我们不怕把鞋底走穿……

　　更多的人指点着《铁锤报》主编朱时雨这天在报上副刊园地《蜀香》发表的一篇抒情散文：

　　我是一个爱花的人。而在百花中，我最爱菊花。我们刚从严冬中走来，我以为，菊花生来就是一个战士！在蜀中阴霾低垂，连月不开，寒凝大地的冬季，它挺起孤傲的干枝，和西风战，和严寒战，和深秋的细雨战，更和初冬时的冷雪战……

　　菊花的精神，我以为我们皆宜效法……

　　这一天，《铁锤报》上刊登的文章，在成都造成了轰动。刘湘看到这期报纸，大发脾气，午后专门召集宣传部部长梁高、成都警备司令严啸虎、省缉查处长何大武、新近走红的情报处长冷开泰来他的办公室开会，商量对策。

　　首先由缉查处处长何大武报告《铁锤报》主编、著名报人、作家朱时雨的背景、出身等等情况。

　　"朱时雨，新津人，出身于一个有钱的诗书人家，毕业于北京大学。他在校读书时，表现得很激进，对苏俄，对马克思主义心向往之，深受北大教授，著名的中国共产党人李大钊教授赏识。"

　　"朱时雨回川后，拒绝了多家大学的高薪聘请，办起了这张《铁锤报》，处处同当局作对，给他的家人惹事，带来不少麻烦。他的父亲朱茂亭，是个胆小得一辈子连蚂蚁都怕踩死的人。朱老太爷为此气得捶胸顿足，曾经在成都多家报上声明同'逆子'脱离父子关系。"看刘湘频频点头，对朱老太爷赞赏有加的样子，何大武继续报告，"年来，朱时雨表现得更加激进。这方面的情况有目共睹，我就不多说了。"

　　刘湘用狞厉的目光扫视了一下在场的几个要员，看他们就朱时雨的问题没有补充。"那好！"他说，"朱时雨的情况就先谈到这里，我们再来商量对策，不能让他继续这样搞下去！"仰起头来，目光从窗棂望出去，似乎在叩问什么，思索着什么。

"北大！"他说，"北大本身就是一个共产党的窝子。有两个从北大出来的人，给我印象很深。一个是李大钊，他后来被到北京当安国军大元帅的奉系张作霖杀了，另一个是毛泽东。如果我没有记错的话，他是北大一个姓杨的教授，杨什么？杨昌济教授的女婿吧？"说时敲敲脑袋，"毛泽东当时在北大图书馆当图书管理员，以后回到湖南主办《湘江评论》，把湖南闹得天红，令当局大伤脑筋。不要小看一份报纸！不要相信'秀才造反，三年不成'这种屁话！"说到这里，刘湘胸一挺，脸色变得狰狞了，"李大钊不是一介文人吗？他传输的共产党学说，惹得中国从此人心不古。毛泽东不是一介文人吗？他最初不也是办一份《湘江评论》吗？最后如何呢？最终带领红军，到达陕北，武装割据，让老蒋无可奈何！"

"当然，我不认为朱时雨有毛泽东的能量，会成为第二个毛泽东。"说到这里，刘湘缓了口气，"但是他和他的《铁锤报》已经严重地危害了时局，我们不能再熟视无睹了，再不能书生气十足了，嗯！"说时看了看宣传部部长梁高。梁高的脸一下红了，像一只剥了皮的兔子。刘湘又用凌厉的目光挨次扫视了一下在座的诸位，那目光中流露出来的全是责备。

"对这样严重危害时局的人，对这样变本加厉的害群之马，我们绝不能手软，嗯！现在，你们都说说吧，对这个朱时雨，我们该如何办？"

"我的意思是立刻查处、封闭《铁锤报》，治朱时雨煽动罪。"宣传部部长梁高抢先发表意见，看了看刘湘，他以为他够狠的了。

"幼稚！"刘湘很不以为然地哼了一声。

"报告甫帅！"冷开泰将胸脯一挺，喊操似的说，"我想带几个弟兄，看哪晚上合适，去把朱时雨这个狗东西'黑了'，把他办的《铁锤报》砸个稀巴烂！"

"简单了。"刘湘以教训的语气对立功心切的冷开泰说，"这是对付共产党，不是对付一般的老百姓！"说时，将凌厉的目光转向了成都警备司令严啸虎和缉查处长何大武，"对付共产党，最好还是由你们两家出面，嗯！"

"是。"严啸虎和何大武见刘湘点到他们，感到荣耀，他们满面放光，保证负责完成任务。

"你们是这方面的行家，具体咋个办，不需要我给你们说明。"坐在皮转椅上的刘湘，将捏在手上的一支粗大的红绿铅笔，在一本厚厚的卷宗上点得笃、笃响；那是一份《关于共党在我省地下活动情况的报告》，不用说，是缉查处提供的。

"下手要快，手脚要干净。还有！"刘湘意犹未尽，用钉子似的锐利目光看着严、何二位："那个成都裕华纱厂活动得相当厉害的女工毛玉芳，也是个共产党吧？"

"是的。"何大武已经明白了刘湘的意思，"我们在解决朱时雨的同时，也顺带把她解决了。"

刘湘点点头："好吧，今天的会就开到这里。"

成都红照壁长元里是一个闹中取静的好地方，临大街，是条半截巷，原先属于少城。朱时雨的家就在巷底。

院子是单独的，青堂瓦舍，石库门，两进的精巧小院。房子不是朱时雨买的，是他结婚时，老父亲买来送他的。由此可见父子深情，不过，这都是过去的事了。现在，不仅老父亲对他绝望，就是全家人，他的哥哥姐姐对他也是深感失望。家人对他实际上已经几乎断绝了一切往来，这都是因为朱时雨办的那份《铁锤报》得罪了当局，而且他不听家人劝阻，还要坚持到底。

朱时雨是新津人。新津离省会成都不过五六十里，那是一个钟灵毓秀之地，九条河流贯穿其境，在境内派生出若干条涓涓细流，像是母亲充沛而甘甜的乳汁，将新津浇灌成了一个鱼米之乡，岁无饥馑之地。

在新津，出县城不到八里地，就是吴店子，朱时雨老家就在这里。朱家是当地有钱人、望族，诗书人家。朱时雨的父亲朱茂亭，被当地人称为朱老太爷，是清末年间的留日学生，满腹经纶。回国后，他在成都当过一段时间的官，终因清高，对官场的黑暗腐朽不满，挂冠而去，回到老家终老林下，从事稼穑。朱时雨的母亲死得早。乡下有言，后娘的心，门斗钉。为了孩子，朱老太爷不到五十岁丧妻后，虽然说媒的人差点踏破了他家的门槛，也还是有合适的，但为了孩子不受委屈，朱老太爷没有再娶。这在当时殊为不易，由此，也可以看出朱老太爷爱子之深。朱时雨有一个哥哥一个姐姐，年龄都比他大得多，也都是大学毕业，性情与乃父相似，洁身自好。朱时雨是朱老太爷近四十岁时得子，母亲生下他后，不到两年因病溘然而逝。俗话说皇帝爱长子，百姓爱幺儿。这样，朱时雨自然从小就更得到父亲一份别样的宠爱，加上他聪明活泼，朱老太爷对于他，自然寄托了更多的希望。

有趣的是，朱时雨的大哥长得仪表堂堂，浓眉大眼，身材颀长，完全可以不化妆就上台演出《雷雨》中周大少爷类男主角的，却是一个结巴。大哥结巴的原因不是别的，是小时候父亲到日本留学去了，生活寂寞，缺少父爱。带他的长工是个结巴，与他朝夕相处，近朱者赤，近墨者黑。当朱老太爷从日本学成归来后，发现长子是个结巴，想纠正却已来不及了。朱家大哥大学毕业后，成了茶壶里的汤圆——肚子里有货，就是倒不出。朱老太爷心中好生吁叹，这就更把一生的期望放在了小儿子朱时雨身上。

成都地区川西平原的冬天天气阴冷，但很少下雪，从严格的意义上讲，这是个没有冬天的地区。可在朱时雨五岁那年，新津下了一场少见的大雪，天亮了，漫天皆白，房前屋后玉宇琼阁。天上还在下雪。那白色的小精灵下得纷纷扬扬，不快不慢。

朱老太爷穿一件貂皮大衣，戴一顶獭皮帽，带一大一小两个儿子出了家门赏雪，见一白一黄两条狗在雪中追逐撒欢。老太爷觉得有趣，随口念出一首打油诗："昨夜一场雪，黄狗身上白，白狗身上肿。"老太爷要两个儿子对诗。大儿子已经成人，马上就要去上大学了，这就结巴着说："昨夜好、好大雪，犹如撒了满天晶、晶亮的盐粒。"朱老太爷牵在手上，只有五岁的小儿子朱时雨随口就来："借问精魂哪里来，漫天飘舞白蝴蝶！"

"好！"朱老太爷不禁喜从中来，击节赞叹，当即评点两个儿子的诗。老太爷说，小不丁点的诗，虽然还不成其诗，但诗意已经有了，能把漫天飞雪想象成翩跹飞舞的白蝴蝶，这就有了诗的意境，这就是诗。随即看着老大说，把雪比喻成盐，这就实了，俗了，没有诗的意境……

朱时雨果然聪颖，以后读书一帆风顺，一直读到北大毕业，朱老太爷对小儿子寄予了多大的希望啊。可是，学成归来的小儿子，让朱老太爷感到了陌生，感到害怕。他开口闭口马克思主义，开口闭口共产党好，开口闭口苏俄怎么的，吓得朱老太爷不轻。其时朱老太爷已是古稀之年，是年届七旬的耄耋老人。为此，父子俩产生了剧烈的交锋和冲突。

"你怎么手拐子尽往外拐？"老爷子很是不满地质问小儿子，"共产党是穷人的党，他们要革我们这样有钱人家的命，你还说它好！当年，毛泽东在湖南搞农会，把地主弄来斗争，戴高帽子游街，极尽羞辱。你拥护共产党，你岂不是以后也要让那些霉老二（穷人）把老子弄来斗争？你简直是数典忘祖！"老爷子气得手打颤，"如果不是我手中还有四五百亩良田，如果不是我这把老骨头尚在苦苦经营，你能上大学，能在北大毕业？不要说大学毕业，恐怕连吃饭都成问题！你这些离经叛道的思想，是去从哪里装来的？是在北大学来的？当局最痛恨共产党，抓到共产党轻则丢监，重则杀头，全家人也会跟着你倒霉！"

旁边的哥哥姐姐听了，也架势给父亲帮腔。比大哥小一岁的姐姐早已出嫁，当了阔太太，家在省城，丈夫是个很有钱的大买办。家里公馆、小车一应齐全。

"爸爸，还有哥，姐，你们说这番话，是因为你不了解共产党，不了解共产主义。当局的报纸上天天诬蔑丑化共产党，诬蔑丑化苏俄革命，把共产党人渲染得好像是一群红眉毛绿眼睛的恶鬼。爸爸，还有哥，姐，你们没有看过马克思的共产主义学说，那可是人类最伟大的学说。共产主义是人类最理想的社会。"小儿子说到这些，滔滔不绝，一副书生气十足的年轻的脸上，浮现出对理想的追求，对幸福的向往。

"你打住，君子不党！"朱老太爷有些激愤，"我承认现在是一个不合理的社会，也可以说是一个黑暗的社会。不然，我何以回归乡里；不然，我又何以同意你大哥大学毕业后，也同我一样，终老林泉！我和你大哥对这个恶社会是惹不起躲得起，我们是不愿意与丑类为伍。但是，儿子，你不是北大毕业了吗？省会成都不是有多所名牌大学高薪聘请你去当大学教授吗？月薪四百大洋！"老爷子说时，举起四根拇指，"月薪四百大洋是什么含义？买一亩乡下的甲等良田，最多不过就五六十元。我们全家一年的总收入，不过就是千来元。有钱人家，比如你姐姐家请的包月黄包车夫，一个月的工钱不过就八块大洋，而就这八块大洋可以供养一大家人，生活还不错。大学里每年还要放寒暑假，这么好的事，你还不想去？你究竟想干什么？"

朱时雨说："我想办一份自己的报纸。"

"办一张自己的报纸？"老爷子又是一惊，这会儿，老爷子的注意力已经被转移，他原是想弄清楚小儿子是不是已加入了共产党的。

"是。办一张自己的报纸！"

老爷子看着小儿子神往而执着的神情，不禁心想，办报也还是不错的。老爷子爱看报，任何一张报只要抓在手里，他都要从头到尾看到底。读书人就是这样，不要说报，哪怕任何只字片纸，抓到手里都要看，这是一种习惯。可惜在乡下，老爷子看报很不容易。

当一个报人，在老爷子眼中也是相当不错的，不亚于当一个大学教授。最终，老爷子同意并资助小儿子在省上办起了一份《铁锤报》，并欢天喜地给小儿子完了婚。

可是，事与愿违。朱时雨办的是一张什么报纸啊？专替穷人说话，专同当局作对！这样的报纸如果继续办下去，迟早会倒大霉的。但老爷子发气也好，姐姐找上门来声讨也好，哥哥苦劝也好；全家人联合起来声称，如果朱时雨一意孤行，全家人不仅从此不给他任何一点经济援助，而且同他断绝一切关系，朱时雨一概不听不理，一意孤行。

盛怒之下，老爷子不仅断绝了对小儿子的一切经济支持；而且让他的哥哥、姐姐也都断绝了同朱时雨的关系。老爷子希望借此逼使小儿子就范，改弦易辙，不要再同当局作对。可是，小儿子的表现，让老爷子太失望，太伤心了。

这天，天刚亮，习惯晚睡早起的朱时雨已经起来了，他站在前面小院的石头阶沿上，伸展双手扩胸做着深呼吸，抬起头来，欣赏着小小天井的上方，黎明时分黑绒似的天幕上急速变幻的景致。

夜幕正在一点点消退，光明正在渐渐来到。朱时雨喜欢这样的时分。这是昼夜的交接时分，在压得很低，像是扣了一口黑锅的头顶上，突地亮起一团红晕。很快，这团红晕燃烧起来，天地就全映红了。

这就看清了朱时雨的家。前后两个小院。成品字形的前院，隔一道天井，是关闭着的石库门。天井不大，小巧。天井里有一座玲珑剔透的假山，下有座不大的鱼池，池中游着几尾金鱼。池边阶沿下，有对应的两株树，一株桂花树，一株香椿树。树都不大，是朱时雨买这幢房子时才栽下的。两株树都还没有到开花结子的时候，但都长得青枝绿叶的，充满生机，很有风骨。

阶沿上，三间精精巧巧，推窗亮格的小屋一字排开，粉墙黑瓦。中间一间是客厅，左右两间分别是他们夫妻和孩子的卧室。后面小院有一个更小的天井，阶沿上也是排开三间小屋，厨房、饭厅，还有一间房，原来是女佣住的。现在经济紧张，加上孩子媛媛已经读书了，女主人辞退了女佣，家务事都她包了。

这就是他的家，安静温馨。

一天的生活开始了。妻子起床了，到厨房忙去了。然后，妻子进了媛媛的屋子，轻轻叫女儿起床。媛媛到后院洗漱，这时送牛奶的来了，按铃，他去开了门，拿奶，送到厨房。天光大亮了。一家人聚在一起吃完早点，媛媛背起书包上学去，就在街对面的华美小学。朱时雨很爱女儿，他要一直把女儿送过街，送到学校大门。然后，再去祠堂街的报社上班。

媛媛读书早，不久就要上中学了，才十一岁，身段已经抽条。在这春寒料峭的季节，媛媛穿的是一身又洋气又漂亮的校服，剪一头短发，披着刘海，如新月如春笋。女儿长得很像母亲，有长长的颈子，大大的眼睛，桃红李白的皮肤，成绩好，又乖又懂事。

"媛媛，再见！"在校门口，朱时雨给女儿招了招手。这是每天早晨例行的功课，可是不知为什么，今天他心中涌起一种难以言说的割离感。

"爸爸再见！"女儿转过身来，向他扬了扬小手。女儿偏着头，一绺如墨的黑发披在肩上，又长又浓的眼睫毛下，一双明亮的眼睛显得又温驯，又体贴。

朱时雨这时发现自己上班忘了拿皮包，这是过去从来没有过的。他回家，准备拿上皮包去报社上班时，老家的长工，生性憨厚朴实的王二已经坐在家中等他了。

"少爷！"坐在客厅中的王二见到他，立刻站了起来。

"坐坐坐，你什么时候来的？"见了王二，他有些惊异。已经几年了，自从同父亲闹翻以后，王二就没有来过。王二面前小桌上摆了一杯茶，对人和善的妻子得知王二已经吃过了饭，问过他一些情况后，陪老家来的长工说了一会儿话，见丈夫回来了，就到后院刷碗做事去了。

王二告诉少爷，最近乡下流行打摆子，医学上叫疟疾。老爷也染上了，倒床已经快一个月了，一会儿热，一会儿冷。

听说老父亲得了疟疾，卧床不起，朱时雨不由着急心酸，忙问王二，老爷现在如何？王二说是有大爷（朱时雨的大哥）在家细心照料，大爷到吴店子请名中医李少白来家，给老爷诊了脉，吃了几服药，现在好多了。不过李少白说，老人家已经七十六岁高龄，体虚，病好了容易再感染。乡下流行的疟疾不是一时半会儿可以断根的，如果再感染，就经不起这样拖了，得派人上省城买点进口的西药奎宁，以备急需。

大爷这就派他上省买奎宁，他是昨天晚上到的，住在宽巷子二孃家（朱时雨的姐姐）。奎宁，二孃已经买好，一大瓶，是从美国进口的，价钱很贵。他现在要回新津去了。上省之前，老太爷让他给少爷带来了一封信。说时掏出信，捧在手上，站起来，双手递给朱时雨。

朱时雨让王二坐下喝茶。他拆开信封，看父亲给他的来信。

时雨：

　　我今年已七十有六，人活七十古来稀。我向来身体不好，能活到这个岁数，是我自己都没有想到的。我前段时间打摆子，最近好多了，但精力不济，自知所剩时间不多。风烛残年的人，说去就去了，对生命的自然终结，我很坦然，只是在你们姐弟三人中，我现在最担心的是你。

我把一生的期望都寄托在你身上。你们姐弟三人虽说都是一母所生，但我总觉得同你有一种疼痛与共的特别感觉和感情。这也许就是人们常说的皇帝爱长子，百姓爱幺儿吧。

我并不一定期望你一生大富大贵，扬名于世，但你这样同当局处处作对，被当局看作眼中钉肉中刺，总不是个办法，总不是个好事！虽然你从来没有告诉过我，你是不是共产党。但我日前从好友处得知，当局对你和你办的报纸深恶痛绝，认定了你就是共产党，恐会对你采取不利措施。孩子，希望你悬崖勒马。纵然你不为老父，不为你的哥哥姐姐着想，不为你自己着想，也该为你的妻女着想啊！如果你有什么不测，你的妻女怎么办呢？你想过吗，我的孩子。

我之所以年来对你断绝经济援助，就是期望你回头。可怜天下父母心！孩子，现在不要说幸福，不要说孝顺，只要你能安身立命，只要你的家庭能安全，就是对我最大的安慰了。孩子，鸡蛋碰不过石头，这是一个再浅显不过的道理。我和你大哥碰不过这个石头，采取了躲的办法。希望你也能躲一躲，就是暂时的也可以，就算老父求你了！

你还相当年轻，你应该活着。最少，你的妻女需要你，她们需要你活着。人活着就有希望，就有一切。如果连生命都没有了，你信仰的主义再好，又有什么用呢？蝼蚁尚且惜身，何况人乎？孩子，你想想，是不是这个道理？

我已来日无多。也许，这是我写给你的最后一封信了。在人生的十字路口，命运就在你个人手中，何去何从，得由你自己决定。

退一步吧，退一步天高地阔！

为父终生没有求过人，这里，就算是为父求你了！

附大洋二十元，让王二带去，望好自为之。

父字。

看完信，朱时雨的眼睛不由湿润了，他很想给父亲写一封回信，让王二带回去。父亲的话当然是对的。惹不起，我躲着走，这是父亲的人生态度，也是父亲当前对他的唯一期望。可是他不能！父亲！他在心中对父亲说，我小时，你不是常对我讲些仁人义士的故事吗？这之中有"人生自古谁无死，留取丹心照汗青"的文天祥；有衔石填海的精卫鸟；还有写下了"秋月秋日愁煞人"，为真理舍生取义的女侠秋瑾。可是父亲你知道吗？还有共产党人，为了救国救民，他们九死而不悔。儿子也是这样的人！

可是，朱时雨并没有给他风烛残年，在病中都还在挂牵他们一家的老父回信。他知道他一写回信，就要把心里对父亲说的那些话落在纸上，那会增加老父的担心。因此，他笑了笑，对王二说："你回去对我爸爸说，他的信我收到了，也看了。请他老人家放心，我很好，我们全家都好。我忙过这段时间，等媛媛她们学校放假后，我们全家人回去看望他老人家。"然后，他向王二问起乡下老家的情况。

"不好。"王二说时，低着头，将衔在嘴里的竹子烟杆猛劲吧嗒，头埋在烟雾腾腾的叶子烟里。"少爷是知道的！"王二说，"我们县的通济堰是出了名的，从来没有断过水。可通济堰因年久失修，现在正是春耕春种正用水的时候，断了水，好些人家的田都没有下种。去年年景不好，政府的苛捐杂税又重。早先年间，赋税是一年一征，而今是一年三征。老太爷的病，与这有关，只不过老太爷不让我给少爷说。大爷挂了个乡长的名，可他不像人家那些乡长会黑起心整钱，上头派下来的这个税那个捐，大爷不忍心对乡人摊派，鸡骨头上剐油，只有自家偷偷垫，但自家又有多少钱呢？老家的底子都空了。大爷经常有人没人时都拍着手说，'逼死、算、算了！'"

朱时雨想象得出大哥那副拍着手时无可奈何的样子。

"县政府门前天天都是请愿的人，乡下的日子没法过了！好了，时辰不早了，我得走了。"王二说时站起身来，将烟杆在手上一拍，拍掉烟锅巴，将烟杆顺手往裹在头上的白帕子里一插。

朱时雨送走了老家来的长工王二后，去了报社。

桌上摆有一个大信封，拿起信看。信封上写明他朱时雨收，却没有署寄信人的姓名、地址。他将信拿在手中，觉得内有异物，封面下有些鼓、沉。

他拆开信封，"啪"地一声，一颗黄澄澄的手枪子弹落在了办公桌上。他抖开信纸看。信写得很短，只一句，却是杀气腾腾："反当局者，杀！"信末署名："中国国民党铲共特工指挥部"。类似的恐吓信，他收到已经不是第一次了。

长衫一袭，满面清癯的朱时雨没有被死亡的威胁吓倒，他拍案而起。

"民不畏死，奈何以死惧之！"他有感而发，愤然提笔展纸，写下《将被"国法"宣判"死刑"者自供复所谓"中国国民党铲共特工指挥部"书》。在文章中，他大气磅礴地声称：

> 这年头，到死能挺直脊梁，是难能可贵的。"贵部"即能杀余一人，其如四川尚有六千万人何；即能杀光川人，中国尚有四万万五千万人何？余不屈服，亦不乞怜，余之所为，必为内心之所安，社会之同情，天理之可容！如天道不灭，正气犹存，余生为庸人，死如鬼雄，死为此时此地，诚甘之如饴矣！

他的文章在《铁锤报》的副刊《蜀香》发表后，人们奔走相告，争相传阅。紧接着，他又推出读者来信，《有感不怕死亡之朱时雨公》。

这一天，朱时雨上班便发现情况有异，有特务跟踪他。编发稿件时，更有"鬼影"不时在窗前监视、晃动。自知死亡就在今日，他坦然相对，提笔展纸给妻张惠如和尚幼的女儿媛媛留下绝笔：

贤妻慧如如晤：

> 时雨自知生命已到最后关头，我要向你和女儿媛媛惜别了，永远地去了。
>
> 我死不足惜。唯一有愧的是负你们母女太多！处于鬼域横行之时，时雨自知前进一步死，后退一步生。我何不珍惜自己的生命？蝼蚁尚且惜生，何况还有你们：我的爱妻爱女。但中华民族已到最危险的时刻，日寇占我东北三省，且有大举南下之势，而当局却甘

于民族屈辱，兄弟阋于墙，大搞攘外必先安内。凡有良心的中国人、文化人，在这阴霾低垂、黑云压城城欲摧、虎豺当道，民不欲生之时，能不振臂高呼，能不抗争吗？我愿以一死唤起我川人、国人反黑暗、争民主、争民生之决心、勇气。犹如在无边的黑暗中掷出一团火炬，虽然这火炬燃烧得只有短暂的一瞬，但毕竟照亮了一些路人，显示了光明仍在。只要亮起这点火光，很快黑夜里就会燃烧起弥天的大火和光明。

倘若再有来世，时雨愿再作慧如你的丈夫，再作媛儿慈父，希望在那个崭新的世界里给你们补偿今生今世对你们的歉疚。我死后，慧如勿以我为念，应大胆追求自己新的生活。明年清明，倘若慧如你能带着媛儿到我的坟上掬几滴清水，那在清风中向你们点头的坟上野花，就是我对你们的微笑和祝福。

写毕，朱时雨封好信，步出编辑部，去邮局寄了。感觉言犹未尽，又回到编辑部，在办公桌上留下一首七绝："懦夫畏死终须死，志士求仁几得仁。"然后，整整衣衫，大步出门，昂然而去。

夜幕低垂时，朱时雨信步来在了锦江边的望江楼下。此时，锦江边已了无人迹，只有几只水鸟在苍茫的江面上忧郁地歌唱。红墙内，崇楼丽阁旁，万竿翠竹在晚风中不安地摇曳。

红墙下，朱时雨转过身来，对一直跟踪在后，此时隐匿在树丛中的特务，凛然地拍了拍胸脯，说："此地很好，开枪吧！"

朱时雨话刚落音，"砰、砰、砰！"丧尽天良的特务连开数枪，年仅三十二岁的朱时雨倒在了血泊中。在江面上忧郁歌唱的水鸟飞走，朱时雨死了，死得很安详很从容。他仰面朝天躺在大地上，枕着锦江不息的涛声，一双明澈的眼睛，凝望着青灰色夜空中闪烁的群星。

第二天，《铁锤报》和成都的多家报纸，以头版头条显著位置，加黑框刊发了朱时雨遗像和惨死在当局特务手中的消息，并配发了编辑部致当局的公开信，要当局对朱时雨之死负责。

当局杀红了眼。就在朱时雨遇难的第二天晚上十一时左右，从成都东郊裕华纱厂职工俱乐部里走出一位三十多岁的年轻妇女。她叫汤丽英，面容清癯端庄，衣着朴素，神态沉稳，梳一头短发，看上去精干而温柔。她是一名自以为没有暴露身份的共产党员。在厂里，她积极从事工运活动，保护工人利益，组织工人进行过多次反抗厂方剥削、当局黑暗的游行，为职工争回了一些利益，因而深受大家爱戴，被推举到职工俱乐部做了主席，却深受厂方和当局痛恨，早就上了当局暗杀的黑名单。

她一边走一边思索着下一步的工作，不知不觉间来在了离家不远的地方。转过一条大街，就是麻石桥，眼前一片黑黝黝的棚户区蹲在黑暗中。这里，路灯稀疏，杳无人迹。她远远地看到了自己的家，那里还隐隐约约亮着一星灯光。那灯光，像是做工人的丈夫下班后等她夜归的大廓廓的清亮眼睛，像是刚刚七岁的女儿送上来的吻。一丝欣慰的笑，浮上了她的脸颊，她不觉加快了脚步。

"汤丽英！"这时，一声陌生、粗野、瘆人的呼叫从前侧那黯淡、摇曳的树荫中猛地传来，令她不禁一悚，停下步来，循声望去。就在这时，"砰、砰"两声枪响。汤丽英似觉被人猛地一推，又似一根尖锐疼痛的烙铁一下插进了她的胸脯。她本能地用双手护着自己在汩汩流血的胸脯，踉跄地往前走了两步。最后望了望正等着她回去的家，倒在了血泊中。

第二天的黎明姗姗来迟。

上午九时，当四川省主席兼川康绥靖公署主任刘湘迈着军人的步伐，准时走进他的办公室，坐到宽大锃亮的办公桌后那把高靠背软椅上，一眼就看到了摆在桌上的刚出的《铁锤报》《新新新闻》等多家报纸。伸手随便翻翻，《铁锤报主编朱时雨血迹未干，裕华纱厂工会主席汤丽英又伤，试问省会成都还有无宁日》类的大标题赫然在目。刘湘看了有关报道，如芒刺在背，气从中来。他拍桌子打板凳，大发脾气。

他让秘书打电话去把缉查处处长何大武叫来。

何大武一来，刘湘拍着桌上的报纸大骂："你看你搞的什么名堂？你做鬼都害不死人！你不是事前对我报告，派神枪手去，神不知鬼不觉结果汤丽英吗？其实，这个人根本就没有死嘛，她当晚被人送进了附近的仁济医院。而且，当晚就被取出了子弹头！这下好了，羊肉没有吃到，反倒沾得一身膻，全省的报界都闹麻了，惹得天怒人怨，你咋说？嗯！"

"甫帅误会了。"受到责备的何大武不但不恼，反而有些得意。

"误会，误什么会？"刘湘马起一张脸，犀利的眼光像是子弹，马上就要把不中用的缉查处处长打穿似的。

缉查处处长何大武阴险地解释："我就是要汤丽英这样慢慢去死，一枪结果了她，反而便宜了她。我打出去的子弹是加过工的，是事前用刀子在子弹上划出十字，再用毒药浸过。汤丽英中了这样的子弹，不仅痛苦无比，而且必死。我敢保证，这个女共产党熬不过今夜。"

刘湘半信半疑，让何大武走了。果然到下午，《铁锤报》等报纸都报道了汤丽英的死讯。

朱时雨、汤丽英之死，很快真相大白，外省也有多家报纸报道此事。这就激起了全市、全省乃至全国人民对当局的切齿痛恨。压迫愈深，反抗愈烈。仅仅在四川省会成都市，接连几天，就有数十所大专院校的师生走上街头，同广大市民一起，举行了声势浩大的游行示威。在成都殡仪馆，从早到晚都是前来悼念朱时雨、汤丽英的人们和社会团体。

四川省当局恼羞成怒，让冷开泰带人去砸了《铁锤报》，附带破坏了《新新新闻》等。凡是声援了朱时雨、汤丽英的报纸，无一例外地收到了"四川铲共司令部"的恐吓信。声称："我等奉令谨慎行动，故未以暴力相加。无识之徒，认为我等无此力量，实属大谬。自今日始，如再发现反对或诋毁当局，拥共之稿件刊出，无论这些消息来源出自何处，均认社长、总编甘为共产党爪牙，希图颠覆危害国家，按照国法，断难容忍，并决不再作任何警告与通知，即派员执行死刑，以昭炯戒。见信与否，均希自裁。如必欲一试我等力量，也悉听尊便也！"

- 第十五章 -

来者不善，善者不来

蒋介石到成都了，为办峨眉山军官训练团而来。

成都郊外，凤凰山机场戒备森严。

四川省政府主席兼川康绥靖公署主任、四川保安司令刘湘，还有负责警卫工作的成都市警备司令严啸虎，一前一后站在机场跑道边的茵茵草坪上，恭候蒋委员长莅蓉。时届不惑之年的刘湘，戎装笔挺，身材魁梧却面带病容。他背着手不住踱过来踱过去，不时皱皱浓眉。看得出，他的思绪陷得很深。严啸虎人如其名，长得很是高大魁梧，穿一身将校呢黄军服，紫绛色的四方脸上疙瘩饱绽，显示出一种硬度和力度。特别是他那双比刀子还要犀利的眼睛，四处梭巡，想要看出什么地方有疏漏似的。那副模样，简直就像刘湘老家川西平原边缘隆起的大邑县原始森林中的一只随时准备出击，机警无比的山豹子。

机场四周，三步一岗五步一哨，大约有一个连的警卫部队保持着足够的警惕。尽管这时候，机场上除了在草坪踱步的刘湘和严啸虎而外，没有多余的人。长长的跑道边，停机坪上，有两三架黄色的双翅膀飞机整齐地停放在那里，它们就像两三只大眼睛的黄蜻蜓，抬起头，好奇地打量着天空，要看蒋委员长乘坐的，即将出现在眼前的专机究竟是个什么样子。

243

六月，是成都很美好的季节。从机场望出去，在一望无际的成都平原上，是星罗棋布的田野，烟村人家，小桥流水。天气是这样的好，阳光朗照，天高地阔，景色明媚，而刘湘心中却是一派阴沉。

现在是国难当头，危机四伏，占了东北三省的日本人有大举南侵之势，到了陕北的红军，建立起了稳固的红色政权。而在这样严峻的时刻，蒋介石却能不管不顾地不远千里，从南京、重庆一路到成都，还要上峨眉山办军官训练团，目的无非是抓四川的军队。接着，条件成熟，时机到了，老蒋就会把四川整个从他刘湘手上拿过去。这是显而易见的，也是老蒋蓄谋已久的。看来，这次老蒋是铁了心的！年前，老蒋想方设法让中央参谋团入川，驻扎在重庆，对川事进行渗透。还嫌不够，这次竟要上峨眉山办军官训练团。如果说，年前中央参谋团入川，老蒋对他是哄，这次则是抢。对老蒋的手段，他算是领教了！不用说，峨眉山上将又是一派更甚以往的明争暗斗。

沉思默想间，只听严啸虎一声："甫帅，蒋委员长来了！"刘湘这就抬起头来，手搭凉棚朝西边天上望去。

开始只能听到西边天上隐隐传来飞机的轰鸣声。接着，一架银白色的四引擎美国最新产大飞机率先从云层中钻了出来。十一时，蒋介石乘坐的专机，在两架战斗机保护下，平稳地降落在凤凰山机场。

刘湘、严啸虎大步迎上前去。

蒋介石此行秘密，来前要求成都方面秘密，不要张扬声势。

机门开处，蒋介石出现在舷梯旁。他身姿颀长笔挺，着黄呢军便服，手上戴着白手套，左手拿一根文明杖。他右手半举起，微笑着向刘湘、严啸虎点头挥手，缓步走下舷梯。跟在他身后，鱼贯而下的有张群、杨永泰；还有高级幕僚陶希圣、俞济时；秘书曹圣芬和总统侍从室主任钱大钧。蒋介石的几名侍卫官，都是二十多岁的年轻人，一律身着整洁的法兰绒中山服，跑前跑后，注意保护。令刘湘吃惊的是，那个新近走红、能量很大却职务不高的特务组织蓝衣社的头目戴笠也来了，跟在最后。

刘湘、严啸虎向蒋介石立正、敬礼、问好。

"嗯，好好好！"蒋介石一边走上前来同刘湘、严啸虎握手，一边微笑着频频点头，"四川一直是我心仪之地。这里人杰地灵，沃野千里，物华天宝。当年，汉昭烈帝刘备因之而成帝业。现在，四川更是党国的大后方，精神、物质双堡垒。"说话间，八辆漆黑锃亮的高级小轿车挨次开了过来。蒋介石要张群同他上了中间那辆加长的克拉克流线型防弹轿车，待刘湘等一行人上车后，车队首尾衔接，向城内疾驶而去。

十多分钟后，车队进入了成都市区。阳光朗照下，只见大街两边的芙蓉花、夹竹桃盛开，像天边漫卷的红霞。繁花似锦、雀鸟啁啾，简直就像是进了一处开放的公园。鳞次栉比的茶楼酒肆，从车窗外急速流过，所有的店招都很讲究，这就引起了蒋介石特别的兴趣。

看委员长对成都感兴趣，作为成都人的张群感到高兴。他指着从车窗外急速流过的店招介绍："委座请看，饭馆大都名'味腴''聚丰园'；茶馆大都名'品香''饮涛''静安'。委座请看，这些店招或是红纸裱糊的纱灯，或是长方黑漆金字牌匾。饭馆门前写有'酒饭便宜，炒炖俱全'；茶馆注明'河水香茶'；旅馆门楣两边的对联大都是'未晚先投宿，鸡鸣早看天'。"蒋介石笑容可掬地点点头："是，成都是一座中国传统文化浓郁而厚重的城市。"

猛地，车队停了下来。蒋介石正想问出了什么事，成都警备司令严啸虎从前车快步走过来，向委员长报告，说是不巧遇上了成都人一年一度的"城隍出游"，车队不得不停一会儿。严啸虎说时，有一丝赧然和不安。

"唔！"得知原因后，蒋介石神情轻松地点头，挥挥手，说："没有关系，上你的车去吧，耽搁一会儿不要紧，我正想看看你们四川的风俗民情呢，机会难得。"严啸虎提起的心，这才咚地一声落进胸腔里，这就急急到前面布置警卫去了。

听着张群的解说，蒋介石的目光透过防弹玻璃窗看去，前面的十字路口正在过一支奇形怪状的长队。队前，敞篷八人大轿中端坐着一个硕大的城隍木质雕像，彩衣着身，栩栩如生，神气活现。八个抬轿者，身着浅蓝色绸质短装，将一乘木质城隍抬得闪悠悠的。紧跟在城隍后面的是怪眉怪样的"三神"同行。簇拥在三神身边的旗、锣、伞、扇，都是两对两出，与戏台上官府出巡的仪仗大体相似。接着跟上的，有龇牙咧嘴的牛头马面鬼卒；有手执阴阳伞，头戴写有"正在拿你"白色高帽的无头鬼；有手持铁锁链，吊着长舌头的鸡脚神。每种"鬼"群二三十人。紧跟上的还有阴五昌、阳五昌，每起五人。他们头上皆扎有一尺多高的纸钱；脸上红绿相间，目光灼灼，手持铁叉，凶神恶煞，状若捕人，给人阴森恐怖感。更令人心悸的是那些"罪犯"，他们全由"鬼役"用铁链拖着走。"罪犯"因生前在阳间作了恶，正遭重刑，他们身上血淋淋地插着刀，铁叉贯肢。跟在后面的则是一群衣着鲜亮的儿童。他们一律扮成神仙或英雄，骑着骏马，锦鞍玉辔，两侧由仆人扶持。最后是几顶神轿。有彪形大汉扮作判官在前引路，他们手执生死簿，背负两米来长的大算盘。吹吹打打中，"城隍巡行"在鼓乐高奏、鞭炮齐鸣中缓缓而行。两边街沿上，是摩肩接踵看热闹的人们。

"我记得从美国留学回来，满腹经纶的胡适先生说过，我们中国之所以贫穷、落后，在于五鬼闹中华。"张群说时，扳起指头一一道来，"'贫穷''疾病''愚昧''迷信''灾荒'。这胡适的五鬼闹中华论，不知委座以为如何？"

"胡适之先生说得是。"蒋介石吁了一口气，"不过，胡先生毕竟是一介书生，他看到的仅是表皮。其实，五鬼不难治，难治的是共产党和地方军阀割据。"张群知道，这是蒋介石的心病。蒋介石现在明说在看外面的风景，其实全副心思都在国事上。可能因为严啸虎出面维持、催促的原因，"城隍巡行"很快过去了，车队又行。

车队过了北门大桥后，一拐，进入一条幽静的长巷。接着鱼贯进入了北校场。

北校场，顾名思义，历来是驻军和比武的地方。现在是中央军校成都分校，军校占地广宏，高墙环绕，光演武场就有三百余亩。全校有师生员工千余人，绿树成荫，教室和宿舍等等，无不掩映在绿荫丛中，摆布有序。

委员长下榻在军校五担山下的一幢法式小楼里。

稍事休息，军校代主任李明灏前来向委员长问安、请示。李明灏之所以是代主任，是因为中央军校和全国几所分校的校长，都由蒋介石兼任。为了笼络刘湘，蒋介石送了刘湘一个"中央军校校务委员"头衔。这在当时是相当高的地位，算是殊荣了。因为堂堂的委员长蒋介石是中央军校校长，而在校长之下，能享有这个委员名衔的只有何应钦、朱培德、阎锡山、冯玉祥、张学良等寥寥几人。

蒋介石让李明灏带他到军校各处看看，转转。

来到西院校部大楼檐下时，一位正在洗地板的勤务兵猛然见到委员长，一惊，"哗！"地一声，把放在地板上的水桶打翻了，脏水溅了委员长一腿。李明灏脸都吓白了，可蒋介石毫不介意，只是从裤兜里掏出手帕揩了揩也就算了。

李明灏刚放了心，问题就来了。

军校因紧靠北门城墙，为进出方便，在校场南边靠城墙处开了洞，设了道门。蒋介石快步走过这个城门洞时，只见门楣上镌刻着"存正门"三字，便驻步问李明灏，为啥取名存正门？

"取正气长存之意。"李明灏赶紧立正报告，并临时发挥，"同时也暗含校长名字中的'中正'之意。"蒋介石点了点头。可是，当蒋介石见到城门洞里竟然镌刻着成都中央分校的大小头目们，如李明灏、贺鹏飞等人的诗文时，脸上有了不快。

察言观色的李明灏，正在后悔当初没有干脆将此门取名为"中正门"时，蒋介石已经步出城门洞。外面有条护城河。蒋介石一看桥墩上镌刻着"文白桥"三字，立刻拉长脸问李明灏："想来这是以教育长张文白（张治中的号）的名取的吧？"李明灏一时没有反应过来，不敢隐瞒，点头说是。

蒋介石这就发作了。他指着城门洞训李明灏："那贺鹏飞呢？这个贺鹏飞又是什么人？对党国有何贡献？他也配在这城门洞里题诗作文？"

李明灏傻了眼，硬着头皮据实回答："贺鹏飞是我们军校的一个中校秘书，诗词歌赋还来得。"蒋介石嗤地笑了一声："糊涂！"说完，扬长而去。李明灏赶紧找人将门楣上、城门洞里的所有题字、诗文都用水泥抹了。

蒋介石一贯唯我独尊，反对部下张扬。当初孙元良率部驻川东时，曾题了"夔门天下险"五个大字，并叫人镌刻在洪流滔滔的三峡崖壁上。就为此事，蒋介石知道后，心急火燎地打电话叫孙元良乘飞机去南京见他。一见面，他就将孙元良骂了个狗血淋头。他骂孙元良不务正业，是个沽名钓誉之徒。贺衷寒算是蒋介石的亲信了，可就因为贺衷寒将自己的文章搜集起来，冠以

《一得集》名出版，也被蒋介石叫去骂了一顿，《一得集》也被蒋介石贬得一钱不值。而知道委员长心思的胡宗南和戴笠，在这方面却讨尽了便宜。他们知道该怎样在"最高领袖"面前装愚守拙，夹起尾巴做人，讨领袖欢心。胡宗南几十年里从不准许任何人在公开场合挂出、展出他的照片；当然更不允许在报刊上刊登。胡宗南之所以晋升很快，成了蒋介石最宠爱的陆军上将，这方面不能不说是一个原因。特务头子戴笠在这方面做得更是高明。戴笠爱漂亮的女人、漂亮的房子、漂亮的汽车……是"五子登科"之冠。可是，他在蒋介石面前总是夹起尾巴做人，伪装得很好。就汽车而言，在蒋介石面前，戴笠坐的汽车之烂，连蒋介石都看不过去，要他换，他却不换，振振有词地说，国家正是困难时期，崇俭戒奢是领袖提倡的，做部下的正该如此。其实，他的好车最多。

下午，蒋介石给中央军校成都分校全体师生训话，刘湘等人在旁作陪。

校场坝的检阅台做了临时布置。离地三尺的台上，后壁交叉悬挂着国民党的党旗和国旗；中间是一张蒋介石的全副戎装像。台子两边挂两幅大标语。一边是："服膺蒋委员长领导"；另一边是："一个领袖一个国家一支军队"。台下，接受训话的师生，站成一支支整齐的方队。蒋介石两手支在桌上，对着麦克风一边讲演，一边大幅度地做着手势。

蒋介石的演讲水平不高，他说一口难懂的浙江奉化音很重的北平官话，又不断加进"唔、嗯"等语助词。好在他的话比较短，主要说，中央军校的前身是黄埔军校。这所军校为党国培养了许多军事干才。现在，国家正是多事之秋，内忧外患，国家等待同学们早早学成，报效国家。

现在，中央要在峨眉山办一个培养、提高现役团以上高级军官的军官学校。这是第一期，以后还要接着办下去。蒋介石说时，特意扭过头去看了看刘湘。刘湘面无表情，漠然对之。

"我们办这个峨眉山军官训练团！"蒋介石强调，"就是要加强地方对中央的向心力，为国家培养、储备高级军事人才"。蒋介石这一番时间不长的讲话，在军校师生听起来，可能有些缺少逻辑，前言不搭后语，但在刘湘听来却是闷雷滚滚，暗藏杀机，句句惊心。

蒋介石讲完话后，李明灏带领全校师生热烈鼓掌，振臂高呼了一些坚决拥护蒋委员长之类的口号。然后，军校师生排成一个个整齐的方队，经过检阅台接受委员长检阅。

嚓、嚓、嚓！师生都不带枪，军容严整；一个个方阵经过蒋介石面前时，师生都挺胸抬脚，迈着鹅步，唰地转过头来，向站在台上的委员长敬礼。蒋介石也频频还礼，看来很满意，清癯的脸上挂着笑意。

蒋介石由刘湘陪着，一行人是第二天一早离开成都去峨眉的。

天气很好。坐在轿车上，一出成都，就像是坐在快艇上，快速航行在成都平原千里沃野海浪般的碧波绿涛之中了。

"凡到四川的人，在领略了天府之国的富庶之余，如果没有领略到三峡之险，剑门之雄，青城之幽，是一大憾事。"一路上，蒋介石看来心情很好，对陪坐身边的张群大发议论，"诗仙李白有言'蜀国多仙山，峨眉邈难匹'。峨眉，是中国四大佛教名山之一，如果没有领略到峨眉之秀，那更是遗憾中的遗憾了。"

"是的。"张群马上接道，"我们乡人，郭沫若曾经在一首诗中这样写道，'我生峨眉下，未曾登峨眉，峨眉号称天下秀，不知是否信如斯？'是否信如斯，委座一会儿就可以看到了。"

"这个郭沫若是会写文章。"蒋介石点点头，"听说，他家就在峨眉山下？"

"确切地说，郭沫若的家在二峨山下，嘉陵江畔的嘉定（乐山）沙湾。"

"历史上唐宋八大家，文坛上彪炳千秋的三苏（苏洵、苏轼、苏辙）父子，也是峨眉山下人？"蒋介石越发来了兴趣。

"总体上说是。但三苏，其实是嘉定府辖地眉山县人。"

"峨眉、眉山？"蒋介石品咂着，"这中间有没有什么出处？"

"有典故。"张群说，"峨眉最早见于《禹贡》和张华的《博物志》，还有郦道元的《水经注》。隋唐以后，峨眉就是四大佛教圣地之一，山上有七十多个气概非凡的庙宇；终年四季，前来朝山的善男信女络绎不绝，山上千年香火旺盛。"

"至于为什么叫峨眉呢？郡志上说，'此山云鬟凝翠，鬓黛瑶装，真如螓首峨眉，细而长，美而艳也。'这和《读书记》上所说，峨眉'高出五岳，秀甲天下，震旦第一山也'的意思是一样的。山高而秀美，确是峨眉的特色。眉山是峨眉的延伸。"

"中肯，中肯。"蒋介石品咂着这番话，赞叹有加。

车行大半日后，过了秀丽的青衣江，巍巍峨眉便扑面而来。蓝天白云下，只见它经天接地，凝碧耸翠，乳白色的烟云在它四周缭绕、升腾。

车队直抵山下驻地。蒋介石的专车徐徐驶入离名山起点报国寺里许的红珠山别墅群，入住四号楼。这是一个环境非常幽美的所在，高墙环绕中，茂林修竹，繁花似锦，雀鸟唱鸣，清风送爽。蒋介石毫无倦意，张群陪着他观山望景。

军训团的要人们都住在红珠山别墅群。委员长住的四号楼，楼高两层，砌石为台，屋基高爽，整幢房屋的梁柱墙壁地板都为木材建构，避湿防潮，冬暖夏凉；四周回廊环抱，是西方森林别墅风格。在占地广宏的多幢别墅中，四号楼最具特点。

张群凭栏指点着，对蒋介石介绍红珠山的由来。他说，从整体上看，别墅群中这一湾绿水穿过其间，而又相偎相依的几座圆圆的红色山丘，犹如几颗红色宝珠，摊放在一个硕大的晶莹剔透的翡翠盘里，在千峰竞秀万壑涌翠的峨眉山麓，形成了万绿丛中一点红的自然奇观。有个很美丽的传说，相传峨眉山上有七位美丽的仙女下来游玩。玩完了还不尽兴，她们见涧水碧绿可爱，纷纷脱衣下水沐浴。这事被她们的父皇玉帝知道了，十分恼怒，将七姊妹化为七颗红珠，永远钉在这翠湖上。又有一说是，从前有位罗汉转世的和尚从南海来朝峨眉，一路走来口念弥陀，手捻佛珠。行至山脚翠湖畔，不料佛珠线断，掉下七颗佛珠，化为七座红色山丘。久而久之，其中六座红色山丘长满了郁郁葱葱的树木，只有一个始终不变，赤土如灼，朝晖夕照，红光闪烁。红珠山名由此而来。

蒋介石呵呵笑了。而这时，委员长侍从室主任钱大钧走来，请委员长并张部长赴宴。

峨眉山军官训练团第一期学员约千人，集中住在帐篷城里。

在名山起点报国寺外，一顶顶白色的帐篷蔓延开去成阵成营，漫山遍野，蔚为壮观。军训团三个学员营，每个营为一个区段；之间相互联系又相互独立。这中间也是有等级的，连长、营长各自住一个精致的小帐篷。三个排长住一个帐篷，事务长和附属人员如文书住一个帐篷。学员每个班视人数多少，分住一个帐篷或两个帐篷，炊事帐篷是单独的。这样，一个学员连有十多个帐篷。

在这片帐篷城中，环绕着两个主体建筑。一个是升旗场，一个是大礼堂。升旗场是露天的，大礼堂很大，光线好，可容上千人在里面听讲、开会，但相当简陋。屋顶、墙壁是用茅竹芦草编织的，四周用木柱支撑。

团部设在报国寺。过后，夫人宋美龄由南京赶来，委员长原住的红珠山四号别墅改为团长办公室。委员长夫妇移住报国寺七佛殿右侧的吟翠楼。

军训团开学之前，素喜山水的委员长夫妇上了一趟峨眉山，直至金顶。

这年蒋介石49岁，宋美龄小他8岁，都显得比实际年龄年轻，精神健旺，身手敏捷。钱大钧请来禹王宫住持圣钦法师当向导，侍卫队全体出动，弄来16乘滑竿式轿椅，请委员长夫妇及陈诚、杨永泰、张治中、罗隆基等乘坐。钱大钧率全副美式装备、荷枪实弹的卫队前呼后拥，一行人浩浩荡荡经观音阁、洪椿坪到了九老洞。庙中住持源西法师、知客僧等全力以赴接待，忙得不亦乐乎。九老洞多猴，猴们见多识广，不怕人，在房前树上腾挪跳跃，颇多野趣。猴被僧人称为猴居士，委员长夫妇非常高兴，上前逗弄，宋美龄甚至竟敢将花生、胡豆、糖果、饼干等亲自送到猴居士上前索食时摊开的毛茸茸的猴掌里。

蒋介石一行五十多人当晚宿在九老洞。山上夜幕早落，当夜色飘荡在斋厅时，知客僧等一批僧人费尽心机备下八桌以山珍野味为主的高质量素斋，恭请委员长一行达官贵人入厅用膳。斋堂上，点一排大红蜡烛，烛光幽微。用膳之前，庙中住持源西法师来在首席，对委员长致辞。他手捻佛珠，拱手告了得罪，躬身谓："委员长夫妇能来山寺，让九老洞蓬荜增辉，然山寺条件简陋，务请委员长夫妇海涵云云。"蒋介石心情大好，说："出家人青灯黄卷，一灯如豆，幽静深邃。能有红烛点燃，更是殊为不易。红烛，红烛，红光满堂，这很好，很好！"源西法师这又告了得罪，自去经堂供奉法事。在暗淡的烛光下，面对一桌素斋，蒋介石夫妇胃口大开，赞叹有加，谈笑风生。

　　第二天，蒋介石一行早斋后向金顶进发。行前，蒋介石特意嘱咐钱大钧送寺庙二百块大洋。去时，一个深知钱大钧为人的侍卫有意掉在后面，向侍立一旁送行的传化打听，钱主任付了贵寺多少钱？传化据实相告，五十块大洋。侍卫知道侍卫长将一百五十块大洋贪污了，愤愤不平，途中休息时，恰夫人有事偶离委员长一会儿，侍卫找去告状。说是早上，听见委员长亲自吩咐侍卫长给九老洞寺庙二百大洋，还要他给寺上说明，这钱除了斋饭费，另外就是捐的功德。夫人听了也气，不过在这个侍卫面前没有说什么，只说："我知道了，不要再对人说起。"并揶揄了一句，"他本来就是钱主任嘛！"

　　蒋宋一行一路欢歌笑语，经洗象池，过接引殿，到梳妆台时小憩。蒋介石很有兴趣地问，此地为何叫梳妆台，有什么典故没有？圣钦法师恭敬作答：昔明万历神宗皇帝朱翊钧之母孝定皇后，年轻时为求皇嗣，特入川登峨眉上金顶朝拜普贤菩萨，路经此地时在此歇脚梳妆。后孝定皇后如愿以偿，得子，育皇储朱翊钧，并顺利登上皇位。休息后，一行人又行，越是临近金顶，山路越发难行，羊肠一线挂上云端。蒋介石夫妇都下了轿椅，朝上攀缘。

　　午后，一行人终于登上金顶。登高望远，茫茫的成都平原尽收眼底，云山雾海，层岚叠翠，风光如画。最奇的是金顶佛光。危崖前，团团祥云翻卷，云中似有海市蜃楼。若有人朝里招招手，就有佛像闪出，也对你招手。就在这里，不知有多少佛徒产生幻觉，一纵而下，不觉坠入万丈悬崖下丢了生命。因而，这危崖之下又叫舍身崖。

　　闻讯后早早等在寺外的金顶住持传钵大法师，会同千佛顶住持圣昧大法师，卧云庵住持昌如大法师率僧众三十余人，身披袈裟，以隆重的佛礼迎候。蒋介石、宋美龄夫妇同圣钦大法师等略为寒暄后，也不进精舍休息，同往舍身崖畔，朝万里苍山云海眺望。蒋介石拄着手中拐杖，连连赞叹："名不虚传，名不虚传！昔孔子登泰山而小天下，而今我登峨眉金顶，不也有临仙境，一揽天下之感啊？"

　　站在身边的杨永泰会意，赶紧跟上："登金顶而一揽天下，委员长正是其时！"罗隆基插话："古圣人曰：'天时不如地利，地利不如人和。'得天下者，必先得人心。"这就不是谄媚，而是有些哲理辩驳意味在里面了。张治中说："罗兄高论，好是好，不过好事多磨。"见饱学的智囊们在一边咬文嚼字，苦了一边的金顶住持大法师传钵和卧云庵住持昌如大法师，他们很想上前对委员长说些什么，却找不到机会。宋美龄是个精通人情世故的人，当蒋介石一行在法师们陪同下，离开舍身崖转去时，宋美龄向他们走来，笑吟吟的。昌如赶紧趋前施礼："阿弥陀佛，报告蒋夫人，贫僧有一事，不知当讲不当讲？"

宋美龄笑道："请讲。"

"卧云庵历遭回禄（火神）之灾，庙宇毁损不堪，难避风雪，祈求委员长和夫人资助片瓦，盖顶以结佛缘。"

宋美龄看了看传钵，示意他也讲。

"金顶是峨眉山最高处，金顶寺庙是何状况，夫人是看到的。昌如住持要求的，也就是贫僧期望的。况且金顶风大，一般的瓦盖上去还不行。"

宋美龄点点头，"懂了。"她转过身去，上前对蒋介石附耳说了几句什么。

"唔，这个嘛？"蒋介石略为沉吟，招来钱大钧作了吩咐，又特别嘱咐，"让军需部门拨运三百匹铜瓦给金顶寺庙。金顶，金顶，金顶的庙宇上盖了铜瓦，太阳一出一照，金光一片。"两位大法师的要求都得到了满足，他们喜不自禁，走上前来，对蒋介石、宋美龄躬身合十道："阿弥陀佛，祝委员长国运昌隆，祝委员长和夫人万寿康宁。"随后，他们迎请众贵宾到稍嫌破旧的金顶佛厅品茗小憩。

金顶海拔3077米，纵然是夏天，山上也是寒意袭人，午后气温更低。侍从室主任钱大钧身负警卫重任，深恐委员长夫妇高处不胜寒，经请示蒋介石后，一行人在金顶前后停留不到两个小时就打道回府了。

这是蒋介石夫妇第一次上峨眉山，也是最后一次上峨眉山。在金顶佛厅品茗小憩时，蒋介石对夫人说："母亲（王采玉）吃了一辈子苦，终身礼佛。老人家一生最大的希望就是上一次峨眉山，登上金顶，并把峨眉山的所有寺庙，诸尊菩萨拜遍。什么时候国家安定了，我一定遂老人家这个愿。"说时，眼睛都红了，夫人宋美龄听着也是频频点头。可是他们不知道，他们已经不再有这个机会了。

第十六章

戏中有戏，峨眉山军官训练团

峨眉山军训团第一期开学了。

曙光撕破夜色，阳光照亮山谷。此起彼伏的军号声在山谷间震荡、回响，一时间，山鸣谷应。上午八时，三个营约千名学员，在三个营长的带领下整队跑步入场。一营居中，二营在左，三营在右，面向主官讲话的台子，站成了一个个整齐的方队。

少顷，负责值日的一营营长陈之馨（中央军的一个军长），迈着标准的军人步幅，走上前来，一个转身，台前一站，面对大家，双脚一并，挺胸收腹，可着嗓门喊了一声"立正！"接着喊了稍息。上千学员做了稍息动作，凝神屏息，注视台上。这时，蒋介石在陈诚、刘湘、邓锡侯、刘文辉、张群、杨永泰、贺国光等一帮大员簇拥下，鱼贯上了主席台，面向军训团师生集体亮相。

"坐下！"陈之馨可着嗓门大喊一声。上千学员啪地一声打开手上的马扎，放在地上，齐唰唰坐下。主席台上，刘湘、邓锡侯、刘文辉、张群、杨永泰、贺国光等一帮大员也都坐了下来，他们横坐一排，蒋介石居中，他那张清癯的脸上笑吟吟的。他们的衣服上都佩了一朵从山里采摘来的带有露水的大红花。

教育长陈诚担任司仪，主持开学仪式。学员们注意到，主席台前，有一只高高的瘦脚伶仃的小桌，桌子上铺着红布，当中挂一只裹着红布的麦克风。台子两边，竖两幅大标语，一幅写的是："坚决拥护蒋委员长"，一幅是："攘外必先安内"。当中拉一个横幅，上书大字："峨眉山军官训练团第一期开学典礼。"

陈诚个子虽小，但声音却大得惊人，他站到台前宣布："峨眉山军官训练团第一期开学典礼开始。现在，请我们峨眉山军训团团长，蒋委员长训话！"说时，率先鼓掌。

掌声中，蒋介石走上前来。他的姿态非常奇怪，先不讲话，而是军容严整地在台前一站，用他那双鹰眼，朝台下的方队逐一扫过，似乎要把军训团的每一个人都看清楚。素常长袍一袭的他，这天戎装笔挺，脚上着一双锃亮的黑皮鞋，武装带右侧挎一把中正剑。

蒋介石将军帽从头上揭下来，放在小桌上，露出一颗橄榄形的光头。"同志们，同学们！"蒋介石显得有点激动，他两手按在桌上，开始讲话了，上唇的一绺胡子神经质地颤动。

"从今天起，你们就是我的学生了。不管你们是来自哪个部队，以后，都是我的部下……"学员中绝大部分是川军军官，蒋介石此番话的意思，人人都是听懂了的。于是，不少人一边听蒋介石训话，一边颇有兴致地打量着台上的情况。张群真不愧为"华阳相国""高级泥水匠"，他坐在关系复杂的刘文辉、刘湘叔侄之间，脸上始终带着笑意，偏过头，小声对刘湘说儿句什么；再偏过头来，听刘文辉说几句什么，一副不偏不倚的样子。

蒋介石在讲话中老调重弹，什么民族要复兴，国家要强盛，就不能搞封建割据；就得一个国家一个主义，一个领袖一支军队。

然后，他话题一转，谈到沿海一带，经济正在飞速发展，这不能不说是一个奇迹！言外之意，在中国目前的情况下，沿海经济都能飞速发展，说明他领导有方。如果中国没有日本人入侵，如果没有红军割据，如果中国实现了一个主义、一个领袖、一支军队，中国没有了任何形式的割据，前景是何等光明！

　　接着，他谈到了当前形势的严峻：占了我东北三省的日本人狼子野心，有大举南侵之势。在陕北，被我团团包围的三万红军尚存。中华民族处于一个前进一步生，退后一步死的历史非常时期。

　　"非常时期急需非常人才，在当前，最最急需的是军事人才。"蒋介石说，"我深信，峨眉山军官训练团就是党国军事人才的摇篮。望同志们，同学们努力！"

　　谈到这里，蒋介石对此次他从成都到峨眉路上看到的现状进行了批评。

　　"我从成都乘车来峨眉，途中看到好些来峨眉军训团受训的学员根本就不像军人，他们坐在滑竿上，仰卧倨傲，哪像一个革命军人，哪像一个国军军官！这样的军人能打仗吗？这样的军官带领的部队能打仗吗？我们这次军训，首先就要扫除这些陋习。"

　　蒋介石平素不善言辞，不善演讲，这是众所周知的。但他在峨眉山军官训练团一期开学典礼上的这番讲话，虽然时间不长，一口话也难懂，但显然有感而发，暗含威凌，让军训团每个人深有感触。

　　蒋介石讲完话，在陈诚领着全团鼓掌之时，就领着台上一帮大员退场了。然后，教育长陈诚对军校的课程设置、时间安排等等做了一些说明、布置。快中午时分，峨眉山军训团第一期开学典礼结束。

　　在军训团不到一个月的时间内，作为教育长的陈诚，不仅每天一大早同师生们一起出操、升旗，还和副团长刘湘及邓锡侯、刘文辉等不定期地给学员们上大课。陈诚要求，学员们听完课后，要做深入的讨论，他强调：大家要自觉地树立以天下为己任的军人责任心，将领袖的教导自觉地融化进行动中，融进血液。

　　以刘湘为代表的四川军阀同蒋介石中央的矛盾斗争、方方面面的利益体现及各人的性格特点，在他们的讲课中都表现了出来，甚至表现得火花飞溅。

　　陈诚第一次给军训团上大课。课堂上，他口无遮拦，非常嚣张，他不仅大骂共产党，还含沙射影地大骂地方军队，甚至将矛头直指刘湘、刘文辉。

　　"在我看来，"陈诚看了看陪坐在侧的刘湘、邓锡侯、刘文辉，"现在龟缩在延安一隅的共产党，其实同全国各地的军阀割据没有什么差别。共产党和各地军阀都应该消灭，都应该消除！"说到这里，个子矮矮却筋绷绷的教育长激动起来，脸也红了，筋也胀了，做出一个他的招牌姿势，右手捏成拳头，挥来挥去，加强着说话的语气，"这些地方军阀在一方作威作福，不知天高地厚，自高自大。有的人，花几个钱从外国买回来几架破飞机，就说是空军，那也叫空军？连送封信都不敢去。"

"有的人躲在山沟里当土皇帝，钱多得连自己都数不清……"听讲大课的上千学员都拿眼去看刘湘、刘文辉叔侄。刘湘的脸唰地一下红了，有棱有角的脸上流露出明显的气愤；而刘文辉那张黄焦焦的老太婆脸上，在泛出一丝森冷的同时，有种幸灾乐祸的表情。那意思是，你刘甫澄以为你的"四川王"能当得长久吗？怎么样，老蒋这下来收拾你了吧？邓锡侯皮肤白皙的宽盘大脸上，流露出的是茫然和惊愕。陈诚骂完了，话题一转，开始自吹自擂："我们中央军在这方面就不是这样的。拿我陈辞修来说，向来洁身自好。我母亲那么大年纪了，现在都还住在南京一条小巷我给她老人家租的一间小独院里。不像有些地方军阀，华屋如云。这方面，连共产党都对我不得不服。有一次，共产党从福建打到我的家乡，他们打土豪斗地主，却没有动我的家。为什么呢？因为我陈辞修是个出了名的穷光蛋。"

陈诚讲完话后，正要宣布各队拉回去讨论时，刘湘走了上来，手掌两拍："陈教育长讲得好，讲得妙。教育长，不知我可不可以讲两句？"

陈诚看着刘湘，结巴着说："可以，当然可以。"长得又高又大的刘湘走上前来，将摆在小桌上、用红绸裹着的麦克风提起，用劲一磕，会场上发出一声轰响，发泄着他心中的愤怒。陈诚万不谙刘湘会来这一手，吓得往后一退。这明火执仗的一幕，引得上千名学员不由得笑了。军训团学员大都是川军将士，最多的是二十一军的军官们。这哄地一笑，明显是对刘湘的支持。

"刚才陈教育长的话是有感而发。"刘湘一上来就点题，针锋相对，"我刘甫澄不懂政治，也不会说些含沙射影的话。在这里，我只想强调一下军事方面的问题，也是当下最严重的问题。日寇正在南下，看来还要大举南下，亡我之心不死。面对敌强我弱之势，我们唯一的办法就是以弱避强，集中相对优势兵力，化劣势为优势，以空间换取时间，将看似强大的敌人最后拖垮拖败拖死。大家讨论时，一定要把我们（泛指他和邓锡侯、刘文辉）讲过的游击战术摆到相当重要的地位……"

陈诚讲话，将矛头对准"地方割据"，而刘湘在这里却大谈游击战；两相比较，各有所指。这一天的大课，就在这样的明争暗斗中结束了。

刘文辉讲大课，主要讲气节。他用历史上文天祥、岳飞、史可法这些宁死不屈的民族英雄为例，最后虽说归结到军训团学员要拥护蒋委员长，蒋委员长就是我们当今的民族英雄这一点上，但前言不搭后语，总显得有些不伦不类。细细咀嚼，方可觉出其中有种地方割据意味。

邓锡侯讲大课泛泛而论，听起来中规中矩。什么，我们要枪口对外。我们过去是枪口对内，从今以后，要在一个领袖的统率下，步调一致枪口对外云云。表面上看来，不偏不倚，貌似中肯，细究实质，却真是滑得可以，"水晶猴"的绰号在他身上当之无愧。政治方面，蒋介石带来的人中，杨永泰、贺衷寒这些政客都卖力兜售一个党一个主义，一个政府一支军队那一套，绝口不提孙中山先生制定的联俄联共，扶助农工等三大政策和民生政治。军事方面，蒋介石带来的军事教官周严卫、魏益三等人更是在陈诚支持下，同刘湘等针锋相对，大讲反游击主义和战争中的碉堡战、阵地战等等。

过了几天的一个晚上，刘湘离开了他住的一号楼，往三号楼走去。三号楼住的是他的幺爸刘文辉，他要去看幺爸。此一时彼一时，昨日的仇人，今天的同盟军。在蒋介石的压迫下，在军训团一段时间，他看得出来，幺爸对他的怨恨早就没有了，也想和他谈谈。不过，幺爸抠起一副老辈子的架子，他这是主动去将就幺爸。

夏季，在成都是热浪滚滚，而在峨眉山却是最好的时节。特别是到了晚上，凉风习习，一轮弯月升起来了，在暗蓝色的天幕上巡行，将远山近寺涂上了一层颜色不一的银辉。

红珠山别墅群这时非常安静。走在花木扶疏，月光迷离的山道上，刘湘边走边想，一会儿见了幺爸，幺爸会说些什么，他又应该如何应对。毫无疑问，现在幺爸与他唯一的梗阻就是盛产鸦片的西昌大小凉山的问题。

在政治手段上、政治谋略上，他知道他不如"水晶猴"邓锡侯，更不如"多宝道人"幺爸刘文辉。蒋介石现在近距离地压得他们喘不过气来，他需要同他们联合起来对付老蒋。他去找幺爸，就是这个目的。但是，如果幺爸挽死挽活地同他谈大小凉山划过去的事，或是将此作为谈判的先决条件该怎么办呢？

好办。他想到了邓汉祥教他的拖刀计。在这个问题上拖一拖幺爸，话给幺爸说得活摇活甩的，设法让幺爸将这事放一放，把主要精力集中到如何对付老蒋上来。这是完全行得通的！主意已定，心头变得轻松，这就抬头颇有兴致地打量起峨眉月。

一轮上弦月高高地挂在深蓝色的夜空中，不远处就是在月光下显得朦胧而巍峨的峨眉群峰。缥缥缈缈中，它们好像是一群起舞弄影的仙女，欲露还藏。他不禁想起小时上私塾，老师教过的几首咏峨眉山月的诗。

"峨眉山月半轮秋，影入平羌江水流。夜发清溪向三峡，思君不见下渝州。"这是李白的《峨眉山月歌》。比较起来，他更喜欢苏轼的一首《洞仙歌》，诗前有跋："余七岁时，见眉州老尼，姓朱，忘其名，年九十岁。自言尝随其师入蜀主孟昶宫中，一日大热，蜀主与花蕊夫人夜纳摩诃池上，作一词，朱具能记之。今四十年，朱已死矣，人无知此词者，但记其首两句，暇日寻味，岂'洞仙歌'令乎？乃为足之云。"这就有些故事性了。苏轼的《洞仙歌》是这样的：

"冰肌玉骨，自清凉无汗。水殿风来暗香满。绣帘开，一点明月窥人，人未寝。欹枕钗横鬓乱。起来携素手，庭户无声，时见疏星渡河汉。试问夜如何？夜已三更，金波淡、玉绳低转。但屈指，西风几时来，又不道流年、暗中偷换。"

苏轼这首词，既婉约又豪放，既写月夜又抒情，很切合他此时的心境。"西风几时来，又不道流年、暗中偷换。"现在峨眉山上的情况难道不正是这样吗？最近这段时间，老蒋、陈诚把工作抓得很紧很细，变着法子瓦解他的川军。他们不仅在一个个班中，将所有的学员全部集体加入国民党，而且私下老蒋和陈诚分别找人谈话。旅团一级的军官，由陈诚找去谈。旅以上的军官，由蒋介石找去谈，且效果明显。他的手下贴心大将，多年来跟随他南征北战的唐式遵，还有王缵绪、范绍增，都被蒋介石找去谈了话。尽管他尚不清楚，这些人是否已被老蒋招安了过去，但至低限度，这些人对他的态度变了，变得躲躲闪闪的。尤其是王缵绪，看到他，跑多远，眼光都是虚的。

花径两边，是一排排郁郁葱葱的大树。风过处，将梦幻般的银光抖落满地。

转一个拐，三号楼就在眼前了。只见楼上的客厅里亮着灯。刚到门前，幺爸的贴身副官李金安一下钻出来，看他是一个人，显得有些惊讶："哎呀，甫帅，你怎么是一个人？"

"就是一个人，未必在这样地方哪个还敢来做啥子，哪个还能进得来！"

"也是。"李金安架势点头，说时，腰一弯手一比："甫帅，请！我们军长知道你今晚要来，派我在这里等。"

刘湘点点头，由李金安陪着朝里走去时，心想，知我者幺爸也！

"金安！"刘湘上楼时，语气亲切地问走在旁边的李金安，"军长有客吗？"

"是，邓军长在这里。"

"这些天，军长的客多吧？"

"多哟，甫帅手下师长王缵绪才走。"

"啊，这个王治易就是爱到处蹿。"刘湘的语气显然是不满的，可是他怎么也没有想到，就是这个他并不怎么看在眼里，善于钻营的师长，一年以后，当他率军出川抗战，四川省主席一职出现真空，群雄角逐之际，王缵绪在能量很大的刘文辉支持下，当上了四川省政府主席。刘文辉支持王缵绪，是因为王缵绪以割让大小凉山为条件交换的。可是，四川省政府主席岂是随随便便一个人就可以当得了的？就在王缵绪当上川省主席不久，因"七师长造反"，蒋介石不得不将四川省政府主席一职从王缵绪手中拿过来，由自己兼任了一段时间。而幺爸却终于遂了愿，从王缵绪手中拿过去盛产鸦片的大小凉山，建立了西康省，将省会设在雨城雅安，躲在那里，韬光养晦。山高皇帝远，幺爸舒舒服服在那里当了多年的西康省政府主席。直到 1949 年冬天，幺爸同一落千丈的蒋介石的历史宿怨总爆发，幺爸联合邓锡侯、潘文华等川中实力派人物，在彭县隆兴寺举行了举世闻名的"刘、邓、潘起义"。局势顿变，打破了蒋介石"成都决战"的如意算盘，与跟进的解放军刘（伯承）邓（小平）大军，形成了关门打狗之势。最终让心存幻想的蒋介石蒋经国父子惊慌失措，丢弃了他们在大陆控制的最后一个具有战略意义的大城市成都，在凤凰山机场仓促起飞，去了台湾。

"军长！"上了楼，李金安就颠颠跑到厅前，喜滋滋地报告："刘甫澄刘主席看你来了。"

"啊！"里面刘文辉轻咳一声，"请他进来。"李金安这就站在一边，伸手替刘湘撩起竹帘。

"哈哈！"看见刘湘进来，邓锡侯拊掌笑道："我们正在说曹操，曹操到。"

"你们说我做啥子？"刘湘做出一副很随便的样子，旋说便旋坐了下去。

"晓得你要来。"刘文辉不冷不热地指了指茶几，"茶都给你泡好了。"

"幺爸客气。"刘湘端起茶来，一手拈起茶盖，轻轻刮刮茶汤，喝茶时，看了一眼幺爸这间客厅。同他的一号楼摆布大体一样，一间长方形的客厅，布置得相当简洁。一张办公桌，靠壁一溜几架黑漆书柜，书柜里没有几本书，书都是幺爸自己带来的。围茶几摆成品字形的一溜竹沙发。办公桌上有部电话，不过，打外面的电话要经过总机转。

"好茶！"刘湘呷了一口茶，将茶碗放回茶几上时啧啧赞叹，"我抿一口就尝出来了，是名山顶上的雨露茶。肯定是幺爸从名山带出来的，绝不是这里供应的啥子龙井，铁观音。那些茶，我们四川人吃不惯，那是下江人喜欢的东西。"刘湘在找话说。

"我一上山，就想过来看看幺爸的。"刘湘看着刘文辉，"可就是忙，穷忙，麻烦事也多。这不，忙了这几天，有了空，立刻就过来了。"

"你当然是忙。"刘文辉抠起幺爸的架子，就一句话，并不多说。

"嗨，晋康！"刘湘做出一副天真的样子，又问邓锡侯："咋个我一来，你说'我们正在说曹操，曹操到'？你们在说我啥子？"

"我正在同自乾说那些下江人，把我们逼惨了，尤其是你刘甫澄更是首当其冲。"邓锡侯一句话挑明。

"咋个说我刘甫澄更是首当其冲呢？你们接着说，我愿洗耳恭听。"

"这个，要自乾说才说得清白！""水晶猴"邓锡侯将话朝"多宝道人"身上引。

"请幺爸赐教！"刘湘又说。

"这个嘛，是秃子头上的虱子——明摆着的事。"刘文辉终于放下架子，"哪个没有看出来？这些天峨眉山军训团里唱的啥子戏，人家背后头又在做啥子名堂，哪个不晓得？只是都不说罢了！还有，人家下江人把重庆参谋团升格成了行营，调顾祝同为行营主任，贺国光为参谋长。而且听说，行营还要往成都迁，这是啥子意思？矛头是对准哪个的？不说都晓得。"个子矮小，身着长袍，在这样夏天的夜晚还在长袍外套了件黑绸马褂的刘文辉说时，袖子几抖，宽袍大袖中抖出一只瘦手，在头上几抠，一副常见的谋略家特色出来了。刘湘暗暗心惊，想幺爸就是幺爸，你看他消息多么灵通，问题看得好准。只是他没有想到的是，幺爸向来说话做事谨慎，不见兔子不撒鹰。素常间，明明好好一句话，从他嘴里说起来，都得掰碎掰碎，不想今天这番话说得这么痛快直接。看来，幺爸对他的来意很清楚，不想绕圈子。

"那咋个办呢，幺爸？我来就是请教幺爸的。"刘湘也直接。

"这个时候，你想起幺爸了？"

"哪个叫你是我的幺爸呢！"

"好嘛，一会我也有事求你。"刘文辉说，"对付这些下江人，回他几趟峨眉拳就行了。"

"回他几趟峨眉拳？"刘湘没有领会幺爸话中的玄机。

"目前而今眼目下，就像两个人过招打拳。他们打来的是黑虎拳，招招都是杀着。我就侧身，回他几趟峨眉拳，峨眉拳柔中有刚。"刘文辉说时，比画了几下，做出打拳的姿势，很笑人。

刘湘笑笑："幺爸的话有些高深，能不能明示？"

"自乾，你就明说嘛，这里没有外人。"邓锡侯也这样说。

"自古道，大官不如现管，强龙压不住地头蛇。"刘文辉侃侃而谈之前，睐了睐眼睛，"他下江人的势力范围，现在主要是在南京、上海等沿海一带。从全国来看，现在可谓五胡十六国。"

刘湘知道，幺爸口中的下江人，主要是指蒋介石。

"他下江人现在头痛的事还多，他是想到处都按倒，可是，按倒葫芦浮起瓢。"刘文辉开始往深里说，"他的当务之急，首先是陕北的红军，是南下的日本人。这两处，如果他一处弄不好，马上就会要他下江人的命。而在西安坐镇指挥'剿共'的少帅张学良，听了红军'中国人不打中国人'的话，已经按兵不动。我听说，下江人这几天为这些事焦愁得寝食难安，很快就要离开峨眉山去西安督阵。他一离开峨眉山，那个个子比我还矮的下江人镇得住堂子吗？"

"肯定镇不住！"邓锡侯笑。

"这期峨眉山军训团第一期，只要老蒋一走，也就只能是虎头蛇尾，不了了之。雷声大，雨点小。事情过去了就了了。原先川局是啥子样，今后还是啥子样。那些想跑到下江人那里去吃糖的人，还得再跑回来。如果有铁了心的家伙，要跟下江人走，好，我们就给他来个秋后算账。

"最要紧的，是我们三家要联手！"刘文辉说时指了指邓锡侯、自己和刘湘，"不是有个寓言吗，一根筷子容易折，一把筷子折不断。我们只要联起手来，下江人其奈我何！"

"好，妙！"听到这里，刘湘豁然开朗，紧皱的眉头舒展开来，双手一拍，"还是幺爸高明。幺爸这番话，让我有拨乌云见青天之感，心中舒畅。我心中有数了。"

"甫澄，你这下子心头舒畅了，是不是也该让我们舒畅舒畅？"刘湘心头一紧。只见幺爸盯着他，目光灼灼，不依不饶，又说，"甫澄你现在是权力顶天！"说时扳起拇指一一数来："四川省政府主席，川康绥靖公署主任。四川剿匪总司令部改为保安司令部，你又兼保安总司令。也笑人！西康省都还没有成立，何来川康绥靖公署？甫澄，是不是该说说我西康建省的事了？"

刘湘使起了拖刀计，他说："幺爸，不急嘛！好事不在忙上。"

"这个事情咋说？"刘文辉勾了勾拇指，那是往烟枪上压大烟泡的样子。

"哪个事？"刘湘稳起。

"咦，将人小凉山划给我的事嘛。"刘文辉叫明了。

"哎呀，这个事大！"刘湘往蒋介石身上推，"我有啥子不好说的，幺爸嘛，啥子事都好商量，脑壳打开了都拼镶得起的。这事，我给蒋委员长提过。"

"他老蒋咋说？"

"他说最近头痛的事多，急着要办的事也多。此事放放再说。幺爸你如果不信，可以直接去问蒋委员长，就几步路，方便得很。"刘湘这就是在撒谎了，也是把幺爸量干了。他知道，幺爸同蒋介石的关系糟透了，幺爸绝不会去问。因为幺爸不去问还好些，一问事情更糟。

看幺爸一副无可奈何的样子，他这就显出很诚恳的样子说："幺爸，你看是不是这样？过一段时间，时机到了，我再在委员长面前提？如果不然，急了，事情完全弄僵，以后就不好转圜了。"说着，好像是在给幺爸下话，"幺爸！要不，你就先把西康省建起来，以后我把凉山补给你就是了。"

"不行。"刘文辉将老太婆脸一拉，"如果没有大小凉山，我宁肯不建省，光是一个光板板康地，我拿来捞毬！"刘文辉骂起了怪话，"俗话说山大无材。那么一块康地光是地盘大，人又少，穷得叮当响，尽是藏人，不毛之地，财赋收入还不如外面一个县，我拿来做啥子！"

"那咋办呢？"刘湘忍住笑，心想，你这个"多宝道人"也有过不去的时候。

看幺爸把脸黑起，刘湘转头又问邓锡侯："晋康兄，你看如何是好呢？你点子多。"

"水晶猴"对刘甫澄唱的这一出岂不心知肚明的，看刘湘这样问他，就卖了一个顺水人情："我看，也只能这样了，只能缓一缓、放一放，心急吃不下热稀饭。"说时看了看刘文辉。

"好嘛！"没有办法，刘文辉只好骑驴下坡了，"甫澄！"他说，"这个事情归你管。你要随时在下江人面前替我催啊！我现在就等你这个消息，我是度日如年。”

“那是肯定的。”见好就收，刘湘看了表说，“你们两位老同学好好摆摆龙门阵。我还有事，得先走一步了。”

邓锡侯却将手两招：“甫公，你不忙走，我还有一事想问问你。”

“请问。”

“王陵基王方舟是你的大将，未必就为了他同刘从云那个假神仙的那点过节，你就让他在重庆长期耍起不用吗？”

刘湘一听就知道，肯定是王陵基背后走了邓锡侯的路子，邓锡侯给他当说客来了。

“依晋康兄你的意见呢？”刘湘说时，看了看坐在一边的幺爸刘文辉。刘文辉听得耳朵都立起来了，脸色有些愠怒，幺爸心中肯定是恨王陵基的。

“王陵基王灵官这个人的作用，在四川，无人可以替代！甫澄，你就那么放心把他一个人丢在重庆？你如果不用，谨防那些下江人插手哟！”邓锡侯这就是话中有话了，无异于给刘湘敲了一记警钟。刘湘暗暗一惊，赶紧表态：“这个人要用要用。”因为幺爸在旁，不好多说，又看表，说，“时间不早，我先告辞了。”说时起身走了。

也是这个晚上，蒋介石在他的住处接见陈诚，口授机宜。

尽管陈诚是蒋介石手下数一数二的爱将，但在“校长”面前，仍然不敢有丝毫懈怠。他保持着标准的军人坐姿，始终正襟危坐，而且半边屁股悬在沙发外，一副战战兢兢，如履薄冰的样子。他这是故意的。他对“校长”的脾气、心理特征是太了解了。军人出身蒋介石，对文人、对政客比较客气，而对军人，一举一动都要求非常严格。

校长的面前摆了一杯清花亮色的白开水，而陈诚面前，连水都没有一杯。

“辞修！”蒋介石脸色阴沉地正在对陈诚交代，“明天一早，我就要带张（群）部长他们回南京去了，回到南京，我马上飞去西安。我要看看这张汉卿究竟是怎么了？东北军、西北军交到他手里，他却不打红军了，嗯！这期峨眉山军训团的收尾工作就交给你了，嗯？”

“是！”陈诚大声答应，一下站了起来，信誓旦旦地向蒋介石保证：“校长请放心，学生一定遵照校长指示，让这期军训团达到既定目的。"

蒋介石端起面前的白开水喝了一口，招招手，让陈诚坐下后，又问："你对这期峨眉山军官训练团有何评价，时间快到了，能达到目的吗？"

"能。"陈诚显得很有信心，"一、有校长的亲自坐镇、谆谆教导！"陈诚说话总爱第一、第二地罗列下去，"这批川军军官都认识到了校长提出的一个国家一支军队一个领袖一个政党的必要性和迫切性。认识到走这条道路是大势所趋，顺之者存，逆之者亡！"

蒋介石对陈诚这番总结表示赞成。

"第二！"陈诚越发来劲。"基于这个认识，校长又找其中一些高级军官谈话，收效是明显的。就拿刘甫澄的手下大将们来说，先是王缵绪，然后唐式遵、范绍增，现在都表示愿意站到中央一边。"

看陈诚还要说下去，蒋介石做了个打住的手势，清癯的脸上浮起一丝笑意："他们话虽如此说，究竟怎样，还得走着看，要看他们的行动。"说到这里，蒋介石看着陈诚，神情有些严峻，"不过，我要提醒你一句，辞修，你以后在刘湘他们面前说话时，不要那样硬，嗯！"

"请校长明示！"陈诚好像有些不服，将细长的脖子一挺。

"比如，你讲大课说，有的地方军阀买了几架破飞机，那也叫空军？你这些话也太打人了。你毕竟还年轻，你不知道地方军阀们的厉害。你没有注意到吧？我听说，你说这话时，刘甫澄气得脸红筋胀的，如果我不在，你再这样，很难保证会出什么事，刘甫澄、刘文辉、邓锡侯这些人，个个都不是好惹的。"

"他当场就给我打转去了。"陈诚说，"刘湘讲大课时，大讲特讲游击战争。怎么着，他刘甫澄是要同我们打游击战吗？刘自乾、邓晋康这些人也是给脸不要脸，不知讲到哪里去了，东说南山西说海的！"

"这你就不懂了！"蒋介石说，"你以为他们不知讲到哪里去了，你以为他们在东说南山西说海吗？你没有听出他们讲这些话的用意。这些地头蛇没有一个是简单的，刘自乾有'多宝道人'之称，邓晋康叫'水晶猴'，这个刘甫澄呢，貌似忠厚，其实是个谁也惹不起的阎王，是个很厉害的"四川王"。

好了，对你，我是放心的。我让你来，不过就是提醒你，我走后，你在方式方法上要多注意些策略。也没有什么大不了的，有事，你可以在电话上直接向我请示。另外！"蒋介石又专门嘱咐，"峨眉山军训团第一期结束以后，你尽快赶到西安来。"

"是。"陈诚说时霍地站起，胸脯一挺，给蒋介石敬了个标准的军礼。

陈诚走后，蒋介石又接见了重庆行营参谋长贺国光，给他交代，让他先带一些精干人员到成都，暂住励志社，开展工作，待条件成熟后，行营再移来成都。他语重心长地对贺国光说，要他利用历史上同刘湘也还良好的关系，设法同"四川王"刘湘搞好关系。目前当务之急是，一定要稳住刘湘。稳住刘湘，就稳住了成都，稳住了四川。四川下一步的问题，容他后一步解决。

贺国光领受任务走后，早就在外面等候接见的戴笠走了进来，他向"校长"报告了这些天在成都秘密开展工作的情况。他已经在成都秘密布下了一个军统小组，同时摸清，在刘湘的谍报系统中，冷开泰手中掌握的那支由地痞流氓、袍哥组织起来的基干力量，有相当的杀伤力，也最容易瓦解。他约冷开泰出来吃了一顿饭，含蓄地向他做了暗示。冷开泰立即表示，愿意站在中央一边，以后他"吃刘家的饭，做中央的事"。

"好好好。"听到这里，蒋介石非常欣慰，强调，"情报工作何其重要！它是领袖的耳目，行动的指南，对敌人出手的秘密武器。这，对我们是，对刘甫澄何尝又不是！如果这个姓冷的家伙真能被你控制在手，那真是一件太好不过的事情。好吧！"蒋介石说到这里一锤定音，"你的事办完后，不要在四川久留，尽快返回南京。回了南京以后，我还有要紧的任务交给你！"

"是。"戴笠像刚才的陈诚一样，霍地一下站起，胸脯一挺，给蒋介石敬了个标准的军礼。然后转身，大步去了。

这个晚上，委员长住处的灯光差不多亮到天明。

半夜过后，月亮下去了。峨眉山脚层林环绕，偌大的红珠山别墅群已经入睡。万籁俱寂，风过处，竹梢风动，沙沙有声。漆黑的夜幕中，外松内紧，由警卫营和委员长侍卫官们双重保护中的委员长住处的灯光，在漆黑的夜幕中闪烁浮动，显得特别的鬼祟。

- 第十七章 -

凭空杀出的黑马，让双方惊诧莫名

峨眉山军官训练团第一期结束了。刘湘刚刚回到成都，在将军衙门他的办公室坐下，成都警备司令严啸虎就怒气冲冲地找来了。

"甫帅，真要打吗？"严啸虎将一份厚厚的"军情报告"交上后，坐下时，这样说。

"出了什么事吗？"刘湘感到莫名其妙的，将严啸虎交上的"军情报告"，用手翻了翻。

"我虽然没有上山，但我知道山上的情形。"严啸虎气鼓鼓地说："那些下江人跑到他妈的峨眉山上，说是办什么军官训练团，其实就是挖我们四川的墙脚！他们在峨眉山上搞的那一套是阴的、暗的；而在山下成都搞的一套却是明目张胆的。甫帅你可能还不知道吧，中央军校成都分校已经摆出一副要同我们对着干的架势，李明灏在军校的制高点五担山上架起大炮，在学校四周的城墙上修筑碉堡，架上机枪；在军校前后门修筑工事，一副要同我们打大仗的样子。同时，据我们截获的情报，李明灏日前向重庆行营发去电报，要求火速增援他步枪七千支，子弹三百万发。他同时在校本部成立了作战指挥部。还有，我们日前破获了一个阴谋暴动组织，这是被逮捕人名单，这些人也都是李明灏任命的。我都带来了。"说时，拉开皮包，将截获的电报及被逮捕人员名单一起送交到刘湘手上。

刘湘一目十行地看后，大吃一惊。真是峨眉山上斗争刚止，成都城内烽烟又起？从截获的情报来看，问题相当严重。李明灏确实要搞暴动，他封了多路司令，如路司令、张旅长之流，这些人都是成都及附近县上的烂滚龙、土匪、二流子。

"啸虎，你这事办得漂亮，抓得及时！"刘湘当即表扬了他的省垣警备司令，"但我感到这事情来得有些突兀，有些不近情理。"刘湘显得很冷静，"你想，他们'中央'目前在我们四川才几个人？他们要搞我们，只能是像目前这样悄悄搞，慢慢渗透，只能用挖墙脚的方式搞，而李明灏搞武装暴动，岂不是拿鸡蛋碰石头？李明灏仅凭他军校中那些个人，那些条枪，就想同我们开仗，简直是开玩笑！"

严啸虎冷静下来，想了想："也是。我也感到挺纳闷的，但事情就这样明摆起。"

"当然。"刘湘想想，说，"天下事无奇不有，小心无大错。啸虎！"刘湘又是一声"啸虎"。刘湘是个职业军人，在称谓上讲究正规，今天这样一口一个"啸虎"，足见他对省垣警备司令的亲切、嘉许。

在严啸虎谈了他设想的应对措施后，刘湘表示同意，用一只又宽又大的手拍了拍摆在桌上的"军情报告"，沉思着一字一句嘱咐："你要加强对李明灏他们的警戒，封锁。如果警力不够，我再给你派部队。如果他们不动手，你也不要动手。其他的事我来办，啊！"

严啸虎接受任务后去了，刘湘让副官张波通知绥署参谋长傅常和省府秘书长邓汉祥来到他的办公室开会。他将严啸虎报告的情况告诉了傅、邓二人后，想听听他们的意见。

傅常认为先下手为强，后下手遭殃。既然证据在手，干脆就将李明灏等一应人拿了，如果李明灏他们敢于武力反抗，那就用武力镇压，打死几个又何妨。不然还得了，简直就没有王法了！邓汉祥却没有急着表态，陷入沉思。刘湘说："鸣阶，你的意思呢？"邓汉祥是刘湘眼中的智多星。邓汉祥认为，事情来得蹊跷，不近情理。最好的办法是通过报端将"中央军校成都分校有人图谋不轨"之事捅出去，看看蒋中央和重庆方面的反应再说！反正中央军校成都分校和李明灏如在囊中，还怕他们插翅飞了去？

刘湘接受了邓汉祥的建议，当即决定，来两手，一手硬一手软。傅常去调动部队，做好应急准备；邓汉祥草拟一份近日成都警备司令部破获的有关阴谋暴动案文章，以四川省政府、川康绥靖公署和四川保安司令部三家名义，在报上联合发表声明，谴责阴谋暴动。

邓汉祥的文章很快写出来了，交刘湘过目，通过多家报纸发表。文章曰：

> 查近日竟有不法之徒，意图破坏省会秩序，扰乱治安，敢于秘密设立机关，伪造印信，发布命令，阴谋近日暴动。就其抓获的人犯中，有自称总司令者二人，自称参谋长、机要处长、参谋、副官、路司令者若干人。其伪任伪职有自称旅长者若干人，自称路司令者若干人。又划全省为十六路，某人担任某路司令；又派员四出为之奔走联络，或则给予委状，或则信件往还，均有姓名可指。

就在这份声明发表的当天下午，贺国光急匆匆赶到了刘湘将军衙门的办公室。

"甫澄，这是怎么回事，怎么回事？"贺国光手中拿一份当日报纸，见到刘湘就铁青着脸问，神情显得紧张。

"成都军校隶属于中央行营管，未必事情的由来，你这个行营参谋长还不清楚吗？却反而来问我，事情倒起了！"刘湘将厚厚一沓"军情报告"扔在茶几上，气哼哼地坐到贺国光对面的沙发上说，"罪证确凿，你看看吧！"

满脸惶急的贺国光俯下身去，将刘湘扔在他面前的那一沓"军情报告"看过后，抬起头来，相当惊讶地看着刘湘："甫澄，我敢保证，这纯粹是李明灏的个人行为。我不知道这个事。顾（祝同）主任也不知这个事，我刚才在电话上同他联系过，他很生气。要我就近给你解释，必要时直接请示委员长。这个李明灏简直，简直就是胡作非为，乱搞一气！"说时，为了表示愤怒，手在茶几上敲了敲，"我立即命令李明灏，将军校内那些乱七八糟的炮台、碉堡统统给我撤去，我还要将此事立即呈报委员长，把李明灏送上军事法庭，严肃处理！"

刘湘看贺国光的样子不像是装的，就说："那就悉听尊便吧！"

"甫澄！"贺国光想起峨眉山上委员长特别交代，要他同刘湘搞好关系，觉得这是一个机会，看了看一副很不以为然样子的刘湘，吁了一口气说，"是从什么时候开始，你对我这样不信任了呢？你我是多年的同学、朋友。我们读四川速成陆军学堂同窗共砚时，才十多岁，可以说还是少年。那时，我们的日子虽然清苦，但是多么有趣，多么值得怀念啊？我们两小无猜，你心换我心，哪像现在这个样子，隔心隔肠的！"

"甫澄！你还记得吗？当时成都繁华而幽静，远远没有这样多人。青羊宫之外，就是瓜棚满架的乡村景致了。有一次青羊宫赶花会，我们两个凑起钱去骑了一趟溜溜马，那川马个子不大也不高，却走步如飞，从青羊宫到杜甫草堂，我们各骑一半的路程。你骑前一半，我骑后一半。结果，快到青羊宫时，我心中高兴，打马飞奔，没有骑稳，咚的一声栽进了浣花溪里，一身衣服打得浇湿。那是春寒料峭的季节，我成了落汤鸡，旁边好些人笑我，你却把你的衣服脱来给我穿，你自己只穿了件衬衣。回到军校后，我们都感冒了，又是你用你们乡下的土法子，找了块生姜来熬姜汤开水给我喝，病就好了！当时，我们两弟兄的感情多好啊，现在反而生分了。"说时，贺国光一声"哎"，无限的感慨都在其中了。

贺国光的一席话，不知是勾引起了刘湘对往事的回忆，还是他要来一番将计将计，用昔日的同学之谊，唤起举足轻重的重庆行营参谋长贺国光对他的好感和信任。

"是啊，是啊！"刘湘也感慨起来，"那时，特别是到了周末，军校放假。晚饭后，我们最爱在五担山上眺望全城景致，吟诵古往今来那些慷慨激昂的诗，什么几回梦里挑灯看剑，好男儿誓要马革裹尸还，等等，等等，真是壮怀激烈呀。可是，现在国难当头，我们作为负一方责任的军人，枪口却不是对着日本人，而是搞窝里斗。你说有意思么？你说这样搞，是否有违我们从军的初衷呢？"刘湘把话又转回了现实。

"甫澄，我明白你的意思。我在这里给你表个态！无论是中央参谋团也好，行营也好，只要我贺国光还在里面说得起话，我贺国光绝不会做对不起你的事。这点，请你放心！李明灏的事，我会很快给你一个圆满交代的，你会相信我吧？"贺国光更多的意思，也在其中了。

"好吧！"刘湘说，"我就等你的答复。"

"那好，我这里就告辞了。"贺国光站了起来。刘湘也没有挽留，只是送了贺国光两步。

当天晚上，贺国光在同重庆的顾祝同联系后，将他亲拟的一封长长的紧急电报，发往了南京总统府。其时，蒋介石已经飞到了洛阳。总统府侍从室第三处主任、蒋介石最为信任器重的秘书陈布雷，看了贺国光的电报后，不敢怠慢，立即让机要室转发给了时在洛阳的蒋介石。

电文中，贺国光向委员长详细报告了李明灏引发的事端、川中方面的反应等等。还有他对李明灏的个人看法和评价。贺国光的行文稍嫌啰唆，却至关重要。这里，不妨做些引摘：

> 成都军官分校，校址北校场，为成都北门锁钥。其教育长李明灏，此人小有才而不识大体，竟被流言煽动，擅作主张，在分校附近街口构筑工事，在城墙上建筑炮台，本来无事而庸人自扰。致以引起刘（湘）部误会，态势顿然紧张。最不可思议者，彼居然一再请余发给步枪七千余支，子弹三百万发，炮弹三万颗，为作战准备。余晓以大义，并提示该分校学员全系川军编余军官，而刘湘之部下又占其大半，此时中央无强大部队驻此，刘果作乱，则其部学员因多年相随刘及利害、感情双重关系，一定倒戈附之，君之生命亦恐难保，所发械弹实足为他人补充。况当此谣言孔多之际，社会已感不安，枪械一经颁发，岂非将谣言加以证实，使局势益趋紧张，或至不可收拾，殊属不智已极。遂坚持不发，卒获和平。但李则屡次控余，并加毁谤，不知其是何居心。

电文之后还有长长的注释性内容的文字，这里也不妨引摘一些：

　　关于四川政局，常有一部分人不识大体，从事颠倒是非，或推波助澜，或挑拨离间，或造谣生事。有一次，余认为谣言已足以危害大局时，曾电呈委员长，其大意将刘甫澄所作所为，历举事实六项，证明全系防卫性质，绝非犯上作乱。如所陈不实不验，或误大事，届时请以贻误戎机，交军法治罪，即不杀我，亦必自杀；益为国家，为领袖，为朋友，甘愿以生命作担保而坚中央之信心也。

　　委员长曾由京亲颁电令，文曰"中央人员在川气焰万丈，令人难堪，种种不法行为，殊堪痛恨！嗣后责成贺主任全权负责处理，无论为官为兵，为文为武，凡有不法者，一体先行拿办，然后具报。"

电文最后，贺国光请示，鉴于李明灏是成都军校代主任，直属"校长"管束，此人是否按先前委员长交代的"无论为官为兵，为文为武，凡有不法者，一体先行拿办，然后具报"的命令，先行一体拿办？

贺国光在无限焦虑中，终日绕室徘徊，焦灼万分地等待委员长批复。这时，蒋介石正在洛阳度过他五十周岁生日。1936 年 10 月 31 日这天，古都洛阳全城一早就鼓乐齐鸣，张灯结彩，锣鼓喧天，军民同贺。军政显要齐聚洛阳，向委员长献礼恭贺。上午十二时，全国民众为抗日捐款购买的五十架飞机，在空中排成五个十字样，缓缓从古都湛蓝的晴空掠过，表示庆祝委员长五十寿辰。蒋介石这天向全国发出通电称："十年内战五次'剿共'，此为'剿'灭共党最好时机。""本委员长郑重宣布，在半个月内消灭共党共军！"面对被少帅张学良指挥的东北军、西北军团团包围在陕北延安一带，人不过三万，人均子弹不过五颗的共党共军，他要来个牛刀杀鸡！

蒋介石在洛阳度过了他的五十周岁生日。就在他飞往西安的前夜，收到了贺国光急电。

"娘希匹的！"在古色古香、戒备森严的洛阳励志社里，蒋介石看完这封稍显冗长、啰唆的急电后，大发脾气，开始了他那有名的国骂。他在办公桌上一拍，霍地站起身来，背着手在铺着地毯的办公室里快速踱步，侍卫在侧的侍卫长钱大钧吓得一愣一愣的。

"李明灏这个李矮子，这个湖南斗鸡公，他是吃辣椒多了，心头燥椒、堵得慌，要飞起来咬人怎么的？"别看蒋介石平时言辞简约，神态严肃，可发起气来却是不管不顾的。他把李明灏骂得花儿朵朵开，听起来相当形象、有趣，挺损的！蒋介石骂完，猛地站住，看着侍卫长，满眼都是愤怒。

已然有些发福，戎装笔挺的钱大钧赶紧将胸一挺，不知所以。

"这个，这个！"委员长对钱大钧口授机宜，"你以我的名义，给贺主任（其时贺国光已是重庆行营参谋长，蒋介石仍然记得他作为中央参谋团主任时的职务）回个电！"说时一字一顿，"贺主任，电悉。我立即将中央军校成都分校主任李明灏调往太湖，让他暂作太湖警备区司令，其职由南京警备司令张耀明接任。成都方面，贺主任一定竭力维持安定。"这里，蒋介石将李明灏降了一大级。

第二天，蒋介石飞去了西安。接下来，就发生了"西安事变"。

蒋介石被抓获了，但是怎样处理蒋介石呢？当时，不仅在东北军、西北军内，就是在全国，杀蒋的呼声也是甚高。围绕着这个问题，各派政治力量、人物的表现截然不同。时在延安的中共领导层高瞻远瞩，期望运用各种政治力量压逼蒋介石停止"剿共"，联合各党各派政治力量，形成最广大的抗日统一战线，共赴国难。为此派出了以中共中央副主席周恩来为首的中共代表团到西安，同时任国民政府海陆空三军副总司令的张学良细谈。在南京，亲日派汪精卫、何应钦等人却大喜过望，认为抢班夺权的机会到了。何应钦利用手中所掌握的军权，以"戡乱"的名义，调集大军向西安逼来。飞机整天在西安上空盘旋，空军也准备参战了，内战一触即发。

军政部长何应钦的胞弟何畏三这时到了成都，他对刘湘表示，希望刘湘在这关键时刻站到他们一边，干掉了蒋介石一切都好说。何畏三在透露了一些他们准备采取的军事措施后，还对刘湘有诸多许愿。何畏三说，他在成都之后，还要赴滇，找云南省主席龙云再谈倒蒋事。面对何应钦胞弟何畏三的竭力拉拢，封官许愿，刘湘表现得很慎重。他不疾不徐，能推就推，态度暧昧，让何畏三失望而去。

"西安事变"在周恩来的主导下，经过同蒋介石有理有利有节的斗争，终于取得了圆满解决。蒋介石答应停止内战，一致对外。释放关在上海的抗日领袖，改组政府，集中贤良，清除亲日分子，共赴国难。他让赶到西安的宋美龄、宋子文姐弟代表他在条约上签字。

在成都的贺国光，接到了蒋介石回电后，以为李明灏会主动去职，去太湖就任警备司令。行前，至低限度会就近来向他报告，辞行。然而一直到"西安事变"基本解决，蒋介石安全返宁已经数日，仍天不见李明灏的动静，这就急了，打电话到成都军校询问。教务主任齐鸣天报告说，李明灏并没有去太湖警备区就任，而是在军校的城墙上巡视。

贺国光好生惊讶，问李明灏在巡视什么？

"巡视战斗准备！"

"这还得了吗？"贺国光听后非常着急，立刻带上一个警卫排，乘车一溜烟出了商业街励志社，去军校。一过北门大桥，战争的紧张气氛扑面而来。刘湘派出部队将军校团团包围，一路上层层栅栏，街头巷尾有不少用麻袋搭建起来的工事。

贺国光一行好不容易穿过层层封锁，来到军校。军用小吉普车还未停稳，贺国光跳下车，正好遇上前来的教务处齐主任。

齐主任给贺国光敬礼，请行营参谋长上楼休息。

贺国光哪里还有这份心思，马起脸，心急火燎地问："李明灏在哪里？"

"呶，那不是。"长得又高又干又瘦，脸只有二指宽，像只虾米似的教务处齐主任，用手一指。贺国光循着他手指的方向看去，差点没有气歪鼻子。全副武装的李明灏像是个就要指挥大兵团作战，八面威风的大将军，站在城墙上，煞有介事地端起手中的高倍望远镜，正在细细观察着外面的刘湘军队。

"乱弹琴！"贺国光吩咐教务齐主任，"快把他给我叫下来！"

"李主任！"脸色黄黄，肯定是抽大烟，气虚，说不定患有肺气肿的军校齐主任得令后，声音却大得惊人。他将两手圈在嘴边，喊："李明灏李主任，快下来，贺国光将军、行营贺参谋长来了，找你！"齐主任的声音在偌大的操场与斑驳的古城墙间回响，让整个军校的师生都听到了。

让贺国光更没有想到的是，李明灏明明听到了，却不下来。怒气冲冲的贺国光只好走到城墙下，抬起头来，质问站在城墙上的李明灏："委员长发给你的调令看到没有？"

"看是看到了。"李明灏的话似乎还有保留。

"既然收到了委员长的调令，你为什么还不走？"堂堂的重庆行营参谋长，简直被眼前这个桀骜不驯，目无上司，高高在上的家伙气疯了。他大声喝问："未必你在成都还没有揽肇够吗？难道你非要让刘甫澄将你和成都军校打烂才甘心吗？"贺国光这个湖北九头鸟，气愤起来，说话也够损的。

"那倒不至于。"李明灏满不在乎地说，"他刘甫澄如果敢动手，我们成都军校就是他的滑铁卢。"

"够了！"贺国光怒不可遏，气得跳脚，"我命令你，立即离开成都军校，离开成都，去太湖报道。如果你不执行命令，我立即下令逮捕你。"贺国光说时，站在他身后的副官赶快将别在腰间的手枪一摸，似乎马上就要带人冲上去，将李明灏这个湖南佬逮捕归案。

"好，各位，那我李明灏就此告辞了。"李明灏站在城上，双手抱拳，向围在城下看热闹的军校师生们作了个揖，一步一摇地走下城墙，手一招。这时，一辆推屎爬状、挂成都军校牌照的黑色奥斯汀轿车开了上来。原来，李明灏已经做好了准备，他就是要等贺国光来催他，就是要气一气行营参谋长。

李明灏上了车，车门关上，推屎爬状的黑色奥斯汀轿车驶出了戒备森严的军校，一溜烟去了。他这是去成都凤凰山机场，乘飞机辗转去太湖就职。这个时候的李明灏，在贺国光心中是个怪人，犟人。贺国光万万没有想到，这个1922年毕业于日本东京陆军士官学校，历任国军团长、师长、军长、中央军校成都分校代主任的湖南人李明灏，其实早就暗中加入了共产党。李明灏在成都的这些所作所为，究竟是想火上浇油，让国民党中央的在川势力同刘湘的矛盾加剧起来，借此让力量占绝对优势的刘湘将中央军校成都分校铲除，抑或还有些什么？这些，都只能存疑了。因为当李明灏亮出真相时，已经是四十年代末期的国共决战阶段。那时，国民党船已下滩，败局已定。李明灏此时是解放军华北军政大学第三总队的总队长，在解放北平前夕，他因与守城司令傅作义有旧，去傅作义处做了卓有成效的工作，让傅作义举行了北平起义。这时，国民党上层，包括蒋介石，才弄清李明灏原来竟是长期潜伏国民党军队里的"共产党高级间谍"！

第十八章

求自保，"四川王"反击

"西安事变"后，刘湘明显感到蒋介石卷土重来，急于解决四川问题，对他的压迫日日加重。蒋介石对他的压迫加重有如下一些：

首先，下令改组四川省政府。虽然他百般抵制，没有让老蒋完全如愿，但还是不得不安排了一些南京方面的人。

其次，迫使他将昭化、广元这两处重要的川北门户交由胡宗南接管。

再次，老蒋飞抵重庆，第二天即手令四川各地各军："本委员长进驻重庆，凡我驻川、黔各军，概由委员长统一指挥。如无本委员长命令，不得擅自进退。"

最后，老蒋将重庆行营升格，直接隶属于他的中央军事委员会，杨永泰为秘书长。明令指出，行营为"指挥剿匪军事之重心"。这样一来，老蒋就将川、滇、黔的政治、军事、经济大权揽在了手中。接着，老蒋又明确宣布，全国整军先在川内试行。规定川内各军、师一律照现额缩编三分之一，由行营派员赴各部点编。与此同时，老蒋将唐式遵提升为二十一军军长，王缵绪为四十四军军长，潘文华为二十三军军长，竭力分化他。老蒋欲将全川三百三十六个团缩编为二百七十个团，每年军饷由五千九百八十万元削减为四千万元。规定：各军团长以上军职人员，统由国民政府军委会军政部委派，军饷在国税项下开支，交川康绥靖公署转发。

老蒋以上各项正在运作中。如果统统得逞，那么他这个川康绥靖公署主任、四川省政府主席、四川保安司令就成了一个摆设。不过，他刘湘也不是好惹的。首先，他着力抓牢抓实军权。唐式遵、王缵绪、潘文华的部队，原先都是他的基干部队，他在这些部队中大肆培植亲信，运用他的"武德学友会"，把这些部队的根基扎紧夯实，让唐式遵、王缵绪、潘文华这些人纵然是想倒到老蒋那边去，也倒不过去。现在看来，这方面的工作卓有成效。除了王缵绪有些首鼠两端，唐式遵、潘文华等原先二十一军的大将，对他还是忠心耿耿的，认他的账。

另外，他暗中结网，团结各党各派，运用多方力量对付牵制老蒋，在政治、军事两条战线上同时出击。他派王干青以川康绥靖公署顾问的名义去了延安，同中共有关方面商讨联合抗日事宜，后来又派蔡军识去过延安。中共立即给以积极的回应，派张曙时作为代表来成都，给他带来了中共高层的意见：日本要灭亡中国，国际形势会有许多转变，中国抗日战争一定要打起来。四川在抗日战争中居重要地位，希望他做抗日英雄，团结抗日势力，并在军事、经济、政治、财政、外交、民众等方面皆要有所准备。

接着，他派张斯可、刘亚修去广西联络桂系首领李宗仁、白崇禧。经过多方努力，最终达成一个秘密的"川、桂、红"三方协议。主要精神是"团结一致，共同抗日"。当然，这"团结一致"中，包含了共同反蒋。据刘亚修说，他们在签订这个文字协议前，为尊重中共，也是为了表示谦虚，主动提出将协议定为"红、桂、川"。但中共方面认为把"红"放在前面，太过招眼；而李宗仁、白崇禧认为广西地瘠民贫，人口也少，不如四川地大物博，人口众多，战略地位重要；再三谦让的结果，最后定了"川、桂、红"协议。

他派张斯可又去联络历史上同老蒋面和心不和的冯玉祥。冯玉祥立即回应，派高兴亚来成都，双方洽谈了合作与秘密反蒋诸多事宜。

后来，中共中央又派罗世文为代表与他洽谈。罗世文代表中共，接受他提出的不在川军中发展共产党组织的要求，他则对张曙时等共产党人办的

《建设晚报》每月津贴四百元。为了进一步表示对中共的诚意和敬意，他让王干青代表他，将大洋六万元从账上拨给王昆仑，再经过冯雪峰的手转去延安，交送了中共中央。

在军事上，他将缩编下来的部队转编成保安团队，改属省政府保安司令部统率，使其军事实力不被削弱和损失。

最近一段时间，刘湘睡觉总不踏实，对付蒋介石，让他觉得心神劳累。这个晚上，他一更二更又三更，在思想上好一阵运筹之后，四更天才朦朦胧胧睡了过去。

就在这时，尖锐的电话铃声在他床边骤然响起。

他随手抓起电话。在这样的时分，如果不是有万分紧要的事情，是没有人敢把电话打给他的。电话是刘树成从重庆打来的。

"甫帅！"率一个军的重兵，驻扎在军事要地浮图关，负责镇守重庆，并监视重庆行营的刘树成，在电话中语气很急地向他报告，中央军徐源泉有一个师的部队，乘船离开了驻地万县，沿江往重庆源源而来，前锋部队已经到达重庆朝天门码头，准备上岸。他以徐源泉非法调动部队进驻重庆，且没有接到甫帅命令为由，不准徐部上岸，要徐部原路返回万县。双方正在交涉，此举妥否？请甫帅指示！

刘树成报告时，刘湘思想上已经电光石火似的将事情翻了几个番，并快速做了演绎应对。老蒋月前把薛岳的部队从贵州调到了川黔交界处的川东一带，把徐源泉的一个军由湖北沙市调到了四川万县。这些，表面上是经过他同意的。老蒋再三说明，中央军到此为止，决不深入川内。而现在徐部进入重庆，显然是违规。老蒋这是在试探我么？

"你把徐部的情况报告详细些。"刘湘沉住气问。

刘树成继续报告。从电话中，刘湘可以清晰地感受到此时此刻，重庆朝天门码头上两军紧张对峙的气息。在两江之间，像楔子一样打进江心的朝天门码头，在高高的多级石梯之下，千船万帆停靠如蚁。江风浩荡，繁忙的码头还没有醒来。在黎明的第一线曙光中，顺流而下的长江，像一条灰白的带子，哗哗作响。已经从船上陆续下来的徐源泉部，枪械在码头上磕响，钢盔和背在肩上的枪刺在早到的晨光中，不时闪现出寒光。到处都是集合的哨子声，杂沓的脚步声。这一切，构成了中央军绝不同于地方军的一种森然肃然的气息。而刘树成的部队，这时已经沿江做好了战斗准备。官兵们居高临下，成线地伏身于长城般沿江展开的一个个锯齿似的、厚重的城堞之后，弹上膛，刀出鞘，轻重机枪、步枪，像森林般对着陆续而来的徐部官兵。

"好！"听完报告，刘湘嘱咐刘树成，"要引而不发！你警告徐源泉，要他们将部队沿原路返回万县是对的！态度可以强硬一些，但要慎重。只要他们不上岸，就是胜利。万万不可毛里毛躁地动手。嗯？听清楚没有！"这会儿，刘湘在电话中是声色俱厉的。

刘树成在电话中答应后，刘湘又再三嘱咐，有情况随时向他报告。

打完电话，天就亮了。刘湘的心情相当紧张。他一骨碌翻身起床，来在隔壁办公室，大声武气喊副官开灯。这段时间，他一直没有回家，住在将军衙门。

啪的一声灯开了。贴身副官张波如影随形地闪现面前，就像没有睡觉似的。

壁上是一幅几与壁大的十万分之一的四川军用大地图，刘湘似乎借看地图来掩饰他心中的紧张和烦躁。而在千里之外的重庆朝天码头上的情景，却像一个个电影中的慢镜头，在眼前闪出。

"奉甫帅命令，你们不能擅自上岸入城，请你们原路返回！"高高的码头上，刘树成的官兵在对徐部官兵喊话。

江风浩荡，将这些散发着战争气息的喊话声传遍了山山水水，回旋起伏在重庆城。

向来敏感的重庆多家报纸的记者们闻风而来，对两军进行现场采访、拍照，跑上跑下，显得很兴奋。很快，朝天门码头上，川军即将与中央军火拼的消息，被记者们添油加醋地制造成各种各样的消息、号外、战地通讯，报纸发得全城都是，越发弄得人心惶惶。

"嘀铃铃！"在焦急的等待中，电话响了。刘湘抓起电话，是贺国光打来的。

"甫澄，误会！"电话中，贺国光像没事一样打起假哈哈，轻描淡写地说，

"行营顾（祝同）主任在徐源泉那里调了一个师的部队到重庆，事前工作没有做到家，忘了同你通气。现在弄来卡起了！刘树成说没有接到你的命令，不准徐部在朝天门码头上岸，弄得紧张得很。老同学，是不是请你给刘树成下道命令，让他放徐部上岸！这真是大水冲了龙王庙——自家人不认自家人了。"

刘湘皱起一副浓眉，耐心听完了贺国光编造的谎话，大声质问："你不是在成都吗，你怎么清楚重庆的事？"

贺国光说："我现在在重庆。"

"好，那我问你，你们行营调徐源泉的部队到重庆干什么？"

"最近行营附近不太清静，需要调支部队来保护。"贺国光连谎话都编不圆泛。

"我让刘树成的部队驻在浮图关，就负有保护行营的责任。若行营在安全方面出了什么问题，我拿他是问。这事，我是再三给他打了招呼的。你们觉得安全方面有什么问题？我怎么从来没有听他和你们说过？现在，你们突头突脑地调徐部至渝，究竟是什么原因？如果是什么安全问题，似乎有些说不过去吧？"

刘湘一连串的诘问，让贺国光有些招架不住。

"你们这样做不对，而且也不合规矩！"刘湘得理不让人，"墨三主任是职业军人，'校长'的学生，他该明白这样一个基本的道理，兵者，利器也！他哪能随心所欲地把军队这样随随便便地调来调去？"电话上，刘湘越说越气，"这事办得太不像话了。我要立即向委座报告请示，问问委座，顾墨三这样做对不对，他这是什么意思？"

"别、别、别！"电话中贺国光赶紧阻拦，"甫澄你别冲动，这事千万不要告到委座那里去。你不同意徐源泉部到重庆，请你给我一点时间，让我给顾墨三好好说说，让这支部队退回去就是了。抬头不见低头见，以后你还要同墨三将军打交道，好说好说，啊？"

"那好嘛。"见好就收，刘湘心中哑然失笑。他说，"我就看在你的面子上，委座那里就不说了，我等你的电话。"

当天下午，徐源泉这支部队原路返回了万县。刘湘赢了这盘棋。

事情果如刘湘的估计，蒋介石真是半夜吃桃子——找粑的捏。刘湘一强硬，幕后总指挥蒋介石的手就缩了回去。为了平息矛盾，蒋介石事后将他的亲信大将顾祝同调离重庆，到西安行营任主任；贺国光代重庆行营主任一职。而且，为了避免行营和川省方面行政上的勾扯、牵绊，委员长明令，行营暂不迁成都。贺国光也会做人，上任伊始，刘湘有数万担走私鸦片烟要运到宜昌去赚大钱，这是犯法的，船队经过万县时，被徐源泉部截获。事情立刻报告重庆行营，贺国光却下令放行，给刘湘卖了个大人情。

"真是太巴适了！"喜讯接踵而来，让素来性情沉稳的刘湘，一个劲让副官张波叫车，跟他去看尹昌衡。

"去忠烈祠街尹老先生的家？"副官以为听错了，他怎么也不相信日理万机的甫帅，会想起去那早就落魄下野，无权无势，在家赋闲的民国初年的四川省军政会都督尹昌衡家。

"我们不能红甘蔗剥一截吃一截！"刘湘幽默地说，"不能想起要用人家了才去找人家，走！"

成都忠烈祠街，属于少城范畴，最具成都街巷特色。街道不宽，由麻石铺成，斑驳整洁，光亮如洗。街两边多花多树，尤多芙蓉。成都号称蓉城，这是因后蜀时期蜀主孟昶喜芙蓉，上有所好，下必兴焉，孟昶又下令在城墙上广种芙蓉，花开时节，全城高下相照，四十里如锦绣。成都又称锦城。因为历史上，蜀中盛产丝绸，而流过成都的锦江江水特别清澈，蜀女们爱在江边濯丝，蜀丝经锦江江水洗濯之后，光泽更为光亮，品质更为优良。

忠烈祠街两边鳞次栉比的茶馆酒肆商号，大都是一楼一底的明清式建筑。微风吹过，酒旗、幌子、店招轻摇。人入其中，恍若进入盛唐时代。

坐落在这条街中段的尹昌衡府第极有气派。它高墙深院，青砖拱壁。高高的台阶上，两根大红抱柱之后，有两扇镶嵌着大红泡钉，中部吊着兽环的大门，终日紧闭，只旁边开着一扇小门，供人进出。台阶之下，一边踞一尊汉白玉石狮，它们脚踩绣球，张着大嘴，栩栩如生。院内古柏森森，亭台楼阁，花木夹道，俨如王府。门楣上，挂一块二米长、一米宽的镏金匾额，上面是"庆洽椿萱"四个大字。

到了尹府，已然信佛的尹昌衡在他的静室里做功课。刘湘就带着他的副官在一边等，尹昌衡做完功课，请刘湘进来，让座，上茶后，不无讽刺地问："甫帅脚步向来金贵，怎么今天舍得来进寒舍？"

"老英雄，咋个这样说呢？年前，我幺爸同田光祥打省门之战，为免除众生涂炭，你带上成都五老七贤，冒着炮火出来调停，功莫大焉。这两年，为给桑梓造福，你老跑了好多路？让我时时感念于心。未必我就不能来你这里跑跑，看看你老人家吗？"

尹昌衡笑了，他笑刘湘这番虽言不由衷的话，却说得好。

"甫澄！"尹昌衡说，"我多次跑去找你，是有事。我现在无职无权，老朽一个，你来找我做啥子呢？"

"我是来借老英雄一股气。我想请老英雄上车，陪老英雄上皇城明远楼看看。"尹昌衡有些明白了。"甫澄！"他说，"莫非你同下江人的斗争，有所斩获么？"

"知我者，老英雄也！"刘湘一口一个老英雄。

"这是好事呀，那就走吧！"尹昌衡说时站起身来。

他们出门上车，往皇城方向驶去。路上，刘湘将他最近与"下江人"的斗争及"斩获"粗略给尹昌衡说了一下。尹昌衡对蒋介石印象向来不好，主张"川人治川"，虽然历史上同学生辈的刘湘有些过节，有些不了然，但听刘湘如此一说，也高兴。

雕梁画栋，古木参天的皇城，已经不是四川权力中心所在地。大门外挂了一块硕大的白底黑字的牌子，上书："四川省设计委员会"。这是刘湘为招揽社会贤达，专门成立的一个部门，尹昌衡、张澜、邵从恩、徐炯等名人都是其中委员。平时他们都不上班，只是不时在里面开开神仙会，按月领取相当优厚的酬金。

他们是从后门进入皇城的。站在明远楼上四下眺望，太阳正在升起来，金红的霞光拽着长长的彩笔，在皇城内外尽情涂抹。

明远楼上风铃叮当。红墙内，翁翁郁郁的参天古木中，一群群白鹤亮开双翅，披着晨光，在绚丽的天幕背景上，排着整齐的队列，正向着无垠的天际升腾、升腾。他们两人都没有说话，这会儿，他们心中一定有不同的感慨。

转过身来，朝前望去。那就是类似北京天安门广场的皇城坝，那就是当年万人涌动，争呼赵尔丰当杀的皇城坝。而这会儿却显得非常空旷。广场上流水汤汤的金河，横跨在金河上的汉白玉拱背桥，在斜射的阳光下，显出寥落和苍白。在这个上午，只有不多几个为了生计的黄包车夫，拉着黄包车从广场上匆匆跑过。拉黄包车的和坐在车上的人都看不太真切，看上去显得渺小。

昔日的老英雄尹昌衡凭栏远眺，思绪很深。刘湘循着他的目光看去，楼下，金水河拱背桥前的"为国求孝"牌坊蓦然闯入眼帘，他不由一怔。过去的一幕似乎就在眼前：牌坊后面西侧冰冷的地上，躺着赵尔丰的尸体。他头朝西北，脚向西南。一颗血迹模糊，须发如银的头放在他的右肋上。牌坊上贴有军政府告示，幅高一尺多，宽二尺余，上写几行大字："十八之变，赵逆作俑，今已枭首，谢我万众！"

一缕斜阳从"为国求孝"牌坊上掠过来。想着赵尔丰的一生，想着面前尹昌衡的一生，刘湘在心中不胜唏嘘。

"老英雄，身处此地，你一定感慨万千吧？"刘湘问。

"都过去了，好汉不提当年勇。"尹昌衡在秋阳下，手抚玉石雕栏，眯了眯他细长的眼睛，再以手抚着颔下一把花白胡子，"甫澄，江山代有才人出，现在四川这台戏就看你咋唱了！"

"我一定不辜负老英雄的信任、重托！"刘湘说时，目光竭力朝前望去，那是陕西街。成都是个移民城市，也是一个历史悠久的城市。街道，有的以某个典故命名，有的以某个名人命名。这陕西街原来是陕西人的聚居区，现在不是了，只有街道中段有一幢富有三秦特色的陕西会馆，高高矗立，标志着曾经辉煌的过去。而在街口，是一幢比陕西会馆还高还要醒目的法国人教堂。尖顶阔窗，像一个漂洋过海而来的法国传教士，高脚伶仃，身穿黑色教服，傲慢地斜睨着比它矮了一头的万瓦鳞鳞的街市。而与法国教堂隔街相望的是日本人修建的大川饭店。这饭店三楼一底，基脚很重，由产自川省雅安、天全、芦山一带优质黝黑的大理石垒砌而成。上面却又是西洋式的阔窗、中国式大屋顶。远远看去，像是一个闯入内地的东洋浪人，身着和服，佩东洋刀，戴副眼镜，唇上护一绺仁丹胡，抄着双手，犀利阴鸷的目光正透过镜片，在朝这边张望，脸色阴沉。看着这座日本人的大川饭店，刘湘像被扎了一锥子似的。

"鹬蚌相争，渔人得利。""前门走狼，后院进虎。"猛地，这两句名言涌上了刘湘的脑际。日前，南京中央政府多次同他协商，说是日本人强烈要求在成都开设领事馆，暂租大川饭店的房间办公。政府出了多方面的考虑，拟同意，希望得到他的支持。可是他坚决不同意，坚决拒绝。然而，日本人还是来了。据可靠消息，打前站的几个日本人已经进驻大川饭店。想到这里，突然间气从心来，刘湘一时头晕目眩，踉跄了一下。

"甫帅你不舒服么？"站在一边侍卫的副官张波赶紧抢前一步，伸手将刘湘一扶。作为甫帅的贴身副官，张波最清楚刘湘的身体情况。最近一段时间，甫帅操劳过度，胃溃疡病又加重了，根本不能吃东西。看这会儿，甫帅脸色煞白，气息有些虚弱。

"没有什么关系！"刘湘坚持住了，还笑了笑。

"我们回去吧，甫帅？"贴身副官说。

"该回去了。"尹昌衡说，"我脚都站痛了。"

"那好，老英雄，我们哪天再一起吃茶！"刘湘强笑笑。

他们一起往楼下走时，相当了解刘湘脾气心性的尹昌衡，将手中的龙头拐杖拄得笃、笃响。"甫澄！"他语重心长地说，"老夫研究过一段时间的中医，中医讲究'七情六淫'。'七情'就是人的情绪，'六淫'就是自然界对人的影响。中医给小儿看病，只重'六淫'，而给大人看病，讲究的是'七情'，所以这之中有个望闻问切。望，就是望气色；闻，就是闻气味；问，就是问病情；切，就是切脉。"

"胃溃疡并不是什么大病，而你的病却是遍请名医，就是不见好，是你太操劳了。身累，心更累。你要注意休息，注意调剂。不要像《三国演义》中带病六出祁山的诸葛亮；食少事繁，终是壮志未酬！"刘湘当然知道，这里，老英雄尹昌衡是在借古喻今，好心规劝他。却不意一语成谶。后年，刘湘率军出川抗日，出任第七战区司令长官。上任不久，即病倒在任上，不日在汉口万国医院溘然去世，年仅五十岁。国家多事之秋，正是用人之际，却巨星坠落，全国上下一片哀恸。

第十九章

防微杜渐，芙蓉城里走惊雷

　　刘湘自那日与尹昌衡一起登临皇城明远楼，看到大川饭店，突然气血涌动，引发大病一场。睡了两天之后，他对这座蕴蓄阴谋的饭店，对日本人，越发心怀耿耿。刘湘是个有强烈民族气节的人，月前，日本人竟将罪恶的目光盯到了处于内陆的中心城市成都，要求在成都开设领事馆。他不同意，但南京中央政府同意，现在打前站的日本人已经到了成都，住进了大川饭店。作为四川省政府主席，他对日本人的诡诈，日本的威胁，有相当的体会。日本人还没有来，但他们对四川经济上的破坏冲击，就已经来了。四川是个产丝大省，生丝的收入，在全省的税负中占了相当大的比重。然而，随着价廉物美的日本人造丝的大量涌进，四川生丝市场被冲击得七零八落。日本人做生意往往采取欲擒故纵的方法。比如他们在四川广大城乡推行洋油灯，洋油灯用煤油，比四川城乡间普遍使用的清油灯、油壶子不知亮到哪里去了。开始，没有人买，日本人就送。到你觉出好，离不开了时，日本人再来卖你的高价。

　　四川，他不能让蒋介石的手插进来，更不能让日本人的手插进来。四川，是他刘甫澄的。

这天，刘湘再次凭窗眺望，对那座矗立在陕西街中段的大川饭店恨得咬牙切齿，浮想联翩之时，副官张波前来报告，中共代表张曙时到了。

刘湘让副官快请！

张曙时进来了，"曙公请坐。"刘湘很客气。

张曙时，江苏人，老同盟会员，曾担任过南京建业大学校长、国民党江苏省党部常委，参加过南昌起义，先后被中共有关方面派往张家口、四川从事统战工作。他年过半百，长相清秀，长衫一袭。

"曙公你来得好，我正有事请教你。"刘湘让了茶。张曙时年龄要比刘湘长一些，是个有学问有地位的人，刘湘对他很尊敬，开口闭口以公相称。

"甫公不必客气，请讲。"张曙时笑笑，不慌不忙，端起茶船，拈起茶盖刮刮茶汤，抿了一口茶，轻轻放下。

刘湘气愤地指着窗外那座矗立在陕西街上的大川饭店："南京中央政府竟然同意日本人在成都开设领事馆，而且很快就要开张了。对这事，请教你们如何看？贵党向来是站得高看得远。"

"不知甫公如何看？"

"我恨不得把它炸了！看到这座状似乌龟的饭店，我就来气。这日本人的领事馆一开，不知还要生出多少精怪呢！"

"是的。"张曙时说，"这还不仅是甫公个人的意愿，而且是全体川人的心声。我注意到，最近川内多家报纸有这方面的反映。"

"是这样的，是这样的。"刘湘连连点头，"川人反日情绪如火如荼，中央政府若是不管不顾地让日本人在成都开设了领事馆，届时在安全上也不能保证。"

"甫公应该把这样的意思报告南京政府呀！"张曙时就是这样循循善诱。

"怎么没有报告？"刘湘气愤地说，"当初外交部征求我的意见时，我就表示坚决反对！"

"甫公反对的理由是？"

"成都既非商埠，亦无日侨，又没有条约依据。且自东北沦陷后，川人反日情绪日益强烈，我请外交部慎重考虑！"

张曙时赞赏地点点头："张群他如何说？"

"怪了！被称为'华阳相国''高级泥水匠'，向来办事采取和平主义的张岳军这次却一点不含糊，回信说，此事委员长已经决定，外交部只能执行。意思是我也只能执行。"

张曙时笑笑："这也不奇怪，张群就是这样的人。只要是蒋介石定了的事，他总是忠实执行的。"看刘湘听这话若有所悟，张曙时说，"我就是为此事来的，我带来了我党对此事的意见。"

"好！"刘湘很高兴。

张曙时分析了当前的形势及成都的重要性之后指出："据我们所知，日本领事馆派来打前站的几个人，是想先来成都探探虚实，试试反应。甫公是否可以派员义正词严告诉这些日本人，成都目前反日情绪浓烈，不宜开设日本领事馆。如果他们一意孤行，省政府不能保证他们的生命财产安全。与此同时，是否可由甫帅的武德学友会，暗中组织大规模的群众反日游行大示威，我党愿在这方面助甫公一臂之力！让这些打前站的日本人意识到问题的严重性，从而打退堂鼓，知难而退。这，从一个侧面也是对全国全面抗日的一个推动。"

"贵党是这方面的行家，不失为一个办法。但是！"刘湘略为沉吟，"大规模的群众游行一起来，这个，难免，难免！"他的话似乎到了口中又改了，"群情激愤中，若有什么过激的行动，出了意外就不好了。"

"不会的。"张曙时说，"甫公应该相信群众。"

刘湘觉得不妨一试，张曙时这就适时告辞了。

日本人可谓不到黄河心不死，不见棺材不落泪。住进成都陕西街大川饭店的深圳经二、渡边三郎、田中武夫、濑户尚四个人在成都的一连几天，经受的是一天比一天更为声势浩大的群众示威游行。刘湘也派员通知了他们，目前不宜在成都开设领事馆，而且连安全也得不到保证，要他们速去。可他们就是硬着头皮顶，对刘湘的警告置若罔闻。这天一早，愤怒的群众就将大川饭店团团包围，示威的群众举起如林的手臂，高呼："日本人滚回去！""还我东北三省！"又派出代表上楼找到四个日本人，要求他们作一个答复。可是，四个日本人还是不理不睬。

到中午，人越聚越多，火气越来越大。聚集在楼下的示威群众，群情激愤，简直就像是一团团马上就要猛烈燃烧起来的大火，人群有些骚动了。楼下负责维持秩序的几个警察，身穿黑色制服，手拿红白相间的警棍，像几个黑乌鸦似的，这里说说，那里跳跳，与其说在维持秩序，不如说是做个样子而已。

这让藏在楼上，躲在窗前朝外看的四个日本人感到事情有些不妙了。

日本人大都读过三国，他们是从《三国演义》中最先认识四川，认识成都的。他们中，深圳经二、渡边三郎两人是先到北京，一路南下入川，会同重庆领事馆的田中武夫、濑户尚，再到成都的。深圳经二、渡边三郎南下时，一路往西，越走越荒凉。到了西安，他们以为繁华、舒适这些美好的字眼就此打住。可是一入川，满目的青翠富庶，特别是到了成都，高兴得嘴都合不拢了。他们到成都时天已黑了，第二天一早起床，蛮有兴致地打量起这座城市。黑绒似的夜幕正在渐渐退去，东方天际，最初闪现出一线淡淡的亮色。视线可及，流水清澈的锦江边上，树木葱茏，花香鸟语。具有中国古典意味的拱桥，等距离地长虹卧波般跨在江上，这一切，很有点日本名画家东方魁夷笔下的意味。几天来，让他们感同身受的是，成都确实是座历史文化悠久，很宁静很清新也很繁华的城市。可是，让他们万万没有想到的是，成都人反日情绪如此高涨、猛烈！

过了中午时分，楼下此起彼伏的反日口号声、示威声越发热烈，像是滚过串串炸雷："打倒日本帝国主义！""外争国权，内惩卖国贼！誓死收复东三省！""日本人滚回去，不准在成都开设领事馆！"

四个日本人不禁面面相觑。示威游行，他们见得多了，听得多了。日本国内也随时有各种各样的游行。在他们的印象中，暴烈、血腥的场面不过当年法国大革命中的巴黎公社。法国国王就是在群众的游行示威中，被推上断头台的。但那是书本上的，遥远不可及的。然而，今天这可怕万分的示威游行却很近，就在身前，就在楼下。他们这会儿觉得，当年可怕的法国巴黎公社，也没有今天楼下的游行示威可怕。将大川饭店团团包围的游行队伍中，大都是工人、农民，也有不少戴眼镜、着长衫的大学生、知识分子。他们抬起头来，口中不停地高呼"打倒、打倒"的口号，不时举起如林的手臂，还不断举起反日旗帜、标语！这时，视线中到处都是人群，男的女的老的少的……都在张嘴，都在举手呼口号，眼睛里放射出千丈高的愤慨火焰。

他们预感到不祥，赶紧缩回头去，关上窗子。

可是，楼下有人看见他们了，指指点点地说："我看见这几个虾子了！"马上有人接嘴："走，上去让他们拿话来说！"

愤怒的人群冲上楼来了，像一泓开闸的湖水，势不可当。

就在四个日本外交官惊恐万状中，门"砰"地一声被撞开了。愤怒的人群涌进屋子来，抓着四个呆若木鸡的日本人乱打乱踢一气。

"不准乱来！不准乱来！"当大川饭店的人气急败坏地带着十几个黑乌鸦似的警察，气喘喘地跑上楼来，用手中警棍拨开围得里三层外三层的人群，进到屋子时，发现糟了。四个日本人中的深圳经二、渡边三郎已被愤怒的群众打死；田中武夫、濑户尚被打得鼻青脸肿在地上躺着，如果这几个黑乌鸦似的警察再来迟一步，也必被打死无疑。屋子里一片狼藉。

田中武夫、濑户尚立即被送进了医院，算是捡回了两条命。

乱子闹大了！当天，日本外务省照会中国外交部，对成都大川饭店事件提出严重抗议，要求查明原因，严惩凶手，并对日本方面做出解释，赔礼道歉云云。蒋介石闻讯甚为震怒。据知情人士说，当时，盛怒之下的蒋介石对前去报告解释原因的外交部部长张群，以及专门从重庆赶去南京总统府的重庆行营代主任贺国光等人公开叫明："他刘甫澄这是有意同我对着干！日本人要在成都设领事馆，是我批准的。他刘甫澄却对在成都开设领事馆很不乐意，一再推三阻四。你四川再大，也是中国的，你刘甫澄是中央属下的一个省长，你刘甫澄有什么了不起？中央决定的事，你能不执行？如果不是有刘甫澄暗中支使，绝不会演变成这个局面。没有哪个有这个胆子！这成何体统？你们说，该如何处理这个无法无天的刘甫澄？"

张群不愧为面面抹光的高级泥水匠。"委座息怒！"他做出一副心情沉重的样子对蒋介石解释，"据我所知，事件的发生，并非是刘甫澄在暗中支持或制止不力。"

"啊？那你说是什么原因？"盛怒的蒋介石，望着智多星张群，鹰眼闪霍，若有所悟。

"据我所知，是共产党在下面煽动、组织。而且，在那天的游行队伍里，本身就混有好些共产党人。委座，请看这些照片！"张群说时，将一大沓照片递给蒋介石。

蒋介石接过大沓照片，细细看去。

张群指点着照片说："这是戴笠亲自交给我的，是他布置的人在事发当天现场拍摄的。委座请看，这个振臂高呼的，不是共产党人罗世文是谁？"

蒋介石一听眼都大了，将照片中那个模模糊糊的人影看了看，手两搓，骂道："娘希匹的，什么事只要共产党一掺和，事情就麻烦了！"

"贺主任！"蒋介石转身，看着贺国光询问，"大川饭店事件发生后，你们采取了什么措施？对此事，你准备如何应对？"蒋介石说时，已经完全冷静下来了，坐到沙发上，让张群同贺国光隔几坐在他对面。

蒋介石端起那杯清花亮色的白开水喝了一口，早已唇干舌燥的贺国光也趁机端起放在面前的茶杯喝了一口茶，挺挺胸脯，说："如同张部长所说，大川饭店事件是共产党在下面鼓动所致！"贺国光也将原因一棒子打到共产党头上，"当时，事情的发生非常偶然，所以非常暴烈，当局来不及做出反应。事后，我指示严啸虎对事情进行妥善安置，一方面，将被打伤的两个日本人立即送到华西医院医治，所幸无大碍。现在，我们对这两个日本人已经采取了保护性措施。另一方面，将两个被暴徒打死的日本人，停在殡仪馆里，等待处理。最重要的是，成都警备司令部已经将当场打人的一应暴徒抓获，认定了其中几名元凶，被丢进大监，等此案审查清楚后，该关的关，该杀的杀，绝不手软。这之中，当然有共产党人。"

"对共产党，格杀勿论！"蒋介石恨得牙痒痒的。下完了指示，蒋介石看着贺国光，又警惕地问，"以后之事，刘甫澄他配合吗？"

"校长。"贺国光很恭敬地说，"在处理这些事情时，刘甫澄的态度也是积极的、配合的。"

听到这里，蒋介石这才吁了一口气。

张群胸有成竹地接着说："估计四川方面就此事的发生、处理等等详细情况，已经报到了外交部。我准备据此转告日本外务省。我想，他们是能够理解的。再说，事发之后，我方采取的种种措施，他们日本人想来也挑不出刺。我想采取以下对应措施：一、请他们派人去成都查清情况，我们一定保证他们的人身安全。二、鉴于目前状况，要求他们在成都暂不开设领事馆为宜，当然，他们如果实在要开，我们也没有办法，在安全方面嘛，我们以后可以加强些。这就是外交部准备发给日本人的照会，不知委座是否同意？"

"嗯，好的好的！就照岳军说的办。"蒋介石一个劲说好，贺国光也说好。

"那么，我们现在就来设想下一步的问题。"蒋介石又站起来，在屋子里踱步。坐在沙发上的张、贺两人就不得不像提线木偶一样，脖子随着走来走去的蒋介石转动。

"事情虽然这样应付过去了。"蒋介石毕竟对这事心明如镜，"但我清楚，刘甫澄对中央入川是心怀抵触的。现在四川最大的问题，还是整军，全国都盯着四川的整军。前一段时间四川的整军，是不彻底的。我们花了那么大的力气，办峨眉山军官训练团，过后成立了整军委员会。可是，上有政策，他刘甫澄下有对策。我们前脚整军，他马上就把整下来的军队编入他的保安部队，这样不行！四川的军队不整好，我一天不安心，一天睡不好觉。当年我同阎锡山、冯玉祥、李宗仁打中原之战，不就是因为整军而起？如果不把四川的军整好，全国整军从何谈起？一个国家、一支军队、一个领袖又从何谈起？全国一盘散沙，谈何建国、谈何抗日？嗯？"委员长说得既委屈又愤怒，这时愤然转过身来，看着张群和贺国光。

"是，是。"被委员长转身贸然一问，脸色灰黄的重庆行营代主任贺国光立即表态。张群更是将头点得货郎鼓似的说："还是委座看得远，看得深。"

"我最近要上庐山，要到庐山上去思考一些重大问题。"蒋介石说时，将两手往背上一背，"成都发生了这样大的事，要刘甫澄也到庐山来，我要当面同他谈四川下一步的整军问题！"说时，又转过身来看着张群、贺国光。

贺国光没有急着回答，只是端起茶杯喝水。

"委座，我看是不是这样？"张群很委婉地说，"军队是刘甫澄的命根子，动他一点他都心疼万分。是不是给他发命令时委婉一点，说明，如果他能来最好，如果他身体不适，或一时川务走不开，可以让省府秘书长邓汉祥代表他来？邓汉祥是他的打心锤锤、第一心腹、第一谋士，完全可以代表刘甫澄，而且比刘甫澄来要好，以免届时谈来僵起。"

"邓汉祥上了庐山，委员长也只是接见他一次。接下来就让人代表委座同邓汉祥谈。当然，这样的谈判是一件很艰苦的事，不是一天两天可以谈得好的。"

"好是好。"蒋介石点点头，有一丝犹豫，"军队，都是地方军阀的命根子，如果同邓汉祥谈不好呢？"

"谈不好再说，先礼而后兵。"张群的态度一下强硬了。

"嗯。"蒋介石点点头，又将询问的目光转向贺国光。

"张部长这个意见很好。"贺国光补充说，"刘甫澄的性格我是知道的，如果是刘湘来，这中间就没有了一点回旋的余地，让邓汉祥来最好。"

"那好吧。"蒋介石绷紧的脸上，松了一些，"既然你们两位都这么认为，那就解铃还须系铃人。你们两位也得跟着我上庐山，届时由你们两位出面同邓汉祥谈。至于你们两位，哪位唱红脸，哪位唱白脸，就是你们的事了，嗯？"

"好吧！"张群与贺国光答应了下来。

这天黄昏时分，由重庆到成都的最后一班长途客车，风尘仆仆地进了牛市口汽车站。车停下，有四个胖瘦不一，好像是从下江过来的绅士模样的中年男人最后下车。

一群黄包车夫拉着车向他们拥来。他们中一名个子稍高，寡骨脸，尖下巴，嘴唇上护一绺仁丹胡的男人，用手中的拐棍点了四辆黄包车，用椒盐四川话说："送我们到皇城。"说时，四人分别上了车，四个衣衫褴褛的车夫弯下腰去，两手抄起长长的车把，直起身来，头朝前倾，甩开小碎步快跑起来。

这四个似乎是从下江过来的绅士，很气派地在车上将腰一伸一靠，二郎腿一跷，不时踩铃，神情相当倨傲。"叮铃铃、叮铃铃！"铃声响着一路而去。

他们是日本国派来成都调查处理日前大川饭店事件的代表团，那个子稍高，四十来岁，寡骨脸的男人，是日本驻华大使馆三等书记官松村基树，他是这个代表团的团长。另外三人分别是海军武官中津成基中佐、陆军武官渡左近中佐、日本驻重庆领事馆领事糟谷廉二。这三人也有特征，两个军人身姿笔挺，一高一矮，一胖一瘦，动作机械，显得很对立。糟谷廉二显得很油滑，四川话说得好，是个四川通。

他们在皇城下了车。大川饭店离皇城不远，四个日本人边说着话，边朝居于少城陕西街的大川饭店一路溜溜达达而去。

似乎要给他们一个下马威，这时，他们面前猛然出现的情景，让他们惊愕得眼睛都大了。

暮色中，一支反日游行队伍迎面而来。两个身穿短褂排扣服的工人举起一幅"成都人民团结抗日游行"的横幅走在前面，后面跟着长长的队伍。有穿长衫的士绅，有穿短褂的下层劳苦人，还有市民、商人、青年学生……他们沿途高呼口号："誓死争回东三省！""誓死不当亡国奴！""打倒日本帝国主义！"沿途散发传单。顷刻间，幽静的祠堂街上人头攒动，游行队伍停下来，开始对群众进行抗日宣传。这四个日本人不由惊惶地四下看看，在确信没有人认出他们，在确信没有任何危险的情况下，混进人群中驻足细看。这时，走出来一位民间艺人，他"呱嗒、呱嗒！"地将手中金钱板一打——这是在四川民间流传甚广，深受群众欢迎的一种曲艺，道具只有手中的三块竹板。他边打金钱板边唱了起来。唱的是《反对日本在成都开设领事馆》：

这几天成都闹喧喧，你要问这是为哪件？

为的亡国事儿在眼前。亡国事是哪件？就是日本人勾通了汉奸，想在成都设领事馆，想把我四川人当老宽（顺民）。

领事领事不简单，这是要拿绳子把我川人捆来索子拴。

东三省就是个活例证，日本人先在奉天设领事馆，一步一步将

我们往里面诓······

这个艺人的金钱板打得好，声音清朗，时而激昂慷慨，时而悲怆难抑。他用朗朗上口通俗易懂的语言，对日本如何一步步侵占东三省，扶持溥仪当上满洲儿皇帝的事件，及在东北犯的桩桩罪行，一一做了形象的批驳。这个艺人最后用煽动性的语言这样结束：

> 说罢东北同胞血泪史，颗颗泪儿湿衣衫。这领事馆深沉又狠险，把中国人好比猪一圈，任他日本人来牵拴······等到他日本人都布满，那时节就到了亡国的一天。当他的奴隶谁都不愿，莫奈何要受熬煎。唱到这里高声喊，大家把办法来详参。大家抱定一个主见，不准日本人在我成都开领事馆才是生死关······

围观的人群中有人抽泣起来，更多的人摩拳擦掌。看到这里，变脸变色的松村基树转过身来，示意三人跟他离去。于是，刚来成都的四个日本人像四只夹尾巴老鼠，快快溜去，溜到大川饭店里藏了起来。他们这才醒悟，原来，成都的反日情绪竟然如此高涨，如此浓烈，怎么会不出"大川饭店事件"嘛！

然而，头天晚上四只夹尾巴老鼠似的日本人，第二天到将军衙门去时，却完全变了一个样子。他们西装革履，神情冷峻，拿起架子，代表大日本帝国前来对四川省政府主席刘湘兴师问罪了。

他们小瞧了刘湘。这天，刘湘一反以往，要下属将他接见日本人的地方，布置得像中央政府国家元首接见外国外交人员一样的堂皇隆重。上午十时，当松村基树等四个日本人由礼宾官带着，雄昂昂地踩着脚下厚重的蜀绣红地毯，鱼贯进入"蜀风"会客厅时，身材高大，着民国大礼服——长袍黑马褂的刘湘，迈着稳健的步伐，从一侧古色古香、富丽堂皇的屏风后面出来，面朝四个日本人站定。礼仪官轻声对四个日本人介绍，这就是甫帅。四个日本人不禁注意打量了一下站在面前的刘湘。

日本人的虚礼是很多的。这就照例是一个个上前，向甫帅问好，行九十度鞠躬。礼仪官在侧，将四个日本人的姓名、职务等一一对甫帅做了介绍。宾主落座以后，双方很快进入了唇枪舌剑。刘湘这天特别允许多家媒体前来采访。

谈判之前，刘湘对大川饭店事件做了简短的介绍、评价。他希望本着中日友好大局，双方互谅互让，妥善解决事端。

然而，有备而来的四个日本人，显出气愤难平的样子，对刘湘开始了连珠炮般的轰炸性诘问。

日本人用的都是外交辞令。他们说，为筹建日本国驻成都领事馆，四个前来打前站的日本外交和平使者，何以竟在光天化日之下被暴徒打得两死两伤？四川省、成都市政府在干什么？真实原因何在？

刘湘将责任往共产党人身上推。

日本人问：这样说来，是否意味着贵主席在川缺少控制力？

刘湘不屑地一笑，把开头的话说得稍远了些。他说：日本是中国的近邻，扶桑之邦，历史上就是中国的学生。可是，教会徒弟打师傅。近几十年来，你们日本欺负我们中国人。而且，这种欺负日甚一日！

四川，天府之国，中国的大后方，战略基地。历史上，一心企望覆灭我华夏的外敌，总是垂涎这里，总想把爪子伸进来。可是谈何容易！当年不可一世的蒙古大汗，挥铁骑横扫欧亚无敌，结果却败在四川钓鱼城，蒙古大汗不仅损兵折将，折戟沉沙，而且连自己的命也丢了。

历朝历代，一心企望染指四川的外敌，没有一个是讨得了便宜的。

原因何在呢？刘湘用虎虎有神的眼睛，从对方担任主谈的松村基树开始，逐一看过去，然后才说：原因很简单，这就是你们日本人也知道的一句话，天下未乱蜀先乱，天下已治蜀后治。四川人不是好惹的！

再者，贵国在成都开设领事馆，我作为省主席，我事先也毫不知情。

说到这里，刘湘戛然而止，该有的意思都有了。这让陪坐在侧的省府秘书长邓汉祥暗暗佩服。刘湘并不是一个善于言辞的人，不想今天这番话，字字句句铿锵有力，掷地有声。

四个日本人不禁面面相觑。刘湘的一番话，不仅难以反驳，而且本身具有威胁意味。这一番话，就是职业外交家也不一定说得出来的，四川真是人才众多，四川是藏龙卧虎之地。代表日本外交部来的松村基树，甚至有了建议外交部取消在成都开设领事馆的念头。他一时回不了话，痛苦地咬着腮帮，像牙痛似的。

糟谷廉二和陆军武官渡左近中佐、海军武官中津成基中佐赶紧轮番上阵。

"事变之后，贵方已将肇事暴徒二人枪毙，唯此处置何以如此迅速？似有掩盖什么的嫌疑，我方对贵方此举尚有疑问，请贵主席予以说明！"

刘湘："之所以对肇事暴徒二人立刻枪毙，是二人罪证确凿，不杀对不起死去的贵方二人，不杀不足以严肃法纪。"

"贵主席对此次事件之后，我在蓉设领事馆一事如何措施？"

刘湘："此为外交事务，不属于本主席评论范围，得由两国政府协商解决。"

此事的最终谈判结果是，川省对两名死者各赔付大洋十万元，对两名伤者，赔付大洋八万元，如此而已。至于在蓉开设日本领事馆之事，刘湘不予置理，日本人也没有再提。刘湘大获全胜。

哲人有言：人有一喜一忧。刘湘也是。正当他在成都与日本人过招，大获全胜之时，接到了身在庐山上的蒋介石蒋委员长函请，蒋委员长郑重邀请"甫澄兄上山商谈国是"，一下子，让刘湘的胡子眉毛都焦紧了。

"我缠不赢老蒋这个人！"刘湘捏着蒋介石发来的电文，愁眉苦脸地对邓汉祥说，"我不怕日本人，我就怕老蒋。这家伙外战外行，内战内行。我晓得，我一去他就要缠住我谈整军，他一天不把四川拿到手中，他一天不得甘心。我难得同他缠！"

不出所料，最终，刘湘让省政府秘书长邓汉祥做他的全权代表，上庐山去与老蒋一帮人谈、缠。

庐山上，美庐可谓一景。这幢别墅始建于十九世纪末，主楼二层，有三个宽敞凉台，精美典雅的拱形门窗构成了极为浓郁的英国建筑风格。庭园面积近五千平方米，依山就势，种植中外名贵树木，一道清泉潺流其中。1933年，别墅主人巴莉女士将这幢别墅赠送蒋夫人宋美龄。

蒋介石夫妇很为钟爱这幢别墅，每年炎夏上庐山都下榻于此。蒋介石并在庭院中的一块卧石上题刻了"美庐"二字，也不知这二字是表示他对宋美龄的一种钟爱，还是对这幢建在庐山上别墅的实指。

这天上午九时，负责同邓汉祥谈判的张群和贺国光前去晋见委员长时，知道委员长对古玩有一定兴趣的张群，特意将一根精美绝伦的象牙透雕拐杖送给蒋介石。蒋介石拿在手上，连连称奇。这根象牙手杖长一米四，由整根象牙雕成，手杖被镂空雕成缠枝花卉形状，工艺极精巧。更令人叫绝的是，枝网花隙中，雕有形态各异，栩栩如生的猴、虎、狮、鹿、鸟等动物及菩萨。

很会说话的张群见蒋介石喜欢，他这样说："委座上次到我的家乡四川，在峨眉办军官训练团，本该有根不错的手杖上山的。可惜，一时没有找到合适的。这根拐杖，如果委座喜欢，下次去峨眉山，就可以派上用场了。"

蒋介石扬扬手中精美绝伦的拐杖，说："峨眉我是还要再去的。不过，这么好的手杖，我怎么舍得用，我转送给我的老母吧。她老人家一定会喜欢的。老人家一生就希望入川去朝一次峨眉山，可惜国运不济，至今没有能了她老人家的心愿。我一生从不收礼，这回就破个例。"说时，将象牙手杖在地上拄拄，然后很爱惜地放在一边。

在此之际，邓汉祥已经飞抵南京机场，一下飞机就被《中央日报》等十五六家南京新闻媒体的记者包围，一个个问题连珠炮般向他轰了过来——

"请问邓秘书长，风闻你们四川要造反？是否实有其事？"

"据闻，年前川省主席刘甫澄将军派兵将中央军校成都分校团团包围，与军校形成一触即发之势。如果不是委员长将该校主任李明灏调走，战端已开。请问此事究竟如何？"

虽然对记者提出的各种问题早有准备，但邓汉祥听到这样事关重大却是捕风捉影的提问，还是一惊。他本来想躲过这批记者，脚下走得飞快，听这一问，就停下步来，冷静反问："你们这些话从何说起？"

又有记者追着问："听说，之后广东陈济棠调动军队反抗中央，贵省主席刘甫澄也积极配合，暗中调动了军队，此事是否属实？"

"这些完全是不负责任的谣言！"邓汉祥义正词严地予以驳斥，"多年来，这些居心叵测的谣言，虽说最终无关大局，都能澄清，但在客观上混淆了视听，离间了地方和中央的关系！你们是中央各大报社记者，应该有最低限度的辨别力。这些不是问题的问题，本身就不该问。"

就在邓汉祥一人不敌众手，被记者们包围其中时，蒋介石派来接他上山的副官长姚琮赶了上来，带着两个侍卫，拨开众记者，连撞带冲，说："邓秘书长有要事上山，诸位记者的问题，自有机会告诉诸位。"

一行人这才冲出重围，上了汽车，径去庐山。

蒋介石当即在美庐接见了邓汉祥，可见重视。陪坐在侧的是张群、贺国光。一见面，蒋介石就单刀直入地说起四川的整军，他说："鸣阶先生代表刘主席来，这个，嗯，很好、很好。年来四川虽然进行了整军，但很不彻底。目前四川的军队仍然太多，应该继续缩编。四川一省，相当欧洲一个大国，甫澄年来身体多病，又兼管军民两政，我深恐他体力不逮，中央拟派能够同他合作的人去任省政府主席，让甫澄专门负责绥靖地方责任，使他便于休养，这对地方和他个人应该都是有利的吧。"

邓汉祥马上表示："这样怕是不好。甫澄主席身兼三职，年来证明工作是行之有效的。"举了些例子之后，又说，"委员长拟将军民分治，这在四川实行起来，恐怕暂时有困难。"接着，又说了道理。蒋介石却不为所动，没有表示，谈判一开始就僵了。

邓汉祥看了看张群。张群会意，对蒋介石进言："这样的事情很琐碎，也很复杂，一时不容易谈清。委员长日理万机，是否可以容下来后，我同贺主任！"说时指了指贺国光，"一起同邓秘书长细谈？"

蒋介石看了看贺国光。贺国光说："我赞同张（群）院长的意见。"

"那好吧！"蒋介石用手指了指张群和贺国光，"你们与邓秘书长是老相识了，又是四川的相关要人，谈起来方便些，也有连贯性。邓秘书长刚来，今天就先休息一下，明天开始谈吧！"

三人都说好。

接下来的日子里，邓汉祥同张群、贺国光展开了马拉松似的艰苦谈判。

谈判中，就关键的缩编军队和军民分治事，邓汉祥提出了一个软中带硬的折中方案。他说："在四川，缩编军队和军民分治两件事，应该分成两步走！如果同时进行，必然会欲速则不达，弄得不好，还会引发事端。不如先谈缩编军队，过些时候再提出军民分治，如何？这也是我上山前，刘主席交代的底线。"

张、贺两人看得出来，邓汉祥不会再退了。他们向蒋介石做了汇报，并表示，邓汉祥提出的方案可以接受。蒋介石听后，没有表态。不过，当他再次接见邓汉祥时，不提军民分治的话，只说，决定7月在重庆召开川康整军会议，届时派何应钦到重庆主持。

刘湘接到通知，要他7月到重庆参加川康整军会议。这次会议的主任委员是何应钦、副主任委员顾祝同、刘湘；贺国光、邓锡侯、刘文辉等十九人为委员，会议声势浩大，杀气腾腾。刘湘看出来了，这次蒋介石是要硬上了，孤注一掷。但是他也不能退！绝不能让自己的部队任蒋介石任意宰割。事关重大，这次，他决定亲自到重庆参加整军会议。

刘湘去重庆与会前夕，好些亲信部下都反对他去。刘兆黎等三个旅长反对最烈，竟跪在地上，泣然有声。说是前车之鉴就在眼前，西安事变后，少帅张学良为表明自己态度的坦诚，送蒋介石回南京，这一去就是赵巧儿送灯台——一去不再回。甫帅这次去，很可能就是重蹈少帅的覆辙。而甫帅如果回不来，整个四川就完了。

刘兆黎等人一番跪地苦劝，让刘湘产生了动摇。他找邓汉祥来商量，邓汉祥照例手中捏把大花折扇，不时唰地一声拉开，又唰地一声合上。拉开合上，合上拉开，戏台上诸葛亮羽扇纶巾的意味就出来了。

"我看不会。"邓汉祥沉思有顷，"甫公你想，如果你这一去，何应钦他们胆敢把你扣起来，四川马上就会大乱，这是明摆起的事。四川大乱对谁都没有好处。如果四川乱了，四川的几十万部队岂不是人自为战，他们哪个拿得去，搁得平？他何应钦不行，就是老蒋亲自来，也放不平，捡不顺。"

"因此我想，他们不会那么笨。在这次整军会议上，如果何应钦因为甫公的坚决反对达不到目的，他们最好的办法就是往四川'掺沙子'，寻机而动。这是老蒋对四川一贯的做派和手法。"

"鸣阶所言极是。"刘湘想了想说，"但是此一时彼一时，目前形势很紧张，老蒋好像有些迫不及待。他如果不解决四川的问题，不把四川拿到手，就像屁股没有坐稳一样。这样一来，在重庆整军会议上，何应钦他们会不会有反常之举呢？这，怕是很难说吧！"

"这样！"邓汉祥唰地一声将大花折扇合上，手上一点，"甫公，我去给你打前站、探虚实。甫公在后慢慢来。如果没有事，届时，我到璧山接你。如果有问题或是落不透，我就及时派人通知甫公原路返回？"

"我已经答应老蒋和何应钦，去重庆参加整军会议。届时我没有去，你先去了，何应钦问起，你怎样解释？"

"我可以说，甫公的胃溃疡病犯了，还凶，让我先替你与会。甫公来不来，要看病情如何。"

刘湘说，这样最好。

7月4日，刘湘同邓汉祥同时离开成都。当晚，刘湘宿内江，邓汉祥打前站，宿永川。第二天，邓汉祥到了重庆，何应钦问他，甫公怎么没有来？

邓汉祥也不扭捏，单刀直入地对何应钦说："你我都是贵州人，俗话说老乡见老乡，两眼泪汪汪。我们在这里来个月亮坝里耍关刀——明砍，有话明说好不好？"

何应钦说好。

"外间谣传很多，说甫公到重庆，如果不接受你们的条件，就要把他扣起来，是否实有其事？"

何应钦正色道："没有的事。自古以来川黔滇一家。如是老蒋真要对甫公下手，我何某何必来替他当刽子手，与几千万四川人结仇？这是断断没有的事，请甫公放心。"

于是邓汉祥放了心，去璧山接刘湘到重庆与会。

川康整军会议在重庆行营举行，军政部长何应钦主持会议。他指出，这次川康整军，主要就是四川整军。四川整军已经取得了相当成绩，但还不够，需要继续深入云云。

何应钦说，以四川一省来养如此庞大的一支军队，不仅部队质量难以保证，更谈不到全国各地军队国家化的问题，希望四川这次做出表率。接下来，进入实质性问题。何应钦、顾祝同提出的川康军队裁减数额，刘湘、邓锡侯、刘文辉等川康主要将领们都坚决不同意。会议一下走到了死胡同，何应钦为打开裁汰川军的缺口，让顾祝同等在下面做了许多工作。

会议再开时，已经提升为军长，被蒋介石拉了过去的范绍增在会上首先表态，他说："我服从中央决定，先裁减我的部队吧！"然而，他的带头根本不起作用，其他川康将领并不跟进，比如唐式遵、潘文华等人都不同意裁减部队。连向来投机的王缵绪，对"范傻儿"的率先表态也是嗤之以鼻。雷声大，雨点小，川康整军会议难以进行。

就在这时，震惊全国的"七七"卢沟桥事变爆发了，日本军队大肆南下，国势危急！蒋介石只得下令川康整军会议暂停，让何应钦、顾祝同等军政要员火速回京。

– 第二十章 –

转折，刘湘慷慨请缨抗战

　　1937 年的"七七"卢沟桥事变，意味着一心要吞并中国的日本帝国主义，将一把锋利无比的钢刀又一次架在了南京政府的脖子上。要么投降，要么反抗，没有第三条道路。长城内外，大江南北，全国亿万人民强烈要求中央政府明确表态宣布抗日的滚滚怒涛，一浪高过一浪。然而，向来一言九鼎，我即是国家的蒋介石这时仍保持沉默，首鼠两端，举棋不定。在这个关头，蒋介石通知全国各地省政府主席以上的高级官员，去南京出席最高国是会议，决定对日问题。

　　在这个闻鼙鼓而思良将的当口，时年四十九岁的"四川王"刘湘带了多年的病却一下发作，发得比哪一次都要深沉。经常咯血，累，乏力，一睡就做噩梦，脚也肿起多高，弯腰脱鞋都困难。民谚："男怕穿靴，女怕戴帽。"脚肿起多高，足见刘湘病的沉重。

　　以往说起去见蒋介石，说起去南京开会，刘湘痛苦万状，总是竭力推托。然而，这次他却坚决要去。尽管部下、幕僚多方劝阻，说甫公病重，不宜远行，甫公实在放心不下，可以让人代去，向来代表他出席各种要会的省政府秘书长邓汉祥也主动做了这个表示。

但刘湘态度坚决。7月7日卢沟桥事变当天，他抱病电呈中央请缨抗战，同时通电全国，吁请全国人民，全国各党派，放弃纷争，同赴国难，共同抗日。同时做了率军出川抗战的准备，并做了相应的人事安排：川康绥靖公署主任拟由总参议钟体乾代理；四川省府主席拟由秘书长邓汉祥代理；省保安司令拟由保安处处长王陵基代理，被刘湘晾了许久的王陵基，被重新起用，他将全省保安部队编为24个团。

刘湘同时批准川康绥靖公署和四川省政府联合制定的《四川后方国防基本建设大纲》。

接着，刘湘上报中央，拟率川中所有军队共11个师出川抗战，组织了第二路预备军和司令长官部。

在川中打了半辈子内战的刘湘，顿时让人刮目相看。他手下好些将领和幕僚不解，劝他慎重，他们说：甫公，这么些年来，老蒋对你，对我们四川的压迫一天没有停止过，一心想把四川拿到手中。甫公为保住四川，同老蒋的斗争也没有一天停止过，可谓殚精竭虑。病，就是这样拖下来的。现在，甫公竟要率军抱病出川抗战。这一去，岂不是正中他意？让老蒋乘虚而入？再说，甫公的病如此深沉，亲自率军出川抗战，如果有个三长两短，如何是好？

好些将领和幕僚说到这里，泣不成声。

身体明显虚弱的刘湘，对这些再三劝阻他出川的将领和僚属们说了一番出自内心的话，很动人，他说："你们说的都不错。然而国难当头，匹夫有责。这个时候，我刘甫澄如果还患得患失，就不是人生父母养的！我个人愿为国许身，成败利钝甚至生死，我早已置之度外。检点平生，我刘甫澄这半辈子都关起门在打内战，争输赢，这不算本事，也有悖于我刘甫澄早年吃粮投军的初衷！"

就要去南京了。这个早晨，刘湘支撑着身体，习惯性地站在壁前，看那幅几与壁大的中国地图。他向蒋介石提出要求，由他率部保卫首都南京。地图上，那是一片水网铁路密布的地区，是中国的经济生命线。他不时用手掌量着上海、南京一线，构想着即将展开的中日殊死战。

这个早晨，在成都，在他的将军衙门里，是一派和平景象，满目青翠，百花芳菲。而千里之外，在广袤的中国北方，军民正在同世界上数一数二的强国日本，同用武士道精神和现代化装备武装到牙齿的日本虎狼之师，进行着血与火的战争。情不自禁间，早年爱唱的一首岳飞的《满江红》在心中升起，壮怀激昂，他不禁轻声哼吟起来：

> 怒发冲冠，凭栏处，潇潇雨歇。
> 抬望眼，仰天长啸，壮怀激烈。
> 三十功名尘与土，八千里路云和月……

他累了，转过身走到窗前，一株浑身透绿的大芭蕉树，在晨风中轻摇慢摆，像是一个老朋友，在给他打招呼，在为他送行。

天上有悦耳的鸽哨。抬起头来，一群信鸽正从上空掠过，它们背负着蓝天，在金阳的照耀下，翅膀上驮着金光，像是一群神雀。

"甫帅！"亲信副官张波进来向他报告，"邓秘书长和张斯可张高参来送你了。"这时，张斯可已经没有带兵，任了高参。

他们的车在街上，又遇到了游行队伍。群情汹涌，抗日游行的队伍简直将街都阻断了，以至于他们的小车不得不时时停在街边让游行的队伍过去。游行的队伍中，一些流亡到成都的东北大学生唱起了悲壮的歌曲，显得格外的悲切悲怆，打动着每一个人的心，同时又把每一个人的心联结起来。他们为民族求生存的呼号、怒吼，像山崩，像地裂，像虎啸，似狮吼，像惊雷，在这 1937 年的成都街头上久久回荡，以致让刘湘觉得，他坐的小轿车都在震动。这样的场面，让他热血沸腾，备感振奋。

"民心可用啊！"刘湘感叹着对送他去机场的邓汉祥和张斯可说，"在这样的洪流面前，哪个能不抗日，哪个敢不抗日！"

邓汉祥、张斯可都知道甫公话中所指。

游行队伍过后，他们的车和前后护卫的两辆车又首尾相跟，一路风驰电掣，出了城，十多分钟到了凤凰山机场。

也许是从报上得知了甫帅要去南京出席最高国是会议，上万名成都各界人士和市民自发前来为甫帅送行，还有好些报社的记者前来采访，气氛少有的热烈。

长衫一袭，身材高大，满面病容的刘湘下了车，立刻受到成都各界人士和市民的欢迎。虽然被维持秩序的军警隔在警戒线之外，他们举着手中的小旗有节奏地高声呼喊：

"欢送刘主席进京请缨抗战！我四川誓作抗战的大后方！"

"誓死不作亡国奴！"

刘湘很感动，他走向人群挥手致意。尽管亲自到现场指挥警戒的成都警备司令严啸虎一再请甫帅到候机室稍作休息，刘湘不听，他走到场边，同各界人士亲切谈话。

前来为刘湘送行的人们，猛然发现久违了的刘主席像变了一个人似的，满面病容。不少人担心起来，窃窃私语：

"哎呀，甫帅身体咋个这样虚弱？"

"这段时间听说甫帅有病，咋不见好，越渐深沉了呀！"

"是呀，刘主席的病看来有些深沉，脸色蜡黄蜡黄的。"

而与此同时，多家前来采访的记者们手中的镁光灯也闪个不停，好些记者要求采访刘主席。刘湘将戴在头上的博士帽摘下，握在手中，不断向前来为他送行的人们示意。站在甫帅旁边，长得又高又大的成都警备司令严啸虎，将手往下压压，示意大家和要求采访的记者们都安静。嘈杂的人群安静下来了，刘湘面对着上千名成都各界人士和民众，用他一口地方音浓郁的大邑话，在机场发表了简短的演说。向来声音洪亮的他，这会儿声音有些低哑，前来采访的记者们在采访本上快速记录。

"各位乡亲，各位朋友，上月七七事变当日，甫澄即与全体川军将领向中央请缨抗战，表示决心在中央暨蒋委员长领导下，同心协力，共赴国难，共御外侮。甫澄对全川各界同仁，全川人民所表示的救国抗日热忱深为感动。甫澄此次赴京参加最高国是会议，必将我川人此抗战决心转达中枢，绝不有负殷望。"

然后，他在机场休息室又单独接受了记者们的采访，通过报端，发表了慷慨激昂的《为民族救亡抗战告四川各界人士书》。

然后，刘湘在人们的热烈欢送中上了专机。舷梯撤去，专机在跑道上滑行。专机越滑越快，然后轻盈地一腾飞起，像一只鲲鹏直上云霄，机头向着东方，在炎阳下倏忽一闪而去。

刘湘到达南京当天晚上，应邀到委员长官邸，参加一个高级别的小型重要会议。刘湘一进会议室，立刻感到气氛不对。该到的都到了，有军政部长何应钦、行政院长孔祥熙、大本营秘书长张群、国民党中央秘书长叶楚伧、国民党中央政府秘书长陈布雷、外交部部长王宠惠、宣传部部长周佛海等，他们围在一张椭圆形会议桌两边，凝神屏息，好像在注意倾听什么。看到他进来，大家都只对他点了点头，就连向来极擅长人际关系的四川老乡张群，见到他，也显得心不在焉的样子，好像还有些紧张，点点头，赶紧转过头去，注意倾听。他坐下来，注意到上首两个位置是空的，显然这两个位置是蒋介石和汪精卫的。开会的时间到了，他们却不在，屋子非常静，全都在侧耳凝听。原来，隔壁一间屋子里，汪精卫正在同委员长大声争论着什么，不，是在争吵！刘湘注意听去。

"汪先生！"蒋介石说，"作为一个领导全民抗战的民族领袖，我何尝不知中日力量对比悬殊？何尝不知'鹬蚌相争，渔人得利'？我们一旦对日宣战，我们的力量就会大量消耗，就会让共产党坐大，赤祸横行！

"但是！虽我再三退让且昭告日本人，只要他们肯停战，只要他们肯承认长城以南我主权完整，满蒙的问题以后再谈，我就答应与他们实现和平。而现在日本人是步步紧逼，过了黄河，过了长江，逼我与他们草签城下之盟，这怎么行？如果这样，不要说共产党会趁机兴风作浪，全国各族人民焉能答应？现在的情形，好有一比，犹如一辆已然启动了的巨型车辆，陡然去刹车，那是要翻车出车祸的，嗯！"

"那么！"汪精卫反驳，"年前德国大使陶德曼居间调停中日和平，日本人要价比现在还高，条件比现在还要苛刻，你却能答应。若不是孔院长错过了时机，中日之间那时就达成了协议，实现了和平。现在，日本首相近卫的声明反而比以往温和，我就不明白，在这个最应该与日本人达成谅解，实现和平之时，你做委员长的，为何反而不能接受呢？"说着，汪精卫的语气严厉了，"国家是人民的。当领袖的不能凭个人的喜怒哀乐，情绪变化来决定国家民族的命运吧？"

"唔，我蒋某人用不着你来教训！"蒋介石被激怒了，不由得提高了声音，"汪先生，你太过分了！你说这些话是什么意思，难道日本人要我下台，你也跟着起哄逼宫吗？"

"这不叫逼宫！"向来在蒋介石面前态度柔顺的汪精卫，这晚出人意料地强硬，"事到如今，你蒋先生不辞职无以对天下，更无以对先总理在天之灵。"

"要我辞职，谁来坐我这个位置？"蒋介石近乎咆哮起来，"是你吗？"

汪精卫回答："我同你联袂辞职。"

"那你去问问隔壁诸同志答不答应。我这个委员长是大家选的，我下不下台，得让大家同意。"听得出来，蒋介石说着，愤怒地站起身来，脚在地上一蹬，"你去问问，问问他们同不同意！"说着气呼呼地站起身来，转入内室去了。汪精卫却气呼呼地冲了出来，从大家面前走了出去。号称中国第一美男子，最会演讲的汪精卫，这晚他那颀长的身上着一套雪白的西服，还是显得那么典雅华贵。可是却表现得少有的粗暴，皮鞋叩叩声中，冲过了会议室，门一甩，一冲而去。

陈布雷见状赶紧站起，对众人说："大家请少安毋躁，我进去看看委员长，看今晚这个会还开不开。"陈布雷很快出来，宣布："今晚的会不开了，散会，只是请刘甫澄留下。"

"甫澄，你路上辛苦了。"刘湘一进蒋介石的小客厅，蒋介石已经平静下来，客气地站起来让座。明灯灿灿下，刘湘注意到，在委员长那张靠窗的硕大锃亮的书桌上，一本委员长百读不厌的线装书《曾文正公全集》翻开着，显然是他刚看过的。正面墙壁上有幅委员长手书的横匾"寓里帅气"，字如其人，瘦而硬。另外一面墙壁上挂的是一幅裱过的张静江书法，是抄自《孟子》里的一段："居天下之广厦，立天下之正位，行天下之大道，得志与民由之，不得志独行其道。"

"甫澄，你可能已经听见了！"蒋介石很冤屈地说，"刚才汪主席同我争吵，现在中央反对我抗日的人不少，我的阻力很大。我想听听你的意见，你的意见对我很重要。因为战端一开，四川作为抗日战略大后方，地位至关重要。"

"我坚决支持抗日。"刘湘坚决地表示，"战端一开，四川可以出兵三十万，提供壮丁五百万，供给粮食千万石。"接着，他就如何出兵，并且已经将编好了的全国战区第二预备军名册送交了军政部等事项，一一做了报告。

"嗯，好。"听了刘湘这番话，蒋介石明显底气足了。他点点头，沉思有顷，又问，"如果战端一开，你认为南京能守得住吗？"

"不能，我估计最多守三个月。"

"那么！"蒋介石趁机提出，"届时国府由南京西迁山城重庆，你欢迎吗？"

"欢迎。我代表七千万四川人民翘首欢迎。"

蒋介石又欣慰地点点头，再问："你认为对日作战该以什么方略？"

"敌强我弱，小日本现在是蛇要吞象。"刘湘侃侃而谈，"我拟以空间换取时间。一方面是以正规战迟滞日本人进攻的步伐；一方面全力开展敌后游击战，利用我地广人多，拖垮貌似强大的小日本。小日本拖不起。我们以小胜积大胜，以量变求质变。"

"好。"蒋介石显出高兴，"有你这些话，我就放心了，我就有底了。我拟立即对日宣战，设立战时最高军事委员会。从此以后，地无分南北，人无分老少，凡我中华国民皆有保土卫国杀敌之责任，我拟将全国分为十个战区，由你担当第七战区司令长官，率部负责防卫南京一线，不知你身体情况允不允许？"

"绝无问题！"刘湘一副坚决请命的姿态。

"那好。"蒋介石说，"在明天的最高国是会议上，请你将今天晚上给我说过的话，再当众说说。"

"好！"

刘湘告辞时，为人向来倨傲的委员长竟把刘湘送过中门。

第二天上午，决定中国命运的最高国是会议在南京总统府大会议厅准时召开。会场布置得既庄重又严肃，全国省主席以上的官员无一例外都到了。参加会议的还有中央相关所有部门，可以容纳数百人的会议厅里座无虚席。

会议由国民党副总裁、国民参政会主席、中央政治会议主席汪精卫主持。

蒋介石、汪精卫、林森、冯玉祥、何应钦等鱼贯而出，在主席台依次就座。主席台前摆着一盆盆油绿的冬青，背后墙壁上，在党旗和国旗的交叉点之上，是一幅先总理孙中山像。孙中山像下，是一排先总理孙中山的遗训："革命尚未成功，同志仍须努力。"

主持会议的汪精卫站了起来。相貌英俊，着一套银灰色西服，身姿颀长，却是脸色阴沉的他，走到放有麦克风的会议桌前，宣布最高国是会议开始。然后全体起立，奏国歌，向先总理孙中山行三鞠躬。

"礼毕，大家请坐。"

汪精卫用他一双俊美的，然而却是倦怠的黑眼睛扫视了一下座无虚席的会场，用他好听的富有磁性的声音很疲惫地说："现今国难当头，中华民族到了最危险的时候。我对日本，是战是和？这是今天最高国是会议上需要确定的。在座的都是可以决定中华民国命运的人，请你们把你们的意见都发表出来。"说时把手一比，"现在谁先发言，请举手。"

刘湘率先举手。

刘湘站起来，走到主席台，对着麦克风讲话了。会议厅里立刻回响着他慷慨激昂的川音。他举起刚出版的一张《中央日报》说："这报上刊登的是我离川赴京时发表的《为民族救亡抗战告四川各界人士书》，这就是我的态度。这里，不妨念念，表明我的对日态度。"

中国民族为谋求巩固自己之生存，对日本之侵略暴行，不能不积极抵抗，此盖我全国民众蕴蓄已久不可动摇之认识。今者，自卢沟桥事件发生，此一伟大之民族救亡抗战，已经开始；而日本更乘时攻我上海，长江、珠江、黄河领域各大都市，更不断遭其飞机之袭击。我前方将士，奋不顾身，与敌作殊死战，连日南北各路，纷电告捷。而后方民众，或则组织后援，或则踊跃输将，亦均有一心一德，誓复国之慨。

而我国人民必须历尽艰辛，从尸山血海中以求得者，厥为最后之胜利。目前斗争形势，不过与敌搏斗于寝门；必须尽力驱逐于大门之外，使禹城神州，无彼踪迹，不平条约，尽付摧毁。然后中国民族之自由独立可达，而总理国民革命之目的可少告完成也。惟是艰苦繁难之工作，必须集四万万人之人力财力以共赴。而四川为国人期望之复兴民族根据与战时后防重地，山川之险要，人口之众多，物产之丰富，地下无尽矿产之足为战争资源，亦为世界所公认。故在此全国抗战已经发动期间，四川七千万人民所应担荷之责任，较其他各省尤为重大。我各军将士，应即加紧训练，厉兵秣马，奉令即开赴前方，留卫则力固后防……

湘忝主军民，誓站在国家民族立场，在中央领导之下，为民族救亡抗战而效命。年来经纬万端，一切计划皆集中于抗战！

"昨晚，蒙委员长垂询，我向委员长表示了态度。借此机会，我再次表示，战端一开，我四川立刻出兵三十万，提供壮丁五百万，供给粮食千万石。我刘甫澄坚决请缨率军出川抗战。总之，为抗战，我四川军民一定在中央暨蒋委员长领导下竭尽全力，一本此志，始终不渝。即抗日一日不胜利，日寇一日不退出国境，我川军一日誓不还乡，以争取抗战之最后胜利，以达我中华民族独立自由之目的！"

"哗"的一声，刘湘说完话后，全场爆发出经久不息的掌声，将会场气氛一下推向了高潮。然而，这时刘湘却突然双眉紧蹙，脸色苍白，豆大的汗珠从他的脸颊上滴下来，身子向前佝偻，渐渐地倒在地上。全场大惊，坐在主席台上的蒋介石也站了起来，刘湘被会场医护人员紧急送往南京中央医院施治。

会议接着进行。在刘湘发言后，主战的冯玉祥和素有"云南王"之称的云南省政府主席龙云等人也纷纷发言，抗日态度坚决。

在主战派们发言的一个间隙，汪精卫看了看军政部长何应钦："何部长！"他示意，"你对中日情况最清楚，你讲讲吧！"

何应钦坐着不动，接过一只麦克风说："作为军政部长，我觉得有责任将中日两军的情况向大家做一个通报。"接着唰地一声，拉开厚厚的黑皮包拉链，拿出一沓资料，开始报告，"中日军事实力的对比是：从两国军队数量上看。中国陆军一百八十个师，四十六个独立旅，九个骑兵师，六个骑兵旅，四个炮兵旅，二十个独立团，总兵力约二百万。当然，这不包括地方部队。"因为国内诸多的地方军阀部队，他既不能掌握，也派不上用场。

"日军方面，陆军：常备二十一个师团，四十多万人。战争一旦爆发，初期即可在常备兵的基础上，迅速组织起三十五个师团，大约九十万人。作战的第一年，即可武装起二百五十万人，将一百万人的部队派到中国作战不成问题。这仅是人数上的，再从两军的装备看，那就根本没有办法比。

"我们的中央军，只能做到大体上的步枪统一汉阳造，轻重机枪很少，炮也少，坦克更谈不上。海、空军更是弱小。至于地方上的军队，连步枪都不能统一，汉阳造步枪就算顶呱呱的好枪了，其他装备提都不能提。

"以中央军为例，新编步兵师每师官兵共一万零九百二十三人，配备汉阳造步枪及骑枪三千八百余支，轻重机枪（捷克式）三百二十八挺，进口各式火炮、迫击炮四十三门，掷弹筒二百四十三具；缺乏重武器，炮弹不足，后勤支援能力差。

"日本陆军平时一个师团是四个步兵联队，一个骑兵联队，一个山炮联队，一个工程兵联队，一个辎重联队。一个师团一般是两万二千人，战马五千八百匹，步骑枪九千五百余支，轻重机枪六百余挺，各式大炮一百零八门，战车二十四辆。战时，每个师团都可以得到足够的战车、高射炮、探照灯、电讯设施补充；还可以得到空军的有力支持，伤员可得到及时护理；一个师团的战斗人员可增至三万人。

"日本海空军，无论量和质，在世界上也都名列前茅。日本海军舰艇总排水量达一百九十多万吨，仅次于美英，居世界第三位，且舰种齐全，有多艘称为'海上巨无霸'的航空母舰；而中国海军总排水量只有五千九百三十四吨，而且大多是些小型兵舰，吨位最大的也只有三千吨，最小的三十吨。中国的海空军同日本比起来，不过是个符号而已。"

何应钦报这个账，用意是很明显的。

不意何应钦此说，就像往沸腾的油锅里泼了一瓢水，引起了会场上主战派们一片愤怒的质问和抗议：

"他小日本有飞机大炮坦克，我们中国人有的是热血！"

"何应钦你这是在吓唬谁？"

"你何应钦敢把这些混账话拿到外面去说，非被老百姓捶成肉泥不可！"

何应钦不敢说话了，到处看，私心期望周佛海等主和派出来救他的驾。可是，纵然能说善辩的中宣部部长周佛海等人，此时也不敢站出来帮他的忙。在主战派们强大的压力下，周佛海等主和派们都胆怯起来，保持沉默，主战派占了绝对上风。

最终，主持会议的汪精卫很不情愿地，却又不能不请蒋委员长出来，宣布此次最高国是会议的决定。

向来总是喜欢着长袍的蒋介石，这天为了表示他抗战的决心，一反以往，戎装笔挺。他走上前去，桌前一站，对着麦克风将手一挥。于是，他那口带着浙江宁波奉化音的北平官话，在会场清晰地响了起来："我宣布，从即日起，中华民族的伟大抗战全面开始！从即日起，我华夏大地，地无分南北，人无分男女老少，凡我国人皆有守土抗战之责任……"

会场里，决定着未来中国命运走向的大员们，一边用心谛听着蒋介石那永远改不了口的夹带着浓郁浙江奉化音的北平官话，用心捕捉着其中的含义。好些人都热血沸腾。好些人也同时注意到了，蒋委员长虽然抗战态度坚决，但目光却很软。说时，他望着正前方，好像望着虚空；蒋委员长虽然身姿笔挺，但未免身姿单薄了些；唇上留着的一抹漆黑的仁丹胡，有些神经质地抖动；还有他那疲惫的面容，这就暴露出了他内心极度的紧张和惶惑，这便不能不让好些敏感的主战派们从心里感到有一种从里到外的冷，感到不踏实。再看汪精卫，当蒋介石宣布抗战时，他那一张英俊的白皙的脸上，明显地表现出了不满、藐视甚至仇视。于是，敏感的主战派们不能不预感到，在马上就要开始的抗日战争中，一定会有许多曲折，一定会很艰难！

最高国是会议之后，蒋介石让张群、陈布雷代表他去中央医院看望刘湘，询问病情，表示慰问，并就他对中央抗战决策的支持表示感谢。张群、陈布雷去看刘湘时，如实带去了委员长的问候、感谢。问起他的病情，刘湘说已经好多了，不过是胃溃疡突然发作而已，这是老病了。对自己的病情作了些敷衍后，刘湘对蒋委员长在最高国是会议上宣布抗战，表现得非常振奋。

刘湘的病情稍好一点后，回到四川待命。

10月15日，国民政府军事委员会命令下达：刘湘原拟的第二路预备军改为第七战区部队，刘湘为该战区司令长官，陈诚为副司令长官；邓锡侯为战区所辖的二十二集团军总司令，孙震为副总司令；刘湘兼二十三集团军总司令，唐式遵为副总司令。

刘湘立即命令所部，分东西两路出川。

刘湘通过报端，向全川、全国人民再次郑重表示："四川是复兴民族根据地，人口众多、物产丰富，七千万人民所应负担之责任，较他省尤为重大。我各军将士，应即加紧训练，厉兵秣马，奉命即开赴前方，留卫则力固后防。

"湘忝主军民，誓站在国家民族立场，在中央领导之下，为民族抗战而效命。湘倘或不忠于抗战，愿受民众之弃绝，抑或各界人士暴弃退缩，湘亦执法以绳其后。"

随即，二十一军唐式遵部、二十三军潘文华部，还有第四十五军邓锡侯部、第四十一军孙震部次第出川。杨森、郭汝栋两军从贵州开赴上海作战。

已是秋末冬初。然而匆促出川抗战的二十来万川军，大都还是夏季装束。他们手持劣质步枪，身背斗笠和大刀，平均只有几颗子弹。这就是出川抗日的川军！他们不顾一切，分成两路大军，从陆路或水路出川。或是沿着云从马头起，高峻无比肩的秦岭金牛道逶迤出川，昼夜兼程，赶去晋、陕一线救急；或是乘船，千帆万桅，过壁立千仞、吼声如雷、惊险万状的三峡，去到荆楚大地，转往烽火连天的南京前线。

1937年11月9日，刘湘抱病乘飞机赶赴前线。

这一切，大有风萧萧兮易水寒，壮士一去兮不复还的悲壮急切。

面对着大举南下，呼啸席卷而来，用飞机、大炮、坦克，用世界上最先进的武器武装到牙齿的穷凶极恶的日本侵略军，二十万川军近乎用血肉之躯去同敌人搏杀，并创造了无数惊天地、泣鬼神的战争奇迹。